当代金融文学

精选

影视戏剧文学卷

主编 —— 阎雪君

湖南大学出版社

图书在版编目（CIP）数据

当代金融文学精选.影视戏剧文学卷/阎雪君主编.—长沙：
湖南大学出版社，2019.11
　　ISBN 978-7-5667-1815-0

　　Ⅰ.①当… Ⅱ.①阎… Ⅲ.①中国文学 – 当代文学 –
作品综合集 ②剧本 – 作品综合集 – 中国 – 当代 Ⅳ.① I217.1

中国版本图书馆 CIP 数据核字（2019）第 264040 号

当代金融文学精选·影视戏剧文学卷

DANGDAI JINRONG WENXUE JINGXUAN · YINGSHI XIJU WENXUE JUAN

主　　编：阎雪君
责任编辑：全　健　饶红霞　郭　蔚　李　婷
责任校对：尚楠欣　周文娟
装帧设计：秦　丽
出版发行：湖南大学出版社　　　　　　　责任印制：陈　燕
社　　址：湖南·长沙·岳麓山　　　　　邮　　编：410082
电　　话：0731-88822559（发行部）88820008（编辑室）88821006（出版部）
传　　真：0731-88649312（发行部）88822264（总编室）
电子邮箱：presszb@hnu.cn
网　　址：http://www.hnupress.com
印　　装：长沙鸿发印务实业有限公司
开　　本：710mm×1000mm　16 开　　印张：301.75　　　字数：4481 千字
版　　次：2019 年 11 月第 1 版　　　印次：2019 年 11 月第 1 次印刷
书　　号：ISBN 978-7-5667-1815-0
定　　价：1980.00 元（全 12 册）

故事感动历史 文学照亮人生

——记载和讴歌壮丽的中国金融事业

中国金融文学艺术界联合会主席 梅志翔

古人云："盖文章，经国之大业，不朽之盛事。""文章千古事，得失寸心知。""江山留后世，文章著千秋。"由此可见，文章是经国济民的大事，是记录时代的大事，是讴歌时代的大事。

文脉与国脉相同，文运与国运相连。2019 年是中华人民共和国成立七十周年，七十年风雨沧桑，七十载山河巨变。七十个春秋，发生了多少震撼人心的故事，承载了多少金融人的热血情感。在过去的七十年中，中国金融事业伴随着新中国的成长不断地发展和壮大，取得了举世瞩目的成就。这些成就的取得不仅得益于新中国的好国情、好形势，更得益于数以千万计的金融职工筚路蓝缕、开拓创新，继往开来、一往无前的无私奉献。

新中国的金融事业无论在理论领域，还是实践领域，取得的成就都是翻天覆地、亘古未有的，中国金融人在专业领域创造了一个又一个奇迹，我们用几十年的时间追赶上西方人上百年甚至几百年金融发展的步伐。金融发展过程中涌现出了很多可歌可泣的故事，这些故事都是由千千万万顶天立地、敢作敢为的中国金融人用行动书写出来的锦绣篇章。中国金融已经成为支撑和推动经济发展的核心动力和促进时代繁荣的重要表征，为金融文学的创作提供了源源不绝的营养，金融文学像中国金融事业一样，是一片值得深耕的沃土，是一个内含价值极高的宝藏。

文章合为时而著。文学就应该为时代鼓与呼，金融文学就应记录和讴歌壮丽的中国金融事业。可长期以来，由于种种原因，中国金融文学创作未能与中国的金融事业取得同步的发展，金融文学作品创作落后于金融事业发展，在全国林林总总的文学橱窗和文艺殿堂里，金融文学常常缺席，在文学领域难闻金融之声，在文章海洋难觅金融浪花，在文化磁场里难以感知到金融文化的力量。2011 年 11 月，在中国金融工会的大力支持下，中国金融作家协会正式成立；2013 年 5 月，中国金融作家协会光荣地成为中国作家协会的团体会员。这是中国金融文学史上的一件大事和盛事，因为它不仅实现了金融作家组织的"零"的突破，而且让全体金融作家找到了心灵慰藉的"家"，它让所有金融作家找到了归属感和荣誉感。此后，金融文学创作不再是"不务正业"的闲事，而是可以为之终生奋斗的正事。过去许多金融作家在涉足文学创作上，"温温恭人，如集于木。惴惴小心，如临于谷。战战兢兢，如履薄冰"。如今在文学的康庄大道上，金融作家不用再羞羞答答地迈着碎步，而是可以昂首阔步地勇往直前。在中国金融工会、中国金融文联、中国作家协会的关怀指导下，七年间，中国金融作家协会延伸机构已经达到 23 家，其中先后成立省（自治区、直辖市、计划单列市）金融作家协会 13 家、总行（会司）作家协会 10 家。截至 2018 年底，中国金融作家协会已发展会员 942 人（其中，中国作家协会会员 76 人）。中国金融作家协会从无到有、从小到大、由弱到强，让写作变成了与金融工作一样充满阳光的事业。

执一支笔，写万千事。是啊，文学就这样不经意嵌入了金融人的生活，像春雨滋润着金融人，让金融人感恩生命的厚爱，让金融人的每一天、每一刻都充满激情、蓬勃向上；像疾风提示着金融人，生活和工作是坚守，也是搏击。文学之美让金融人心生愉悦，让日子有奔头，生活有笑声，奔跑有动力；文学之美让金融人涨满风帆，努力创造和实现自我价值、社会价值。值得肯定的是，一大批以金融人物为塑造对象的文学作品，都具有鲜明的时代特色，催人奋进。金融生活中无数可歌可泣的故事，不仅反映了金融系统广大员工投身改革、勇于奉献的精神，而且传播金融理念、倡导金融精神，展现了金融现实生活与人文关怀，成为千万金融员工启发心灵的精神力量。

在互联网金融时代，中国金融作家协会充分认识到平台对于会员发展的巨大推动和促进作用。金融作家协会是全体金融作家的"创作之家"，长期致力于为金融作家搭台子，为全体金融作家提供广阔的施展空间，为全体会员搭建了三大平台：《中国金融文学》杂志、《金融作家》公众号和中国金融作家网（内部）。《中国金融文学》杂志为季刊，设置了中篇小说、短篇小说、散文、诗歌、诗词、金融报告文学、金融作家随笔、金融作家艺术家、金融作家作品评析、金融文坛风景线、史海沉钩、学习与借鉴、金融文学剧本等 18 个栏目，每期发行 3.2 万册，年刊登作品数量近 300 篇（首）近 100 万字。目前，《中国金融文学》杂志不仅成为中国作家协会直属的行业作协重要会刊，为作家们提供施展才华的舞台，也是弘扬时代精神、传播金融文化和连接全国金融员工的重要文学桥梁，成为金融系统内外大众喜爱的读物。《金融作家》公众号，年发表 300 多位金融作家 400 多篇优秀作品。为了搭建多形式、多渠道的平台，中国金融作家协会还协同《中国金融》《金融时报》《金融博览》《中国金融文化》《银行家》《金融文坛》《金融文化》等报刊，为金融系统作家文学爱好者提供了更加广阔的文学舞台。

自中国金融作家协会成立以来，以"中国金融文学奖"为支撑点，着力创建金融文学品牌。自 2011 年至今已经成功举办了三届中国金融文学奖的评选，累计有 200 余部（首）作品获奖。中国作家协会领导及著名作家、评论家李敬泽、阎晶明、李一鸣、彭学明、梁鸿鹰、邱华栋、孙德全、何振邦、冯德华等人担任终审评委，体现了获奖质量和评奖的权威性。中国金融文学奖评奖活动范围广、层次高、影响大，评奖后正式发文通报全国金融系统，新华社、《人民日报》《光明日报》《文艺报》《金融时报》等多家媒体都进行了宣传报道，在全国引起了较大反响。

"千淘万漉虽辛苦，吹尽狂沙始到金。"这些文学成就充分证明广大金融作家具备了胸怀国家、胸怀金融的视野，金融扶贫、绿色金融的理念已经扎根于他们的作品中。如反映农村金融扶贫的《天是爹来地是娘》，带领乡亲脱贫致富的电影《毛丰美》，讴歌金融体制改革的长篇小说《新银行行长》《贷款》《高溪镇》《催收》，反映金融服务实体经济的《银圈子》《希望银行》

《海天佛国的中行人》《驼背银行》，反映促进多层次资本市场健康发展的《资本的血》《中国金融风云》，健全金融监管体系的《一眼看穿金钱骗术》，记录金融历史的《大汉钱潮》，等等。创作题材涉及金融改革发展的方方面面，创作类别也涵盖了长篇小说、中篇小说、短篇小说、散文、诗歌、评论、影视剧本、报告文学等。一部部作品记录的是金融事业的一个个生动场面，一串串诗行呈现的是金融人的一幅幅鲜活画卷。这是中国金融事业的春天，更是中国金融文学的春天。

成绩的取得主要归功于三个方面：一是经过新中国七十年的大发展，中国金融事业取得了令世界瞩目的成绩，它为文学创作积蓄了肥沃的土壤；二是中国金融作家协会励精图治、奋发有为，以快马加鞭的节奏为会员创作提供了绝佳的环境，为金融作家创作提供了一流的服务；三是中国金融战线上涌现了一批有思想、有情怀、有理想、有能力的作家，他们快乐地奋战在金融第一线，幸福地记录着身边优秀的人、精彩的事。这三个方面因素凝聚了"天时地利人和"的精华，而精华的基石还是中国金融事业的波澜壮阔和发展壮大。

如何让金融文学为中国文学大家庭发光发热，并成为指引全体金融文学人前行的光亮，这是中国金融作家协会重点研究的课题。经中国金融文联批准，中国金融作家协会与湖南大学出版社通力合作，决定由中国金融作家协会征集、选编，湖南大学出版社出版《当代金融文学精选》一套，系统地展现新中国成立七十周年以来，中国金融题材小说、散文、诗歌、报告文学、剧本、文学评论等创作成果，弥补当代中国文学丛林金融文学丛书的空白和缺憾，以推举和激励优秀金融文学艺术工作者，繁荣中国金融文学事业，为新中国成立七十周年献上一份金融人的文学厚礼。

《当代金融文学精选》堪称鸿篇巨制。本套丛书以讴歌金融人的精神为己任，根据文学自身的规律和金融文学的特征，秉承"金融人写金融事"为主要特征的文学理念，确定基本框架，精心策划，精心遴选，精心编排。为了确保作品的质量，中国金融作家协会成立了以中国金融文联领导、专家和杂志编辑为编委的作品编辑委员会。按专业特长分工，从金融机构和作家申报的作品中，经过长达数月的辛勤工作，最终组稿成12卷本的中国当代金融文学精选丛书一套：长篇小说4卷、中篇小说1卷、短篇小说2卷、散文

1卷、诗歌1卷、报告文学1卷、影视戏剧文学1卷、文学理论与评论1卷。选取了长篇小说23篇，中篇小说15篇，短篇小说45篇，散文45篇，诗歌近400首，报告文学31篇，影视戏剧文学10篇，文学理论与评论37篇。硕果累累，气势恢宏。

这些入选作品是新中国成立以来，尤其是改革开放四十年来壮丽的金融事业发展记录，更是中国金融事业取得巨大成就的见证。中国金融作家协会在中国金融文联和中国作家协会的正确领导和大力支持下，以记录和讴歌壮丽的中国金融事业为使命，带领全体作家深入学习贯彻习近平总书记有关文艺和金融工作重要讲话精神，以深化金融作家组织建设为基础，以宣传介绍金融行业先进的人物和事迹为重心，以鼓励和扶持金融作家创作优秀作品为己任，以推广金融作协和金融作家的影响力为追求，以文学的名义用精品力作为中国的金融事业鼓与呼。

从"养在深闺无人识"到"万人瞩目任端详"，《当代金融文学精选》能在这么一个值得纪念的年份出版，这是全体金融作家的幸事，更是金融文学的幸事！广大金融作家适应行业需要，兼顾写作的实用性、文体的多样性、参与的广泛性，初步形成中国金融文学的特色，那就是"写人叙事，不拘文体。信札公文，亦可荟萃。百花竞放，满园春色。开锦绣文章之先，为中国金融存史"。作为一名金融作家，最荣耀的不过是将自己最精彩的作品奉献给国家、社会和人民，让自己的作品与祖国同寿，与天地齐辉。这是一名金融作家对新时代最好的表达，也是一名金融工作者最无上的光荣。祝贺所有入选丛书的金融作家，也衷心感谢那些为金融文学默默奉献的金融作家和广大的金融工作者！

寄语金融文坛好，明年春色倍还人！

是为序。

2019年9月7日

北京金融街

目次
Contents

电影文学剧本

闪光的羽毛

■ 编剧 杨文辉

▌作者简介

杨文辉，湖南省安化县人，中国作家协会会员、中国电影家协会会员、中国电视艺术家协会会员、中国金融作家协会理事、湖南省金融作家协会副主席。1986 年开始文艺创作，迄今创作影视剧本、散文、小说、戏剧等作品近 400 万字。其中，电视剧作品《捧起太阳的人》《让我们彼此珍重》《古道茶香》；电影作品《闪光的羽毛》《幸福计划》《相约竹海》；出版作品有长篇小说《追梦》《巧恋五美图》，散文集《放飞思绪》。长篇小说《追梦》被列为湖南省作家协会 2018 年度重点扶持作品，曾获"湖南省改革开放二十周年优秀电视剧奖""中国金融文学奖新作奖""第十五届北京大学生电影节入围作品奖""欢乐潇湘一等奖""益阳市'五个一工程'奖"等多项奖励。现任湖南省安化农村商业银行董事会秘书。

作品简介

电影《闪光的羽毛》是中国第一部反映羽毛球运动员生活的影视作品，也是一部阳光、纯真、纯情、励志的影片，根据著名羽毛球教练文巨刚真实的执教生涯编剧而成。本剧由中国电影家协会、益阳市人民政府、安化县人民政府联合拍摄，上映后，相继入围北京第十五届大学生电影节、第九届长春电影节、世界体育电影周，译成韩语后入围韩国南怡岛 2008 年国际儿童文化节。2008 年 3 月 14 日进入院线与电影频道放映。该剧以世界羽毛球冠军的摇篮湖南省安化县为背景，以唐九红、唐辉、贺向阳、龚智超、龚睿那、陈琳、黄穗、田卿等世界羽毛球冠军以及启蒙教练文巨刚为原型，运用真实的笔调，重点刻画了珊珊、九红等八名世界羽毛球冠军少儿时代在教练文振天慈父般的关爱和苦心培养下，起早贪黑，摸爬滚打，自强不息，艰苦训练，为国争光，积极向上的精神风貌与动人故事。在剧情发展中，讲述了教练文振天克服困难，执着坚守，三十年如一日培养运动员茁壮成长的过程。

序章

银幕上一行文字缓缓叠出——谨以此剧向 2008 年奥运献礼。

音乐声渐起：

漆黑的银幕上，一只羽毛球拍从右下角升起来，"啪"的一声，一个羽毛球从银幕中飞过。

羽毛球隐去，叠出片名：闪光的羽毛

演职员表渐出。

紧接着，启蒙教练文振天摇着蒲扇慢慢走来的镜头渐次拉满了银幕。

（字幕完）

1.

【日。羽毛球训练场。内。】

这是一栋"大跃进"时期留下来的村级礼堂：红砖青瓦，墙壁斑驳，地面不平，没有吊顶的人字形屋架。

场内凌乱不堪，一片狼藉，地上散满了棍棒和破烂的羽毛球，一根棕绳连着两根木桩，绳索上挂着一幅烂渔网，墙壁上挂着十多条训练臂力的橡皮筋。

场内，一个十五六岁光景、脸色苍白、身材消瘦、腰背微驼，看上去有明显病态的少年，提着一个篮子，默默地捡着散落在地上的羽毛球。[说明：后面凡在训练场内，都出现这位默默工作的少年。有时拖地，有时整理……]

五十多岁的教练文振天站在场内，静静地环视着场内的情景，不禁一声长叹，仰天躺在地上。

渐渐地，一组画面在眼前闪现：

……

【日。安化一中校长室。内。】

陈校长很不愉快地和两个体育教员讨论问题。

"嘭"的一声，门突然开了。文振天气愤地走进来，将一张报纸"啪"地摔在陈校长面前的桌上。

陈校长接过报纸一看：报纸标题 [特写]——黄皮肤也能打羽毛球吗？陈校长说了句："这事我早有安排，你当好你的武术教练。"

文振天在桌上猛拍了一巴掌，拿着报纸气愤地转身就走，丢下一句话："好，我晓得你们不要我干，哼。"

【日。山村小学。外。】

学校操场上，男孩子们有的打球，有的蹲在地上画地图；女孩子们有的跳绳，有的踢毽子……

此刻，文振天摇着蒲扇走进了校园。看见孩子们，他像疯子一般地将手往每个孩子身上摸。胆怯的孩子被吓得大声喊老师，还有的躲闪、逃避。

这时，一个穿着旧式草绿色军装的男老师听到喊声来到了操场，见此情景，他非常严肃地喝道："住手！"

顿时，操场上鸦雀无声，众人一齐将目光投到了文振天的脸上。

文振天走到男老师身边，从口袋里掏出一本证件递过去，并与老师耳语了几句。

男老师听后，微笑地点头。然后，目光朝着文振天蒲扇所指的地方，在孩子们中一一搜寻着。

被老师找来的一男一女两个孩子，怯怯地来到了文振天身边。

老师指着文振天对孩子们说："大家别怕，这是体委来的文教练，他是来挑选运动员的。"

孩子们疑惑地望着文教练。

文教练笑呵呵地说："孩子们，我叫文振天，你们就叫我文老师。哦，你们叫什么名字，今年几岁，可不可以告诉我？"

男孩子抢着说："我叫李平，今年七岁，读一年级。"

女孩接着说："我叫珊珊，也是七岁。"

文振天听后，上下打量两个孩子，仔细地从手到脚摸了一遍他们的骨架。然后，他望了望四周，指着前面的两棵大树对两个孩子说："那边有两棵树，看你们两个谁先爬上去。"

文振天说完，珊珊立马跑到树下向上爬。

李平犹豫了一下，也跟着赶上去。

瞬间，珊珊已爬到了枝丫上，并站在上面骄傲地向文振天挥了挥手。见李平爬不上，她一跃而下，顶着他的屁股往树上推。

文振天伸出大拇指，大声地说道："好！"

【日。训练场。内。】

训练场内，无数根棍棒在空中飞舞。

珊珊、那那、王辉、小林、岁岁等孩子们，在教练的指导下，有序而又紧张地训练着。

一张张稚嫩的脸上，滚着汗珠……

文振天来到珊珊身边，辅导并手把手地给她纠正练习动作。

龚再生与几位家长来到了训练场门口，看到了里面的训练情景，感到十分惊讶。看着看着，龚再生舒展的眉头，一下子锁紧了。

突然，他冲进场内，走到珊珊身边，很气愤地扒开文振天说："她是来练球的，不是来耍短棍的。"说完，拖着珊珊气冲冲地走出了训练场。

紧接着，后面的几个家长也冲进场内，将自己的孩子一个个带走了。

文振天被突如其来的行动惊呆了。

……

这时，珊珊飞快地从外跑进来，看见那个十五六岁的少年正在打扫场地，文振天仰天躺在地上，她吃惊地"呃"了一下，然后急忙跑过去喊了一声："老师，你怎么了？"

文振天从回忆中醒来，倏地坐了起来，回头一看，惊讶地问着："珊珊，你怎么又回来了？"

珊珊小声说："我瞒着爸爸妈妈跑出来的。"

文振天激动地一把将她拉到了身边。然后说："你瞒着爸妈跑出来，他们会着急的，快，我送你回去。"

珊珊央求道："不回去，我要打球。"

文振天望着珊珊笑了，轻轻地摸了摸她的头。

2.

【日。珊珊家。内。】

珊珊不见了，再生与荷花正在争吵……

荷花倚在门框上，埋怨地："当初送她去打球是你同意了的，今天你又将她拖回来，现在珊珊不见了，看你怎么办。"

再生一声不吭地坐在灶门口，使劲地抽着旱烟。

这时，文振天带着珊珊走进了院内。

荷花见状，露出笑脸，连忙热情地迎上去："文老师，快进屋。"转身又对再生喊道："再生，文老师来了。"

再生尴尬地站起来，说道："文老师，请到屋里坐。"

3.

【傍晚。文振天家。内。】

紧挨着大街的一处小巷里，坪院处有一幢围墙环绕的三层楼房。这是一栋小型的公寓，这种公寓在小城里随处可见，房子陈旧，左右对称。沿着弯弯曲曲的楼梯走上楼来，301 室的房间里，二室一厅的房子大约不到 70 平方米。此时，餐桌上的饭菜已经盛好，但餐厅里却空无一人，顺着餐厅望过去，便依次是卧室和一个窄小的阳台。阳台上，一位戴着眼镜的中年妇女正在眺望远方，她就是文振天教练的夫人刘莲老师。

4.

【夜。山村。外。】

整个村庄消融在夜色里，在夜的深处不时传来三两声二胡声，将偏僻的山村衬托得更加静谧，二胡声里又时闻狗吠。

文振天缓缓走来的朦胧身影被密林深处弥漫着的薄薄雾气遮掩着。偶尔被风吹动的干枯树叶发出沙沙声响，更显出大山的静寂。

5.

【夜。文振天家。卧室里。内。】

书桌上的闹钟已指向凌晨两点。

文振天翻来覆去想着心事。

刘莲打了一个呵欠，翻过身来说："老文啊，当初我就和你说，这事难成气候，你偏不信，现在搞成了这个样子，看你如何收场。"

文振天长叹一声，坐起来说："我想来想去，只要你肯帮我，就能收场。"

刘莲拉亮床头灯问："为什么？"

文振天："我走访了几个家长，一是怕耽误孩子的学习；二是早晚接送太不方便；三是训练设施太差、环境不好，担心练不出名堂。我想来想去，如果要重振旗鼓，只有你才能帮我解决问题。"

刘莲反问道："该帮的我已经帮了，还能帮你什么？"

文振天试探地说："珊珊、小林、王辉、岁岁，他们几个年龄相近，又是同一个年级，我想把他们全部找回来，干脆将他们编成一个班，你向学校去申请当他们的班主任……还有，孩子们年龄太小，家长早晚接送不方便，我想让他们住到家里来……"

刘莲强压内心的怒火："还有吗？"

文振天望了刘莲一眼，看了看她的神色，接着说："我想添置一点训练器材，但实在找不着资金，所以我想把你的那辆永久牌自行车和那台缝纫机卖掉。"

刘莲紧锁眉头地又问了一句："还有吗？"

文振天说："没有了！"

刘莲实在忍无可忍地将被子一掀，蒙头盖住文振天，气愤地说："文振天，你太过分了，这日子没法过了。既然这样，我们母子成全你，今晚我就带小军住到学校去。"

6.

【清晨。外。】

清晨，大地上薄雾朦胧。

山道上，再生拉着珊珊的手穿过雾气缭绕的山林。

小道上，一条黄犬凶猛而来，珊珊吓得躲在再生身后，再生护着珊珊赶走黄犬。

小溪边，再生背着珊珊越过小溪。

再生与珊珊向训练场走去。

7.

【晨。训练场。内。】

场内气氛热烈，尽管绝大部分学生仍是用木棍训练，但大家得练都非常认真。

一旁观看的文振天，一个一个地给学生们纠正动作。片刻，他看了看表，一声口哨示意学生们停下。

场内渐渐安静下来。

文振天揭开旁边用报纸盖住的那篓阿香蜜桔和二十五袋标有"水井巷擂茶"字样的擂茶对学生们说："为了补充同学们的营养，体委特意奖给大家一篓阿香蜜桔和二十五袋水井巷擂茶。大家开不开心啊？"

众学生："开心！"说完，很多学生迅速地跑过来，欲争抢桔子。

这时，再生与珊珊来到了门口。

此刻，文振天发现了再生与珊珊，三人会心地笑了。

当学生们正要抢夺桔子时，却被文振天止住了。只见他拿起一个小杯子，将桔子放在杯子里，然后对学生们说："我算了一下，擂茶每人一袋，这篓桔子每人发两个还多10个。我现在出道题，题目是：'这玻璃杯中有一个桔子，谁能用最科学的方法将它拿出来，条件是，一不倒转杯子，二不损坏杯子，三不损坏桔子。'谁答对了，这10个桔子就奖给谁。"

文振天说完，孩子们一个个愣住了。

此刻，站在门边观看的珊珊走了进来，大眼珠骨碌几圈后说话了："老师，我有办法！"只见她飞快地舀来一瓢水往杯中一倒，桔子浮上来了。

学生们看到浮起来的桔子，惊异地望着珊珊。

文振天满意地笑了笑，说："珊珊，跟大家说说，这个好办法，是怎么想出来的。"

珊珊天真地说："乌鸦填小石子能喝到瓶子里的水，我倒水到杯子里去能吃到桔子。"

顿时，场内响起了热烈的掌声。

8.

【日。东坪完小一年级教室。内。】

门牌上"一年级"三个字非常醒目。

上课铃响了，学生们坐得整整齐齐地等待老师到来。透过学生们期待的眼神，刘莲老师发现珊珊与王辉坐在第三行的四排，那那与小林坐在第四行的五排，岁岁最小，坐在最前排的中间。

刘莲老师登上讲台。

面对陌生老师的面孔，学生们立即叽叽喳喳议论开了。

刘莲老师："同学们，我叫刘莲，从今天起学校安排我来当你们的班主任，大家欢迎吗？"

教室里静了一会儿，你望望我，我望望你，然后响起了断断续续的掌声。

刘莲脸上有些难堪，只好硬着头皮说："请同学们拿出听写本来，今天的语文课，咱们首先听写生字。"

学生们纷纷将听写本翻开。

刘莲老师："他，他们的他；想，想家的想。"刘老师抬头望过去，但见那那与小林正在交头接耳，王辉正在课本上乱涂乱画，珊珊则将右手举在桌子上。"珊珊，什么事？"

珊珊："老师，这些字我们没有学。"

课堂上顿时哄堂大笑。

刘莲老师摘下眼镜，茫然地合上了课本。

9.

【日。文振天家坪院里。外。】

暖暖的太阳洒在坪院里。

地上到处都是鸡毛，旁边的椅子上搭着一张破旧的渔网。

此时，珊珊、王辉与小玲正在往橡皮坨上插鸡毛，那那与岁岁将渔网上一根根的细丝递给文振天，他们在认真地编制羽毛球和拍子。

10.

【夜。文振天家。内。】

文振天家里的情景发生了很大的变化。除主卧室一张床铺外，另外一间房里新添了两张床，分别住着珊珊、那那、小林和岁岁，就连客厅里也添了一张小床，这是专门给王辉添的。

屋子里的东西又多又杂，孩子们的衣服、书包、鞋子、球拍等均毫无秩序地堆放着，显得凌乱不堪。

此刻，王辉正在浴室洗澡，地上洒满了肥皂泡沫。其余的孩子们有的在自己的床铺上看书，有的趴在桌椅上做作业。

文振天里里外外地忙着：一会儿收拾碗筷；一会儿洗碗抹桌椅；一会儿收拾孩子们的换洗衣服。当他提着一桶衣服进入浴室时，一个趔趄，"嘭"

一声摔了个仰面朝天，爬也爬不起来，喊也喊不出来。

王辉一惊，大声叫喊道："快来人啊！"

孩子们闻声赶来。

王辉急忙扯了一条毛巾，遮挡住下半身，对大家说："快把文老师扶起来！"

孩子们拖的拖，拉的拉，手忙脚乱（有的叫着文老师，有的吓得哭了）。

珊珊不慌不忙地："别动，别动，让我来！"说完，她用小手掐住文振天的人中。

这时，文振天慢慢缓过气来，在孩子们的帮助下爬起来，走到客厅坐下，然后轻声说："你们快点去做作业，做好后早点休息。珊珊，你到窗台上拿点田七，用碗倒一点酒，给我拿过来。"

珊珊迅速地拿来了文振天需要的东西。

文振天接过碗慢慢地磨着。

珊珊："文老师，我来磨吧。"说着，从文振天手中接过了饭碗慢慢磨了起来。

11.

【日。东坪完小刘莲老师办公室。内。】

刘莲老师拿着作业本，对珊珊严肃地批评着："珊珊，你昨天怎么没做家庭作业？今天上课又睡觉，你太不像话了。你说，昨晚干什么去了？"

珊珊低着头，一声不吭。

刘莲老师发火地："怎么不说话？"

当刘莲老师满脸火气时，王辉拿着一封信跑进来说："刘老师，这是你的信。"

刘莲老师接过信看也没看地扔在桌上，继续对珊珊说："你昨晚到底干什么去了？"

珊珊仍然低着头，一声不吭。

王辉急忙为珊珊分辩着："刘老师，昨晚文老师摔了一跤，珊珊帮文老师磨药去了，一晚没睡。"

刘莲吃惊地："怎么，文老师摔了一跤？严不严重？"

珊珊："脚都肿了。"

刘莲老师有点愧疚地："珊珊，老师错怪你了，你回教室去，晚上再给你补课。"说完，她拿着信走出了办公室。

12.

【傍晚。文振天家。内。】

屋内收拾得干干净净，井井有条。

刘莲正在厨房里忙着做饭菜。

过了一会儿门开了，文振天拖着疲惫的身子，带着孩子们走了进来。一眼便看见刘莲老师，他喜出望外地说："老婆，你终于回来了！"

刘莲老师迎上前去，关心地说："来，我看看，你伤得怎么样。"

文振天一拍胸部："你回来了，我的伤就好了。"

刘莲老师很是内疚地说道："只要你没事，我就放心了。"

学生们异口同声地嚷道："刘老师回家了！耶！"

刘莲老师温柔地对文振天耳语道："我今天给你带回了一个特大喜讯！"

文振天惊喜地道："什么喜讯？！快说说。"

刘莲老师高兴地："告诉你吧，九红来信了！"

文振天精神一振，快速地夺过了刘老师手中的信，迫不及待地展开了信纸。（画外）九红的声音："敬爱的文老师和师母，离开你们三年了，因省队训练紧张，一直没有机会回家看望你们，只好借这方小小的信纸向你们表达我的思念和祝福。文老师，告诉你一个好消息，我被选为国家队队员了……您的学生：唐九红。"

话音刚落，文振天与孩子们拥抱一团，个个激动得热泪盈眶。

文振天一边抹泪，一边兴奋地说："九红，真行！老婆，拿酒来！"

孩子们有的摆桌子，有的上菜，一时间忙碌开了。

13.

【清晨。文振天家客厅边。】

孩子们整装待发。

文振天蹲在门边，麻利地给学生们逐个系好鞋带，又给他们在腿上绑好沙袋，然后带着他们跑出了坪院。

14.

【黎明。户外。】

——资江边。晨雾迷蒙，沿江大道上，文振天正领着学生排成一路纵队进行晨跑。珊珊和岁岁原本排在队伍的前头，因两人个子相对矮小，渐渐地落在了队伍的后面。文振天见状，也放慢了速度。当文振天快要靠近她们时，珊珊拉了一下岁岁的手，然后咬着牙，埋头向前箭一般冲了上去。岁岁虽然个子比珊珊更小，也用尽全身力气使劲向前冲。

又是一个黎明。

——山道上。林子里下过一场透雨，地上很湿润。晨风吹来，路边的花草微微地摇曳着，林子里也渐渐听见鸟雀的啼鸣。此刻，文振天正领着学生们向坡顶冲刺。

山道上很滑，珊珊一不小心滑倒在地。手上、腿上明显已有两处伤痕。可是，当她看到后面的队友们相继擦肩而过时，她抹了抹已被汗水、雾水、泪水打湿的脸，很不服气地望了前方的队友一眼，猛地脱掉鞋子，又拍了拍腿上的沙袋，刚解开绳口，又突然停住，想了想，随即又飞快地将沙袋系紧，赤着脚拼命向前冲。

不久，她在窄窄的山道上超过了前面的队友。可是，经过一片杂树丛生的山路时，她的赤脚被草丛里的刺划了一下，痛得她皱了一下眉头。她停了停，本想看看受伤的脚板，回头看见后面快要跟上来的队友时，她咬紧牙关，继续向坡顶猛冲。

紧接着摄像机的镜头里，出现了一双在山道上奔跑的小小赤脚。土石混杂的地面上，铺满了树叶和松针。凹凸不平的石阶上，留下了一行行深深浅浅的带血的脚印。爬到坡顶，她露出了愉快的微笑。接着，她赶紧穿上鞋子，坐在山顶最醒目的地方，俯视后面继续爬山的队友。

一路上，文振天与学员们惊诧地看见了地上带血的脚印。学生们相继登上坡顶后，文振天望着手脚已被擦伤、直喘粗气的珊珊，眼睛里流露出赞赏的一瞥。然后，他看了看珊珊受伤的手，又乜了一眼地上的脚印，试着去脱珊珊的鞋子。

珊珊睁着大眼望了望，然后将身子和腿紧张地缩了起来。

文振天轻轻提起珊珊的腿为她脱鞋。可是，鞋被流出来的血粘住了。

站在一旁观看的队友们，望着珊珊沾满了血迹的脚板，个个面面相觑。

文振天什么也没有说，弯下身子，躬着背蹲在珊珊前面。

珊珊站起身，艰难地向前移着脚步，一步、两步、三步……可是，移了不到十步，便靠在旁边的一棵大树上，痛得龇牙咧嘴，再也挪不开步了。

文振天背起珊珊，沿着陡峭的山路，一手搂着珊珊，一手攀着树枝艰难地下山，其余的孩子在前面用手拨开树枝荆棘。

到了平坦些的路上，等其余孩子蹦蹦跳跳走远了，珊珊突然伏在文振天耳边说："文老师，你真像我的爷爷。"文振天听了身子一震，然后朗声说："珊珊，你今后就叫我爷爷吧！不过只准在家里叫。"珊珊顽皮地说："文爷爷真小气，我知道啊，在家叫你文爷爷，在学校叫文老师！"

这时，雾气散了，天空豁然明亮了。

突然，空中传来了飞机的轰鸣……

学生们站在山坡上，仰望着天空，一片欢呼雀跃："我看见飞机了！在那边，那边……"

珊珊昂着头望了望天空，她没有看见飞机，然后失望地问："文爷爷，我能坐飞机吗？"

文振天慈爱地说："你打好了羽毛球，就能坐飞机，飞到世界各地去！"

珊珊抬头望着无边的天际，一脸的心驰神往。

15.

【傍晚。资江。外。】

冬季来了，细雨纷飞，雾气蒙蒙。

呼呼的北风，将树枝吹得摇曳，桔黄的落叶迎风飞舞。

16.

【夜。训练场。内。】

学生们排列整齐地听文振天讲话。

文振天举着一个用秤砣做成的哑铃对学生们说："今天训练的课程是压腿和练习臂力。没有钱买器材，我用秤砣做了几个哑铃，只能轮流训练。"说完，他看了看学生们，然后指着前面的几个学生说："你们几个先练臂力，其余的先压腿。"接着，文振天举起哑铃，对学生们做了几个示范动作。

然后，学生们分头进行训练，有的压腿，有的练习臂力。

文振天站在一旁认真观看每个学生的训练动作，不时给他们纠正。

17.

【夜。户外。】

风，越刮越紧。

雨，越下越大。

18.

【夜。训练场。内。】

训练已经结束，学生们有的打着雨伞，有的戴着斗笠纷纷向驻地跑去。

文振天紧跟在后，关心地喊道："下雨，路不好走，注意安全！"

19.

【夜。文振天家。内。】

刘莲老师正在泡着一包包香喷喷的擂茶，等着学生们回来。

门开了。那那、小林、岁岁、王辉争先恐后地进了屋，高兴地叫喊道："耶！有擂茶喝，太棒了！"

那那跑过去抱着刘莲老师："奶奶，你真好！"说完，调皮地在刘莲老师脸上亲了一下。

王辉急不可待地端起擂茶喝了起来。

小林在王辉肩上拍了一下说："你这只馋猫，文爷爷还没回来呢。"

这时，珊珊冻得有些哆嗦地走到门口，一手拿着鞋子，一手取下斗笠，甩了甩水。

刘莲老师发现珊珊打着赤脚，惊讶地走过去，盯着珊珊的赤脚说："孩子，这么冷的天，你怎么打赤脚呢？"连忙接过珊珊的斗笠。

珊珊打了一个冷颤，可怜地："妈妈说，没钱买鞋子。"

刘莲老师一把搂着她，着急地说："快用热水泡泡，不然会着凉的。"说完，刘老师转对那那喊道："那那，快去打盆热水来。"接着，她扶着珊珊坐在桌旁，将一碗热气腾腾的擂茶递给珊珊，说："快喝下，驱驱寒！"

这时，那那端来了一盆热水放在珊珊脚下，刘老师连忙蹲下，将珊珊那双冻得发红的小脚，放进了热水中，慢慢地洗着。

20.

【日。训练场。内。】

学生们训练十分认真，十分刻苦（当年的棍棒不见了）。

此时，孩子们拿着各式各类的拍子，有乒乓球拍，有网球拍，等等。

两个拿着半新半旧羽毛球拍的孩子，全神贯注地对打。

随着一声口哨，全场停止了训练。

文振天来到学生们中间说："同学们，告诉大家一个好消息，再过三个月，学校要派十来名代表参加全市比赛，希望大家争取机会。还有，老师最近要到长沙、湘潭等地去看几场比赛，可以带三名十岁以下的学生一同前往。带谁呢？老师想了一个办法，就看明天晨跑时，哪三位同学先跑到目的地。路线是从学校跑到安化茶厂的大门口。大家记住了吗？"

众学生："记住了。"

文振天："今天的训练结束，解散！"

21.

【日。江边。草坪。柳树下。外。】

春回大地，阳光灿烂。

田野、山岗到处鲜花怒放，草坪里好几处花朵上，蜂儿正在采着花蜜。

近处，珊珊、那那、小林、岁岁、王辉五个孩子正围着一只风筝争夺、嬉笑、追逐。

王辉推开大家后说道："等一会起风了，谁来放风筝？"

岁岁："那那姐姐跑得最快，最好让她放。"

小林"哼"了一声："还没比赛，谁跑得最快还不知道呢！"

那那很不服气地："小林，咱们比试比试！"

王辉："明天晨跑要比赛，你们别争了，还是留点力气明天用吧。风筝是我带来的，还是我来放。"说完，拿起风筝望着蓝天。

站在旁边一声不吭的珊珊终于说话了："不行，咱们抓阄。"

王辉："这个主意好，我看行。大家同意吗？"

众："同意！"

珊珊在地上扯了一根草秆，背过身去做了五根一样长短的阄捏在指尖上，另外还做了一根特别短的放在手掌中，然后说："这里有五个阄，谁抓了最短的，谁就放风筝。你们先抓，我的是座阄。"

四个小孩每人上前抽一根。在他们相互看的时候，珊珊伸出手掌说："我的最短！"说完，从王辉手中抢过了风筝。

微风吹来，小草、花朵、树枝迎风舞动。

岁岁大声地："起风了，起风了。"

珊珊边跑边放，风筝慢慢飞向了蔚蓝的天空。

镜头次第推远：茵茵草地、碧绿江水、蓝天、白云、飘飞的风筝……一行白鹭掠过江面。

充满童趣的《白色鸟》歌声渐起——

> 我有一只白色鸟
>
> 不分夜晚和拂晓
>
> 来来回回地飞
>
> 来来回回地跑
>
> 我爱这只白色鸟
>
> 同它一起飞，同它一起跑
>
> 飞向蓝天吧，白色鸟
>
> 飞向世界吧，白色鸟

22. ⟩⟩⟩⟩⟩⟩

【夜。文振天家。内。】

窗外，夜空明朗而宁静，月亮还没有升起来，繁星满天。

室内，文振天与刘莲仍在备课。客厅里的王辉与另一间房里的那那、小林、岁岁睡得正香，珊珊还没有入睡，眼睛眨巴眨巴地想着心事。

突然，室内的灯熄灭了。珊珊终于侧着身子入睡了（梦境里，有白色鸟群从青山倒映的江面掠过，飞向蓝天）。

23. ⟩⟩⟩⟩⟩⟩

【晨。户外。】

学生们在文振天的带领下飞快地向前跑。

镜头拉近，清晰地看见，那那跑在队伍的最前面，珊珊和岁岁已经落在后面。跑至前方岔路口时，珊珊拉着岁岁的手离开石板路，从岔路口抄近路跑去，前面很快出现了茶厂厂房的轮廓。

珊珊与岁岁穿过密林，穿过老街，穿过小巷，穿过菜地，穿过一座风雨桥，率先跑到了安化茶厂的大门口。

片刻，文振天与那那飞快地跑来，后面的同学也争先恐后地紧紧跟上。文振天望了珊珊与岁岁一眼，没有理睬。

稍许，当众人已全部到达时，文振天说："现在，我宣布比赛结果，今天的比赛，第一名是那那，第二名是……"他的话还没说完，珊珊大声叫嚷着："错了，错了！老师，第一名应该是我。"

文振天："为什么？珊珊，你说理由。"

珊珊胸有成竹地说："老师，您说从羽校跑到安化茶厂大门口，我和岁岁没有跑错路线吧！您只说，看谁最先到达这里，并没有规定只能走哪条路，最先到达这里的是我，然后是岁岁，再是那那。"

文振天听了一震，然后说："对对对，是老师没有讲清楚规则，珊珊的理由是正确的。"

那那朝珊珊"哼"了一声说："耍赖，不算本事！"

珊珊听了，回道："本来就是！"

24.

【日。车站。外。】

文振天背着行李，胸前用绳子挂着四条小板凳，像个小贩一样，与珊珊、那那、岁岁站在车站门口等候着。

客车缓缓靠站了。文振天推着孩子们上车时，却被售票员拦住了。

售票员："同志，小孩没买票，您最多只能带一个上车。"

文振天："小孩买半票行不？"

售票员看了看，严肃地摇了摇头。

又一辆客车缓缓开来了，但见文振天走到几个候车旅客面前交谈着。车停了。文振天与另外两个旅客一人带一个小孩上了车。

客车上没有空位。

文振天从胸前取下小板凳，让学生们紧凑地坐在一起。

客车沿着弯弯的山道，缓缓向前行驶……

25.

【日。赛场。内。】

一场精彩的羽毛球双打比赛正在激烈地进行。远远望去，文振天与珊珊、那那、岁岁坐在一旁聚精会神地观看。镜头由远而近，但见珊珊一边看，一边暗暗地比画着场上运动员挥舞的每一个动作。

另一场羽毛球单打比赛已经开始。文振天与珊珊等全神贯注地观看着，每到精彩处，文振天便忍不住激动地打着手势与她们交流着。

不同的赛场上，一场混合双打的羽毛球赛打得十分激烈，观众席上，只剩下珊珊一人看得如醉如痴。

26.

【日。火车上。内。】

硬座车厢内，挤满了穿戴不一的各地游客。

文振天与珊珊、那那、岁岁坐在车厢的最后一排的角落里。此时，珊珊三人正做作业，文振天在耐心细致地讲解、指导。

透过窗外斑斓的世界，一列火车呼啸而去。

27.

【日。东坪完小二年级教室。内。】

教室里，同学们正在聚精会神地做作业。

镜头由远而近，珊珊与王辉的课桌上划着一条明显的界线。珊珊无意间把手移过了界线，王辉见状，拿起桌上的尺迅速地在珊珊手臂上打了一下。珊珊收回手，气愤地望了王辉一眼。片刻，珊珊的手不知不觉又一次越界，这一次，王辉满脸火气地将珊珊桌上的书全部推到地上。

这时，下课铃响了，王辉飞一般地向操场跑去。

望着王辉远去的背影，珊珊拾起自己的书后，在王辉抽屉里拿出一本书，然后悄悄地放进了讲台的抽屉里。

28.

【日。东坪完小操场上。外。】

操场上，那那在跳绳，岁岁与另三个孩子在跳皮筋，王辉在玩纸飞机，其余的小孩子也在做各种游戏，整个校园沉浸在一片欢乐之中。

29.

【日。东坪完小二年级教室。】

讲台上，刘莲老师说道："下面，请王辉朗诵古诗《村居》。"王辉没有听见老师在叫他，仍焦急地在抽屉里寻找书本。

刘老师见状，喊道："王辉，你在干什么？"

王辉茫然地望着刘老师。

珊珊小声地："刘老师喊你朗诵古诗《村居》"

王辉小声地说："我的书没带来。"

珊珊将书推了过去，王辉感激地笑了笑，珊珊也会心地笑了。顿时，教室里响起了王辉的朗读声："草长莺飞二月天，拂堤杨柳醉春烟。儿童散学归来早，忙趁东风放纸鸢。"朗读声频频传来。

30.

【日。空旷坪地上。外。】

太阳炙烤着大地，炽热的阳光下，文振天正带着学生们进行刻苦训练。有的跑步，有的压腿，有的对练。

珊珊与那那、岁岁与小林、王辉与另一名同学对练着。但见他们脸上像涂了油彩,汗流浃背,疲惫至极。尽管如此,他们手中的球拍仍在空中不停地飞舞。

渐渐地,许多学生支撑不住了,珊珊与那那谁也不服输,尽管身子几次摇晃,但她们依然坚持着。

画面上,球拍在飞舞,羽毛球在空中飞来飞去。

31.

【日。文振天家坪院里。外。】

天空晴朗,万里无云。

楼道口,刘莲老师端着一簸箕姜丝走出来,晒在墙边朝阳的架子上。这时,她远远看见珊珊、那那、王辉、岁岁蹦蹦跳跳地从大门口回来了。晒完姜丝,她望着可爱的孩子们,微微笑了笑,然后转身走进了楼梯口。

当刘莲老师转回楼梯口时却被那那发现。那那"嘘"的一声,食指压在嘴上,示意大家不要出声。大家蹑手蹑脚地走进了坪院大门。当他们来到坪内看见墙角边晒着的姜丝时,又小心翼翼地退了出去,躲到了墙角里张望。

刘莲老师回到楼梯口后,回头望了望孩子们,看见他们进来了又退回去感到奇怪,也悄悄转身跟过去,躲藏在墙的另一边窥望着。

这时,文振天急匆匆从楼梯口出来,看见刘莲鬼鬼祟祟躲在墙角向外窥望,也轻轻地跟过去。

只听墙角那边孩子们正在小声议论着:

小林:"这姜是刘老师的,怎么不能吃?"

那那:"刘老师又要上课,又要帮我们做饭、洗衣,还要辅导作业,这些姜,她切了好几天,我们吃了,她生气怎么办?"

珊珊:"我看没事,文老师说过,他家的东西就是我们的。"

那那:"要不这样,咱们想想办法,既要吃姜,又要少吃,既不进去抓,又要有姜吃,怎么办,考考你们的智力吧!"

王辉着急地:"不就是吃点姜吗?就你啰嗦!"

岁岁："就是嘛，进去抓一把就完了。"

小林："我看还是那那的主意好。万一刘老师骂我们，谁顶着？王辉，你顶吗？"

王辉生气地："大家吃姜，我一人顶罪，我不干！"

小林："你不干？就看那那有什么好主意。"

岁岁逗笑道："那那能有什么好主意！她的好主意就是让大家吃不到姜！"

王辉："别争了，快点想办法吧！"

众人想了想，没有想出好办法。

岁岁望着那那："哼，没办法了吧！"

那那："珊珊，你的办法最多，你给大家想一个好办法。"

珊珊想了想，没有吱声。突然，她看见草丛里蹲着一只大蚱蜢，便从口袋里掏出一根线，然后小声对大家说："快，大家都把鞋带解下来。"

众人不知何意，纷纷解下鞋带交给珊珊。

珊珊望着草丛里蹦跳的蚱蜢，对王辉说："王辉，你是男子汉，快逮住那只蚱蜢。"

王辉眼睛一亮，动作敏捷地往草丛里一扑逮住了蚱蜢。

珊珊用手中的线系住蚱蜢的腿，再用鞋带一根一根地接起来。鞋带接完后，珊珊在那那、小林的帮助下攀上墙头，然后大家趴在墙头，全神贯注看着。珊珊将蚱蜢轻轻吊下放入晒着姜丝的簸箕里。看见簸箕里的蚱蜢勾住了姜丝，珊珊小心地将线收拢来，取出姜丝后又将蚱蜢小心往下吊。

这时，躲在另一边偷看的文振天与刘莲，捂着嘴笑得很甜很甜。

文振天又怜又爱地轻声骂道："这帮鬼崽子！"

32.

【傍晚。江边。外。】

五彩云霞在黄昏的天际燃烧，远处的江面上泛起金灿灿的光芒。

近处浅水中，文振天带着二三十名学生正在游泳。只见他站在齐胸深的江水里不时向学生们比画着一招一式，又不时托着学生们的身子浮在水面上。

突然，一场水仗开始了，在王辉、珊珊、那那的带领下，所有学生一起参加了水仗，只见水花劈头盖脸地落在文振天身上。

片刻，水仗渐渐结束，可又有几名学生将文振天推倒在水中。文振天突然将身子往水中一沉，刹那间在几米远的地方从水中肩起了一名学生。

夜幕渐渐降临，随着文振天吹响的两声口哨，学生们迅速整队报数。然后，文振天兴奋地对学生们说："同学们，我告诉大家一个好消息，你们的师姐唐九红今天获得了羽毛球世界锦标赛冠军。过两天，她将回到母校一中。"话音刚落，掌声如潮。

33.

【晨。野外。】

山城、村庄在淡淡的晨雾中苏醒了。

远处，模糊地看见一个女孩在窄窄的山道上奔跑着。在女孩飞快奔跑的身影中，一连串的画面映入眼帘：

树木茂密的山野。

高耸的山崖和盘旋而上的羊肠小道。

突然，一阵脚步声，惊起了田中觅食的一群小鸟，它们迎着晨曦飞向山峦。

清浅的小溪，流水潺潺。

珊珊跑到溪边，迅速地摘了一大把山花。

前方的山脚下有一个苗圃，珊珊毫不犹豫地跑了过去。

苗圃的门锁着，珊珊从围墙缺口处翻身而入。里面，鲜花怒放，争奇斗艳。闻着花香，珊珊选择性地摘了一大束各类美丽鲜花。然后，她搂着一抱鲜花，飞也似的在山道上奔跑着。

34.

【日。安化一中。外。】

昔日的一中已焕然一新。教学楼、运动场已设施齐全。

学校操场上，人头攒动，彩旗招展，锣鼓声、唢呐声、欢呼声，声声入耳；腰鼓队、秧歌队、耍龙舞狮队热闹非凡。主席台上方悬挂着一条醒目的横幅："热烈欢迎羽毛球世界锦标赛冠军唐九红凯旋归来！"

学校大门口，文振天一行人，领着一名身穿羽毛球运动服，身高一米七以上，看上去十七八岁的姑娘缓缓走向主席台。

当主持人走上主席台时，音乐声与喧哗声戛然而止。

主持人："同志们，同学们，下面我宣布，羽毛球世界锦标赛冠军唐九红凯旋归来，欢迎仪式现在开始。让我们以热烈的掌声请出今天的嘉宾唐九红和她的启蒙教练文振天。"在一片掌声和欢呼声中，九红和文振天挥手致意，健步走上了主席台。

突然，珊珊捧着鲜花飞快地跑进了校门，直奔主席台，迅速将鲜花分成两半，分别献给了九红和文振天。

九红惊喜地接过鲜花，俯身与珊珊亲热地拥抱着。然后，文振天与九红将珊珊夹在中间，两人拉着她的手，将鲜花举过头顶，向人群挥舞着。

霎时，再次爆发的掌声响彻整个校园。

35.

【日。十八拐。外。】

一条弯弯曲曲的石梯伸向山顶，石梯两侧古木参天，偶尔传来鸟的叫声。文振天与九红悠闲地边登边聊。镜头沿山而上直达山顶，然后俯瞰拍摄，美丽的临江山城东坪全境尽收眼底。

文振天高兴地："九红，这次比赛你获得了世界冠军，真不简单呀！你让我既看到了希望，又充满了信心啊……"

文振天没有说完，九红抢着说："文老师，我知道，离您的目标还有很远很远的距离呢。"

文振天微笑地："九红，你能这样想，我就更放心了。"

九红惊奇地："看来老师胸有成竹啊！"

文振天："那棵最好的苗子你已经见过了。"

九红疑惑地问："我见过了？"

文振天："就是给你献花的那个小女孩。"

九红略有所思地："哦，那个小妹妹？很可爱的，叫什么名字？"

文振天："叫珊珊，入校三年了。另外还有那那、小林、岁岁、王辉都很优秀。"

九红听了，愉快地说："老师，听您这么一说，我可等不到下午了，现在就想去看看他们！"

文振天眼睛一亮："好啊，给他们一个惊喜！"

36.

【日。新的安化羽校。内。】

原来的训练场已被新的体校替代。

场内设施已经有了明显改善。原来破旧的渔网不见了，换成崭新洁白的羽毛球网，原来的木棍、木拍被换成了新的球拍。

此时，学生们正自发地进行单打、双打、混打对练，一招一式练得非常认真，对文振天与九红的到来毫无察觉，像在举行一场正式比赛。

文振天望着场内，指指点点着与九红说话。九红一边看一边频频点头。当看到珊珊打得非常卖力时，她一下拉起文振天的手直奔场内。

这时，王辉发现文老师与九红的到来，迅速整队集合。

王辉响亮地喊着口令："立正，稍息！"随即，他十分响亮地喊道："向冠军敬礼！向九红姐学习！"

顿时，场内响起了整齐洪亮的声音："向冠军致敬！向九红姐学习！"

九红激动地微笑着向大家挥手，动情地说："弟弟妹妹们，我非常高兴见到你们。"她停了停，继续说："姐姐为什么能够走进省队，走进国家队，除了自己的拼搏，主要是因为有一位好的教练！"说完，她转过身子，向文振天深深地鞠了一躬。

场内掌声如雷。

文振天挥了挥蒲扇，然后对学生们说："同学们，文老师只是一个土八路，但咱们土八路照样可以赶走日本鬼子。所以，只要大家奋力拼搏，就能像九红姐姐一样有出息，登上世界羽坛领奖台！"

场内掌声再次响起，一阵高过一阵。

正在这时，珊珊将右手高高地举过了头顶。

文振天："珊珊，什么事？"

珊珊："老师，我想邀请九红姐打一场比赛！"

珊珊的话令同学们大吃一惊，个个面面相觑。稍顷，同学们都笑了。

站在一旁的王辉轻轻扯了扯珊珊衣角，示意她不要放肆。

珊珊没有理睬王辉，并迅速地从旁边取来羽毛球和球拍，将其中一个球拍递给九红后，又快速地跑进了比赛场内。

九红拿着球拍，望着文振天。

文振天："珊珊向你挑战了，去吧，帮我好好调教调教她！"

片刻，场内比赛开始了。

上半场，珊珊你来我往还勉强可以与九红对抗，但情况渐渐发生了变化，面对九红快捷迅猛的攻势，珊珊渐渐体力不支，只有招架之功，没有还手之力了。

此时，两边观看的同学们使劲地喊道："珊珊加油！珊珊加油！"

听到喊声，珊珊精神一振，奋力地拼搏着。

37.

【日。天空。外。】

画面叠过，蓝天白云的天空渐渐变成了美丽的夕阳，接着又被浓浓的夜色吞没着。

38.

【夜。江边街道上。外。】

文振天与刘莲老师急匆匆向羽校走来。

文振天："珊珊这孩子，像一条蚂蟥一样，一直缠着九红不放。从上午到现在，饭也不让人家吃，差不多打了一整天。"

刘莲微笑地："我看珊珊更像一块牛皮糖，去看看九红是如何调教她的。"

说完，他俩会心地笑着走进了羽校。

39.

【夜。安化羽校。内。】

灯光下，其余的学生已经离去，空旷的训练场内珊珊与九红的对抗仍在继续。九红精湛的球技与凌厉的攻势，打得珊珊汗水淋漓，措手不及。

突然，珊珊的眼前闪出无数星星，"扑通"一声趴在地上。很快，珊珊又爬起来，可是，这一次她的眼角噙满了泪花。羽毛球依然在空中飞着，可珊珊的泪水像断线的珍珠一样直往下掉。此刻，她一边努力地接球，一边用衣袖抹着眼泪和汗水。渐渐地，汗水与泪水完全模糊了她的视线，尽管她没有看到球，但球拍一直不停地挥舞着。"扑通"一声，珊珊重重地"趴"在地上。她用衣袖狠狠地抹了下汗水和泪水，然后努力地拄着球拍又艰难地站起了半个身子，可是，摇晃和抖动的躯体再一次栽倒在地。

九红见状，连声喊道："珊珊，珊珊，你怎么了？"一边喊，一边迅速从网下跑过来将珊珊扶起。

刚进大门的文振天与刘莲见此情景，立即跑上前去，关切地喊着："珊珊，珊珊……"

珊珊喘着气，微微地笑了笑。当她开口说话时，眼泪情不自禁地涌了出来，然后悲观地对文振天说："老师，我……我与九红姐姐……打了一天球，可是……我……没有……没有赢一分球。"

刘莲将珊珊揽在怀里，关心地："珊珊，好孩子，你现在还小，等你长大了，一定是最棒的。"

九红鼓励地："珊珊，只要你像今天一样努力，今后一定会超过九红姐。相信九红姐的话，好不好？"

珊珊使劲地点了点头，然后努力地说："我一定……向九红姐学习。九红姐……我什么时候……能再和你比赛？"

九红想了想，从行李袋中取出一只用铁打的粗糙的球拍送给珊珊。

珊珊接过铁打的球拍，手不由往下一沉，然后惊诧地望着九红。

九红微笑道："珊珊，小师妹，这是世界上最重的羽毛球球拍，有 3 斤重。那年，我只有你这么大的时候，为锻炼我的臂力，我父亲专门为我打造了这只铁球拍。从那以后，我一直带着它，今天我将这只球拍送给你，希望你今后将这只球拍发挥得更好。"说完，她又从行李袋里拿出一张自己在领奖台上高举金杯的照片，送给珊珊说："你什么时候想和姐姐比赛，就看看姐姐的照片。"

文振天："珊珊，你看，师姐多么关心你啊，你有信心吗？"

珊珊望着紧紧抓在手中的照片，又望了望文振天，不久，她竟伏在刘莲老师的身上睡着了。

40.

【夜。文振天家。内。】

客厅里，那那、小林、王辉、岁岁正在认真做作业。此刻，墙上的闹钟敲响了，时钟已指向了 21 点。

41.

【夜。江边。柳树下。外。】

圆圆的月亮。明亮的伴月星。

月光下的资江，美丽而神奇，渐渐地，江面上弥漫起一层薄薄的雾气。

沿着洒满月光清辉的江边，文振天背着珊珊，与九红、刘莲老师一起来到了江边的柳树下。

刘莲关心地："九红，你忙了一整天，早点休息吧！"

九红："师母放心，我没事，看到珊珊这么顽强，我真替文老师高兴！"

文振天：“九红，你师母很关心你，准备了一份你最喜欢的礼物呢！”

文振天话没说完，九红接住他的话说：“老师，我知道，一定是我最喜欢吃的水井巷擂茶！”

说完，三人哈哈大笑起来。

42.

【夜。文振天家。内。】

小林做完作业，合上书本伸了一个懒腰，然后自言自语地："珊珊怎么还没回来？"

王辉："珊珊还在领教九红姐的球技，比我们刻苦呢！"

那那"哼"一声冷笑道："前两天连输我三局，想做冠军梦，还早着呢！"

王辉："你神气什么啊，你是我的手下败将，我是珊珊的手下败将，咱们半斤配八两。"

那那很不服气地："哼，我就不信打不过你们。"

王辉也不甘示弱地："哼，谁怕谁啊！"

那那气得直跺脚："王辉，你有种，咱们现在就去比试比试。"

王辉起身说："比就比。不过，你要是输了怎么办？"

当王辉与那那争吵之际，小林毫不客气地："我看谁也不要争了，有种的，就像九红姐一样，早点打到国家队去！"

"吱呀"一声，房门开了，文振天背着珊珊与刘莲老师走了进来。

珊珊仍然没有醒来。

文振天将珊珊背进房里放到床上躺下。

刘莲老师轻轻地脱掉了她的运动鞋。抓在手中一看，鞋子的脚尖和脚掌处，磨出了两个拇指大的洞眼 [特写]。回过头去看珊珊的脚和手，她惊呆了。稍停，她对文振天招招手："老文，你来看，这孩子的脚和手……"

文振天仔细地看了看珊珊脚上隆起的几个硕大的血泡，起身从桌上拿来针线和一瓶酒精，将针头沾上酒精点燃，然后从血泡中刺过去……

刘莲饱含热泪地："这孩子！"

43.

【日。东坪完小三年级教室。内。】

课堂上，学生们正在做作业。珊珊做完作业后，从书包里拿出九红的照片放在用文具盒搭成的架子上，认真地欣赏着。

此时，坐在旁边的王辉无意中看见了九红的照片，他似乎想与珊珊说点什么，最终却没有说出来，但脸上流露出嫉妒的神色。

当珊珊将照片装进书包时，她瞧见了王辉窥视她的眼神，得意地重新将照片放到课桌的架子上。

王辉圆瞪着双眼，狠狠地盯了珊珊一眼。

44.

【日。东坪完小操场上。外。】

这是学校课间操时间，学生们在广播的一声声口令下正做着第六套广播体操。整齐的队伍，优美的动作，为宽敞的校园增添了一道新的风景线。

45.

【日。东坪完小三年级教室。内。】

快要放学了，黑板上写着"家庭作业"字样。一些学生在记题，珊珊在清理书包。突然，她发现九红的照片不见了，十分焦急地在课桌里寻找。

看着珊珊焦急的样子，坐在旁边另一课桌旁的那那轻声问道："找什么啊？"

珊珊："九红姐送给我的照片不见了。"

那那吃惊地："怎么，九红姐的照片不见了？你想想，还有谁知道？"

听那那这么一说，珊珊似乎明白了。于是，她对旁边正在记题的王辉说："王辉，你偷了我的照片，交出来！"

王辉眼睛一瞪："谁偷了你的照片！"

珊珊："别装蒜了，不是你还有谁？"

王辉满脸火气地拉大了嗓门："我警告你，再说一遍，小心我撕烂你的嘴！"

珊珊毫不退让地伸手抢王辉课桌里的书包，结果反被王辉推倒在地。珊珊火气上涌，起身将王辉课桌上的书全部扔到地上。当王辉再要反击的时候，却被走进教室的刘莲老师喝住了。

刘莲老师："停下！"接着，她对珊珊说道："珊珊，跟我来。"

珊珊背着书包，跟着刘莲老师走出了教室。望着珊珊离去的背影，王辉仍不解恨地说："刘老师偏心！"

一直在旁看着的那那，很不满意地对王辉说："自找麻烦！"

王辉气愤地："那那，你帮吧，你帮她我也不怕。哼！"

那那背着书包，不理不睬地走出了教室。

46.

【日。江边。草坪。柳树下。外。】

放学回家的路上，珊珊飞快地奔跑着。

后面，王辉迅速地追了上来。渐渐地，他超过了珊珊。然后，他站在珊珊前面拦住了去路。珊珊恼怒地左冲右突，结果均被王辉堵住不放。

珊珊忍无可忍，使劲朝王辉撞过去。王辉冷不防被珊珊撞倒在地，珊珊头也不回地继续向前奔跑。王辉站起身，再一次冲上去拦住珊珊。此时，珊珊眼睛里冒着愤怒的火花，圆鼓鼓地瞪着王辉。然而，王辉仍然没有放走珊珊的意思。

珊珊吼叫一声："走开！"

王辉二话没说，趁珊珊没有防备，狠狠地将珊珊推得后退几步。珊珊稳了稳，上前与王辉扭打起来。

此时，文振天追来了，当他看见珊珊与王辉正在扭打时，大声喊道："王辉，珊珊，快停下，停下！"

听到喊声，珊珊松了手。然而，就在珊珊松手之际，王辉猛地一推，珊珊脚步趔趄地摔倒在地。珊珊的腿上划了一道伤口，溢出了鲜血。

文振天举拳很想揍王辉，当他看到王辉吓得浑身颤抖地躲在一旁时，便将举起的右掌又放下，嘴角动了动又闭上。最后，他狠狠地瞪了王辉一眼。为珊珊仔细看完伤情后，他从自己的内衣里撕下一块布扎在珊珊的伤口上，然后小声地："还好，伤得不重，休息几天就好了。"说完，又对王辉说："回去！"

望着老师与珊珊远去的背影，王辉感到浑身像散了架，一个人怏怏地往回走。

47.

【夜。山村。外。】

夜，起风了，山村里的灯火在树影中闪烁着。

突然，灯火熄灭了，山村寂静下来了，只有风摇动着树梢的呜咽声，风穿过竹林的簌簌声，和一两声凄厉的狗吠声。

48.

【夜。山村。珊珊家。内。】

"嚓"的一声，一根火柴点燃了。这是珊珊家的房里。

珊珊妈点亮了煤油灯，又把灯火尽量地捻小，昏昏暗暗地照着。

灯下，珊珊木木地坐着。

珊珊妈点燃灯后，走到了床边。

床上，珊珊爸在痛苦地呻吟，他的腹部缠着厚厚的纱布，看得出他动了手术。

珊珊妈一边用毛巾擦着他爸额上的汗水，一边说："珊珊，你哥你姐上初中毕业班，你爸病成这个样子，我一个人忙不过来呀，你回来给妈帮忙，好不好？"

望着摇曳的灯火，珊珊没有吱声。

珊珊妈像是自言自语地："几根鸡毛做成的东西，打得飞来飞去的有什么用！"

珊珊仍然没有吭声，灯光下，她的脸上露着无奈的神色。

珊珊妈："你爸他，万一……"

珊珊坚强地咬了咬牙根，但泪水依旧不听使唤地滚了下来，然后抽泣地说："妈，我不去打羽毛球了，不去……"说完，她嘤嘤地哭了。

珊珊爸努力地说道："荷花，让珊珊自己做主吧。"

珊珊来到床边，握着爸爸的手哭泣地："爸，我不去了，我留下来陪你。"

珊珊爸强装笑脸地："爸爸做了手术，不碍事的，我在部队的时候，也喜欢打球。"

珊珊泪流满面地叫了一声："爸！"

珊珊妈听着他们父女俩的对话，十分心疼地叫了一句："珊珊！"然后一边哭，一边将珊珊搂在怀里。

49.

【日。文振天家坪院里。外。】

暖暖的阳光洒在坪院里。

文振天坐在坪院里，正在指指点点地辅导那那、小林、岁岁、王辉完成数学作业。

那那完成作业后，合上书本，问文振天："老师，珊珊还会来吗？"

文振天皱了皱眉头，没有吭声。

小林望了文振天一眼，又望了望王辉，然后接着那那的话题说："她爸做了肝脏手术，可能不会来了。"

听着那那与小林的对话，王辉的心里很矛盾，也很尴尬，更有许多歉意。他想了想，说道："文老师，我们一起去把珊珊接回来，好不好？"

50.

【日。户外。】

文振天去商店买了一些礼品，然后带着那那、小林、岁岁、王辉，走在前往珊珊家的山路上。

沿途经过的画面在银幕中叠印着：

淙淙流淌的小溪。

青瓦木舍的村庄。

青石板小道。

古老的风雨桥。

草地、孩子、黄牛的剪影，清脆的牛铃声……

51.

【日。珊珊家。外。】

白天的视角很清晰，珊珊的爸龚再生坐在阶基的椅子上晒太阳，看上去精神好多了。

文振天带着学生们来到坪院里，满脸堆笑地招呼道："再生，病好些了吗？"

再生微笑地："差不多了，再过几天就可以拆线了。"

文振天摇着蒲扇陪坐在再生身边的石阶上，哈哈大笑道："再生啊，大难不死，必有后福啊！"

再生乐观地："都这样了，还有什么后福啊！"

再生与文振天都笑了。

这时，王辉问道："叔叔，珊珊呢，哪儿去了？"

再生难以启齿地叹了声气，说道："都怪我得错了病，没钱吃药，她跟着她妈到茶厂拣茶去了。"

52.

【日。安化黑茶厂。拣茶车间。内。】

宽敞明亮的拣茶车间，几百名拣茶工，排成十多排整齐的队列全神贯注地忙着拣茶。

珊珊端着茶盘，坐在她母亲的旁边，两只小手不停地清拣茶盘内的杂质，神情特别专注。

这时，文振天带着王辉等来到了拣茶车间，在人群中四处寻找。

突然，那那看见了珊珊，大声叫着："珊珊，珊珊……"

那那的叫喊声惊动了全场。

珊珊听着喊声站起来，高兴地应声："文老师，你们怎么来了？"说完，放下手中活计，飞快地来到文振天身边。

珊珊的母亲谢荷花见状，也跟着走了出来。

53.

【日。安化黑茶厂。厂外。花园边。】

坪院里，珊珊与那那、小林、岁岁热烈地拥抱着，却把王辉冷落在旁边。

终于，珊珊走近了王辉，轻声地说了句："王辉，你也来了！"

王辉诚恳地："珊珊，对不起！"

珊珊："我也不对。"

王辉："我不知道你爸……他病了。"

珊珊"嗯"地点了一下头。

王辉："你离开我们一个多星期了，我们每天都想你……我们接你来了。"

珊珊望着队友们，摇了摇头道："别说了，我不能回队了。"声音里有些哽咽。

王辉十分小心地掏出那张用纸包好的照片，递给珊珊说："珊珊，这是师姐的照片，还给你！珊珊……别怪我，好不好？"

望着九红的照片，珊珊很想哭，但她强忍着说："王辉，不怪你，我爸……

我爸病得很重，我要留下来照顾他。"

那那故作大声地："你说什么？不去打球了？不行，我去跟你爸妈说。"

"珊珊，你爸快好了，你去吧！"后面，传来了珊珊妈荷花的声音。

那那高兴地抱着珊珊，飞快地旋转着。

此时，珊珊家里传出了一片欢乐的笑声。

54.

【日。安化羽校。内。】

场内没人打球，学生们整齐地排成几队进行着"劈一字"的基本功训练。文振天一边摇着蒲扇，一边耐心地指导。

片刻后，他搬过来一条凳子，然后对学生们说："大家起来，下面我向大家透露一个好消息，本次参加全市羽毛球比赛的运动员名单已经定下来了。他们分别是：珊珊、那那、小林、王辉、岁岁。"话音刚落，五人高兴地抱在一起。

55.

【日。十八拐。树林里。外。】

阳光下，珊珊、那那、小林、王辉、岁岁手拉着手从羽校出来，穿过街道，穿过小巷，直奔十八拐而去。

刚到山下第一个石级，那那松开小林的手对队友们说："文老师前天说了，爆发力和耐力是取胜的关键，咱们今天比试比试，看谁爬山的爆发力和耐力最好，大家说行不行？"

众队友："好！"

那那："预备——"，声音未落，队友们早已冲出很远了。

石级上，树林里，闪动着他们奋力攀登的身影。王辉跑得最快，登上山顶，他没有进入耸立在最高位置的宝塔，而是快捷地爬到一棵大树上躲藏起来。

转眼，珊珊赶到了。

王辉看见珊珊，小声地叫唤着："珊珊，上来。"

珊珊试探地爬了爬，可是树太粗，爬不上，只好背靠大树躲藏着。

珊珊刚躲藏好，那那、小林、岁岁便跑来了。她们见山顶空无一人，呵呵地大笑道："我们赢了！我们赢了！"

王辉仿佛疯了似的在树上对着山谷大声呼喊："啊——！啊——！……"

珊珊也仿佛疯了，她仰着头，也在大树背后大声地呼喊："啊—！啊——！"

那那、小林、岁岁见状，全部疯子般地呼喊道："啊——！啊——！……"

接着一串串清脆的、欢快的笑声，在林子里、在山谷中回荡着……

56.

【日。客车上。内。】

客车在弯弯的山道上缓缓行驶。

车内，文振天正与珊珊等五名运动员谈笑风生。

57.

【日。益阳市体育馆。内。】

赛场上，那那与一名选手的比赛已经结束，场上比分11比6。那那下场后，文振天和学生们高兴地与那那拥抱在一起。

赛场上，珊珊与另一名选手紧张地角逐着，场上比分8比10，珊珊落后两分。此时，站在旁边的文振天脸上露出焦急的神色，王辉与队友们大声地："珊珊加油！珊珊加油！"可是，珊珊最终以9比11负于对手。比赛结束，珊珊什么也没说，风一般地跑出了赛场。

文振天严肃地："王辉，小林与岁岁的双打就要开始了，你先去看看珊珊，我稍后就来！"

王辉："好的！"说完，飞快地跟了上去。

58.

【日。益阳市体育馆门外。】

珊珊背着球拍，头也不回地跑出了体育馆大门……

59.

【日。益阳市体育馆内。】

墙上张贴着比赛规则和分数情况，比赛结果十分醒目：女单第一名：那那；第二名：李诗；第三名：罗艳；第四名：珊珊。男单第一名：王辉；女子双打第一名：小林，岁岁。

王辉匆匆地浏览了一遍，然后快速地跑出体育馆。此时，他看见了在马路上等待客车的珊珊，飞一般地向客车跑去。

珊珊上车后，客车缓缓地启动了。

王辉一边跑一边挥手："停车，停车！"可是客车已加快速度远去了。

60.

【日。客车。内。】

客车在山道上快速行驶，珊珊木讷地靠窗坐着。

61.

【日。江边。外。】

珊珊拼命地向前奔跑……

62.

【日。江边另一处。外。】

文振天带着胸前挂着奖牌的王辉、那那、小林、岁岁在四处寻找。

王辉指着前方说："走，到那边看看去。"

文振天望着胸前挂着奖牌的学生，说："把奖牌收起来！"

学生们很不情愿地收起奖牌。

63.

【日。草地上。外。】

草地上，珊珊坐上秋千后，下大力气，发疯似的将秋千荡得很高很高。

文振天等远远地望着珊珊，焦急地："珊珊，危险啦，注意安全！"

珊珊似乎没有听见，将秋千荡得更快，更高。

64.

【日。文振天家。餐厅。内。】

门开了。

文振天带着王辉、那那、岁岁、小林一个挨一个像一串长长的小尾巴似的回来了。王辉一进门，将汗渍渍的脏衣服往凳子上一扔，其余三个孩子见王辉的脏衣服换了，也将自己的脏衣服脱下来扔在凳子上。然后静静地分头做着各自的功课。

刘莲老师正在忙忙碌碌地做晚餐。片刻，桌上摆满了丰盛的菜肴，她热情地招呼着："吃饭啦！"

文振天与孩子们纷纷放下手中的活计，围坐桌边。

珊珊睡在床上，听到喊声，反而将被子往上一拉，继续蒙头大睡。

刘莲从门缝中瞧了瞧，关心地："老文，这两天珊珊吃得少睡得多，这样下去怎么行啊。你再去劝劝吧！"

文振天起身，轻轻地推开房门。王辉和队友们放下手中的碗筷，也蹑手蹑脚地跟了进去。

65.

【日。文振天家。珊珊卧室。内。】

学生们跟着进来了。文振天见状，做了一个"嘘"的手势。

尽管大家蹑手蹑脚，可珊珊仍感觉到了大家的到来，她将被子拉得更紧了。

文振天坐到床沿，说道："珊珊，不吃饭，饿坏了身子怎么打球呢？"说着说着，他试探性地揭了揭被子，可被子被珊珊拉得很紧，没有揭开。

王辉、那那、小林望着文振天，比画着各种揭被子的动作。

岁岁走到珊珊床脚边，小心地将手伸进去，然后轻轻地挠了挠珊珊的脚板。

珊珊的脚被岁岁挠得发痒，她突然将被子一掀，猛地坐起来，火气十足地大声斥道："出去，出去！"

队友们捂着笑脸，匆匆退出了房间。

文振天起身关紧了房门。

66.

【日。文振天家。餐厅。内。】

珊珊房间的门关上了，队友们挤在门边偷听。

67.

【日。文振天家。珊珊卧室。内。】

文振天抚摸着珊珊的头，爱抚地说："别难过了，日子还长着呢。再说，你取得了第四名，成绩已经蛮不错了。"

珊珊突然"哇"的一声哭起来："文爷爷，我真没用。"

文振天将珊珊揽在怀里安慰道："胜败兵家常事，你怎么没用呢，我看正相反，通过这场比赛，文爷爷发现了一个大秘密。想听吗？"

珊珊破涕为笑，惊异地点了点头。

文振天："我发现，你的耐力和爆发力是所有运动员中最棒的，而且球路变化多，跑动的范围也很大，但为什么输了呢？我仔细地观察了你的弱点，这弱点啊，也许就是你的优点。"

这时，听得非常认真的珊珊终于开口说话了，问道："老师，我的弱点为什么也是优点？"

文振天："你的优点是想打赢比赛，可是，你的弱点呢，还是想打赢比赛。"

珊珊："想打赢不行吗？"

文振天微笑道："一个运动员，如果不想打赢比赛，就不是一个好运动员了。可是，比赛的时候，太急躁了也是不行的。你这次没有得冠军，就是因为你求胜心切，所以打的时候发挥不稳定，而且球也没有控好。珊珊啊，失败是成功之母，这次失败了没有关系，关键在于今后要改正缺点，发挥优势，全省明年举行青少年羽毛球大赛，你争取拿个冠军回来。你的师姐九红，原来就是你这样子。"

珊珊一边听，一边望着悬挂在床头的铁球拍，然后略有所思地"嗯"了一声。

文振天："珊珊，文爷爷相信你，你一定会和九红姐一样有出息的！"

珊珊仍然愣着，文振天趁机说："现在的任务是……吃饭去！"

珊珊微笑地点了点头。

68.

【日。文振天家。餐厅里。内。】

躲在门边偷听的队友们高兴地："珊珊，开饭啰！开饭啰！"

珊珊脸上仍有些尴尬，但文振天已经将她拉到了餐桌边坐下。珊珊抬头与队友们笑了笑，然后埋头狼吞虎咽地吃起来，看得出，她确实饿坏了。

刘莲看了看珊珊，又望了文振天一眼，会心地笑了笑。然后，她没有吃饭，而是从凳子上拿起孩子们换下的衣服进了卫生间。

69.

【日。安化羽校。内。】

文振天用蒲扇代替球拍，正指导学生们练习发球的动作。练完后，他对学生们说："发球动作今天只练习到这里，下面进入正式训练。"

王辉见珊珊已经入场，抢在队友之前与珊珊进行练习。虽是练习，可珊珊与王辉打得十分投入。珊珊几次强攻反击后，渐渐地被王辉抢占了上风。轮到珊珊发球时，她一改从前的急躁，调整了打法，稍停地做了两次深呼吸。然后再在拉、吊中进行反击。

在旁看得认真的文振天，突然蹲下身子，用扇柄在地上比画着各种图形。

片刻，场内的训练慢慢停止。一名学生跑过来问："老师，时间到了，我们可以走了吗？"

文振天不假思索地："走吧！"回答完毕，他突然大喊一声："珊珊，王辉，过来！"

珊珊与王辉退出训练，跑到文振天身边。

文振天疑惑地问："珊珊，你刚才的打法是怎样琢磨出来的？"

珊珊："我接球时，无意间就这样打了，我觉得这样打轻松多了。"

文振天点头道："不错不错，今后你就这样打！"一边说，一边用扇柄在地上比画给两人看。

珊珊边看边听地："老师，这是什么打法啊？"

文振天："这叫拉开突击型打法。只是其他人球路都与你不同，我想一想，看和谁练球最合适。"

王辉笑道："刚才，珊珊是与我练球才这样打的，我陪她练球也许最合适。"

文振天想了想，说："行，明天起，你们就按照这种方法练习。"说完，摇着蒲扇走进了教练办公室。

王辉："珊珊，时候不早了，走吧！"

珊珊摇头道："你先走吧，我还要一会。"

王辉走了。场内顿时空空荡荡。竟连那个带病扫地的少年也不见了。

此时，只有珊珊一人在继续训练。她一会儿做着发球动作，一会儿在球场内来回跑着。跑了一会，她又反复练习扣球动作，练完扣球动作后，又从旁边的柜子里取出九红送给她的铁球拍，一个人奋力地挥动着。球拍很重，她吃力地挥舞，渐渐地，额上渗出豆大的汗珠，尽管球拍越挥越低，可她仍然吃力地坚持着。

70.

【黄昏。山道上。外。】

红红的夕阳，静静地照着茂密的山林。

珊珊拿着九红的照片，独自一人坐在石级上。

[画外音]：爸爸，老师，九红姐，放心吧，我一定不辜负你们的期望。

良久，珊珊收藏好照片，又从背包里取出那个铁球拍，并在手肘处吊上两个很重的铁砣，然后对着空旷的山林挥动着。

片刻，她收起了球拍，然后在腿上绑好沙袋，在一段很长很陡的石级上奔跑。跑到顶点又下来，然后又从起点往上跑，反复多次。

71.

【夜。文振天家。内。】

窗外，深沉的夜空中堆积着厚厚的云层，看不见星星和月亮。

此刻，文振天卧室里还亮着灯光。镜头拉近，但见文振天已经沉沉地入睡了，灯光下，接连打了几个哈欠的刘莲老师，戴着眼镜在疲惫地缝补着学生们的衣服。

另一间卧室里的灯已经熄灭，那那、小林、岁岁均已入睡。

72.

【夜。文振天家坪院。外。】

月光下，珊珊有时跨着一字，有时跑跳，仍在继续训练。

73.

【清晨。江边。柳树下。外。】

新的一天又开始了。

被雾气笼罩的江边上，珊珊头发湿透了，一绺绺地垂挂下来，仍在飞快地奔跑着。因为雾气湿度太大，珊珊的头发和脸像在雨中淋湿了一般。跑到柳树下，珊珊停下来，继续做着深呼吸。然后，她望着垂下的柳枝，努力地向上跳跃着。

74.

【晨。安化羽校。内。】

场内很安静，此时，只有王辉与珊珊仍在继续对练……

75.

【晨。东坪完小校园。外。】

上课铃响了，珊珊头发上滴着水，一手拿着一个馒头，一边啃，一边匆匆地向教室跑去……

76.

【日。安化羽校大门边。外。】

太阳高照，晴空万里。

此刻，安化县羽毛球运动技术学校大门口爆竹声惊天动地，看热闹的人们纷纷从四面八方赶来。

77.

【日。安化羽校。内。】

场内鼓乐喧天，高朋满座。

正前方悬挂着一条"安化县羽毛球运动技术学校庆功大会"的醒目横幅。此刻，一场隆重的庆功大会正在进行。

主席台坐满了市县领导，珊珊、王辉、那那、小林、岁岁分别上台领奖。

会场四周悬挂的几条横幅随着镜头的切换慢慢映入眼帘：

热烈祝贺珊珊荣获湖南省第 X 届青少年羽毛球赛单打冠军；

热烈祝贺王辉荣获湖南省第 X 届青少年羽毛球赛单打冠军；

热烈祝贺王辉、那那荣获湖南省第 X 届青少年羽毛球赛混双冠军；

热烈祝贺小林、岁岁荣获湖南省第 X 届青少年羽毛球赛女双冠军；

热烈祝贺珊珊、王辉、那那、小林、岁岁入选为省队队员。

文振天乐不可支地坐在主席台上，不时向台下观众和登台领奖的运动员挥手致意。

画面叠过后，颁奖大会在激昂的音乐声中结束。

78.

【日。安化羽校大门前。外。】

羽校门前聚集了上百名学生。

当珊珊、王辉、那那、小林、岁岁从馆内走出来时，同学们一哄而上，有的请他们拍照留念，有的在交换电话号码，还有十来个男孩子，高兴地抬着王辉抛起很高。

学生们交流着，嬉笑着，热闹着，整个羽校沉浸在一片欢乐之中。

79.

【日。文振天家坪院。内。】

阳光下，一个人影孤零零地从坪院外走了进来。脚步声越来越近，随着镜头往上推，可以清晰地认出来人是文振天，正摇着蒲扇向楼梯口走来。

此时，从公寓里走出来几个人，原来是等候采访的记者。

一记者上前拦住文振天问："请问文教练，我是《湖南日报》记者，您的学生本次比赛荣获四枚金牌，请问您有何感想？"

另一记者上前说道："我是湖南电视台记者，您能对着话筒向全省人民说几句吗？"说完，将话筒递过去。

文振天想了想，说了句："我没什么好说的，只希望我的学生时刻都要牢记一点，我是黄皮肤，我是中国人！"说完，他向记者们鞠了一躬，道了声"谢谢！"，然后摇着蒲扇上了楼梯。

80.

【日。江边。草坪。柳树下。外。】

珊珊、王辉、那那、小林、岁岁手挽着手，边说边笑地远远走来。来到草坪处，他们纷纷坐了下来。

望着奔腾汹涌的资江水，那那高兴地："六年了，终于进了省队啦！"说完，站起身来绕着柳树手舞足蹈地一边跑一边唱着《白色鸟》。珊珊等见状，也跟在那那身后边跑边唱起来——

……飞向蓝天吧，白色鸟

飞向世界吧，白色鸟……

歌声飘过了资江，飘上了天空。

81.

【日。原来的羽毛球训练场。内。】

文振天一手提着一瓶开了盖的老白干，一手摇着蒲扇，显然比六年前苍老消瘦憔悴了许多。他边喝边默默环视场内的一切，场内的网子仍破破烂烂地挂在那里，人去场空，景物依旧。

[镜头绕着他做 360 度旋转拍摄。]

渐渐地，画面重现了1、3、4场经典场景以及珊珊等孩子读书、训练等画面。

文振天泪流满面的面部特写。

[画外音起]：

珊珊："文爷爷，我羽毛球打得好就能坐上飞机，飞到世界各地吗？"

"文爷爷……"（剪接王辉的声音）

"文爷爷……"（剪接那那的声音）

"文爷爷，文爷爷，文爷爷……"文振天的耳边充满着各种童稚而亲昵的声音，渐次分不清谁是谁的声音了，最后汇成一个声音——"文爷爷，再见！"

空旷的场内突然爆发出文振天雷鸣般的吼声：

> 九红，好样的——
>
> 珊珊，好样的——
>
> 王辉，好样的——
>
> 那那，小林，岁岁，
>
> 你们都是好样的！

震耳欲聋的声音在场内久久回响，然后传出礼堂，越过资江，震撼群山。

刘莲惊慌失措地从门外应声而入，走进礼堂，直奔文振天怀抱，两人紧紧搂抱。良久，刘莲喃喃道："振天啊，振天，孩子们到处找你，我就知道你准是来这里了。"

文振天听了，感动地扶着刘莲席地而坐。

刘莲："老文，这段时间喜事不断，你应该高兴才是，怎么哭了？"

文振天抬起头，边抹眼泪边说道："嗯，我高兴，我是真高兴啊！三十年了，我……我从武术教练到乒乓球教练，从乒乓球教练到羽毛球教练，三十年啊，我……我的一切……"

泪眼对泪眼，刘莲很感动地说："老文，九红连续几届获得世界冠军，如今被誉为世界羽坛皇后，今天，珊珊她们又进省队了，你的心血没有白费，你的汗水也没有白流啊！"

文振天指着自己的满头白发，伤感地："老刘，你看看，我的头发全白了。这一天，我盼了三十年啦……九红出去那年，我还年轻啊，可是……可是珊珊他们走后，我……我还有什么啊？我还有什么？"

刘莲回答说："还有我们啊。"

文振天："是啊是啊，要是没有你们，哪有我文振天的今天啊。老刘，这么多年了，我把你和这个家全都搭进去了。我，对……对不起你们啊，我这梦是不是做得太长了？"

刘莲感动得热泪盈眶地："不长，再长，我也愿意！"

文振天抹了一把眼泪，说道："那就好，那就好！可是，明天他们就要走了，我天天做梦都想他们早日飞出去，可珊珊他们这些孩子太优秀了，在这房子里朝夕相处了六年，我实在……实在舍不得他们走啊！"

刘莲："翅膀硬了，总会飞的，你不是盼望他们飞得更高更远吗？"

文振天听完，扶起刘莲。两人刚走到门边，珊珊、王辉、那那、小林、岁岁蜂拥而入，一片惊讶之声："文爷爷，文爷爷……你们怎么也在这里呀！"

师生们搂在一起，个个泪流满面。

82.

【夜。安化羽校。内。】

羽校训练场内灯火通明。

此时，学生们的训练已经结束，场内只有珊珊一个人静静地坐在训练场上。坐了一会，她站起身，摸了摸搁在一旁的球拍，又去摸了摸挂在场内的球网，摸了摸经常倚靠的栏杆。接着，她在空荡荡的座位上坐下来，拿出九红送给她的照片，反复看了看。然后，她环顾了一眼四周，又望了望悬挂在前方的国旗后，恋恋不舍地离开羽校。

83.

【日。安化汽车站。外。】

车站挤满了来为珊珊、那那、小林、岁岁、王辉送行的师生和群众。除了珊珊的父母之外，那那、小林、岁岁、王辉的父母都陆续到齐。

汽车很快就要启动了，站在文振天和刘莲身边的珊珊，仍在不停地张望，她在人群中搜索父母的身影。

王辉："珊珊，你爸肯定有要紧事来不了，别等了，走吧！"

文振天心事重重地安慰道："你爸妈有事，过段时间我陪他们一同来看你。"

珊珊没有说话，一步一回头地上了客车。

84.

【日。盘山公路。外。】

载着珊珊他们的客车，越过一道道弯弯的山道，慢慢向前方行驶。

85.

【日。公路上。外。】

宽阔的公路伸向远方，载着珊珊他们的客车正向前方飞快地行驶。

车上一片欢腾，《白色鸟》的歌声飞过车窗，飞向蓝天。

歌声起：

> 我有一只白色鸟
>
> 不分夜晚和拂晓
>
> 来来回回地飞
>
> 来来回回地跑
>
> 我爱这只白色鸟
>
> 同它一起飞，同它一起跑
>
> 飞向蓝天吧，白色鸟
>
> 飞向世界吧，白色鸟

汽车在欢快的歌声中驶进了省城。

86.

【日。湖南省羽毛球队训练中心。】

[字幕]：湖南省羽毛球队训练中心。

[几组训练镜头]：

——练功房内，珊珊与王辉正在练习接招与还击动作。

——训练场上，那那与岁岁正在进行对打训练。

——另一练功房内，小林正在快速跳绳。

——环形运动场上，珊珊、王辉、那那、岁岁、小林结伴跑步。

——石级上，珊珊等结伴向上蹲跳。

……

87.

【日。文振天家。内。】

刘莲在阳台上晒衣服。

文振天摇着蒲扇，在房里唉声叹气地走来走去。一会儿从卧室走到厨房，一会儿又从厨房走到珊珊他们原来睡过的房间。接连走了几个回合后，他在珊珊睡过的床上坐下来。

晾完衣服后，刘莲老师喊道："老文，你走了半天了，休息一会吧！"

文振天："老刘啊，我听说珊珊她爸爸的病加重了，明天你陪我一起去看看他吧！"

刘莲回应道："好，我陪你去！"

88.

【日。山道上。外。】

文振天摇着蒲扇，与刘莲老师翻过一道道山坡，淌过一条条小溪，直奔珊珊的家。

89.

【日。珊珊家。内。】

再生躺在床上不断呻吟，珊珊妈荷花一边抹着眼泪，一边为他耐心地按摩。

突然，敲门声响起，接着有人喊："再生，再生在家吗？"

珊珊妈出门一看，见是文振天，忙道："文老师，刘老师，走这么远来，真难为你们了，再生他躺在床上。"

文振天与刘莲来到里屋，再生忍住疼痛，强作笑脸地："文老师，请……请坐！"

文振天关切地："再生，你休息，别说话！"

再生强打精神地："文老师，我……我怕不行了，珊珊，珊珊就交给您了。"

荷花听了，忍不住掉下了眼泪。

刘莲老师见状，连忙安慰地："别说傻话，吉人自有天相，不会有事的。"

再生接着又说："您一定要把珊珊……送到国家队去，还要让她打出……最好水平。拜托了！"

文振天连连点头地："再生，放心吧，珊珊一定会有出息的。"

再生微笑着点了点头。

90.

六年后。

【日。国家队训练中心。内。】

注：这时起，珊珊、那那、小林、岁岁均成为青春靓丽的姑娘，王辉是充满阳刚之气的帅小伙。

场内，珊珊与王辉、岁岁与小林正在认真练球。

这时，那那拿着两三封信一边奔跑一边挥舞着喊道："珊珊，又来了情书，快过来！要不，我帮你拆开也行！"

珊珊头也不抬地："无所谓，拆吧！"

岁岁与小林听了，停止了训练。

小林："那那，拆开念一段吧，让我们一起享受享受吧！"

岁岁："念吧，我正准备学学经验呢！"

那那哈哈大笑地："还是你自己来拆吧。"

珊珊跑出来，从那那手中接过信，连信封也没看，便插进了口袋里，然后继续陪王辉练球。

91.

【日。安化县人民医院。内。】

一辆白色的救护车鸣着急促的警笛开进了安化县人民医院的大门，龚再生奄奄一息地躺在担架上，被几个年轻人抬着进了病房，荷花护着担架。

92.

【夜。国家队集体宿舍。窗外。】

窗外，一轮满月。

93.

【夜。国家队集体宿舍。内。】

宿舍里运动员均已入睡，静得连风儿吹动树梢的声音也能听得十分清楚。

原本睡得香甜的珊珊，突然做了一连串的怪梦：

——珊珊家坪院里，她爸穿着海军军装，带着她和她哥哥、姐姐一起做老鹰抓小鸡的游戏；

——鲜花怒放的田野里，她爸将采撷的花朵插在珊珊的头上；

——油灯下，她爸手把手地教她写字。

突然，梦中出现了她爸脸色苍白的一幕。紧接着爸爸跟着一个黑衣人渐渐消失了。

"爸爸！爸爸！"连喊两声后，珊珊被噩梦惊醒了。她拉亮灯，宿舍里鼾声四起。

窗外的月亮渐渐被黑夜吞噬了。

94.

【日。中国羽毛球集训队。大门前。外。】

远远望去，一位身材苗条的姑娘背着小包从集训队大门跑出来，近前一看，这是珊珊。她的后面，紧跟着一位帅气的小伙，这是王辉。

王辉："珊珊，等一等！"

珊珊很不愉快，没有正面回答王辉，但停住了脚步，默默地等待着。

王辉有点责怪地："招呼也不打一声就走了。"说完，他望了珊珊一眼，觉得有点不对劲。接着，他关心地："怎么，生气了？谁惹得你不高兴啊？"

珊珊："没有，我只是想找一个清静的地方走一走。"

王辉微笑地："好啊，我陪你到公园走走。"说完，他招来了一辆的士，陪着珊珊乘车而去。

95.

【日。街道。车内。】

繁华的街道映入眼帘。

王辉陪珊珊坐在的士的后座上。两人没有言语。

的士在宽阔的街道上奔驰。

的士驶进了某公园。

96.

【日。某公园内。外。】

美丽的公园虽然人来人往，但很宁静。

王辉陪着珊珊默默地走着。

终于，王辉率先打破了沉默。他轻声而又略带责备地说："你虽然已经八次获得了世界冠军的荣誉，可这次是奥运啊。为了入选，你付出了多少艰辛和努力，怎么能选择放弃呢！"

珊珊沉着脸，依然沉默着。

王辉有点焦急地："为什么要选择放弃，总得有个原因吧？"

珊珊烦躁地："我爸病成这样了，人家又说我个子矮，没有爆发力，何必浪费时间，占了人家的指标，我不如早点回去陪我爸爸。还有……我的打法你又不是不知道，只有你才能陪练得好！"说完，向公园深处加快了脚步。

王辉心里一沉，不知如何是好。

这时，珊珊已走去了很远。

王辉依然默默地望着珊珊的背影，慢慢地向前走去。

97.

【日。中国羽毛球国家队。浴室。内。】
王辉跑进浴室，和着衣服，打开龙头，在龙头下拼命地冲洗……

98.

【日。咖啡馆。内。】
轻声活泼的音乐在咖啡馆弥漫着。

王辉与那那、小林、岁岁围坐在一起喝咖啡。

那那奇怪地问："王辉，这么雅致的地方，怎么没有请珊珊啊？"

小林："是啊，我也觉得很奇怪。"

岁岁："是不是你得罪了珊珊？"

王辉正色道："别瞎猜，请你们来，就是为了珊珊的事。"

那那："说来说去，还是为了珊珊。什么事？"

王辉低声说："珊珊不想参加奥运了。"

众姐妹惊讶地"啊"了一声。

众人面面相觑，一阵沉默。

那那："咱们一起去劝劝她。"

小林："慢着，如果我们劝不好呢，咋办？"

岁岁："珊珊很听九红姐的话，请她出面准成！"

王辉："就这么办！"

99.

【日。公园某处。喷泉边。外。】

九红与珊珊边走边谈。

九红："珊珊，十一年前师姐跟你说，你现在还小，但今后应该是最棒的。姐姐的话，还记得吗？"

珊珊点头地："记得！"说完，从袋子里拿出了一张照片，递到九红的跟前说："九红姐，这是你当年送给我的照片，我一直带在身上。那个铁拍子，我也一直保存着。"

九红看了看，幽默地说："你看，师姐那时很苗条呢。"

珊珊笑了。

九红接着说："知道我当年为什么说你是最棒的吗？"

珊珊笑道："小孩子不懂事，你鼓励我呗！"

九红笑道说："这只是一个方面，还有一个方面，就是你那股韧劲，那股坚强！"

珊珊似乎明白地点着头。

九红："多少年了，我们还没有拿过奥运会的羽毛球女单冠军呢。这个梦，做了很长很长啊！"

珊珊："可是……"

九红："没什么可是的了，姐姐只想跟你说一个字——拼！"

珊珊停了停，说："九红姐，我爸身体不好，这次到悉尼的时间很长，万一我爸有个三长两短，我……我欠他的实在太多了。"

九红："放心吧，你爸如果真有事，我一定会告诉你的。"

100.

【日。某江边。外。】

公园里，珊珊独自一人，仍在默默地走着。

走了一会，她拿出手机拨打电话。

101.

【日。病房。内。】

龚再生躺在病床上，正在打吊针。

荷花守在再生旁边。

手机响了，荷花拿出手机接电话："珊珊……我是妈妈呢……你爸啊，他好呢……"

102.

【日。某江边。外。】

珊珊拿着手机继续说："……要爸爸接电话……"

103.

【日。病房。内。】

荷花支支吾吾地："……这……这"

电话里的声音在催着，荷花望了一眼再生，不知如何是好。

再生艰难地倚靠起来，慢慢地伸出手。

荷花勉强地：“……好……好……你爸就来。”

再生接过电话，吃力地强打着精神：“珊珊……我……我……我是爸爸……”

104.

【日。某江边。外。】

珊珊：“……爸爸，你的声音怎么这么小，我听不清……”

105.

【日。病房。内。】

再生对着手机，竭尽全力地大声说：“我很好，你参加奥运，爸爸高兴……”

106.

【日。医院病房。内。】

一楼病房里挤满了前来看望龚再生的亲朋好友。病房里很静，静得可以听见龚再生微弱的呼吸声。

珊珊妈荷花、文振天与刘莲、珊珊的哥哥姐姐都焦急地守候在龚再生床边。

珊珊哥：“妈，我去打电话给珊珊，叫她乘飞机赶回来。”

珊珊妈声音一紧地：“好吧！”

这时，龚再生微微睁开了眼睛，面前朦胧的身影慢慢地放大、清晰。他努力地做了两个想要起来的动作，珊珊的哥哥姐姐会意地将他扶起。停了停，龚再生用微弱的声音说：“不……不要……打电话，珊珊要……参加奥运……不能打……电话……”

珊珊姐抽泣着说：“爸，再不打就来不及了。”

珊珊妈也泪流满面地："你一直牵挂珊珊，她很久没有回来了……"

珊珊哥也抽泣地："爸，让她回来见见吧！"

龚再生拉着儿女的手，断断续续地："好……好孩子，珊珊……珊珊……她……她不容易……啊，要是……要是……因为我……影响她不能……不能参加奥运……我会……我会死不瞑目……死不瞑目……千万……千万不能告诉……她……"

珊珊哥哽咽地："爸……我不告诉她，让她拿冠军回来。"

龚再生声音低沉地："这……这样……我就……我就放心了！"

珊珊姐伤心地："好，好！"

龚再生又伸出颤抖的手望着文振天。

文振天见状，握着龚再生的手，噙着泪水说："再生，放心吧！"

龚再生仍在最后挣扎地："文老师……谢……谢谢你，珊珊……就交……交给你了……交给你了……"他说完最后这句话，安心地闭上了双眼。

顿时，病房里哭声震天，号啕一片。

107.

【日。国家队。男宿舍。内。】

王辉站在窗边，正用手机通话。

王辉："文老师，我们劝了很多次了，可珊珊还是一直背着沉重的包袱。"

108.

【日。文振天家。内。】

文振天坐在电话旁，握着话筒说道："好，知道了。我明天就到北京来。"说完，他拿起蒲扇摇了摇，然后自言自语地："不行，我今天就走。"

刘莲老师："什么事啊？"

文振天有点火气地："天大的事！"

刘莲老师："既然这样，那，我想带小军陪你一块去，这孩子……"

文振天停顿了一会，内疚地："好，我欠他的实在太多了。这次去北京，我们要多住些日子，带他去看看天安门，还要给他检查一下身体。"

109.

【夜。国家队。男宿舍。内。】

夜已很深。

王辉正在伏案疾书。写了一个开头，他捏成一个纸团丢在地上，一连丢了几次。接着，他靠在椅子上舒展了一下身子，然后下定决心提笔疾书。

110.

【日。火车站。外。】

文振天与刘莲搀扶着小军下了火车，九红、王辉、那那、小林、岁岁均在等候迎接。

王辉拿出手机拨通了珊珊的电话："珊珊，文老师和师母看你来了……"

111.

【日。某宾馆。内。】

房间里，文振天、刘莲与小军正在等着珊珊。

门铃响了，文振天连忙开门。

站在门口的珊珊，惊喜地喊了一声："文老师！刘老师！你们都来了。"一边喊，一边张开双臂与文振天和刘莲紧紧地拥抱。

接着，珊珊望见了坐在沙发上的小军，纳闷地指着小军问刘莲老师："刘老师，他……"

刘莲："他是我的小儿子，小军！"

突然，珊珊惊呆地望着小军，眼前飞快地闪过几组小军在训练场扫地、收拾、整理的画面。

文振天见状，叫了声："珊珊！"

珊珊惊醒过来，简直不敢相信地望着文振天。

文振天："珊珊，听说你想放弃参加奥运，是不是真的？我们这次来，就是为了这件事。"

珊珊听了，无言以对。

接着，文振天递给珊珊一封信，说："你看看！"

珊珊展纸看信，[报告特写]，画外音：

……经研究，同意王辉同志退出奥运集训队的申请报告，并同意王辉同志担任珊珊陪练的请求。

中国羽毛球训练中心

看完批复，珊珊极度激动，不禁泪水长流地说："文老师，刘老师，小军哥，我对不起你们，对不起大家，我拼，一定拼出个样子来。"

112.

【日。国家队。训练中心。内。】

[以下一组画面叠印]：

清晨，王辉陪着珊珊在训练中心练习基本动作。

场内，王辉与珊珊对练着。吃罢盒饭，继续对练。

晚上，明亮的灯光下，又一场训练开始了。

又一个清晨，王辉陪着珊珊，奔跑在茂密的林荫道上。

113.

【日。首都机场入口处。内。】

一大队运动员从机场入口处验票入内。

珊珊排在队伍的最后面。快到验票处，她突然转身，走向轮椅上的小军，俯下身子，轻轻地拥抱着小军，并亲了一下小军的脸。然后含着泪花，与文振天、九红、那那、岁岁、王辉、小林不停地挥手告别。

小军露着笑脸，轻轻地挥手……

114.

【日。首都机场。外。】

登机的梯口上，珊珊最后一个入舱。

接着，飞机起飞，缓缓飞向蓝天。

银幕上出现了以下文字和雄浑的旁白。

[旁白]：

在中国湖南中部的安化县，20年内共有10名羽毛球运动员进入国家队，其中7名运动员在短短20年内40次获得世界羽毛球大赛冠军。唐九红、唐辉、贺向阳、龚智超、龚睿那、陈琳、黄穗、田卿就是从这个贫困的大山走向了世界。这，不仅震惊了世界羽坛，在世界体育史上更是一个传奇，一个神话。

[衬景]：

在一次又一次的大赛上，依次出现了唐九红、龚智超、龚睿那、陈琳、黄穗在不同赛场上顽强拼搏与接受颁奖的剪影。

安化山城全景。

静静流淌的资江。

长长的沿江大道。

沿江大道上，文振天与刘莲推着小军的轮椅，缓缓走向水天相接的夕阳……

[叠印字幕]：全剧完。

（该作于2008年3月14日进入院线与电影频道放映，入围第十五届大学生电影节、第九届长春电影节，获北京物资学院闪光奖、益阳市"五个一工程"奖）

舞台剧剧本

送你去延安

■编剧 杨 军

作者简介

　　杨军，陕西金融作家协会主席，陕西省作家协会会员，中国金融作家协会理事，中国现代诗歌学会会员，陕西省"百优人才"。中广联电视剧编剧工作委员会会员，中国电影文学会会员，陕西省编剧协会理事。著有长篇小说《大汉钱潮》《女客户经理》；儿童系列小说《埧娃传奇之神奇魔怪》《埧娃传奇之神秘地穴》等；散文集《魂系城墙》；诗集《爱过的感觉》《雨夜听风》《情感荒原》等。编剧拍摄的电影《上海女人在西北》《等你回来我已长大》《危情倒计时》《咱们的娘家人》《清风》等。现供职于中国工商银行陕西省分行。

作品简介

1936 年西安事变后，位于西安市七贤庄的"红军联络处"（简称"红联"）更名为"国民革命军第 17 路军第 38 教导队通信训练班"。此时，由于形势所迫，还不能对外公开活动。联络处的一群"红小鬼"们，以年龄小为掩护，在秘密输送红军战士、进步青年和爱国人士去延安的过程中，发挥了一定的作用。当时的红军联络处，因为有了这群活泼的红军小战士，被老百姓亲切地称为"娃娃店"。

红色题材儿童剧《送你去延安》，讲述的是张仁哲等一批红军小战士在红军联络处的成长经历和他们机智勇敢地与国民党特务巧妙周旋，成功将爱国人士、进步青年送去延安的感人故事。

人物表

张仁哲：男，12岁，红军联络处小战士，机智勇敢，足智多谋。

陈子琪：女，11岁，红军联络处小战士，活泼可爱，聪明漂亮。

刘存粮：男，13岁，红军联络处小战士，朴实厚道，心地善良。

二　丫：女，9岁，红军联络处小战士，人小点子多，聪颖过人。

小　河：女，12岁，红军联络处小战士，大胆心细，果断坚强。

郝运来：男，10岁，小报童。

李副官：男，21岁（原人物年龄），红军联络处副官。

顾　青：女，19岁（原人物年龄），红军联络处卫生员。

李开元：男，48岁（原人物年龄），爱国民主人士。

东方亮：男，29岁（原人物年龄），国民党无线电技术专家。

沈　洁：女，26岁（原人物年龄），东方亮的爱人。

高宏基：男，21岁（原人物年龄），进步青年学生。

刘　婶（讲方言）：女，36岁（原人物年龄），西安市民。

其他人物：国民党特务修鞋人、黄包车夫，联络处警卫人员、红军战士、其他群众等。

序幕

人物：西安八路军办事处纪念馆女讲解员，一群参观的中小学生。

时间：现代。

地点：西安，七贤庄八路军办事处纪念馆。

【在西安八路军办事处纪念馆背景下，讲解员声情并茂地讲解。一群身着小八路军服装的现代中小学生，其中一位举着"我是小八路"的牌子，聚精会神地听着，并有学生不时提问。】

女讲解员（饱含激情地）：当时，成千上万的爱国青年，从祖国、从海外各地，历尽种种磨难，冒着生命危险，汇聚七贤庄，要求奔赴革命圣地——延安。

学生甲：姐姐，他们家很远吗？他们不想家吗？

讲解员（领大家向前走着，背景变换展览室场景，他们来到舞台中间）：他们的家很远，他们也想家，但是，为了理想信念，为了把日本鬼子赶出中国，他们离开了亲人，舍弃了自己的家！

学生乙（疑惑地抬起头问）：那他们不上学吗？

讲解员：他们想上学，可是，面对国家和民族的存亡，他们无法安心上学。大家看，这张照片上的办事处工作人员，都是像同学们这么大年纪，他们承担着大量的接待、警卫和传递情报等工作，当地群众亲切地称七贤庄为"娃娃店"。

学生丙：他们也要上战场打鬼子吗？

讲解员：这里，就是战场，而且是更重要的战场……

【突然，灯光闪烁变化，枪声传来，逐渐由小到大。枪声越来越密集。黑灯。枪声大作。】

【背景字幕】1936年12月12日，西安事变爆发。位于西安七贤庄的"红军联络处"，更名为"国民革命军第17路军第38教导队通信训练班"。由于形势所迫，还不能对外公开活动。

（过场戏）

【枪声慢慢静下来，变成街道上熙熙攘攘的声音。黑背，追光。小报童手拿一些报纸，急促地喊着上场。后面，挎篮子的刘嫂警惕地左右观望着跟过来。】

小报童（大声地）：看报，看报，《解放日报》，牙医博士冯海伯为流弹所伤，不幸身亡！

刘嫂（惊奇地）：碎崽，碎崽，你过来，报纸上说的啥嘛？

小报童：刘嫂，报上说牙医冯海伯昨天晚上中枪不在了。

刘嫂：你说啥？你是说"娃娃店"门口看牙的窝外国老汉死咧？

小报童：刘嫂，你昨天晚上没听见枪声？

刘嫂：咋没听见，也黑个响了一黑呀，把人能吓死。额的个神呀！（略思考一下）不行，我得去"娃娃店"看看（跑下）。

小报童：刘嫂，等等，我也去（追下）。

第一幕：风雨红联

人物：张仁哲、陈子琪、刘存粮、二丫、小河等红军小战士，李副官、顾青、刘婶、小报童等，修鞋人。

时间：1936年12月。

地点：西安，七贤庄红军联络处。

【第17路军第38教导队通信训练班门口。一修鞋人坐在一边修鞋，不时地向红联门口望一眼。刘嫂急匆匆地跑过来，她警惕地看了修鞋人一眼，

犹豫一下想回去，又返身回来。小报童喊着追上来。】

小报童：刘嫂，等等我。

刘嫂：（她四处张望着，做出神秘的样子）嘘，不要喊，你没看那门口站岗的多严肃。还有周围那些转悠的人，一个个贼眉鼠眼的，一定不是什么好人。

小报童：我才不怕他们呢。

刘嫂：（仔细地看了看）呀，有点不大对劲，这门口的牌子怎么不一样了？

小报童：肯定不一样了，外国大夫不是……

刘嫂：不是这个，原来的红军……，是5个字，现在？

小报童：（盯着牌子念起来）"国民革命军第17路军第38教导队通信训练班"，（惊讶地）是变了，原来叫"红军联络处"。刘嫂，看我的。（他突然冲着大门里面大声叫起来）张仁哲！张仁哲！（什么动静也没有）

刘嫂：你这碎崽就能得很。

小报童：别急。（他继续扯开嗓子大喊）郝运来！郝运来！

刘嫂：越说你越能了，好运还能喊来？

（这时，从大门里走出一位红军小战士，他们急忙过去）

小报童：仁哲，你咋才出来？

张仁哲：别喊了，你怕李副官不知道是你吗？刘嫂，你们跟我来（下，灯黑）。

【第17路军第38教导队通信训练班院内。院子中间的操场上，一排红军小战士整齐地列队跑步，李副官叫着口令，卫生员顾青站在旁边。看到刘嫂他们过来，李副官让大家休息。小战士们热情地围了过来，和刘嫂、小报童打招呼。】

李副官：（过来热情地招呼）刘嫂，欢迎你们。

刘嫂：我几天没有来，怎么出这么大的事？（激动地抹眼泪）可怜的外国老汉，好人呀！

李副官：目前形势很复杂，谢谢刘嫂关心。

刘嫂：你们忙吧，我去厨房帮忙，给娃们做点好吃的。

李副官：又要麻烦您了，我让卫生员领您过去。（他转头）顾青，你带刘嫂他们去吧（顾青领刘嫂和小报童下）。

张仁哲：刘嫂再见！

李副官：（转过身严肃地）全体都有，立正！大家听好了，最近，形势变得很复杂，所有人不得随意外出。从今天开始，我们要加大训练力度。立正！向右转，跑步！（大家在舞台上跑圈）一二一、一二一。一二三四！

小战士们集体喊：一二三四！

（跑步中，小报童从舞台边露出脑袋闪了一下，张仁哲冲他做鬼脸，却不慎绊倒，后面的陈子琪跟得太紧，不小心也扑倒上去。她急忙站起来，不想帽子掉了，露出了女孩子的长发，逗得大家哈哈大笑。）

李副官：（严肃地走过去）张仁哲、陈子琪，训练的时候你们注意力不集中，出列！罚你们站两个小时！

陈子琪：李副官，是张仁哲先倒的。

李副官：还敢不服从命令，你，再加一个小时，中午不许吃饭！（陈子琪委屈地流下眼泪。刘存粮、运来等一群小战士都停了下来。李副官很生气）其他人，不许停下来。一二一！一二一！（灯黑）

【操场一角，张仁哲、陈子琪直直地站着。二丫端着碗偷偷过来，想给他们水喝，画外隐约传来声音，她吓得又赶快跑开了。】

陈子琪：张仁哲，你两小时时间到了，走吧。

张仁哲：（倔强地）我不走，我要站到底，事情是因我引起的（李副官上来，他们没有发现）。

陈子琪：是我不小心，不怪你。

李副官：呵，看不出来，你小子挺仗义的。

张仁哲：（不服气地）男子汉大丈夫敢作敢为，要罚就罚我一个人！

李副官：是吗？那就一起罚，你也不许吃饭。（顾青上来）

顾青：李副官，刘嫂他们要走了。

李副官：好的，我去送送。（李副官一下去，顾青拿出两个烧饼，快速地塞给他们每人一个。灯黑）

【一阵急促的哨子声。接待室前，小战士们集合起来。李副官和顾青站在前面。】

李副官：接下来，大家要接受一项特别的训练任务。最近，除了接待长征的红军战士和进步青年，马上，院里要来首长和一些尊贵的客人，我们的接待任务也越来越重，希望大家能够认真地学习。（李副官看了大家一眼，转向身边的顾青）。

李副官：卫生员顾青，就是这项特殊训练的特别教员（李副官和顾青互相敬礼，顾青向大家敬礼）。

顾青（严肃地）：学员们，从现在开始，我除了是培训班的卫生员，也是你们的礼仪教员。刘存粮，出列！

刘存粮走出来：是！

顾青：来客人后应该先做什么？

刘存粮：报告顾教官，应该登记、提问、填表，并报主管政审。

顾青：对，不过这是去延安学生的接待程序。记住，来特殊客人后，应该引到会客厅门外，帮客人把大衣、礼帽挂在衣架上，再引进客厅，请坐、上茶……

刘存粮：是！

顾青：集体重复一遍。

（所有人带着稚气的声音）：帮客人把大衣、礼帽挂在衣架上，再引进客厅，请坐、上茶。

顾青：都记住了，这段时间有重要任务，任何人都不能马虎。下面我教你们怎么做（灯黑）。

（过场戏）

【小报童一反常态的没有声息，他猫着腰轻轻地上来，并不时做出怕被人发现的样子。刘嫂过来，莫名其妙地看着他。】

刘嫂：哎，我说碎崽，这今儿是咋回事？平时就你声大，是不是报纸卖不出去了？（小报童没有听见她说话，她提高了嗓门）干啥呢，偷偷摸摸地？

小报童：刘嫂，你吓了我一跳。你看，红联门口来了一辆特别高级的车，我从来没有见过。

刘嫂（循着他指的方向）：就是的，这啥车呀？你看，车上下来那个穿长袍戴眼镜的人是干啥的？

小报童：一看就像个有钱人。

刘嫂：我看像个大官，李副官带仁哲他们出来迎接了。这娃，快卖你的报纸去，甭乱猜。

小报童（转身）：看报，看报，今天新报。（灯黑）

第二幕：冲破封锁

人物：张仁哲、陈子琪、刘存粮、二丫、小河等红军小战士，李副官、顾青，送酱油人（特务）、李开元、东方亮、沈洁等。

时间：1937年2月。

地点：西安七贤庄红军联络处。河南某小县城。

【第17路军第38教导队通信训练班接待室门口。身穿长袍，头戴墨镜、帽子，拄着文明拐的民主人士李开元，披着大衣，在工作人员的迎接下走上来。张仁哲和小河上去就扒李开元身上的大衣，李开元看是几位小战士，故意逗他们。他见小河个子低，就有意蹲下身请小河取他头上的帽子。边上的李副官脸色显得难看，顾青也哭笑不得。】

李开元（开玩笑地）：哈哈，李副官，你们真是太热情了，你看外面那些特务，一派阴冷的气氛，可一进来，就感觉是另外一个天地。

李副官（尴尬地）：对不起，李先生，这些孩子们都是农村来的，不懂礼仪。

李开元：我觉得挺好的呀，没有不礼貌的地方，就像回到自己家里一样。

李副官：谢谢您！您一路辛苦了！

李开元：不辛苦。国家兴亡，匹夫有责，我虽然是民主人士，但是这个国也是我的国呀！我要去延安看看，尽我的一点微薄之力。（他过来走到张仁哲跟前）你叫什么名字？多大了？

张仁哲（紧张地）：报告，我叫张仁哲，12岁。

李开元：不用紧张，认识一下，我叫李开元，你也可以叫我同志（他伸出手）。

张仁哲（更紧张了，他见李先生要和自己握手，一下不知所措）：同、同志……

李开元：怎么？我不能叫同志吗？（逗得大家哈哈大笑）

李副官：首长昨天晚上从延安到西安，现在会客厅等您。

李开元：现在形势很严峻，到处都是国民党密布的特务，一路上辗转反复，不过，想到马上要到延安，我还是很激动的。

李副官：您请！（众人下）

【简陋的灶房。顾青等几位小战士正在帮忙做饭。刘存粮吃力地提着一桶水进来，张仁哲紧跟着挑着刚买的菜上来。】

张仁哲：累死我了，这几天去延安的客人多，买菜成倍增加，老王让我先送回来一部分。先让我喝口水吧。（他拿起葫芦瓢，从刘存粮提来的水桶里舀水喝，刚喝了一口，就吐出来）难喝死了，又苦又涩。

刘存粮：我刚刚从院子水井里打的。

张仁哲：院子里水井？难怪这么难喝。

顾青：仁哲，别挑剔了，你没看见，国民党特务到处进行封锁，处处刁难我们。原来，我们去甜水井拉水，他们不准我们的车子在马路上行驶，逼我们改为挑水，后来连挑水也进行阻止。

张仁哲：不是我挑剔，这是苦水，你能喝得下去吗？

顾青：（走到水桶边，舀起一瓢水）为了同志们和首长的安全，苦，我们也要喝，干革命就要吃得了苦！

顾青：来，我们喝下去！（大家传递着水瓢，每人喝一口）（这时，一位警卫战士领着一个卖酱油的人上来）

警卫：顾青同志，这位老乡是给我们送酱油的。

顾青：（热情地迎上去，扶他放下担子）老乡，您辛苦了！

卖酱油人：（仔细地环顾一圈，马上满脸堆笑）我不辛苦，同志们辛苦。

二丫：（她端过来一个坛子，请卖酱油人打酱油）谢谢老乡。

卖酱油人：（一边打酱油一边说）这位小同志真懂事。（这时，墙外面突然传来几声猫叫，接着又传来鸟叫。张仁哲把顾青拉到一边耳语）（二丫也听到墙外的声音，她突然装作没有拿稳，坛子掉在地上，酱油洒了卖酱油人一身）

二丫：对不起，我没有拿住。

顾青：（生气地）二丫，怎么搞的！

二丫：（带着哭腔）是我不小心，老乡，我给您洗衣服。

卖酱油人：（紧张地）不要紧，另外拿个坛子吧（张仁哲急忙过来，收拾地上的坛子残片，拿了下去）

（刘存粮另外拿个坛子，帮二丫灌酱油）

（一会工夫，仁哲带着持枪的李副官和一位警卫战士上来，把卖酱油人反手拿下）

李副官：给我拿下！你这个狗特务！

卖酱油人：长官，我冤枉啊！

张仁哲：你一点不冤枉，我用馒头蘸了酱油给狗吃，狗马上中毒倒地。（卖酱油人低下了头）

李副官：带下去！（警卫战士带下）（他转向张仁哲）仁哲，你这次可立了大功。

顾青：张仁哲，你怎么会知道他是特务？

张仁哲：刚才，小报童在墙外发出暗号，他发现这个人进来前和另外一个人交头接耳，怀疑他不是好人，所以，我决定试他一下，不想还真是个特务。

李副官：多危险呀！大家一定要提高警惕，首长就住在院里，还有许多红军战士和爱国人士，我们一刻也不能大意。

大家异口同声：提高警惕！保护首长！

李副官：对了，张仁哲，李先生今天出发去延安，你负责护送李先生出城。

张仁哲：是，保证完成任务！（黑灯）

【某县城小镇背景、田野等。衣衫褴褛、一脸疲惫的东方亮、沈洁夫妇，东方亮搀扶着沈洁上台。】

沈洁：（无力地挣扎着说）东方，后面的特务甩掉了吗？这是什么地方？我们还有多远？

东方亮：（警惕地向后面看了看）甩掉了，我们绕了几百公里，终于甩掉了跟踪。过了这座小镇，就进入陕西了。

沈洁：我实在走不动了。一想到孩子，我们的孩子呀——！（她大声长呼，半躺在地上）

东方亮：（抹着眼泪）沈洁，再坚持一下，我们的孩子，他去了天堂，那里，没有苦难，可以自由地成长。

沈洁：（流着眼泪，拿出一件孩子的衣服握在手上）可他才只有八个月呀，他才刚刚会叫妈妈，我，我怎么舍得他呀！

东方亮：（把沈洁搂在怀里，握住她拿孩子衣服的手）等我们到了延安，我给孩子找个好墓地，把他的这件衣服埋在陕北的土地上，让孩子永远和我们在一起，我们一家人再也不分开了。

沈洁：（难过地）我们一家人不分开，再也不分开。

东方亮：你先休息一下，我看前面有个烧饼店，我去给你买点吃的。（他在身上口袋乱摸，没有发现一个铜板，他摇摇头，勉强地扶起沈洁）来，我们再坚持一下，到了西安，有个红军联络处，到那里，我们就可以吃到香喷喷的米饭了。（他们在舞台上艰难地走了一圈）（灯黑）

（过场戏）

【第17路军第38教导队通信训练班门口。修鞋人坐在一边鬼鬼祟祟地左右张望，不时拿出照相机朝这边拍摄一下。刘嫂风风火火地上来，被小报童从后面又拉回来。】

刘嫂：你这娃是咋咧，把人能拉倒。

小报童：刘嫂，你看那个修鞋的，我越看越不对劲。

刘嫂：咋不对劲，这人在这修鞋都好几年咧。

小报童：上次那个卖酱油的进去前就和他使了个眼色。

刘嫂：得是？那得赶快给仁哲说。

小报童：不行，现在咱们没有证据。

刘嫂：碎崽，证据是个啥？（突然发现了什么）快看，那边歪歪扭扭地过来两个人，那个女的好像快晕倒了。

小报童：（仔细地望去）对呀，咱们快过去扶一把。

刘嫂：慢，我看仁哲他们几个正好从外面回来了，他们去接这两个人去了。（灯黑）

第三幕：红色桥梁

人物：张仁哲、陈子琪、刘存粮、二丫、小河等红军小战士，李副官、顾青，东方亮、沈洁等。

时间：1937年3月。

地点：西安七贤庄红军联络处。

【第17路军第38教导队通信训练班。张仁哲和两位战士，一位背着晕倒的沈洁，仁哲扶着东方亮上来，李副官、顾青迎上来。】

李副官：（上前握住东方亮的手）东方亮同志，你们受苦了。我们得到消息，派几拨同志去接应你们，都没有接上。

东方亮：（有气无力地）我们绕道、绕道来的。（说完就昏了过去）

李副官：卫生员，快，快安排他们休息。（另外两位战士抬起东方亮和顾青一起下）

（李副官背过身抹起了眼泪，张仁哲和几个小战士好奇地看着他）

张仁哲：李副官？

李副官：（半天情绪才调整过来，面对舞台观众，似乎在给大家说又似乎是自言自语）多好的同志呀！东方亮，他是国民党的高级无线电专家，为了到延安寻求革命理想，和妻子抱着刚刚出生的婴儿，从长沙到武汉，又辗转来到西安。他来的时候，父亲去世不到一年，他们瞒着母亲，放弃了每月 42 块大洋的生活，可到西安时身上没有一块大洋。

二丫：（轻轻地过来给李副官递过手绢，他接过手绢）李副官？

李副官：为了摆脱沿途国民党的追踪，妻子患了重病，他们几个月大的孩子因为奶水不足，在妈妈的怀里，永远地闭上了双眼……

（小战士们也跟着抹起眼泪）（灯黑）

【第 17 路军第 38 教导队通信训练班院内。张仁哲、刘存粮等满脸灰尘地上来，陈子琪手里提个布袋子追来。】

张仁哲：这边没有了，陈子琪，现在有几个鸟蛋？

陈子琪：（打开袋子数了数）才四个。

张仁哲：四个？太少了。刘存粮，走，那边，这次我在下面你来上！

刘存粮：还是我在下面吧，我害怕鸟窝里有蛇。

张仁哲：有你个头，有蛇鸟蛋早被吃了。走！（几人准备下，他们刚一抬头，发现李副官迎面过来。几个人吓得低下了头，陈子琪紧张地把布袋藏在身后）

李副官：（伸出手）拿来。

陈子琪：（怯怯地拿出袋子）只有四个。

张仁哲：（瞪了陈子琪一眼）李副官，不关他们的事，是我逼他们去的。（李副官没有说话）我知道，作为一个战士，不应该去掏鸟蛋，可是，我们看到沈女士的身体，所以，就……。要罚就罚我吧。

李副官：（深沉地）认识挺深刻的嘛！（他故意扫了他们一眼）才四个，四个还不够一碗汤。天气刚刚变暖，麻雀好像喜欢在屋檐下暖和点的地方下蛋。

（几个人一下子醒悟过来）谢谢李副官，我们去了！（他们跑着下去，李副官笑了）

【第 17 路军第 38 教导队通信训练班院内。张仁哲端着一个盘子，上面放着碗和筷子走过来，陈子琪、刘存粮、二丫、小河等几个小战士围过来。】

张仁哲：周副主席终于吃了，从昨天晚上到现在他一直没有休息，现在才吃了一碗面条。

小河：周副主席为了革命，真是操碎了心。

张仁哲：（突然高兴起来，他从口袋里掏出一张纸）告诉你们一个好消息，周副主席教我认字了。

（大家围上来）刘存粮：快让我看看。

二丫：周副主席给你写的什么字？

张仁哲：（激动地）我进去给周副主席送饭，周副主席问我叫什么名字，我说张仁哲。他说，你这个名字好啊，仁，古代人讲究人伦理念，哲嘛，是聪明有智慧的意思，你父母给你起了个好名字。周副主席问我会不会写，我说不会。他拿起笔，教我写了"张仁哲"三个字，还说，要告诉李副官，给我们开文化课，每天学习两小时。（大家互相传阅着纸条）

（突然，舞台外传来一个大声朗诵诗歌的男声）怒吼吧，醒狮／一分钟也不能再沉睡／一寸土地也不可再让／进，是生／退，则亡／怒吼吧，醒狮……（声音越来越高）

张仁哲：等等，这声音怎么这么熟悉？

（陈子琪和几位战士带着一位戴眼镜的青年上）张仁哲：小舅？

高宏基（青年）：仁哲？

（两人同声）：你怎么在这？

陈子琪：仁哲，你们认识？

张仁哲：他是我小舅，我小时候见过，他那时爱唱歌，后来到北京去上大学了。

陈子琪：他要去延安，因为没有任何地方党组织介绍，他就在门口大声朗诵他写的诗，引起人们围观。我们就把他带了进来。

高宏基：仁哲，你要替我说情，我一定要去延安。我学的是音乐，可以搞宣传，把我的专长发挥在革命最需要的地方。

张仁哲：小舅，你放心，我会给组织汇报的。小舅，家里都好吗？我娘她……

高宏基：还好。我放假回了趟老家，你娘说你是个好孩子，你临走前的那几天，给她捡了那么多柴火，水缸里挑满了水。她想你是要离开她了，却故意装作不知情。那天深夜，你偷偷要走的时候，跪在炕前给她磕头，你娘其实就没有睡着。她说，你是个懂事的孩子，干的都是正事。她老人家想你的时候，就经常去村外的路口眺望。

张仁哲：（大声地）娘，我想你！（灯黑，可以用烛光出现仁哲母亲向远处眺望的身影）

【灯亮。东方亮扶着沈洁散步，他们的气色明显比来时好多了。高宏基嘴里哼着小曲，高兴地上。】

高宏基：同志，你们也是要去延安吗？

东方亮：是啊，我们已经在这里住了好多天了，给组织申请，就是批不下来。

高宏基：（仔细看了他们一眼）不过，这位大姐身体看上去很虚弱，去延安要几百公里，路上特别辛苦，还有国民党的层层关卡，等养好身体再说吧。

东方亮：可我们等不及了，眼看着一批又一批的红军战士和进步青年，从这里出发去延安，心里真不是滋味。

高宏基：身体是革命的本钱，要有好身体才能干革命。

东方亮：只要能早一天到延安，就是爬，我们也要爬到延安。

（张仁哲和几位战士上）张仁哲：大家都在这。小舅，不，高宏基同志，经组织研究，决定送你去延安，即日启程！

（高宏基一下子蹦起来，他跑过来把仁哲抱起又放下）高宏基：谢谢！谢谢你，谢谢组织！（他激动地把在场的每个人都抱了一下）

张仁哲：不过，最近去延安的人多，没有顺车，老乡的牲口也不够用，你和一批学生要步行出发。

高宏基：这不是问题，我从北京到西安走了那么远，到延安这点路算不了什么。

东方亮（焦急地）：张仁哲同志，那我们什么时候走？

张仁哲：你们……

高宏基：先养好身体，等组织决定。

东方亮：不行，走，我现在就找李副官去。（东方亮扶着沈洁下，张仁哲等追下去）

（高宏基兴奋地取下长围巾扔向空中）：我要去延安喽！我要去延安喽！（灯黑）

（过场戏）

【第17路军第38教导队通信训练班门口。修鞋人慌里慌张地上，他紧张地摆好工具，做出若无其事的样子。刘嫂上来，看见他的样子有点奇怪。突然，她发现地上散落了许多报纸，她一张一张地捡起来。】

刘嫂：（左右寻找着，她质问修鞋人）修鞋的，你看见我碎崽没？

（修鞋人摇摇头）

（刘嫂沉不住气了，她跑上去，一把揪住修鞋人）刘嫂：说，你们是不是把他抓走了？这地上的报纸怎么回事？

修鞋人：没、没的事。

刘嫂：不要骗我了，你一看就不是个好货！再不说，我老婆子和你拼了！（她趁他不注意，一把抓起摊上的剪刀，抵住修鞋人的脖子）

修鞋人：别、别这样。谁让他一个小孩子爱多管闲事呢。

刘嫂：你们把他怎么了？

修鞋人：不是我，是那伙人，他刚才让几个当兵的抓走了。

刘嫂（放下剪刀）：这伙挨刀子的，连个孩子都不放过。我找他们评理去。

第四幕：阴云密布

人物：张仁哲、陈子琪、刘存粮、二丫、小河等红军小战士，李副官、顾青，东方亮、沈洁、刘嫂，国民党特务等。

时间：1937年5月。

地点：第17路军第38教导队通信训练班。张仁哲老家村外。

【第17路军第38教导队通信训练班院内。警卫战士带着刘嫂急匆匆

地上。李副官、张仁哲等人从对面上来。】

刘嫂：李副官，我有重要情报。

李副官：刘嫂，别着急，您慢慢地讲。

刘嫂：今个儿一大早，我从门口路过，平时都能碰上小报童，今儿却突然不见了，报纸在地上胡乱散着，我问修鞋的，他说让特务抓走了。特务为啥要抓个孩子呢？他又不是共产党？

李副官（生气地）：他们简直越来越疯狂了！

（张仁哲从刘嫂手上接过报纸仔细地翻着）张仁哲：李副官，你看这张报纸！（李副官拿起报纸，没有发现问题）

李副官：没有什么特别呀。

张仁哲：这里，用烟头烫了个洞，一定是小报童做的，仔细看是个鞋的样子。肯定是小报童发现了修鞋人的秘密，为了摆脱小报童的监督，他们抓了小报童。修鞋人是个特务！

李副官（认真地分析一下）：是呀，真是这么回事。

刘嫂：那赶快把这个狗特务抓起来。

李副官：现在还不能打草惊蛇，刘嫂，你放心，我们马上想办法救出小报童。刘存粮！

刘存粮：到！

李副官：你平时不太出去，修鞋人不认识你，从现在起，你伪装成群众，负责监视修鞋人。

刘存粮：是！（灯黑）

【第 17 路军第 38 教导队通信训练班院内。李副官和小河上。】

李副官：小河，这次的任务十分艰巨，事关国统区几位民主人士，你一个小女孩，不会引起特务们注意。

小河：请李副官指示。

李副官：情报已经缝在你衣服里了，这一路上国民党关卡重重，不管路上多么艰难，一定要把情报送到延安。

小河：保证完成任务！李副官请放心，无论多大困难，我也要把情报送到。

李副官：（检查了一下她放情报的衣服）你去准备一下吧。

小河：是（互相敬礼）。

（东方亮、沈洁等人上，张仁哲在后面追上）

张仁哲：李副官，我劝不住他们。

东方亮：李副官，你看，我们身体已经完全恢复，这里我们一天也待不下去了，今天，说什么都要走。

沈洁：是的，我身体也好了，别说到延安才几百里，就是几千里都没有问题。

李副官：东方亮同志，你们的心情我是理解的……

东方亮：（打断他）不用讲原因，你要不同意，我就直接去找首长！

李副官：好，好，我现在就给首长汇报。像你们这些"重要人物"到来，引起国民党反动派的极大恐慌，虽然他们不能明目张胆地过度干涉，但却千方百计地对你们实施围堵和秘密抓捕，坚决阻止你们去延安。

东方亮：正因为如此，我们才应该尽快去延安。

李副官：真拿你们没办法，我现在就去请示，你们等着好消息吧。（下场）

（小河上来，张仁哲看着她的打扮，突然笑起来）

张仁哲：小河，我以为哪来的小媳妇，原来是你？

小河（噘起嘴）：我是红军女战士，什么小媳妇。

张仁哲（认真地）：你有任务？

小河：保密。有可能我们好长时间都见不到了。

张仁哲：我等你回来。

小河：好，一言为定！

张仁哲：一言为定！（拉钩）（灯黑）

【第17路军第38教导队通信训练班门口。张仁哲、陈子琪、刘存粮换了便衣上。东方亮和沈洁也穿了一身整洁的衣服，沈洁特意穿了件新旗袍。】

东方亮（兴奋地）：组织上好不容易同意我们去延安了，这心里像喝了蜂蜜一样。

沈洁：看，美得你！

张仁哲（严肃地）：我们还是应该小心，安全第一。

东方亮（看着他的模样笑着说）：知道了，张仁哲同志。

张仁哲（依然严肃地）：陈子琪、刘存粮，你们俩先到周围侦察一下，看有没有异常情况。

陈子琪、刘存粮：是（从左右下）。

沈洁（她捅了东方亮一下）：注意点。（东方亮马上正经起来）

东方亮（他看着仁哲）：张仁哲同志，你把我们送出西安城就可以了，路上一批又一批的人去延安，我们结伴同行。

张仁哲：那可不行，首长要求我一定要把你们平安送到。你们和其他人不一样，特务们的鼻子像狗一样机敏。

（这时，陈子琪、刘存粮两人急匆匆跑回来）

陈子琪：张仁哲，不好，我发现那边突然多了几个拉黄包车的，他们行迹非常可疑。

刘存粮：这边我走到革命公园门口，也发现情况不对。

张仁哲（果断地）：东方亮同志，今天不能走了，绝不能让你们落入敌手。（向陈子琪、刘存粮）你们俩先送他们回去，我再去侦察一番，看有没有其他的办法。

东方亮：这……（张仁哲不容分说地下）（黑灯）

【第17路军第38教导队通信训练班门口。张仁哲先上来，后悄悄地躲在一边。几个黄包车夫和穿国民党军装的陌生人转悠着，他们来到修鞋人的跟前，互相点头示意。张仁哲悄悄下。】

【西安一小巷子。场外传来一阵汽车疾驶而来的声音，几个穿国民党军装的人上场，他们蛮横地站在舞台中间。】

国民党甲：停车！停车！所有人下车检查。

（张仁哲和陈子琪穿便装扮佣人和东方亮夫妇上）国民党甲：你们干什么的？证件拿出来。

东方亮：长官，我是生意人，带太太和两位家佣来看一下市场情况。

国民党甲：听口音不是本地的，做什么生意？

东方亮：想做棉花。

国民党甲：棉花？给我抓起来！（几个国民党兵和特务端起枪围住他们，张仁哲和陈子琪马上用身体护住东方夫妇）

张仁哲：我们老爷刚到这里，刚才在饭店听另外一老板说可以做棉花，我们不是做棉花的。

国民党乙：你们不知道棉花是违禁品吗？北边正需要，我看你们是活腻了。

东方亮：对不起，对不起长官，我们人生地不熟的也不了解，刚才听人说棉花赚钱，就想能不能做。

国民党甲：做事小心点。快滚！（几个人收起枪，张仁哲他们刚要走）

国民党乙：慢着，既然碰上了，不能轻易走了。给我搜！

（几个国民党兵和特务在他们几个身上一阵搜，没有发现什么东西）

国民党乙：去车上看看，不要放过任何蛛丝马迹。

（一特务下，又上。他摇摇头）（张仁哲从身上摸出一块大洋，悄悄塞给他）

张仁哲：长官，我们这就离开，给您添麻烦了。

（国民党甲和乙私下一嘀咕）国民党乙：快滚，别没事找事。（几个人急匆匆地下）（灯黑）

【第17路军第38教导队通信训练班院内。张仁哲、陈子琪、东方亮和沈洁等上场，张仁哲生气地将行李箱重重放在地上。东方亮摘下礼帽，唉声叹气地蹲在地上。】

张仁哲：这群狗特务，要是在战场上，我早把他们突突了。

沈洁（安慰他）：我们再想想其他办法。

东方亮：想办法，我们已经两次被堵回来，还能有什么好办法？难道还插翅膀飞出去不成？

沈洁：没有被抓去已经很不错了。多亏仁哲同志机灵，提前把介绍信卷起来藏在牙膏里，否则，后果不堪设想。

东方亮（站起来，拉住仁哲的手）：张仁哲同志，你点子多，你快想想办法。

陈子琪：再好的办法，我们总是要从他们眼皮底下过去的，除非把头裹起来，硬冲过去。

张仁哲（一拍脑袋突然醒悟过来）：把头裹起来，硬冲过去？对，把头裹起来。（灯黑）

【（张仁哲回忆自己小时候玩游戏的场景）张仁哲老家，黄土坡的背景。舞台上摆着他们挖草的几个竹笼。两群小孩子玩打仗的画外音。二牛和另外几个小孩双手抱着头跑上来，二牛对张仁哲大喊。】

二牛：报告司令，对方火力太猛，我们的"子弹"也快用完了，还是攻不上去。

张仁哲：二牛，把捡到的"子弹"全部装在身上，像我这样子。（他把地上捡到的土疙瘩装满身上所有地方，然后，把竹笼套在头上，其他的孩子都学他那样）大家听我口令，一、二、三，冲啊！

（大伙学着他的样子，一边扔"子弹"，一边往上冲）大家一起喊着：冲啊！

（画外传来另外一群孩子的声音）：我们投降！我们投降了！

（灯慢慢地亮起来，张仁哲回忆结束。舞台上重新出现原来的人物）

东方亮：你把自己的头裹起来，他们还是要检查的，如果发现可疑，即使表面不抓我们，但还是不让走呀，你能让他们不查你？

张仁哲（略思考一下，他一拍手）：有了，我就是不让他们查！

大家一起看着他：你有主意了？

张仁哲：（大家过来，所有人围在一起）我们……（他压低了声音）（灯黑）

（过场戏）

【第17路军第38教导队通信训练班门口。一位穿军装的小战士背对着观众，威武地站岗。刘嫂一个人孤零零地上来，她没精打采地低着头，用脚踢着地上的石头。】

刘嫂（向站岗的）：同志，我想进去给同志们送点我做的凉粉。

（小战士慢慢地转过身，刘嫂一下子愣住了，半天才回过神来）刘嫂：是你？碎崽，你没有死？

小报童：刘嫂，是我。我现在是一名光荣的战士了。

刘嫂（抹着眼泪，上去给他一拳）：我以为这辈子再也见不到你了，你个碎崽！

小报童：是组织想尽办法把我救出来的。（略微思索一下）刘嫂，请叫我同志。

刘嫂（假装生气地）：还同志呢，我就要叫你碎崽、碎崽、碎崽！

小报童：刘嫂，我有名字。

刘嫂：你有名字？

小报童：我叫郝运来。

刘嫂：难怪你老说好运来，你碎崽这下好运真来咧。

郝运来：刘嫂，请！（一起下）

第五幕：奔向光明

人物：张仁哲、陈子琪、刘存粮、二丫、小河、郝运来等红军小战士，李副官、顾青，东方亮、沈洁、刘嫂等所有人。

时间：1937年6月。

地点：第17路军第38教导队通信训练班。去延安的路上。黄土高原的层层沟壑。

【第17路军第38教导队通信训练班门口。修鞋人贼眉鼠眼地不时站起来朝大门这边张望。刘存粮和二丫提着几双鞋子上来，刘嫂也从另外一边上场。】

（刘存粮和二丫直接走向修鞋人）刘存粮：师傅，您辛苦了，我们是通信训练班的学生，麻烦您帮忙修一下鞋。

（修鞋人恭敬地站起来）修鞋人：不麻烦，小同志，我经常看到你们。

刘存粮：谢谢，这几双鞋修好需要多少钱？

修鞋人：什么钱不钱的，都是自己同志。

二丫：那可不行，我们不拿群众一针一线。

修鞋人：好，这个小同志讲得好，你们看着给吧。

（刘嫂挎着篮子上）刘嫂：哎，碎同志，两个碎同志，你们在这干啥呢？

刘存粮：刘嫂，你来了。我们给几个同志帮忙修鞋，你这是？

刘嫂：我来看你们，给你们做的凉粉，来，每人先尝一碗。（她打开篮子，给刘存粮和二丫各盛一碗。刘存粮顺手递给修鞋人）

刘存粮：师傅，您辛苦了，也来一碗。

（刘嫂一把把碗抢过去）刘嫂：不给他吃，上次小报童被抓，我还没找他算账呢！

刘存粮：刘嫂，你肯定是误会了，他是普通老百姓，靠小生意养家糊口。

二丫：是啊，刘嫂，他在这里已经好长时间了，经常给我们修鞋，是个好人。

修鞋人：两位同志说的对，我是被冤枉的。

刘嫂：冤枉你？你看到小报童被抓，为什么不制止？

修鞋人：刘嫂，人家当兵的有枪，我一个小老百姓，我也害怕，他们抓走小报童还不让我给人讲。

刘嫂：难道我真冤枉你了？

刘存粮：你看你看，刘嫂，我就说了，不过，小报童已经平安回来了。（他看了刘嫂一眼）你就原谅他吧。

刘嫂：好，那就相信你吧。（刘嫂又盛了一碗给刘存粮）

（几个人吃完，把碗递给刘嫂）刘存粮：二丫，你等师傅修好鞋带回去，我还有点事先走了。

刘嫂：等等，我摊了好多凉粉，咱们一起去给其他同志送去。

刘存粮：谢谢刘嫂。（两人一起下）

（两个穿黄包车夫衣服的特务和几个穿便衣的特务分头上场，修鞋人见二丫没有注意，给他们使眼色，几个人又下）

（突然，修鞋人捂着肚子）：哎哟。

二丫：师傅，您怎么哪？

修鞋人：我肚子有点疼。

二丫：您不要紧吧？

修鞋人：哎哟，我实在憋不住了，我要上厕所。

二丫：哪？！

修鞋人：小同志，你帮我看着，我去去马上回来。（修鞋人朝远处做个动作，两个穿黄包车夫衣服的人上。修鞋人下）

（两位战士和一对穿着东方亮夫妇衣服的人出来，仔细地看，这两人是李副官和顾青假扮的。他们故意四下里警惕地看了看，朝舞台方向下）

黄包车夫甲：果不其然，我们跟上。

黄包车夫乙：长官真是料事如神！

黄包车夫甲：别说话，等着领赏吧。走！（他们一起下）

（另外几个着便衣的特务上，他们来到二丫周围转来转去，二丫故意装作很害怕）

二丫：先生，你们修鞋吗？

特务甲：去去去，小孩子懂什么。

二丫：师傅马上就回来，你们稍等一下。

特务甲对特务乙：走。（几人也下去）

（又一对穿着东方亮夫妇衣服的人和两位便衣战士上来，他们头部化装得很严实，悄悄地一步一步地走着。他们一看四下无人，便朝另外一个方向下去）

（几个特务跟踪而来）

特务甲：螳螂扑蝉，黄雀在后。哼，给我来这个，跟上！

特务乙（结巴）：我、我们不成、成黄雀、雀了吗？

特务甲：少给老子废话。快跟上，这个才是真的。（几人下）

（二丫一看特务都走了，她机警地过来，拿起白手绢，朝远处挥舞。张仁哲和东方亮夫妇化装成普通百姓，一起上场）

二丫：他们都走了。

张仁哲：机会来了，咱们走。（东方亮和沈洁刚走几步却被仁哲叫住）

张仁哲：咱们不要直接走大路，我们现在是一家人，我是你们的儿子，记住。咱们先一起去逛公园。

东方亮和沈洁：逛公园？现在去逛公园？

张仁哲：对，先去革命公园转，一会儿看我眼色行事。

【革命公园。张仁哲和东方亮夫妇扮成一家人，自如地进了隔壁的公园里散步。】

张仁哲：爹，娘，咱们去那边玩。

东方亮：爹？哦，好，听儿子的，好久没有出来了。（他故意装出老态龙钟的样子。他们在舞台上走）

张仁哲：（压低声音）好像没什么动静，我们从东边门出去，那里离城门最近，如果出了城，我们就相对安全一点。

东方亮：好，他娘，跟儿子走！（沈洁稍愣了一下，又马上严肃起来。几人下）（灯黑）

【远处，西安城墙的背景。他们几人上场。】

东方亮：我的娘呀，终于出城了。

张仁哲：你是我爹！不要大意，现在还在特务的控制区，这里也不是很安全。

东方亮：那我们应该怎么办？

张仁哲：北关这里有一家照相馆，是我们的联络点，咱们先躲在那里，等天黑以后，我们朝东边走。

东方亮：延安不是一直往北走吗？

张仁哲：你们是国民党特务重点监视对象，虽然化了装，但他们一旦知道你们离开，一定会在路上围堵，我们要换个方向先走，等他们认为已经追不上我们了，到时候再改变方向。

东方亮：张仁哲，真有你的。

沈洁：仁哲，我们听你的。

【黄土高原的土路上。几个学生背着行李，艰难地向延安方向行走。东方亮夫妇上来。东方亮艰难地扶着沈洁，突然他们一个打滑，边上的学生甲急忙过来扶他们一把。】

东方亮：谢谢！你们也是去延安吗？

学生甲：去延安！（青年激动地）我从马来西亚来，我的父母都是华人，我也是躲过国民党的封锁，已经走了大半年了。

东方亮：（故意问他）抗日救国的道路有很多条，去延安的路既艰难又危险，有许多人在半路上就被国民党的关卡拦住，有的甚至受到迫害。你为什么一定要去延安？

（旁边一女学生抢过来）学生乙：那可不一样，我上学时因参加抗日救亡宣传活动，被国民党特务通缉追捕，后来从山西以求学名义辗转武汉，再到西安联络处才到延安。我们这些人对国民政府有更深刻的认识。

学生甲：她说的对，我们是在路上认识的。延安是乐园，那里有真正抗日的人群，是我们燃烧希望的地方。

（旁边几个学生过来）：中国的希望在延安！

（东方亮和沈洁一起朝着延安的方向）东方亮：说得多好，中国的希望在延安！你今年多大了？

学生甲：19岁。

东方亮：那你舍得离开家吗？

学生甲：肯定不舍得，但在家和国之间，我选择了国。我过香港时，为了表示我献身祖国的决心和与父母不辞而别的歉疚，在一张照片背面写上："妈妈，把我献给祖国吧！"并托人转交给父母。

东方亮：你们太了不起了！（沈洁掏出手绢擦眼泪）

（这时，张仁哲提着水壶上来）张仁哲：东方亮同志，来喝点水吧。

（学生甲、乙等许多人看到张仁哲，立即迎上去一一握手）：张仁哲同志，想不到在这里碰到你。

张仁哲：是你们呀，怎么现在才走到这里。

学生甲：我们在联络处登记后，就一直向北出发，可是到三原却遇到国民党盘查，我们被抓去一个工厂里干活，好不容易找到机会才逃了出来。

张仁哲：你们受苦了！

学生乙：只要能去延安，我们不怕吃苦。

张仁哲：延安，前面就是，我们快到了，走！

（大家一起）：向着延安，向着光明，出发！（灯黑）

尾声

人物：所有演员、职员（含剧中新上场的记者等人）。

时间：1937年6月。

地点：延安。宝塔山背景下。

【延安城外。张仁哲、陈子琪、东方亮、沈洁和一些进步青年艰难地行走在路上，有的互相搀扶着，由于长途步行，许多人都一脸疲惫。】

学生乙：（突然指着前方）大家看，宝塔山！

（所有人一下子激动起来）：我们到了！我们到延安了！（大家互相拥抱，把帽子、行李、拐棍等东西高高地扔向空中）

（李开元、高宏基、小河和几位延安的战士上场）高宏基：仁哲！我接你们来了。（所有人欢聚一堂，李开元、小河和大家一一握手）

张仁哲：我们终于到延安了！

李开元：大家天天盼着你们来，想着这几日会到的。

东方亮：简直跟做梦一样。沈洁，你快打我一下，看我是不是在梦里！

（沈洁打他一下，逗得众人哈哈大笑）

小河：还有你们更意想不到的惊喜！

（大家都愣住了，小河朝后面大喊）：大家都出来吧。

（顾青、刘存粮、郝运来、陈子琪几个人上来，大家惊喜地抱在一起）

张仁哲：你们怎么已经到延安了？

郝运来：我们是飞过来的。（他用手比划着鸟的样子）

顾青：我们临时接到紧急任务，护送一批军用物资，坐卡车过来的，所以比你们先到一步。

高宏基（站出一步）：同志们一路上辛苦了，欢迎大家回家！（高宏基说着，就帮身边一位同志拿行李）

小河：高副团长，我来。

张仁哲：高副团长？小舅？

高宏基：不要叫小舅，应该叫我同志。我现在是边区文工团的副团长了。

（几位记者上来，并向大家做自我介绍）

女记者：我是《申报》记者，欢迎大家来到延安！

男记者：我是《新中华报》记者，我要给来延安的同志们拍个照片，明天，发在我们的报纸上。（众人欢呼）

（其他前面出现过的演员李副官、刘嫂、二丫、国民党特务等从边上上场）

（音乐声中，演员一排一排，从群众演员、反派演员、配角演员到主要演员分批来到舞台中间，记者分别照相。分批谢幕）

（最后，张仁哲等小演员们上。记者照相。谢幕）

（全体演员大合影，集体向观众谢幕）

（该作于 2018 年 12 月公演）

话剧剧本

百合花开

■ 编剧 何 奇

▍策划班子

杨春林 中国金融戏剧家协会主席。

郝英 中国金融戏剧家协会常委副主席。

李龙 中国金融作协理事、甘肃金融作协主席。

成继跃 保险图书馆长。

郭红英 中国金融作协副秘书长、甘肃金融作协理事。

赵守兵 财经作家。

龚大勇 甘肃金融作协秘书长。

临洮县宣传部、电视台等有关领导。

作者简介

何奇，中国作家协会会员、中国金融文联全委会委员、中国金融戏剧家协会副主席、甘肃金融作协副主席。曾任县文化局副局长、县委宣传部副部长、地方志编委会总编、酒泉地区第一届作协副主席等。作品有长篇小说《移民荒原的上海女人》《危险恋人》《走出硝烟的将军》《拂晓前的马蹄声》《走进敦煌的魔鬼》《敦煌黑客》《敦煌镖女》《最后一个魔鬼》《925前夜》等，中短篇小说《西去的骆驼客》《白狐》等；舞台剧本《驼背银行》《婚礼之前》《百合花开》《田园新歌》等；影视剧本《喋血敦煌佛》《黄土地上的女人》《水月敦煌》《最后一个哈萨克部落》等；史志类著作《百年酒泉》《甘肃哈萨克族》等，约计700万字。曾获甘肃优秀小说奖、甘肃省西部影视优秀剧本奖和第三届中国金融文学奖。供职于中国人寿甘肃酒泉市分公司。

作品简介

地处中国西部黄土高原的兰洮县是著名的百合种植县，而其百合乡种植的百合尤为名贵，美名远扬。然而因销售渠道不畅，村民种植的百合销不出去，端着"金饭碗"却受穷，成为全县最穷的贫困乡村。该乡代理乡长戴自安听说大学同学亮为民带着扶贫款，从北京金融管理部门来县里挂任县委常委、副县长，高兴地跳起来，赶紧召集村主任买酒设宴，要从亮县长那儿搞到扶贫款，解决乡村的燃眉之急！他们把一切希望都寄托在亮县长身上，然而没想到亮县长没带一分钱扶贫款。戴自安和村主任们大失所望！亮县长没有带扶贫款项，却带着百合产业园建设项目，决定从发展百合特色产业和绿色蔬菜畜牧产品入手，帮扶贫困村民脱贫致富。于是，他一面亲自在网络上设置商务销售平台，宣传推销村民们种植的百合，一面联系省市县金融系统职工食堂食用百合，同时东奔西走为建设百合产业园招商引资。经过他和县领导多方联系沟通，多家金融单位和企业与县里建立了合作关系，村民们都亲切地称他为"百合县长"。

京中投资集团董事长苏春雨被亮为民一心为民、敢为民先，做"菜贩子"的精神所感动，决定投资兰洮县建立百合产业园，但通往产业园只有一条乡村小路，不利于今后发展。亮县长决定马上勘测修路，而戴自安存在"等靠要"思想，因资金问题，怕担当，不作为，甚至设置障碍，消极应付。在修路过程中，又遇到了种种困难和人为干扰。有个孤寡老人因承包地补助问题，躺在工地上阻挡修路，致使工程中途停止。为了扫除筑路障碍，村领导带着村民要强行将她拖走，就在矛盾纠纷进一步激化时，亮县长及时赶到，用他总结推出的扶贫新模式，解决了矛盾纠纷。

戴自安是百合乡代理乡长，一心想通过老同学亮为民县长把"代"字取掉，但他工作上却贪图安逸，推诿扯皮，在农村危房改造中，因他拖拖拉拉差点造成重大人命事故，又因对修路抱着消极应付态度，在汛期擅离岗位，玩忽职守，致使山洪冲垮正在修筑的路面而造成损失。亮县长面对这些问题，深刻认识到：精神贫困，思想贫穷，比经济贫困更可怕，不从根本上解决这个问题，再好的扶贫政策和办法也会失去作用，就是搬来一座金山银山也脱不了贫，致不了富！于是，他毫不讲同学情面，向上级写报告建议撤销戴乡长的职务，一手抓经济建设，一手抓精神文化扶贫，排除来自各方面的干扰和影响，利用金融扶贫政策，联系贷款，招商引资，支持道路建设。最终这条"致富路"修通了，百合果蔬产业园和畜产品基地建起来了，赢得了经济建设和精神文化扶贫双丰收！

整个剧情以"先干起来"与"等靠要"、"输血"与"造血"两种思想冲突为主线，环环紧扣，渐次推进，矛盾激烈，高潮迭起，并提出精神扶贫的深层问题，引人思考！

人物表

亮为民：男，四十多岁，中国金融管理部门扶贫干部，挂职常委、副县长。

戴自安：男，四十多岁，兰洮县百合乡代理乡长，与亮县长为大学同学。

吴秘书：男，近三十岁，亮县长的秘书。

牛主任：男，三十多岁，兰洮县牛家湾村主任，兼百合生产合作社经理。

杨成兰：女，二十多岁，兰洮县百合生产合作社营销经理。

王主任：男，三十多岁，兰洮县百合乡王家洼村主任。

苏春雨：女，四十多岁，京中投资公司董事长。

王大婶：女，六十多岁，王家洼村民。

徐经理：男，三十多岁，县保险公司经理。

郭小华：女，二十多岁，京中金融投资公司员工。

金小平：女，二十五岁，县保险公司农村业务员。

杨　母：女，六十多岁，牛家湾村民。

刘队长：女，三十来岁，交通局勘测队长。

群众、观众数人。

第一幕

【时间：当代，春暖花开季节。】

【远景为兰洮县山区农村景象，即起伏的山峦，道道沟洼，山坡上的土地，环绕在山坡沟洼上的村道等。】

【戴自安办公室。】

【办公室设有柜子、桌椅、沙发、床等。】

【幕启。戴自安正在接手机。】

戴自安（接电话）：……喂！……啥啥？！啊，是老同学亮为民——亮县长啊？！啥？啥？您马上就到我们百合乡了？好！好！太好了！欢迎欢迎！——竭诚欢迎！（收了手机）哎呀！我这老同学从中国金融部门来我们兰洮县扶贫，任常委副县长，听说到任都快两个月了，我盼星星盼月亮，就是见不到他，现在他马上就到了！——好好！太好了！知道吗？听说他这次来扶贫，带着几千万扶贫款，我们是大学同学，就凭这关系，他怎么着也会给我们乡拨个千儿八百万，帮扶帮扶我们百合乡！（从柜子里取出两瓶兰洮酒）这是我们兰洮最好的酒，今天给老同学好好敬几杯！——为了百合乡我这个代理乡长今天把胃豁出去了！

【王家洼村王主任上，"笃笃笃"敲门。】

戴自安：——他来啦！（忙放下酒瓶跑过去，边开门边寒暄）啊！老同学……（来人不是亮县长）……哦！王家洼的王主任！

【王主任进门。】

戴自安：王主任，有事吗？

王主任：我来问问去年修路的占地补助费……

戴自安（打断）：要钱你不去找财务科长，找我干啥？（往外赶）去去去……

王主任：是钱科长让我来找您的……

戴自安：啥？她是乡里管财务的科长，让你来找我要钱？怪事！（打手机）

喂！是钱科长吗？……谁让你把王主任打发到我这儿要钱的？你搞啥名堂？（气呼呼）你是财务科长，还是我是财务科长？……啥？账上没钱……账上没钱，我就有啊？我是开银行的？身上出钱啊？——想想办法！（合上电话）真是！

王主任（半开玩笑地）：您是乡长，科长那里没有钱，不找您找谁？

戴自安（欲发火）：嗯？（忽然觉得有理）科长没钱找乡长，嗯，也说得过去，可我这里没钱！王主任啊！你们村也应该体谅体谅乡政府的难处！去年给你们村修路，大部分款项由国家投资，县市也出资大力支持，占地补偿费，大部分都发放了，还欠不多，乡政府会想办法补齐的。你应该理解一下，不要成天跟着我的屁股钱钱钱的，搞得我头昏脑涨，一个住进了医院，还让我也住进去啊？

王主任：是那几个村民让我来催催的……

戴自安（摇头叹气）：可，我哪来钱啊？

王主任：乡长，听说……

戴自安：听说啥？

王主任（支吾着）：听说，听说……

戴自安（喝）：说！

王主任（一跳）：我说，我说……听说新来的亮县长带着五千万扶贫款……

戴自安（惊跳）：啥？！五千万？！（怔住了）我听说是一千万……——真的？

王主任：我看是真的！要不，他说话那么有底气，那是钱撑着腰呢！

戴自安（认真地打量起王主任）：……

王主任：乡长，看我干啥？

戴自安：你狗鼻子还真尖啊！我说你今天跑到我这儿来要钱，原来狗鼻子闻着肉味了！（点着王主任的鼻子）真有你的啊！

王主任：嘿嘿嘿！只要能搞到扶贫款，咱们的车不就都转起来了吗？您那代理乡长的"代"字，不也就去掉了吗？……

戴自安（装不高兴地）：不要胡说！去，先给我跑趟腿！弄两瓶兰洮出的牡丹酒，我这里只有两瓶马家窑！（从兜里掏钱）

王主任：——明白了！（立正，转身就走）

戴自安（给钱）：——钱！

王主任：我这里有！（跑下）

戴自安（赞叹）：这个王主任，平时看起蔫不唧的，只要听到有好处，跑得比兔子还快！

【外面有人敲门。】

戴自安（边开门边嚷）：来了来了，老同学来啦！（赶紧打开门，却是牛家湾村牛主任）哦，牛家湾牛主任啊！——正等的等不来，不等的一个接一个！——哪股风把你吹来了？

牛主任：有事请示乡长！

戴自安：我知道你牛主任无事不登三宝殿！说吧！一阵我还有事！

牛主任：乡长啊！这些年我们村种植的百合销路不好，就是卖出去了，价格也很低，赚不了钱！乡长您说这咋办啊？

戴自安：别诉苦了！全乡几百家种植户，都有这种情况，想想办法吧！

牛主任：啥办法都想了！可……

戴自安：再想想办法，争取走出去，打开市场！

牛主任：最近村里想在省城和周边城市设几个销售点，直接销售！

戴自安：这就对了啊！走出去才有出路！减少中间环节不就赚钱了嘛！马上干，乡政府大力支持！

牛主任（伸出手讨要）：拿来……

戴自安：啥？

牛主任：钱！

戴自安：钱？

牛主任：没有钱拿啥买门店？没钱谁给你出租摊位？我打听了，在省城商业街租一间二十来平方米的门店，一年的租金二三十万，周边城市也得十万八万！设三五个门店，一年租金就是一两百万！

戴自安：那你们村，还有百合产业合作社往外拿啊！

牛主任（苦笑着）：我们要能拿出钱，还找乡长干啥？

戴自安：说了半天，你也是来要钱的？

牛主任（神秘地）：听说亮县长从北京带来很多扶贫款……

【戴自安盯着牛主任不说话了。】

牛主任（见此情景，忽然住口不言了）：……

戴自安：说啊，咋不说了？

牛主任：乡长，看样子，你全知道了？……

戴自安（噗嗤笑了）：——你们哪！狗鼻子一个比一个尖！

牛主任：我就知道乡长早听说了！

戴自安（感慨自语）：钱钱！现在一切希望全寄托在老同学身上啦！牛主任，亮县长刚才打电话说马上就到，这是天大的好机会，我已经打发王主任去买酒，你赶紧去农家园订个包厢，要几斤手抓肉，要大块的！（耳语）

【在戴乡长和牛主任耳语时，亮县长和吴秘书上。】

吴秘书：亮县长，百合乡政府到了。

亮县长（观望着周围）：百合乡，以百合命名！——漫山遍野百合香，聚宝盆啊！走！先去戴乡长那儿看看。（向戴自安办公室走去）

【戴自安给牛主任耳语完毕。】

牛主任（大声回应）：……遵命！（欲下）

【牛主任要出门，正好与亮县长和吴秘书相遇。】

亮县长：这不是牛家湾的牛主任吗？

牛主任：是。亮县长！

亮县长（看到牛主任要离开）：——别走，正好有事跟您商量！

戴自安（迎上去握住亮县长的手）：哎呀！老同学！可把你盼来了！大学毕业后，咱们各奔东西，都十来年没见过面了，还好吗？

亮县长：好好！

戴自安：您上任都快两个月了，我几次上县里去看您都没见着面哪！

吴秘书：亮县长到任就下基层搞调研，这几天就在百合乡，去了最偏远的贫困户家！

戴自安（吃惊地）：啥啥？您进入我的地盘都几天啦？我咋一点消息都没听到？

亮县长（玩笑地）：这说明你这个乡长太官僚！

戴自安：哈哈哈！我算啥官？一个代理乡长嘛！姓戴，就是升为乡长，也还是个戴乡长！

亮县长：哈哈哈！

戴自安：微服私访，收获大吧？

吴秘书：戴乡长，让亮县长先歇歇，他都颠着两条腿跑了几天了！

戴自安：你看我只顾说话，请请请！到旁边的农家园坐坐，老同学十几年没见面了，今天叙叙旧，我弄了两瓶马家窑酒（拿起酒亮了亮），怕不够，又打发人去搞两瓶牡丹酒，都是咱县自产的，赛茅台啊！

亮县长：老同学啊！可不能让我闯红灯啊！

戴自安：放心！我自己掏腰包，绝对没麻达！再说，老同学多年没见面了，吃顿饭，喝个小酒，人之常情嘛！牛主任，快去订包厢。

【牛主任欲去。】

亮县长：别忙了，我们还有别的事，跟你们谈谈工作就走，不在这里吃饭！

戴自安：这不行！这不行！老同学多年不见，一定要吃顿饭！

亮县长：县里决定让我开展百合乡的扶贫工作，以后吃饭的机会很多，只要你不烦我！牛主任过来坐，我们谈事儿！

【牛主任和戴自安坐在沙发上，吴秘书坐在旁边做记录。】

亮县长：在百合乡转了几天，村民反映的问题比较多，特别是百合种植户普遍反映销售难，需要我们尽快解决……

戴自安（站起来）：是啊！牛主任是牛家湾村主任，百合生产合作社经理，这些年他们种植的百合销路不好，种植户赚不来钱，合作社去年在银行贷的款到现在还不了，愁得他头发都白了！村里想在省城和周边城市设门店直销，可一年光门店租金就需要几百万，眼看着很好的销售计划，没有钱没法干！老同学啊！听说您这次下来带着五千万扶贫款，我盼星星、盼月亮，好不容易才把您盼来，求您先给我拨点，解决我们的燃眉之急，我这个代理乡长现在都拉不开栓……

亮县长（打断）：停停停！（起身）

戴自安（停住）：……

亮县长（认真地）：你听谁说我带来五千万扶贫款？

戴自安：人们都传疯了！——您是中国金融管理部门干部，您来扶贫，带一个亿扶贫款都是小菜一碟嘛！

亮县长（大笑）：哈哈哈！老同学啊！你还相信这种传言？！

戴自安（愣住了）：这么说……

亮县长：——没有的事。

戴自安（不相信）：没有五千万，两三千万总有吧？看在老同学的面子上，给我们乡多考虑点，三百万！咋样？

亮县长：真没有！

戴自安：那就一百万？

亮县长：也没有。

戴自安：老同学啊！你咋在我跟前打埋伏啊？

亮县长：我没有打埋伏！真的！

【牛主任慢慢站了起来。】

【王主任抱着两瓶酒兴冲冲跑进来听此情况怔住，泄气地靠在门旁墙上。】

戴自安（诉苦）：老同学！我不是给你诉苦！我们这个乡地处黄土高原，是全县最贫困的乡镇。这次经过精准扶贫统计，贫困人口几乎占了一半，走路难、饮水难、看病难、上学难、住房难，到处都缺钱啊！

亮县长（拍拍戴自安的肩）：老同学，这些我都知道了！这些天我在你们百合乡转了三天，虽然算不上深入，有些情况还是了解了一些的！百合乡确实存在走路难、上学难、看病难、饮水难等等困难，但你看困难多了，看百合乡的优势少了！我们兰洮县虽然地处西北黄土高原，贫穷落后，苦甲天下，但矿产资源丰富，文化底蕴丰厚，而且是全国最大的百合种植之地，而百合乡又以百合而称著，我们端着个金饭碗，守着聚宝盆，发展潜力非常大，还怕没钱吗？

戴自安（打断）：我的县长大人啊！我们知道我们县是全国最大的百合种植地，也清楚我们百合乡以百合而成名，可这些年我们种植的百合销不出去，有的就是卖出去了，价格也很低，还有的赔钱，你说这这这……

王主任：唉！（把酒瓶放在地上，蹲在地上）

【戴自安和牛主任眼巴巴地望着亮县长。】

亮县长：全县种植户中都存在这个问题。——放心！我们会竭尽全力，想办法解决的！

王主任（忽然来了精神，旁白）：——有希望！

戴自安（激动）：看看看！果然带着资金嘛！

亮县长（忙制止）：不！我从北京来县里扶贫，真没有带扶贫款！

戴自安（又泄气发怔）：这……

亮县长：但我带来比资金更重要的东西！

【戴自安、王主任和牛主任忙凑到亮县长跟前。】

戴自安：啥？

亮县长：百合产业园建设项目！

戴自安和牛主任（异口同声）：百合产业园建设项目？

吴秘书：对！这一个多月亮县长一面在乡村考察调研，一面修核订《金融扶贫工作规划》和《普惠金融实施方案》，一面联系协调国家开发银行、建设银行和有关投资公司前来帮扶兰洮县发展百合特色产业和养殖业呢！

戴自安、牛主任和王主任（震惊）：他们都来帮扶我们？

吴秘书：还有你们没想到的好事哩！等稍，我一件一件说给你们听！

【杨成兰呼喊着："牛主任——牛主任——"拿着手机边呼喊着跑进门。】

杨成兰（激动地叫喊着）：牛主任，牛主任！

牛主任：咋啦？大呼小叫的，哪像个销售经理！

杨成兰（舞着手机）：——好消息！好消息！

牛主任（嘀咕着）：啥好消息？激动成这样了？

杨成兰：——有人为我们百合生产合作社在手机网络上设置了销售平台！

牛主任（观看手机，将信将疑地）：是吗？

杨成兰（指点着手机）：这里，这里……您看看，这宣传广告词写得多棒啊！（念）……兰洮百合，质优味美，价格合理，欢迎采购。您购买一棵百合，就为精准扶贫贡献了一份力量，为贫困农户奉献了一颗爱心！为农户修建新房屋添了一砖一瓦！联系人：兰洮县百合生产合作社，电话13309311818！有了这样的网络销售平台，我们以后就直接可以在网络上销售百合啦！

牛主任（不相信地）：这么说，通过这个网络销售平台，不花钱租门店，也可以销售我们的百合？

杨成兰：是啊！已经有客户订购了！

戴自安：是吗？

杨成兰：你看看，有好多的客户……

牛主任（激动地）：竟然有这样的好事？

【亮县长和吴秘书望着牛主任、戴自安和杨成兰笑着。】

吴秘书（插话）：这就是互联网的作用！

杨成兰：奇了怪了？是哪个好心人悄没声儿给我们合作社干了这么大一件好事？

牛主任：——找到他要好好感谢感谢！

吴秘书（诙谐地）：还用找吗？他就在你们面前！（指着亮县长）

杨成兰、牛主任和戴自安（异口同声）：——亮县长！

吴秘书：对！这些天他设置了百合销售平台，做了很多的宣传广告，还联络了十多个志愿者，通过网络帮我们义务做宣传广告，推销百合，又动员金融系统员工们购买百合献爱心，还计划建立电子商务网络平台！

牛主任（感慨地）：真没想到啊！

吴秘书：还有您没有想到的呢！亮县长计划今天去省城，明天参加省里召开的西部商贸交流大会，推介宣传我们的百合，同时跟几家银行和投资公司洽谈建设百合产业园项目的事，还要联系动员金融系统所有职工食堂订购食用我们的百合！仅省城金融系统就有几十家职工食堂，算算吧，一个月我们会有多少收入？

牛主任（突然跳了起来）：我的天啊！这不算不知道，一算吓一跳！

戴自安（对亮县长）：没有想到你不声不响，干了这么大一件好事！

亮县长（语重心长地）：自安啊！做领导的一定要少讲"没法干"，多想"如何干"，只有想办法干，才能干成事！扶贫需要大量资金，搞建设需要大量资金，但资金不是从天上掉下来的，是干出来的。我们绝不可两眼只望上面"等、靠、要"哦！

【戴自安、牛主任、杨成兰和吴秘书深深点头。】

牛主任：亮县长，去外面跑业务的事，就让我和村里人去吧！

亮县长：为什么？

牛主任：你一个县长，走街串巷，跑东跑西，低三下四，求情下话，也太失身份，太没有面子了，我们乡下人不讲究这些……

戴自安：也是，让县长走街串巷登门跑业务，真有点那个了……

亮县长：你们哪！谁规定我这个副县长就不能走街串巷跑业务？我觉得这样才能够深入实际，接近群众，了解情况！

牛主任：那我跟你一块儿去跑！

亮县长：不！你就在家做百合生产、加工和包装工作。记住，一定要把好产品质量关，信誉第一，质量第一，为客户提供一流的服务！

牛主任（点头）：是！是！……

亮县长：小杨是你们百合生产合作社销售经理，她可以跟我和吴秘书去省城联系洽谈业务。

牛主任（点头）：嗯！

亮县长（对杨成兰）：销售经理要亲自跑跑市场，了解了市场才可以如鱼得水，畅游市场！

杨成兰：是！

亮县长（向吴秘书和杨成兰）：——咱们出发！

【亮县长、吴秘书和杨成兰欲出发。】

戴自安：哎哎！不是要商量工作吗？

亮县长：这不就商量完了？下面就该抓落实了！（欲走）

王主任（着急地）：那吃饭，吃饭啊！乡长，酒！酒！（忙拿起地上的酒递给戴自安）

戴自安：都到吃饭时间了，吃过饭再去！（拿起酒）这是专门给您准备的！

亮县长：放着，等办成了事再喝！

【亮县长转身出门下，吴秘书和杨成兰跟下。】

戴自安（捧着酒瓶望着远去的亮县长感叹着）：再忙，也该吃饭……

牛主任（感慨地）：看来是个实干家啊！（高兴地）回家！回家喽！（高高兴兴地跑下）

戴自安（两手一摊）：唉！梦想好像水泡儿"嘣"就破了！

王主任（望着离开的牛主任）：人家的事有了着落，我们村的事……

戴自安：——等着吧！看看还有没有机会！

【切光。幕落。】

第二幕

【省城。】

【商贸交流大会平台，背景是电子大屏，周围垂挂着广告标语。】

【台中央摆放着包装好的百合产品，亮县长站在台侧，一手持话筒，一手举着袋装百合，向观众演讲推介兰洮百合。百合生产合作社销售经理杨成兰和吴秘书怀抱百合包装盒，站在旁边向观众展示百合产品。】

亮县长：……我来自甘肃兰洮县，今天我在这里向广大来宾朋友推介推销我们兰洮出产的特色蔬菜百合！兰洮百合味美品优，闻名全国，故有"兰洮百合甲天下"美誉！……

【随着亮县长的演讲，大屏幕上连续出现大片鲜花盛开的百合、农民采挖百合、加工包装百合、百合产品和做成可口菜肴的画面……】

亮县长（继续演讲推介）：……我们兰洮地处苦甲天下的黄土高原，这些年虽然经济有了发展，但因自然环境和疾病以及种植技术等原因，不少农户生活贫穷。党中央发出了精准扶贫伟大号召，现在到了脱贫攻坚战的关键时刻，为了让这部分农户尽快脱贫，实现小康，过上幸福安宁的日子，请大家行动起来！——伸出您火热的手帮扶他们一把！您购买一斤百合，就为精准扶贫贡献了一份力量，为贫困农户奉献了一颗爱心，为农户修建新房屋添了一砖一瓦啊！……

【观众席里众多男女顾客听到亮县长的推介吆喝，纷纷从观众席上。】

甲顾客（笑着说）：呵呵，这个菜贩子可真会吆喝买卖，说的比唱的还好听！

乙顾客：咦！他可不是菜贩子，他是兰洮的县长！

甲顾客和其他几位顾客（似不相信）：是吗？是吗？县长还干这事？

乙顾客（向大家）：真的！我在交流会上见过他，他们在这里都推销了好几天！

甲顾客（有所感动）：真不容易！（向大家）走！去买百合，也为山区贫困农户奉献一点爱心！

【那些顾客拥了过去。】

杨成兰和吴秘书（热情接待）：欢迎选购，欢迎……

亮县长（手持话筒继续推介吆喝着）：……快来买百合喽！您购买一斤百合，就为精准扶贫贡献了一份力量，为贫困农户奉献了一颗爱心，为农户修建新房屋添了一砖一瓦！……

【苏春雨总经理提着公文包和秘书上，他们路过听到推介吆喝声，停住了脚步。】

秘书（钦佩地）：这个县长真行，亲自为农民推销百合！

苏春雨（钦佩地）：是啊！我已经多次看到他在会场集市上推销百合！——我们这个时代太需要这种为民服务精神了！

秘书（点头）：是！

苏春雨：回去后通知集团职工食堂和下面公司的食堂订购他们的百合，动员职工也购买，为山区农村脱贫致富做点贡献！

秘书（点头）：好。

苏春雨：走吧！

【苏春雨和秘书下。】

亮县长（手持话筒继续推介宣传）：……兰洮百合，质优味美，价格合理，欢迎采购！——您购买一斤百合，就为贫困农户奉献了一颗爱心，为农户修建新房屋添了一砖一瓦！……

【台下观众席上响起热烈掌声，有顾客鼓动大家："同志们！为山区的贫困群众！为了山区的孩子们——购买百合去！"大家伙儿情绪沸腾，齐声响应，又一拨顾客"呼啦啦"拥上台购买……】

亮县长、杨成兰和吴秘书（感激地挥泪抱拳连声向大家道谢）："谢谢！谢谢！感谢感谢！感谢大家！"

【在欢快的音乐中幕落。切光。】

第三幕

【京中投资集团公司办公大楼。】

【装饰豪华气派、漂亮美观的楼堂大厅。】

【舞台左后方的休息厅有沙发、茶几等设施。右面的楼梯口有登记台，登记来往人员。】

【幕启。亮县长边打手机边上，吴秘书和杨成兰跟随边说话边走。】

亮县长（停住打手机）：……喂！您好！我是我是！……同意投资，近期签订协议？——好！好！太好了！太好了！我代表兰洮县委、县政府和全县人民表示感谢！感谢感谢！（收手机向吴秘书和杨成兰）——告诉你俩一个好消息！又有一家公司同意投资我们的百合产业园建设！

杨成兰（高兴地跳起来）：这是第三家！太好啦！太好啦！这些天我们的成绩大大的！在市场上推销百合，跑单位签订供货协议，（摇着手里的单子）这都是钱啊！简直美死了，美到天上去了啊！（小孩般跳起来）

吴秘书：你就知道供货单！几个投资百合产业园的协议就不算啦？这

可是最大最大的收获啊！

杨成兰：算算算！如果这几家给我们投了资，咱们的百合产业园马上就可以建起来，百合产业就发达啦！这都是亮县长的面子，要让咱俩啊，跑断腿也不会有这么大收获！

吴秘书：那当然！只是把亮县长累坏了！……

亮县长（嗔怪）：你俩又叨咕我！京中公司到了，咱们进去！

杨成兰（观望大楼）：这大楼真气派啊！

吴秘书：人家可是大公司！

【亮县长、吴秘书和杨成兰进入大楼大厅，直向楼梯口走去。他们穿戴朴实，好像农民，与豪华气派美观的大厅形成鲜明比照。】

【工作人员郭小华坐在登记台后接听电话，做登记。】

郭小华（见亮县长一行，放下手里的电话）：请问……

吴秘书（上前）：您好！——我们找你们公司苏总！

郭小华：找苏总？——有预约吗？

吴秘书（摇头）：没有，电话关机……

郭小华：那，找苏总有事吗？

吴秘书：我们是兰洮县来的，找你们苏总洽谈百合……

郭小华（打断）：——推销百合的啊？（打量亮县长杨成兰，大概见是农民有点轻视）

杨成兰（上前解说）：百合是我们兰洮的特色产业，质优味美，还有药用价值……

郭小华（打断）：好了好了，不用说了！我们苏总不在！你们到别处推销，走吧！

杨成兰：哎哎！你咋这样？

郭小华（从柜台出来）：我再告诉你一次，我们苏总不在！（旁白）这都是怎么了？今天他来推销营养品，明天你来推销化妆品，还有推销伟哥的！刚刚支走一个卖老鼠药的，转眼又来了个卖百合的！（转向杨成兰和贺秘书）我们这是正儿八经的投资公司，不是乡下集市，也不是摆地摊的！走吧，走走，到别处推销去！（向外挥着手）

杨成兰：你，你要赶我们走啊？——啥态度？

郭小华：对你们这些小商贩就这态度！

杨成兰（气愤地）：谁是小商贩？——我们有证有照，是百合生产合作社的，（指着亮县长）他是我们县长！

郭小华（嘲讽地）：——县长？你怎么不说是省长？

杨成兰（跳起来）：你你你……

郭小华：前天来了个推销老鼠药的，就自称总经理，非要见我们领导，最后怎么着？把休息厅里的茶盘顺手摸走了，害得我又挨批评又罚款！这些小偷小摸真让人防不胜防！

杨成兰（气愤地）：你，你啥意思？我们是小偷？我们是小摸啊？（逼向郭小华）

郭小华：那也说不准！

杨成兰（激动）：——你，你侮辱人！（向前与郭小华讲理）

郭小华（针锋相对）：怎么？想闹事啊？告诉你，我还有事，没工夫跟你这没教养的乡下女人搅缠！（扭身向登记台走去）

杨成兰：啥？我没教养？我看你没教养！乡下女人咋啦？（跳起来向登记台扑去）乡下女人咋啦？咋啦？

亮县长（忙上前拦住）：小杨，算了，别闹了！

杨成兰（挣着）：放开我，让我教训教训这个不讲理的东西！（挣着要过去）放开我！……

吴秘书（也上前阻拦）：杨经理冷静些，冷静些！

郭小华（气哼哼地嘟哝着）：哼！什么东西？（转回内里去）

杨成兰（见郭小华向内走去，叫喊着）：不要走，站住——你等着！（极力挣着向前扑，亮县长和吴秘书阻拦，她叫喊着）放开我，放开我！

亮县长（大声地）：——别闹了！

杨成兰（似雷惊动，忽然不动了，愣望着亮县长，忽然憋不住"哇"地哭叫）哇——她欺负人哇！打狗还得看主人！她欺负的不是我，是您亮县长啊！我咽不下这口气哇！

亮县长（大度地笑着）：哈哈哈，我这不是好好的嘛！

吴秘书：亮县，说实话，这个女人也够气人的，我都忍不住想扇她两巴掌！

亮县长：是有点过分！不过她刚刚遭遇了那个卖老鼠药的，又挨批评，又罚款，心情可能不好，咱们多理解，多包涵嘛！

杨成兰：她都欺负到您头上了，还为她说话？（哭泣着）

亮县长：好了好了！不哭了！一个大经理哭鼻子，多不好看！

吴秘书：就是！算了算了！大人不记小人过！

【杨成兰渐渐停住哭泣。】

亮县长：他们公司苏总不在，咱们先到那边的休息厅边休息边等！

杨成兰（坚决地）：不！我要走，——这地方太让人失尊严！（说着往外走去）

亮县长：看看看！受了点小委屈就气成了这样，这可不是你泼辣干练的风格啊！这些天咱们被人误解、遭白眼、受冷落还少吗？有人还说我这个县长是菜贩子，不干大事，吆喝着卖百合！我们不都过来了？干吗这么认真？

吴秘书：就是嘛！走我们的路，让他们说去！走！到那边休息厅等他们苏总。

杨成兰（想想）：对！等他们苏总回来，给反映反映，赶快让这种员工下岗滚蛋！

【他们三个过去坐在沙发上等待。】

杨成兰（嘟囔着）：……太可气了……

吴秘书：还耿耿于怀啊？（从挎包里掏出矿泉水）给，喝口水，泄泄火！

杨成兰（接过矿泉水，拧开盖准备喝，忽然想起亮县长，转过去要给亮县长）亮……（发现亮县长歪在沙发上打盹，拿着水瓶的手停在空中）

【吴秘书见杨成兰突然不吭声，转脸看到亮县长打盹，欲唤他喝水，杨成兰忙摆手，并轻手轻脚离开休息厅，吴秘书也跟过来。】

杨成兰（来到大厅悄声地）：这些天他太累了，不要打扰他，让他眯一会儿吧！

吴秘书（低声）：是啊！这些日子可把他累坏了！白天除了吃饭，都在乡村搞调研，晚上又半夜半夜整理资料写东西，最近来到省城更忙，跑东跑西对接金融单位，联系洽谈业务，晚上还上网络查看百合销售情况，昨晚都忙到了凌晨三点多……

杨成兰：唉！一个县长，出来跟我们整天跑跑颠颠、东奔西忙、累死累活，还受人嘲笑侮辱！你说说，这是何苦哩？

吴秘书：前些天我问过他，可他总是笑笑！但我从他的言行上发现，他是横下心来，想让咱们这里尽快脱贫，让老百姓过上幸福安宁日子！

杨成兰（点头）：……

【一个领导模样的女干部上，进入大厅。】

郭小华（从内里出来，看到女干部，忙起身热情地迎上来）：苏总，您回来了？

苏春雨：回来了！

杨成兰（惊讶）：她就是苏总啊？（赶紧迎上前）您就是苏总经理？

苏春雨：是！——苏春雨！你们是……

郭小华（抢先回答）：——菜贩子！

杨成兰（气呼呼地）：对！我们是菜贩子，是堂堂正正推销兰洮百合的菜贩子，咋啦？咋啦？（质问郭小华）

郭小华：推销瓜菜去菜市场推销，我们这是……

苏春雨（忙举手）：停停！怎么回事？怎么吵起来了？

郭小华：他们是乡下搞推销的，要见您，硬往里闯，被我拦住了

杨成兰：胡说！我们来找苏总商谈投资百合产业园建设的，她不但拦住不让进门，还怀疑我们是小偷，要赶我们走！

苏春雨（忙叫停）：停停！你们是兰洮县的？

杨成兰（理直气壮）：兰洮县百合生产合作社的，跟我们县长一起来的！

苏春雨：县长？就是那个推销百合的亮县长？

杨成兰：是！是亮县长！

苏春雨：他人呢？

杨成兰：他太劳累了，在休息厅沙发上眯着！

苏春雨（忙过去，见亮县长睡着，悄悄离开，点着郭小华的鼻子）：你呀！

你呀！你怎么把他挡在了门外？知道吗？他就是兰洮县的亮县长啊！

　　郭小华（吃惊地）：他，他还真是县长啊！？……

　　苏春雨：前几天在省里的商贸交流会上，我听过他宣传介绍兰洮百合的报告，看到他为了扶贫，亲自跑单位、跑市场、跑客户，推销村民种植的百合，确实令人感动！这种精神正是我们企业所需要的精神，也是我们现在缺少的精神！前天我们集团公司研究决定，投资兰洮县百合产业园和绿色果蔬种植基地建设，也为兰洮贫困山区精准扶贫做点贡献！这两天我正在找亮县长，（对郭小华）你差点把我们的贵人赶走！

　　郭小华（愧疚地）：苏总，我，我真不知道……

　　杨成兰（气愤地）：哼！

　　郭小华：你你……

　　亮县长（醒来了，上前接着话茬对杨成兰）：——不知者不为错嘛！

　　吴秘书：亮县醒来了？

　　杨成兰：咋不多眯一眯？

　　亮县长：苏总回来了，我还能睡着吗？

　　苏春雨（迎上去握住亮县长的手）：亮县长啊！对不起，委屈您啦！委屈您啦！

　　郭小华（上前）：亮县长，我，我刚才……我错了，向您道歉！我我我……

　　亮县长：没事！没事！

　　苏春雨：亮县长已经原谅你了，现在你马上泡杯好茶，让亮县长喝口茶，我们现在就商谈投资合作的事！

　　郭小华：好！（赶紧去泡茶）

　　亮县长：苏总不用麻烦了！

　　苏春雨：亮县长啊！（玩笑地）喝酒会闯红灯，喝杯茶还是可以的嘛！

　　郭小华（端着茶盘，放着四杯茶）：亮县长，请喝茶！

　　亮县长（端起茶）：谢谢！

　　【郭小华将茶送到吴秘书、杨成兰和苏总面前，他们都端起茶杯。】

　　苏春雨（端着茶杯）：亮县长，过两天我就带人前去你们兰洮县考察，尽快把合作事项定下来，付诸实施！

亮县长：非常欢迎苏总去我们兰洮县考察！

苏春雨（举杯）：亮县长，预祝我们合作成功——干杯！

亮县长（举杯）：干杯！

众（举杯）：干杯！干杯！

【幕落，切光。】

第四幕

【数天后。】

【百合乡牛家湾村口，路旁的大石头上雕刻着"牛家湾村"。】

【大槐树下有水泥桌凳之类供人小憩的设置。】

【幕启。亮县长、戴自安、牛主任、杨成兰、王主任陪着苏春雨总经理和随同人员考察百合产业园种植基地后边交谈边上。】

亮县长（对苏春雨）：……苏总！您来百合乡考察了几天，还存在什么问题，需要我们解决？

苏春雨：我就看准了你们百合乡这地方，特别是牛家湾和王家洼，土地肥沃，气候适宜，很适合种植百合和瓜果蔬菜，还可以养殖牛羊，唯一的问题就是从村口通往种植基地的这段路坑坑洼洼，崎岖不平，还很窄，小四轮和摩托车将就可以通行，大车就无法行驶了，将来货物怎么运输？以后百合和养殖业有了大发展，交通运输是关键啊！

亮县长：苏总放心！这个问题，我们已经考虑到了。最近我起草了一份修建报告，准备跟戴乡长和村里的干部们商议商议。补充完善后，马上报县里和上级交通部门尽快落实，尽快开工建设！

苏春雨：那我就放心了！好，你们就研究商讨吧，我回去了！

亮县长：着急干啥？再转转看看，提提建议！

苏春雨：您忙，我也忙！回去后还要筹集资金，办理有关手续，工作千头万绪啊！

亮县长：那就不留了！

苏春雨（对郭小华）：小郭！

郭小华（上前）：到。

苏春雨（对亮县长、杨成兰、吴秘书和牛主任等）：那天，我们的小郭态度不好，你们走后，公司对她进行了批评教育，她也做了检讨！公司决定让她除了做好本职工作外，要像亮县长一样做兰洮百合的宣传员、广告员、推销员，不但在我们公司系统内宣传推销百合产品，还要在系统外宣传推广！小郭，愿意吗？

郭小华（痛快地）：——愿意！（上前向亮县长）亮县长、杨经理，我正式报到！

亮县长（握手）：欢迎欢迎！我们正需要这样的志愿者，为贫困山区脱贫致富宣传推销农畜产品！

杨成兰：欢迎！欢迎！（握手）

【两个闹过别扭的女孩子握手言和。】

苏春雨：小郭可以留两天，跟小杨经理在村里走走，体验体验，学习学习，将来好好做宣传销售工作。

郭小华：好！（拉住了杨成兰的手）

苏春雨（跟亮县长、戴自安、牛主任等握手告别）：再见，再见！

【苏春雨和随同人员下。】

亮县长（招手送别）：再见，再见！

杨经理（拉起郭小华的手）：走！去合作社看看。

【杨成兰和郭小华下。】

【送走苏春雨，大家转了回来。】

亮县长（转向吴秘书）：吴秘书，把那份道路修建报告拿来，趁镇乡村干部们都在，咱们现场办公，能决定的现在就决定，该补充的现在就补充完善！

【吴秘书从包里掏出报告送到亮县长面前。】

亮县长（接过报告递向戴自安）：大家传着看看，说说意见！我昨天已经打电话让县交通局今天就派技术人员过来勘测，搞出个正式方案报告来！

戴自安（接过报告，拿在手里没有看）：这个报告，我就不看了……

亮县长（一怔）：为什么？

戴自安（叹道）：这条路的情况我太清楚了！从这里到种植园直距三公里半，中间隔着一条大沟，绕过这条沟，是四公里多，村上的干部经常走，更熟悉情况！

亮县长（高兴地）：那太好了！既然大家都熟悉情况，咱们就商量商量，抓紧时间立项，动工干起来！

戴自安（向亮县长伸出手）：……

亮县长（明白他的意思）：要钱？

戴自安：——没钱咋修路？这是山区，这四公里山路，没有近千万元拿不下来，可现在我们……

亮县长：资金是大事，这我清楚。我们可以争取国家投资，争取扶贫贷款，发挥本地资源争取吸引外界投资和捐助，只要用活国家的扶贫政策，是可以解决的！

戴自安：我的老同学！这可不像宣传推销百合那么简单！这是修路，麻烦事、坑爹的困难多着哩！除了资金上的问题，修路还会占用村民承包地，需要大笔补偿费，那又是几百万，这些钱又从哪里来？有些村民还可能漫天要价，不达目的死不让路，还会到处告你的叼状，折腾得你头疼发晕！碰到这样的钉子，咋办？

亮县长：那你的意思？

戴自安：——没有足够的资金就不干！

亮县长：那百合产业园还建不建？这几家公司的投资还要不要？

牛主任（抢着说）：乡长这可是千载难逢的发展机遇，千万不能错过啊！

王主任（也抢着）：他们帮助我们村民脱贫致富哩，不能不要啊！千万……

戴自安（打断）：——你们！（抬手指着王主任和牛主任）你们都给我闭嘴！忘了那几户村民整天跟着屁股要钱的事了吗？修了一条路，留下多少后遗症？弄下了多少头痛事，难道你们不清楚？

王主任（被指责，缩了回去）：我……

戴自安（转向牛主任）：还有你！不知道没钱难办事吗？前些日子你还跑到乡上求爷爷告奶奶要钱，转眼就忘了？

牛主任（嗫嚅着）：没，没有忘……

戴自安（指向王主任和牛主任）：没有忘，你们起啥哄？嗯？我说过不要他们的投资了吗？我说过不跟他们合作了吗？这几家银行和公司几次来考察，哪次我这个代乡长没有参加？哪次我没有跑前跑后迎来送往？他们看准哪个村的土地，看准哪个项目，哪个我不是满口答应大力支持？可修路需要上千万元资金！——你们有钱吗？能拿出来多少？能拿出来多少？（逼问）——说话啊！

王主任和牛主任（后退着）：我们，我们拿不出来……

戴自安：拿不出来你们瞎嚷嚷个啥？成心搞事儿啊？

【王主任和牛主任缩了回去。】

吴秘书（手机响了，接电话）：喂，交通局勘测队？……哦，哦，知道了……（向亮县长报告）县交通局的技术员来了！

亮县长：让他们过来！

吴秘书（对电话）：过来吧！我们就在牛家湾村口。

【幕内传来汽车引擎声和停车声。】

【刘队长带着两个技术员，扛着勘测机器等上。】

刘队长：亮县长，我们交通局的勘测队来了，安排工作吧！

亮县长：好！（转向戴自安）戴乡长，啥都不要说了，先安排他们勘测吧！

戴自安（认真地）：资金不到账，我不同意干！

亮县长：那等不来资金我们就永远不干了？（激动地）那要我们这些干部干什么？要我们这些党员干什么？

戴自安：好好！我不说了！你是县长，你说咋干就咋干，爱怎么折腾就怎么折腾去！但我把话撂在这儿，出了事儿我一概不负责！（把报告拍到亮县长手里，拂袖而下）

亮县长（追）：自安——（见不回头，停住）

牛主任和王主任（追）：乡长——戴乡长——（见不回头，停住）

刘队长和两个技术员（追）：戴乡长——戴乡长——（见不回头，停住）

【亮县长和众人愣怔着，激烈的音乐起，风雨雷电掠空而来。】

【在沉重激烈的气氛中，渐渐切光。】

第五幕

【当日深夜。】

【牛家湾村口，明月高照，山野静谧。】

【大槐树下有水泥桌凳之类供人小憩的设置。】

【灯光渐渐转明，在灯光的映照下，可以看到披着外衣，站在高处凝望夜空，浸入沉思的亮县长身影。】

【幕内深沉悠远的旁白：

床前明月光，

疑是地上霜。

举头望明月，

低头思故乡。】

亮县长（想起故乡，转过身来）：……故乡、父母、妻子女儿……离开北京孤身一人来到这里已经几个月了，整天东奔西忙，到底为了什么？看看昨天，多年的同学朋友也离我而去，难道我做得不合适？错了？（思索、自问着）

【戴自安上。】

戴自安（不好意思地）：老同学……哦，亮县长……

亮县长：你不睡觉怎么跑这儿来啦？

戴自安：唉！睡不着，过来看看您……这都大半夜了，咋还没有休息？

亮县长（意味深长地）：我能睡得着吗？

戴自安（他清楚亮县长话里意思，不好意思地）：亮县长！昨天我有点激动，总把您当成当年的老同学了，头脑一热就顶撞了您……太过分了，对不起您啊！我向您道歉，您严厉批评我吧！

亮县长：看看你，县长县长的！

戴自安：那好那好！称老同学，老同学！既然你这么看重同学的情分，那咱俩今夜就推心置腹，好好聊聊，说说心里话！（拉亮县长坐在土台上）

【亮县长和戴自安坐下。】

戴自安（语重心长地）：老同学啊！昨天我是顶撞了你，但我是真心诚意为老同学好！你是不太了解这里的情况，山区农村修条路实在不容易，没有足够的资金，千万别揽这破事，否则会把你陷进去，吃不尽的苦头，受不尽的累，讨不尽的气！而且搞不好有人还会说你好大喜功，告你的状，毁坏你的名声，让你好人来罪人走！您来百合乡多次了，见过乡上的侯书记吗？——他现在在县医院住院，他那头痛病就是修王家洼的路时折腾出来的！为了筹措十来家的土地补偿费，侯书记和我啥办法都想了，把腿都快跑断了，我年轻还扛得住，侯书记却折腾得整夜整夜睡不着觉，一提钱的事儿就头疼就发晕，这不就住进了医院……

亮县长：哦？是这样……

戴自安：再说，你在北京已经是大干部了，现在来挂职最多干两年就走人，干吗要揽这些累死累活不讨好，搞不好还会身败名裂的破事呢？稳稳当当，熬过这两年，平平安安回北京不就行了吗？

亮县长（慢慢站起来）：……当一天和尚敲一天钟？

戴自安（跟着起身继续）：听说你这些年为了工作，东跑西奔，夫妻分居多年，全家刚刚团聚，又孤身来到这里，还听说你女儿今年要高考，你却在千里之外，给不了她一点帮助。你傻了吗？你这是何苦哩？

【吴秘书上，看到他们争论慢慢停下。】

戴自安：知道吗？有人已经开始编排你了！

亮县长：哦？都说些什么？

戴自安（吞吞吐吐，欲言又止）：说，说……还是不说的好。

亮县长：说吧，流言蜚语打不倒我！

戴自安：有人说，说你是来镀金的，捞政治资本的……

吴秘书（气愤地插话）：——一派胡言！谁说的？我找他理论理论，问问他愿意从大城市跑到这穷山沟来镀金捞政治资本吗？能泼着身子拼命干工作吗？——能吗？不到一年时间，亮县长除了正常工作，仅仅通过网络为村民推销百合十几万斤！——这些事给那些贪图安逸、不敢担当的人能做到吗？

亮县长：停停停！吴秘书，你不好好休息，跑这儿来干什么？

吴秘书：我是看您一直没回宿舍，出来看看！您看看这都是啥嘛？您每天辛辛苦苦干工作，那些不干事的人却在后面向您扔砖头！

亮县长：（阻止）好了，不说了，没必要计较那些闲言碎语。回去，回去！

【吴秘书执拗地没有动。】

戴自安：好！我也不说了。该提醒的，我都提醒了，该说的都说了，这是我发自肺腑的忠告，听不听由你，事情怎么干，路怎么走，你自己看着办！到时候不要整出麻烦，别怪我没提醒你！我走了！明天我要去市里参加乡镇长培训班。（下）

吴秘书（望着戴自安离去，气哼哼地）：哼！什么提醒？什么忠告？完全是不敢担当，保全自己！

亮县长（苦笑）：这个老同学啊，没想到他给我上了这么一堂大课！

吴秘书（劝说）：亮县长，不过，他的有些提醒，还是应该考虑考虑的……

亮县长：哦？

吴秘书：在山区乡村修条道路，确实是件大事，一旦动起来，啥地方都需要钱！比如勘测工作，如果昨天干起来，仅凭两个技术员不行，还需要雇用民工协助。民工干活就要付工钱，如果不能及时支付，那就是拖欠民工工资，就会惹出麻烦！所以没有足够的资金，还是不要急于开工！您抛家离舍从北京来这里扶贫，整天东奔西忙、吃苦受累已经很不容易了，如果再给您增添麻烦事，那兰洮的村民就对不起您了！

亮县长（点头）：谢谢你的一片好意……

吴秘书：知道吗？这是牛主任和村民们说的！

亮县长：啊？

吴秘书：昨天下午牛主任找到我，让我劝劝你！——他们说，亮县长是个好人，不能让好人为了大家的事摊上麻烦，受委屈，或者摔跟头！

【牛主任、杨成兰和王主任等村民上。】

吴秘书：看！牛主任他们来啦！

牛主任和众人：亮县长！亮县长！（握手）

亮县长（激动地）：——感谢大家，感谢乡亲们对我亮为民的一片好意！可我来这里还没有干出什么成绩，也没有给村民们办成一件事，我有愧啊！

不过，我亮为民向乡亲们保证，这条致富路不论碰到什么困难，我都要跟大家一起想办法修通，把百合产业园建起来！

【众鼓掌。】

牛主任（为难地）：可，可这资金……

亮县长：资金我们可以通过普惠金融贷款，可以引进资金，可以多方筹集，只要决心干，办法总比困难多，只要向前走，总会有出路！

【众鼓掌喝彩："对对！"】

王主任（上前）：亮县长，昨天我回村后，已经给那几户村民做了工作，让他们暂且不要催要补助费，为乡上减轻一些经济压力，等修通了路，赚了大钱，再发给他们……

牛主任：我也给村民做了工作，村民都表示提供各方面的便利条件，大力支持修路！一句话——没麻达！

亮县长（与牛主任握手）：谢谢！谢谢大家！（与王主任握手）谢谢！谢谢大家！

【天渐渐亮了。】

亮县长（看看天色）：天已经亮了。——吴秘书。

吴秘书：到。

亮县长：——通知勘测队，让他们过来，开始勘测！

【幕内："我们来了——"刘队长带着技术人员，扛着勘测机器上。】

刘队长：亮县长，我们来了！

【内保险公司经理喊："亮县长——我们也来啦！"保险公司徐经理带着农村业务员金小平上。】

亮县长：——保险公司徐经理！（握手）欢迎！欢迎！

徐经理：亮县长，我们保险公司早已跟县里签订了保险扶贫协议，从今往后我们将全力以赴，帮扶农村发展种养两业，为全县的经济发展保驾护航！金小平是乡村业务员，她就守在这里，专门为百合产业园建设和筑路工程服务！

亮县长（握住金小平的手）：好！欢迎欢迎！

金小平：需要保险服务——找我！

亮县长：好好！有保险公司保驾护航，我们的百合产业园建设和道路建设又多了一条保险带！——乡亲们！从今天开始，我们先干起来！

众（齐声）：——先干起来！干起来！干起来！

【幕落。切光。】

第六幕

【数天后。】

【景同前场。】

【幕内传出机器轰鸣、劳动号子、吆喝、打夯和工具磕碰声响，还有"吱吱"的哨音……】

【幕启。场上展现出修路劳动场面：挥舞镐头挖地的、推车运输的、挥锹平地的、抬木头的还有打夯的……】

【亮县长、吴秘书等也跟民工们一起干活。】

【大槐树下的水泥桌上有茶壶、茶杯，供民工们喝水。】

【杨母提着茶壶，给民工们端茶倒水。】

杨母（提着茶壶，前去给亮县长倒茶）：亮县长，歇会儿，喝杯茶！喝杯茶！

亮县长（停住手里的活儿）：哎呀！是杨大婶啊！上次到您家，看您有病，病治好没有？

杨母：托亮县长的福，好多啦！好多啦！（倒茶）

亮县长：您该在家好好养病，等病彻底好了再出来！

杨母：县长都在工地上干活儿，我能在家闲着吗？咱重活儿干不了，为大家伙儿端个茶倒个水总还行！

亮县长：您可要注意身体啊！

杨母：注意着哩！（递茶）

亮县长（接过茶杯）：谢谢！（喝茶）

【徐经理和金小平上。】

徐经理：亮县长，这些天我们保险公司调查了百合产业园和筑路工程状况，属于保险业务范围的，马上可以办理保险手续！

亮县长：好！特别是筑路工程项目一定要做上保险！

徐经理：好！

亮县长：走，我带你们看看去！

【亮县长带着徐经理和金小平到工地前，指点着远处的筑路工程。】

杨母（对干活儿的吴秘书）：吴秘书，过来歇歇，喝杯茶！

吴秘书（放下工具过来，接过茶杯）：谢谢！

【戴自安夹着包上，观看劳动场面。】

戴自安：……还真干起来了！

吴秘书（看到戴乡长，放下茶碗讥讽）：戴乡长来视察啊？

戴自安：哪里哪里！市里的乡镇长培训班刚结束，回来看看！（望着劳动场面）——男女老少齐上阵，轰轰烈烈，热火朝天啊！

吴秘书：开工都好多天了！

戴自安（认真地）：资金问题是怎么解决的？……

吴秘书：好！给戴乡长汇报一下！这段时间，我们兵分两路，勘测队搞勘测，亮县长带着人马去北京、省里、市里联系筹集资金……

戴自安（打断）：这么说，资金问题解决了？

吴秘书：没有全解决，不过亮县长正在联系协调金融单位解决哩！

【幕内传来杨成兰叫喊声："亮县长——亮县长——"气呼呼地跑上。】

【亮县长正跟徐经理和业务员观看工程，听到呼喊迎了上去。】

亮县长：怎么啦？

杨成兰（气愤地）：王家洼的王大婶拦住了工程队！

亮县长：啥？拦住了工程队？

杨成兰：躺在地上又哭又闹，工程队都停工了！这可咋办？咋办？

亮县长：别着急，慢慢说，她为啥啊？

戴自安（插话）：——这还不清楚？——肯定要土地补偿费！

杨成兰：嗯，就是！

亮县长：不是已经按规定，给他们发放了土地征用补偿费吗？

杨成兰：她嫌少！要求增加！

亮县长：增加？

戴自安（有点幸灾乐祸地）：看看看，麻烦来了不是？当初我就劝你不要沾这些破事，你不听人劝……

亮县长（打断）：说这话有用吗？——走！我们看看去！

戴自安（忙摇手）：这事我解决不了，解决不了……（后缩）

亮县长（严肃地）：——你还是代乡长吧？还是党员吧？

戴自安：哎呀！严重了，严重了！——好好好，走走走。

亮县长（安顿徐经理）：徐经理，你们继续工作，我去那面看看！

【亮县长、吴秘书、杨成兰等急下。】

戴自安（摇头叹道）：放着安稳不安稳，非要找事跳陷阱！苦头还在后面哩！

【戴自安不情愿地跟下。】

【切光。幕落。】

第七幕

【时间，紧接前场，修路工地。】

【背景为黄土高原山区农村。远处的沟坡上有树木和星星点点的村庄。】

【正面是一条宽阔的沟谷，两面高低不平的沟坡上全是庄稼和蔬菜地，看得出民工们正在右面的沟坡下修路……】

【幕内传来熙熙攘攘的人声以及劳动工具磕碰声……】

【幕启。王大婶坐在修建的路上，牛主任和王主任苦口婆心地劝说着。】

【民工和村民们围观着议论纷纷。】

牛主任（劝说）：……大婶，您快让开！您挡在这里，已经耽误了工程队施工！

王大婶（坐在那儿纹丝不动）：……

牛主任：大婶，我扶您起来……（欲扶她起来）

王大婶（抛开牛主任）：——别动！不拿钱来，你们就别想叫我让开！不增加补助费，这路就别想从我家地上通过！你也少在我跟前费口舌！（摆出岿然不动的样子）

牛主任（无奈地）：你你……给您说了半天好话，您咋就听不进去？这条路是通往百合产业园的脱贫致富路！路修通了，咱们种植的百合和瓜果蔬菜，还有畜牧产品就可以车来车往，运往全国各地，我们不就有钱了吗？

王大婶：……

牛主任（继续）：您都看到听到了，为了修这条路，咱们的亮县长跑省里市里，上上下下，东奔西忙，联系贷款，筹集资金，把腿都跑断了！这些日子他又日夜守在这里，跟大家一块儿干活儿，您说他放着大城市不待着从北京跑到这儿来干啥？不就是帮扶咱们脱贫致富吗？您挡在这儿哭哭闹闹，能对得起人家吗？再说，咱们还得顾点脸面是不是？

王主任（插话劝说）：婶子，工程队都停工了，受到的经济损失可不光是牛家湾，还有咱们王家洼……

王大婶：大侄子，这些婶子都清楚！可你也看到了，婶子家的几亩地让路占去了一大半，就给那些钱，以后让婶子孤儿寡母咋活？

牛主任：我不是已经说了，以后村里社里会想办法给您解决的。您不能不说话就挡在路上，张口就拿钱来，谁一时有那么便当的钱？就是有钱，也还得办领取手续啥的！大婶，听话，先起来让工程队施工，有斗大的事还得从磨眼里下，天大的事咱们以后解决，施工队不能停工……

王大婶（打断）：——不！不拿钱来，我就不起来，不让路！

王主任（生气地）：——牛主任不是给您答应了，以后村里社里给您解决！

王大婶（打断）：以后，以后谁相信你们的鬼话？——我问你，王家洼修路欠的补助费发了没有？你说说？

王主任（无言以对）：这……

王大婶：已经一年多了，还欠着，我能相信你们吗？你们都给我少说空话！拿钱来我让路，不拿钱来，后墙上挂门帘——没门！

王主任（恼怒了）：你你，你这是胡搅蛮缠！再要这样胡搅蛮缠，我我我……

王大婶（接着话茬）：——咋样？你还把我吃了不成？

王主任（恼怒而无奈）：我我我，——来人！把她拖走！

【几个村民围上去。】

王大婶（叫喊）：你敢？敢？你们……

【杨成兰跑上，亮县长等随之上，戴自安跟上。】

杨成兰：——亮县长来啦！

王大婶：——省长来了我老婆子也不怕！（摆出天不怕地不怕的样子）

【村民欲动手拖王大婶。】

亮县长：——住手！

【村民们停住。】

亮县长（批评王主任等）：——胡闹！

戴自安（指责牛主任）：头脑发热了啊？！

牛主任：唉！（蹲在地上）。

亮县长（前去劝说）：大婶，起来吧……

王大婶（转过脸不理）：……

戴自安：县长跟你说话哩，咋不给面子啊？

王大婶：一个小老百姓，没有那么大面子……

亮县长：老人家！老百姓是天，老百姓是地！吴秘书，给老人搬个坐的东西过来！

吴秘书：好……（左右寻找）

【王主任搬过一个空木箱，吴秘书接过去，搬到王大婶面前。】

亮县长：老人家，这地方潮湿，坐地上会弄出病的。您这么大年纪了，千万不能折腾出病来，就是有天大的事，您起来坐在这木箱上跟我说行吗？

王大婶（仍不动）：……

亮县长：老人家！您的事儿我刚才听说了，相信我亮为民会给您处理好的！

王大婶（盯着亮县长）：说话算数！

亮县长：您老还信不过我？您先起来，坐在这儿（指木箱），把您要说的都说出来，好吧？

王大婶（有所触动）：嗯……

【亮县长搀扶王大婶慢慢站起来，杨成兰、牛主任和刘队长上前搀扶。】

【亮县长接过吴秘书手里的箱子放在地上，搀扶王大婶坐在木箱上。】

亮县长（倒了杯茶给王大婶）：老人家，大热的天！喝碗茶！

王大婶（望着，受宠若惊，不敢伸手接）：……

亮县长（又把茶碗向王大婶面前送了送）：喝吧！喝口茶，再说事儿！

王大婶（怯怯地接过茶碗，喝了一口，忽然感激地）：亮县长！我，我这不是故意为难您啊！我也不是胡搅蛮缠的人，可这条路真把我家承包地占去了一大半。我已经六十多岁了，老伴儿去世早，就一个闺女，县长您说说，不给我老婆子增加补助费，以后孤儿寡母的日子咋过啊？

亮县长（点头）：嗯，这，还真是个问题……

王大婶：我找他们（王主任、牛主任），他们说以后解决，我能相信吗？我就挡在了路上！亮县长，我知道你是个好人，我对不住你，给你添麻烦了！

亮县长（安慰地）：老人家放心，这事我会……

戴自安（见亮县长答应解决忙叫喊）：亮县长！（上前把亮县长拉到旁边）您要干啥？

亮县长：如果老人家说的情况属实，我们确实应该考虑给她……

戴自安（打断）：千万不能啊！我的老同学！您答应给她增加了，其他农户咋办？大家如果都要求增加，那又得几十万，上百万！哪里来？——集资摊派？我的爷！这是眼睁睁地往泥坑里栽啊！

王主任（也凑上来）：对！亮县长，千万不能答应她的条件，一旦答应了，其他农户也会要求增加，接下来问题就会越闹越大，最后不可收拾！去年我们村修路就发生了这样的事，特别是让村里人摊派拿钱，那是件最头痛的事！

戴自安：听到没有？这次我去市里参加乡镇长培训班，听到不少这样的事情，有的村就因为摊派集资，闹得村民怨声载道，叫爹骂娘，有的集体去省里市里上访，有的乡长村主任就因为这事被撤了职……（拉到旁边悄声地）你放着安稳不安稳，找这些麻烦干啥？头让驴踢了？

亮县长：那你的意思？

戴自安（决绝地）：——停工，罢手！趁现在刚开工，停工损失小，对你的影响也不太大，免得以后再出麻烦，想撒手也撒不掉！

亮县长：——不干了？

戴自安（无奈地）：人家挡在路上要钱，咱们拖不能拖，抬不能抬，集资不能，摊派不能，你说咋干？——咋干？（撒手不管，走到旁边，独自抽烟）

亮县长：你……

吴秘书、杨成兰、刘队长和牛主任、王主任（同情地拥到亮县长跟前，异口同声）："亮县长……"

杨成兰（气呼呼地到王大婶面前）：你能不能讲点道理？能不能别闹了？

王大婶（放下茶碗）：女子，不要在我面前吆五喝六的，亮县长已经答应解决，你有啥嚷叫的？

杨成兰（被呛得愣了）：你你你！——这种人！（气得直跺脚）

牛主任（见无法解决，提议）：亮县长，要不这样——（指着王主任等人）我们几家先凑点钱垫付给她，让她先走开，让施工队施工，几十号人停工大半天了，这损失……

杨成兰：对！我们大家凑钱，先把这个大神搬走！

吴秘书：我同意！（当即拿钱）一千元……

牛主任：我这就回家去取！（欲去）

王主任：我，我也回家去取……（欲去）

亮县长（阻止）：慢！

【大家伙停住，望着亮县长。】

亮县长（问大家）：大家凑钱解决了王大婶家的问题，那其他十来家怎么办？

戴自安（抢过话茬）：——对！这是问题的关键！解决了她家的，其他十来家咋办？总不能让大家又凑钱垫付吧？

杨成兰（焦躁地）：这么办不行？那么办也不行？到底咋办？这路到

底修不修了？我们的百合产业园还建不建了？

众人（议论纷纷）：是啊！是啊！这咋办？咋办？

亮县长（冷静地）：乡亲们哪！解决王大婶一家的困难，不是我们的目的，从根本上帮扶村民脱贫致富才是我们的最终目标。刚才，我想了想，有办法解决这些问题。

众（议论）：什么办法，啥办法？

亮县长（走向王大婶）：老人家！您家养过牛吗？

王大婶（迷惑不解）：养过啊，不但养过牛，还养过羊，咋啦？

亮县长：现在还想养牛羊吗？

王大婶：想啊！我们这里漫山漫坡都是草，最合适养牛羊，养牛羊可以赚钱！可，咱手里没钱，买不起牛娃子羊娃子……

亮县长：如果县里给您解决两头牛呢？

王大婶（似信非信地）：给我家养殖赚钱？……

亮县长（郑重点头）：这种牛适合我们这里饲养，而且育成出栏快，肉质优良，只要您老饲养好了，一年出栏两头肉牛，就可以增加一万多元收入，以后您还怕没钱花？日子不好过吗？

王大婶：如果是这样，还发啥愁哩？谁还丢人现眼在这里吵吵闹闹？

亮县长：老人家，这么说您同意了？

王大婶：这样的好事，不同意才是傻子！

亮县长：——好！吴秘书！通知县扶贫办，给王大婶家调拨两头西门塔尔牛！要怀着牛犊的母牛，直接送家里！贷款的事儿，我帮大婶补办！

吴秘书：我这就打电话！（打电话）

王大婶：这，这还真是真的？

亮县长：吴秘书不是在打电话安排吗？

王大婶（不相信地）：……咋好像做梦？

亮县长（拍着胸口）：不相信我亮为民？

王大婶（点头）：相信。（默默起身要走）

亮县长（故意地）：哎哎，大婶急着哪里去？

王大婶（不好意思地）：……回去……

亮县长：——不挡路啦？

王大婶：唉！再不说了，羞死人啦！

【王大婶逃跑似的下，大家善意地哈哈笑起来……】

牛主任（喘了口气）：终于把这个大神弄走了！（信服地）亮县长真行，几句话就把问题解决了！

杨成兰：刚才快把人急死了，没想到亮县长一来，就把她搬走了！

王主任（担忧地）：可王大婶家的问题解决了，其他几家也跟着伸手要咋办？

众（议论纷纷）：是啊！是啊！

戴乡长（把亮县长拉到旁边）：——这牛不能给，赶快把你说的话收回来！

亮县长：为啥？

戴乡长：如果那几户要求增加补助费咋办？不增加补助费就要牛，牛从哪儿来？

【戴乡长正说着，几个村民和看热闹的人群"呼啦啦"拥了上来。】

戴乡长（着急地）：看看，他们可能来闹事！

王主任（见此情景自语）：……糟糕！都是我们村的！（忙上前低声劝阻）你们来干啥？回去，回去！

村民甲：我们家的地也被这条路占了不少，要两头牛……

村民乙：我们家也一样，不增加补助费，就要两头牛……

村民丙：我们家也要牛，羊也行……

王主任（哀求劝解）：大爷姑奶奶们，求求你们不要给我添乱成不成？亮县长刚把王大婶劝走，你们这不是火上浇油吗？快回去！！

那几个村民（不动，吵吵嚷嚷地）："给王家两头牛，为啥不给我们？"

"一碗水要端平！"

"就是！就是！"

王主任（无奈地向大家抱拳作揖）：别闹了！求求你们了，有天大的事咱们回村商量着解决！行吗？回去吧！

【那几个村民嚷嚷着不动。】

亮县长（见此情景，对王主任）：不要拦，让大家过来！

【王主任听亮县长这样说，只好放村民们过来。】

亮县长（走到村民面前）：大家都要求养牛？

村民们（回应）：是是是……

亮县长：好！有养殖积极性，我保证满足大家！

村民们（惊异地）：真的！真的吗？

亮县长：真的！告诉大家，最近县里结合农村实际，跟六家单位制定了一个"政府＋平台公司＋龙头企业＋保险＋合作社＋慈善机构＋贫困户"的"七位一体"扶贫新模式……

村民们（纷纷疑问）：啥叫七位一体？啥叫七位一体？……

亮县长（解释道）：七位一体就是由政府提供风险补偿基金、银行提供贷款、保险公司提供信用保证、龙头企业及合作社发展产业，带动贫困户增加收入！只要大家愿意养殖，就可以申请，县里大力扶持！

村民们（似乎没有听懂）：……

王主任（也似乎没有听懂）：这，这……

吴秘书（接着话茬解释）：……这种模式就是六家单位联合起来，共同帮扶贫困户发展生产，增加收入！比如王大婶家的这两头牛，就是银行提供贷款，县里提供风险补偿金，由亮县长帮助贷款买的。这是两头怀孕母牛，很快就会下牛娃子，牛娃子长大了，牛场负责收购，王大婶也可以在市场上出售。如果牛发生意外死亡，由保险公司负责赔偿，这样既解决了资金问题，又可以保证养殖户稳稳当当养殖赚钱！

王主任：明白了！这就是说，贫困户申请贷款，县政府负担风险补偿金，保险公司承担风险，贫困户买回的牛育肥后或者下的牛娃子，牛场按市场价负责收购，让养殖户赚钱？

吴秘书：对！

王主任（一拍膝）：这不等于送给养殖户赚钱吗？——天大的好事啊！

亮县长：以后种养两业、危房改造等等，都可以通过这个模式来解决！

村民们（高兴地跳起来）：太好了！太好了！

王主任（对村民们）：这下放心了吧？回去跟家里人商量好，来村里办理手续！

【村民们都三三两两散去了。】

【戴乡长观望事态发展，见亮县长把矛盾处理了，愣在了那儿。】

亮县长（对戴乡长语重心长地）：自安啊！作为一个领导要少讲没法干、干不了，要多想如何干，想办法干，只要心里装着老百姓，就没有干不成的事！

戴乡长（点头）：嗯……

【杨成兰和几个年轻人高兴地跳起来。】

杨成兰：——现在可以开工喽！

亮县长：——开工！

众（呼喊着）：开工喽！开工喽！（挥着劳动工具下）

【幕内响起机器的轰鸣和劳动干活的声音。】

亮县长（转向戴自安）：自安啊！你回来了，该上工地进入角色了！现在马上进入雨季，尽快安排人修挖防洪沟，防汛工作不敢松！另外，赶紧把工程上的保险办了！保险公司徐经理和小杨已经勘察了工程！

戴自安（犹豫着）：这个，这个……我刚回来，到现在还没有进家门。

亮县长：那你今天回趟家，明天回来就上工地！

戴自安（欲说什么）：我……

亮县长（打断）：就这样！（转身下，吴秘书跟下）

戴自安（望着亮县长远去）：这个亮为民，头让驴踢了，放着安稳不安稳，千方百计找头疼！——又让我负责这破事！真是！我不就是个代乡长吗？（摇头抱怨下）

【切光。幕落。】

第八幕

【几天后中午。】

【戴自安办公室。】

【幕启。戴自安戴着安全帽，快快不快地上，进办公室。】

戴自安（把安全帽摘下来扔到桌上捶着背）：唉！累死了！（准备躺在床上）

【亮县长上，进办公室。】

亮县长：自安！

戴自安（忙起身）：哦，亮县长！

亮县长：前面还看见你在工地上晃悠，怎么转眼就不见了？

戴自安：哦，回来取个东西……大中午的，有事吗？

亮县长：最近工程上的流动资金有点紧张，下午我准备去省里市里催催款项，有些事情我不太放心，过来给你安顿安顿！

戴自安：你就放心去吧！不就修个村道，又不是放卫星，造原子弹，再说你几天就回来了，有啥不放心的？

亮县长（严肃地）：你这样说，我更不放心了！

戴自安（有点不耐烦）：那就指示吧！

亮县长：不是指示，是提醒你要把好工程质量关，每个环节都要亲自把关，不能出质量问题……

戴自安：嗯……

亮县长：二要注意安全，加强安全管理，多转转，多看看……

戴自安：嗯嗯……

亮县长：前几天我安排挖排洪沟的事落实没有？

戴自安（一怔）：哦，哦，这个，我，我……

亮县长（郑重地）：今天必须组织民工去挖，我勘察了，工程量不大，十来个人半天就挖开了！最近山里天气变化大，这条路有一段恰好在沟底下，如果下雨发洪水……

戴自安（打断，嘲笑）：我的大县长，你就放一百二十个心！这地方干旱缺水！哪来的洪水？烧香磕头求雨都求不来哩！没事！

亮县长（严肃地）：没有洪水，也要做好防汛准备！

戴自安（见亮县长态度严肃）：好好！做准备！做准备！

亮县长：工程上的保险也忘了办吧？

戴自安（支吾）：最近几天忙，没有顾上，马上办，马上去办！

亮县长（严肃地）：自安啊！这种拖拖拉拉的作风可不行，以后要高标准，严要求啊！

戴自安：不要批评我了老同学，（自嘲地）我不就是个代理乡长嘛！

亮县长（严肃地）：代理乡长也是人民给的官！如果再这样混下去，组织会罢了你的官，撤了你的职！

戴自安：严重了，严重了！以后按您的指示高标准严要求，行了吧？

亮县长：不是按我的，是按党的，按老百姓的要求做！

【吴秘书叫喊着"亮县长——"上，进办公室。】

亮县长：怎么啦？

吴秘书：刚才县气象部门通知，最近山里气候变化异常，咱们这一带可能会有雷雨，让我们做好防汛准备！

亮县长（对戴自安）：听到了吧，赶快组织人去挖排洪沟！

戴自安（有点不耐烦）：知道了！你就放心去催贷款，这才是重中之重！

亮县长（对吴秘书）：我们走吧。

【亮县长和吴秘书下。】

戴自安（摇着头）：唉！本来要好好睡个午觉，又叨扰了大半天！这地方多少年了干得冒烟，哪有什么雨？什么洪水？大惊小怪，杞人忧天！（摇头叹气）不过，还得应付应付，否则让他看到了又该挨训！

（打电话）喂！……是王主任吗？过来一下！……嗯，好！（合上手机）

【电铃响起："开饭啦！食堂开饭啦！"】

戴自安：……该吃午饭了！

【戴自安收拾好碗筷准备出门，王主任提着塑料袋上，进办公室。】

戴自安：你跑得快啊！

王主任：乡长招我，我不跑快，等着刮鼻子啊？

戴自安：鼓鼓囊囊的提的啥？

王主任：这不到吃中午饭了吗？——搞了几个红烧猪蹄子，还有花生米……下酒！

戴自安（点着王主任的鼻子）：你啊！鬼精鬼精的！好，那就来两口，

解解乏困，中午睡个踏实觉！（从柜子里取出酒，放桌上）

王主任：不用拿酒，我带着！（把塑料袋放桌上，掏出酒、食品盒、筷子）都是现成的……

戴自安：那坐吧，坐！（拿毛巾擦擦手坐下）

王主任（拿毛巾擦擦手，打开酒瓶斟酒）：老规矩，一瓶酒，一分为二，先给您满上！（斟满酒杯，放戴自安面前，又斟满自己的酒杯举起）这些日子在工地上忙，没有跟乡长喝两杯！来，先走一个！（举杯碰杯，喝酒）

戴自安（碰杯）：干干！（喝酒）

王主任（放下杯，用筷子夹猪蹄子）：来啃个猪手手！（边吃边问）乡长招我来有啥事？

戴自安（边吃边说）：下午带几个人去工地挖排洪沟，亮县长怕山里下雨发洪水，冲垮正在修的路基！

王主任：我知道乡长招我来准派活儿！

戴自安：我知道你鬼精！……工程不大，八九个人，两三个小时就挖通了！

王主任（叹气）：我的乡长啊！我知道工程量不大，可那是在牛家湾的地界上，您让我们王家洼的人去牛家湾干活儿，您想想村里人愿意吗？

戴自安：这条村道修通了，你们王家洼也受益啊！不要推托了！

王主任：不是我推托！村民出工要付工钱，我哪来钱？如果在本村干活，我这村主任还可以凭着三寸不烂之舌，动员大家尽尽义务，可这是在外村，您让我咋说？……牵扯到钱的事，实在难弄！还是安排牛家湾的人去干，自己人在自己村干活，顺理顺章没麻达！

戴自安（想了想）：也对！明天我安排牛主任他们去干吧！

王主任：这就对了！——来！喝酒！（举杯）

戴自安：喝！

【他俩频频举杯、碰杯喝酒。】

戴自安（有点醉了，一个劲儿嚷着）：喝喝喝……（频频举杯）

王主任（喝下酒，试探问）：乡长，这段时间您干得很起劲，那个"代"字该取了吧？都代了一年多了……

戴自安（有点委屈地）……没人管咱这事啊！

王主任：给亮县长说说啊，他是你同学！

戴自安：唉！他好像对我的工作不满意，不会给我说话的！

王主任：那咋办？

戴自安（含含糊糊地）：……就，就这么过呗……（歪到了沙发上）

王主任（着急了）：乡长您醉了醉了……

【灯光转暗，切光。】

【天渐渐黑了，晚上忽然起风了，传来呼呼风声，远处有隐隐打雷声……】

【一闪一闪的雷电映亮舞台，可以看到戴自安在床上沉沉酣睡，闪电映亮桌上的两个空酒瓶和杯盘，还有手机……】

【忽然风雨在天空交织翻卷，暴雨倾盆而下，打得四处啪啦啦乱响，戴自安仍酣睡着……】

【省城旅馆的亮县长坐在桌前抄写什么，从窗户里看到天气有变化，起身出来到旅馆门前，观看天空。吴秘书也出门观看天空，远处传来隐隐的打雷声……】

吴秘书：亮县长，县里那面天气有变化，预报有雷雨。

亮县长：打电话给戴乡长，问问排洪沟挖开没有，防汛工作不能马虎！

吴秘书：是！

（掏出手机打电话）：……（手机里传出暂时无人接听的信号）……（再打仍无人接听）亮县长，无人接听……

亮县长（着急了）：再打！

【吴秘书打手机，手机里仍传出无人接听信号。】

吴秘书（无奈地望着亮县长）：还是没人接听……

亮县长（掏出自己的手机摁电话）：喂，喂……

【突然一声震天撼地的炸雷掠过夜空，接着暴雨哗哗倾盆而下……】

吴秘书（焦急地）：下雨啦！咱们那儿肯定有暴雨！戴乡长的电话没人接咋办？

亮县长（焦急地）：给牛主任他们打，让他们组织人马上去工地防洪！

吴秘书：是！（拨打电话，电话里传来占线信号）正在通话……！

亮县长（焦急地）：见鬼了！（亲自打）……（惊喜）通啦！喂喂喂，是牛主任吗？

牛主任（电话声）：是，是……

亮县长：我是亮为民……

牛主任（电话声）：听出来了，亮县长……（电话里夹杂着风雨声）

亮县长：咱们那儿天气怎么样？下雨没有？

牛主任：雨很大！（电话里夹杂着风雨声）

亮县长：马上组织民工上排洪沟防洪，快！快呀！

牛主任（电话声）：……我看雨大，怕有洪水，正跟保险员小金通知民工去排洪沟！可下午收工后民工都回家了，我正打电话一个一个通知哩！（电话里夹杂着风雨声）

亮县长：唉！都凑到一块儿啦！戴乡长呢？去了哪里？

牛主任：整个下午没见人！打电话，没人接！（电话里夹杂着风雨声）

亮县长（焦急地）：好了！抓紧时间，有啥情况及时告知我！

牛主任（电话声）：好！（电话里夹杂着风雨声）

亮县长（对吴秘书）：从电话里听出雨很大，你给刘队长、杨成兰他们打电话，我通知王主任他们……

吴秘书：是！（一旁打电话）喂！喂……刘队长，你马上组织人力上工地防洪……

亮县长（打电话）：喂喂……（手机里传出无人接听信息，他接着打，仍传来无人接听信息）——见鬼！都没人接听！（再次打电话）……喂喂……

王主任（电话里传来迷迷瞪瞪的哈欠声音）：……谁，谁啊？黑天半夜的……

亮县长：是我，亮为民！

王主任：亮亮……啊，是亮县长！亮县长有事吗？

亮县长（紧急地）：——马上组织人上工地防洪！防洪！马上！快！快！快！

王主任（电话声）：哦哦，嗯，是，是……

亮县长：有啥情况及时报告我！听到没有？

王主任（电话声）：听到了！

吴秘书（紧张地打电话通知对方）："赶紧组织人力上工地，上排洪沟，快！马上马上！……"

亮县长（收手机）：都通知到了？

吴秘书：都通知到了！（收手机）

【风雨更加猛烈，在天空交织翻卷，如同千万条狂蛇舞动……】

亮县长：再给戴乡长打电话！

吴秘书：是！（手机里仍传来无人接听的信号）……

【雷鸣电闪，风雨翻卷，亮县长和吴秘书望着滂沱大雨，焦急地团团转。】

亮县长：咱们回去！

吴秘书：昨晚12点才赶到省城，这都半夜了！

亮县长（果决地）：我放心不下，——马上回去！

【光暗。幕落。风声雨声仍在交织震荡！】

第九幕

【紧接前场，天亮前的狂风暴雨之夜。】

【背景为黄土高原上的山区农村。】

【幕在电闪雷鸣、风雨大作中启。闪耀的雷电风雨中，显现出牛主任、杨成兰、刘队长、金小平等民工抢险救灾场面：扛沙袋的、抬木头的、抬土筐的民工穿梭来往，还有持着铁锹、十字镐等劳动工具的民工加固堤坝……】

"快快快！快快快！"

"加紧干！加紧干……"

"洪峰快来了，洪峰快来了，快快快，加紧干……"

"妈的鬼天，妈妈的……"

【暴雨呼啸，洪流猛烈。民工的呼喊和工具磕碰以及吆喝怒骂震荡冲

击着夜空……】

【这时，王主任带着民工赶上来……】

王主任（向抢险工地呼喊）：牛主任，我们来啦！

牛主任（跑过来）：咋才来？

王主任：我们村远……

牛主任（打断）：——快上！

【忽然电闪雷鸣，接着洪峰的轰响由远及近冲扑而来。】

【工地上传来呼喊："洪峰来啦！洪峰来啦——"】

牛主任（呼喊王主任）：——快上，快上！快快快——（冲向工地）

王主任（呼喊着）：快上快上——（带着民工冲上工地抢险）

【洪峰轰响而来，震天撼地冲击着。】

众人（呼叫）："快快！快快啊！……"

【民工们奋力抢险，突然工地上发出撼天震地的倒塌声……】

【有人哭丧着："……路冲垮了，冲垮了……"】

【时间仿佛凝固了，只有震天撼地的洪峰继续着，继续着……】

【随着时间的移动，风渐渐停了，雨渐渐歇了，洪水冲击声渐渐小了，天色渐渐亮了。】

【一段正在修筑的路被洪水冲垮，地上有被洪水冲来的木头、树枝、柴草，还有劳动工具、沙袋等。】

【牛主任、杨成兰、刘队长、王主任、金小平望着被洪水冲垮的路段发呆发愣，有的在抹泪哭泣……】

牛主任（哭丧地）：……冲垮了，刚修的路转眼被洪水冲垮了……

杨成兰（气愤地）：亮县长几天前就安排戴乡长组织人挖排洪沟，可他……要是昨天挖开了排洪沟，也不会……

牛主任（埋怨王主任）：要是你们提前二十分钟赶到，人多力量大，也可以挖开排洪沟，可你们……

王主任（辩解）：……我们村的人住得远，再说得到消息迟了……唉！（愧疚）

牛主任：唉！（抱头蹲在地上）

【幕内传来汽车引擎声。】

【有人喊："亮县长来啦！"】

【亮县长和吴秘书急跑上。】

牛主任（起身迎上去，抓住亮县长的手）：亮县长，路，路被洪水……我们赶来就挖排洪沟，可人手太少，挖到半道洪峰就到了……

【亮县长上前观察冲垮的路面，吴秘书跟随观察，大家随之上前观察。】

亮县长（气愤地说不出话来，在地上急步走动）：……

牛主任（激动地）：亮县长，我检讨，组织上处分我，处分我！呜呜呜！（痛哭）

王主任：处分我吧！我们来迟了！

亮县长（安慰牛主任）：别哭了，这不怨你们，（摇着头痛心地不知说什么）要检讨，要处分，首先我检讨，处分我！我没有把工作做到位！是是……是我工作失误！（向大家和观众鞠躬）向大家检讨，抱歉！抱歉！

吴秘书（忙上前劝阻）：不不，这不是您的失误！（解释说明）亮县长几天前就给戴乡长安排了挖排洪沟工作，昨天中午亮县长临去省城，又专门找他安排防汛，可他迟迟没动。昨晚亮县长见天气异常，打他手机，让他组织人上工地防汛，可他的手机死活没人接……

亮县长（扫视一圈，发现戴自安不在）：戴自安呢？

牛主任（摇头）：……从昨天中午离开工地，就没看到过他的人影……

杨成兰（忿忿地）：可能又喝醉了，平时经常泡酒馆……

王主任（愧疚地）：他，他他……

亮县长（对吴秘书）：去！把他找来！

吴秘书：是！

【戴自安内喊："我来了——"边应边上。】

戴自安（抱怨着）：妈妈的，这雨真大啊！（看见亮县长）您不是去省上催贷款了，怎么……

亮县长（怒火燃烧）：——戴自安！（怒吼一声，上去抓住他的胳膊）

戴自安：你，你要干啥？干啥？

亮县长：——干啥？（拉到冲垮的路前）看看吧——

戴自安（看着被洪水冲断的路）：这这这……

亮县长（气愤地）：几天前就安排你组织人挖排洪沟，你就是不动！昨晚打手机，你又死活不接！去哪里了？

戴自安：我，我我……

亮县长（怒斥）：说！——去哪里了？

戴自安（支吾着）：我，我就在办公室……

亮县长：为啥不接电话？

戴自安：哦，哦……（狡辩）手机信号不好，没听见……

亮县长：——撒谎！一身的酒气，还敢撒谎？

戴自安（无法抵赖，低下了头）：我，我……

亮县长：你！（举起巴掌欲扇过去，忍了忍放开）——唉！（不知说什么好）作为一个代理乡长，工作拖拖拉拉，不负责任，玩忽职守，造成这么大损失，你你你……（气愤之极）吴秘书！去，以我的名义给上级写报告，建议撤掉他的代理乡长职务！

吴秘书：是……（转身欲去）

戴自安（愣住）：啥啥啥？撤我的职？！（着急了）哎哎哎！——吴秘书！（忙上前拉住）等等，等等！（跑到亮县长面前求情）亮县长！不能啊！就这么大点事咋能撤我的职？

亮县长：这事还小吗？擅离岗位，不负责任，玩忽职守，造成的损失，交送司法部门处理都够条件了！——吴秘书马上去！

吴秘书：是！（欲走）

戴自安（抓住吴秘书的胳膊不放，又求亮县长）：亮县长啊！我这么多年辛辛苦苦才熬到代理乡长，不容易啊！您不能一句话说撤就撤了，不能啊！

亮县长：如果不撤了你，就是对老百姓不负责任！对人民不负责任！对你不负责任！——吴秘书，还等什么？快去！

吴秘书：是。（甩开戴自安下）

戴自安（追了几步，见无望回头对亮县长）：——你，你还来真格的啊？

亮县长：对！老百姓需要你的时候不见你，老百姓有困难让解决，你推诿扯皮往后缩，不为老百姓操心，不为老百姓做事，老百姓养着你还有用吗？还需要养你吗？

戴自安（无奈地）：你你你……（蹲在地上）

【大家沉默，沉默。】

亮县长（愧疚地）：乡亲们哪，不要泄气！这段路基被冲垮了，我们不能因此趴下，我们要挺起腰杆子，齐心努力，重新修筑，坚持最后一公里！

众（举着工具齐声）：坚持最后一公里，坚持最后一公里！

亮县长：现在雨停了，洪水停了，大家辛苦劳累了大半夜，现在回家吃点东西，歇一歇，回工地继续施工吧！

【大家带着劳动工具，三三两两往回走。】

【牛主任、杨成兰、王主任和戴自安没有动。】

牛主任（劝说）：亮县长，您也辛苦了一整夜！去吃点东西，在村委会歇一歇吧！

杨成兰：昨晚十二点赶到省城，刚住进旅馆又赶回来！这样干下去会累垮的啊！

亮县长（感动地）：谢谢！谢谢大家对我亮为民的宽容和信任！大家先回吧！（看看戴自安）我跟戴乡长说几句话，就去村委会。

【众人恋恋不舍地离开。下。】

亮县长（目送大家离去，回头与戴自安谈话）：自安……

戴自安（起身抓住亮县长的手）：老同学！咱们同窗四年，情同手足啊！当初大学毕业时，咱们同举酒杯，誓言互相帮助，互相提携，大展宏图！不论谁发达了，都不能忘记提携同学。可现在你发达了，高升了，不但不提携老同学，还要撤我……你，你就不能看在同学的面子上高抬贵手放我一马吗？

亮县长（抓着戴自安的手）：自安啊！同学的情，我没有忘，真的没有忘！说实话，我来这个县扶贫，本想跟你携手给老百姓干几件实事，尽自己最大的努力，帮扶村民脱贫过上好日子，可你……以前你这个乡长怎么干的，我不太了解，可这大半年……看看你都干了些什么？你还能在这个位子上继续干下去吗？还能让你担当此重任吗？

戴自安（祈求）：老同学！求你了！

亮县长（忍了忍心）：我不能，理解吧！但我可以保证，如果你以后干好了，我会建议上级恢复你的职务的！

【戴自安见无望，默默抽出手，低着头离开。下。】

【亮县长一直痛心地目送戴自安离去。】

【吴秘书拿着报告默默上。】

吴秘书：亮县长，报告……

亮县长（似被惊醒）：哦……

吴秘书（递上报告）：……

亮县长（接过报告审看后，交给吴秘书）：就这样，上报吧……

吴秘书：这……（拿着报告，犹豫不决，似有话说）……

亮县长（见他犹豫不决）：有话就说吧！

吴秘书（下决心）：亮县长，我们是不是有点……（顿住）

亮县长：嗯？（注意起来）说下去。

吴秘书（下决心）：刚才您是在气头上做出了这样的决定，现在……现在如果想改变还来得及。

亮县长（决绝地）：不改变了！刚才我是有点激动，态度粗暴了些，还扯住他的衣服准备上拳头，但这个决定，我是慎重的，没有带感情色彩。他一个党员，一个代理乡长，玩忽职守，擅离岗位，造成的损失就摆在眼前，如果放过他就是对人民犯罪！……我也有责任啊！工作没有做到位……

（痛心难过的样子）我也准备写检讨，请求组织处分……

吴秘书（安慰）：亮县长，这不是你的过错，不要自责了！

【徐经理和金小平泥水斑斑上。】

徐经理：亮县长，刚才我们在工地上勘察了，受灾损失总计近百万元。可，可保险公司可以理赔的，只有您那天让我们签单投保的几项，其他项目戴乡长没有过来签投保合同……

亮县长：知道了。

徐经理：那我们办理赔手续去了。

亮县长：去吧。

【徐经理和金小平下。】

亮县长（痛心地）：……教训，深刻的经验教训啊！我们只顾从资金财物上抓扶贫，却放松了人的精神扶贫，思想帮扶。实践证明，精神贫穷、思想贫穷，比经济贫穷更可怕！不从根本上解决这个问题，再好的扶贫政策和措施也会失去作用，就是搬来一座金山银山，也很难脱贫，很难致富！

吴秘书（重重点头）：……

亮县长：吴秘书，下一步我们要尽快在各村组建立图书室、文化大院，在有条件的乡镇建立党校，一手抓经济帮扶，一手抓思想教育和精神扶贫，坚持精神扶贫常态化！

吴秘书（重重点头）：是！

【切光。幕落。】

第十幕

【第二年初秋。】

【以黄土高原为背景的山区乡村，坡上洼里有大片的田野，生长着玉米、百合等蔬菜，看得见零星的村庄和盘绕在沟坡上的小路……】

【舞台正面有木头搭建的"n"字形大门，大门顶部横书"百合产业园"字样。】

【百合乡村民正在举行"百合产业园和绿色农产品种植基地"建成挂牌仪式。现场鞭炮齐鸣，锣鼓叮咚，掌声热烈，喜庆欢快的气氛，随着音乐声四处飘荡，激动人心！】

【在广播宣布"兰洮县百合产业园和绿色农产品种植基地"正式建成的讲话声中幕启。】

【亮县长、苏春雨、徐经理等和银行领导代表佩戴着红花和牛主任、杨成兰、吴秘书、金小平、王主任以及村民们鼓掌欢庆"百合产业园"建成。】

【音乐、鞭炮和掌声渐渐平息。】

亮县长（宣布）：兰洮县百合产业园和绿色农产品种植基地正式建立了！

我代表县委、县政府和全县人民，对京中投资公司和金融单位表示感谢！感谢大家对我县百合产业的大力支持，感谢对兰洮精准扶贫工作的大力帮助！（跟苏春雨、徐经理等代表们握手表示感谢）

苏春雨：我们早已成为合作伙伴，今后我们将一如既往，齐心协力，共同帮扶兰洮做强做大百合产业，把这个特色产品推向全国，推向世界！

亮县长（对牛主任）：——这回牛经理再不愁资金和销路了吧？

牛主任：种植资金和销售问题都解决了，还怕啥？——咱捋起袖子加油干就是了！

亮县长：一定要把好产品质量关，信誉第一，质量第一，服务第一！只要坚持这三个第一，你牛经理就会牛起来！

牛主任和杨成兰（向苏春雨和台下的观众）：我们保证——信誉第一，质量第一，服务第一！让顾客一百个满意，一百个放心！

亮县长：好好！

苏春雨：好好！

郭小华（跑上）：报告苏总！第一批百合产品已经装车出发了！

苏春雨：好！

亮县长：好好！

【内传来汽车引擎声和车笛声。】

【满载百合产品的大卡车，从新修的致富大道上通过。】

【大家鼓掌、欢呼、雀跃！】

【内金小平呼喊上："亮县长——"】

金小平（指着内）：亮县长您看——

亮县长（向内看）：啊！中国金融文联向咱们的图书室捐献图书来啦！大家欢迎！

【几个金融员工捧着图书上。】

【众鼓掌热烈欢迎。】

金小平：还有哩！

亮县长（观看）：——"文化扶贫奔小康"志愿服务团，为咱们赠送书画作品来啦！——热烈欢迎！

【几个金融员工拉着"金融文化扶贫奔小康"的字幅上。】

【众鼓掌欢迎。】

苏春雨（激动地）：今天的兰洮三喜临门啊！——这第一喜，百合产业园和绿色农产品种植基地挂牌成立了！第二喜，致富路修通了，第一批百合产品运出了兰洮县！第三喜，村里建起了图书室、文化大院！村民们有了读书学习的平台！我代表京中公司和金融单位对兰洮县精准扶贫取得的成绩表示热烈祝贺！——祝贺！

【众鼓掌祝贺！】

【内杨母和王大婶呼喊着："亮县长——"带着几个姑娘，捧着盛百合的竹篮上。】

杨母：亮县长，您为咱村民脱贫致富出了大力，流了大汗，我老婆子也不知咋感谢，送您百合花，这是我的一点心意！

王大婶：亮县长，我家的那头牛已经下了牛娃，您为我家送来了福分，我不知道怎么感谢，送一篮百合，表表心意！

亮县长（接过百合花）：乡亲们！这些百合花应该送给那些为兰洮脱贫致富做出贡献的各级领导和广大人民群众！（把百合花撒向观众）

众：感谢为我们兰洮脱贫致富做出贡献的各级领导和人民群众！

【杨母和王大婶等人把百合篮捧向观众。】

【众鼓掌。】

【幕落。】

——剧终

（原载于 2018 年《中国金融文化》杂志）

微电影文学剧本

面对刀锋

■编剧 闫星华

‖ 作者简介

　　闫星华，笔名鲁青，中国作家协会会员、中国戏剧家协会会员，曾任《中国城乡金融报》编辑、副刊部副主任，农总行工会工作部副处长，《金融文学》杂志社副主编，现任《金融文坛》杂志社总编。代表作有长篇小说《查账》，散文集《等待》，报告文学集《扬帆搏浪行》等。先后在《人民文学》《人民日报》《当代》《山东文学》等报刊发表中短篇小说多篇。根据报告文学《寻找金穗》改编的剧本《良心》拍成电影后，获 1997 年华表奖。同年拍的电视连续剧《寻找金穗》在央视一台播出。2011 年根据同名小说改编的电影《查账》在全国公映。2016 年编写的《毛丰美》电影剧本，被选为建党 95 周年献礼片，"十九大"贺礼片，被评选为"五个一"工程奖和优秀影片奖，并在央视六台二次播出。2016 年创作的微电影《面对刀锋》，获国际微电影"金丹诺"奖。

作品简介

2014 年 7 月 14 日，中国农业银行浦东分行北蔡支行发生了一起挟人质抢劫案件。危急时刻，农行保安、农行大堂保洁工与工作人员、路过的市民挺身而出。面对歹徒雪亮的刀锋，他们用浩然正气谱写了一曲斗志昂扬、凝魂聚气的新时代赞歌。

人物表

顾金芳：女，64岁，新疆回沪知青，农行北蔡支行清洁员。

沈鸿明：男，55岁，农行北蔡支行保安。

何建忠：男，55岁，农行北蔡支行保安。

张玉龙：男，26岁，安徽黄山人，茶叶公司业务员。

禚　杰：男，32岁，上海经营小店铺的山东人。

俞雯静：女，31岁，农行北蔡支行大堂经理。

邹　俊：男，26岁，农行北蔡支行柜台员工。

褚欣欣：女，25岁，农行北蔡支行柜台员工。

李梦晓：女，45岁，农行北蔡支行负责人。

劫　匪：男，37岁，浦东当地人，无业，赌徒。

（以上人物全部为专业演员饰演，此片为参加微电影大奖赛而制。该片曾在新华社手机电视台、央视六台播放。）

农行工作人员，群众若干。

【旁白词： 这是2014年7月发生在中国农业银行浦东分行北蔡支行的一个真实故事。面对劫匪、面对刀锋，农行人表现得那么勇敢、镇定、有序——】

1

【李梦晓家里。日。内】

李梦晓戴着围裙，从厨房跑出来。敲了敲儿子房间的门，喊道："儿子，起来了，抓紧时间喔，要不就迟到了。换的衣服我给你找好放在沙发上。"

李梦晓从阳台的晾衣架上找到儿子的衣裤，放在沙发上，又赶紧返身跑到厨房。

厨房内，热气蒸腾。

李梦晓关了煮饭的煤气灶，打开另一面煤气灶，开始炒菜。

2

【顾金芳家里。日。内】

顾金芳一边准备上班吃的中饭，一边看着电视里面关于社会主义核心价值观的新闻。家里摆设简陋。

墙上挂着当年知青奔赴新疆的同学合影和顾金芳被评为优秀知青的奖状。

儿子吃完饭，放下筷子，背起提包："妈，我去上班了，今天晚上可能要加班，现在学车的人越来越多了。"

顾："天气这么热，你中午教车一定要开空调！那些学员可能没有带水，

155

要替他们准备好茶水和冰块。"

儿子："妈，你放心！"

顾："放什么心哦，你给我回来，给你泡的菊花茶都忘记拿了！"

儿子腼腆地笑了。

3

【上海的早晨。日。外】

阳光明媚的早上。

公园里有人在跑步、打拳。

磁浮、地铁在呼啸。

街上车流、人流在蠕动，早点铺子热气腾腾。

李梦晓开着车，在等红灯。

手机响，她刚要接，绿灯亮了。她赶紧把手机放下，启动汽车。

车水马龙。

过了路口后，她打开收音机。收音机里正在播放着"早间新闻"：教育体制改革，提升全民素质教育。

李梦晓开着车，专注地看着前方，回头看了一眼儿子。这时手机又响，她拿起来看了看，对着手机喊了一声："开车呢。"就放下了手机。

坐在后排的儿子好奇地问："妈妈，爸爸的电话吧？"

李梦晓说："好奇害死猫。儿子，你还是好好想想怎么把学习成绩提上去吧。"

儿子蔫了，喔了一声，缩回头。

4

【劫匪家里。日。内】

劫匪家里乱糟糟一片。桌子上堆着方便面袋子和桶，啤酒瓶子。

劫匪在酣睡，听到敲门声。劫匪爬起来，睡眼惺忪地开门，突然见到两个讨债的，赶紧要关门，被挤住。

讨债大汉："港吧侬听，今天晚上九点前再不还钱，明天你就在黄浦江里喂王八！"

劫匪："高利贷也要有个规矩呀，我手里没钱，你们总不能要命吧！"

讨债大汉："你还真说对了！算你拎得清！愿赌服输，欠债还钱！没钱可真就得要命了！"

讨债人从拎着的红色油漆桶里拿出一把刷子，在劫匪的房间墙壁上，狠狠地画了一把大叉。

劫匪一脸惊愕。

5

【马路转角。日。外】

年近六十的保安沈鸿明和何建忠像平常一样，相约骑车一起上班。

沈鸿明："老何，你家老太太的哮喘怎么样了？"

何建忠："最近还好，这不正吃中药嘛，医生说得慢慢养。哎，你女儿大学毕业了吧？工作问题解决了吗？"

沈鸿明："七月份刚毕业，她自己非得去外国公司，说是要自己闯一闯，积累工作资历。她有本事就去奔生活，我是管不了，也不懂，儿女大了，那想法跟咱不一样。"

何建忠点头："说得不错，他们那些个做派真是让人看不懂啊。"

沈鸿明苦笑："是看不懂。我那个女儿天天崇拜那个什么什么海盗，说用黑罩捂了一个眼的海盗头子帅极了。你说，连正邪都不分了，还崇拜……现在的年轻人，唉……"

两人说着，自行车渐渐远去，声音渐小。

6

【某小学门口。日。外】

学校大门前，学生们三三两两朝学校大门走去。

李梦晓的车停在大门一侧。儿子下车。

李梦晓摇下车窗，对着儿子喊："小宝，快点进学校，听老师的话！"

儿子开心地回头望了一眼妈妈，说道："知道了。妈妈再见。"

李梦晓拿起电话，拨通了一个号码，问："什么事儿？"

听了一会儿，她笑了，说："好。我下班就回家。对了，您跟妈说一声，别做菜了，等我买点现成的。好，我带着小宝一起回去。88。"

她又打了一个电话："是邹俊吗？准备一下晨会，准备传达精神的文件，对，我一会儿就到。"

7

【劫匪家里。日。内】

屋子里窗帘缝隙透进来强烈的光线。桌子上乱七八糟地堆着方便面、馒头、香烟、榨菜。

劫匪从床上坐起，蓬头垢面，眼窝深陷，犹如大烟鬼。他抹了把脸，长叹一口气。欠起身，开始穿衣服。

他刚套上毛衫，还没穿好，电话又突然响了。劫匪的毛衫在头上停止片刻，才赶紧拉下去，开始找手机。

他看看桌子上没有，又在床上到处找。终于在床下找到手机。

他先看了看号码，不由得浑身一颤。

手机铃声停止。劫匪犹豫着是否回电话。手机在他手里乱颤。颤了一会儿，手机突然又响了。劫匪头上陡然冒出汗珠。

手机响着，在劫匪手里抖动了一会儿，劫匪终于接了，那边声音凶恶："瘪三，侬勿要借钱那么舒服，还钱那么难！要懂得规矩，要是今天……"

劫匪忙回答说："大哥，我知道了，知道了。今天一定给您！"

手机挂掉。劫匪瘫软在床上，两眼看着洇湿的天棚，眼神发直。

8

【某商务楼内。日。内】

茶叶推销员张玉龙扛着一个纸箱，来到电梯前，按了按开关，没有反应。

有人从电梯前经过，告诉他，电梯停电了。

张玉龙懊恼地拍拍头，扛着纸箱，去爬楼梯。电话响了，他放下纸箱，拿起电话："李总您好！什么？您放心，咱们做生意，答应您什么时候到，就一定会什么时候到。已经到楼下了，停电了，我在走楼梯，您放一百个心。"

张玉龙到了李总办公室："李总，茶叶送到了。我这边的茶叶全部明前，不仅有黄山毛峰，还有碧螺春、普洱、花茶、龙井、金骏眉、正宗台湾乌龙茶，还有大红袍、正宗英国红茶、巴西咖啡，您觉得好，下次再给您送货上门。"

张玉龙与李总握手告别，离开了李总办公室。

9

【农行大厅。日。内】

李梦晓走进大堂。在顾金芳面前站住："顾阿姨，您又这么早来，一来就工作，您可注意点身体，别累着。"

顾金芳："行长，您离单位远，还来得这么早，真是不容易呢。我年纪大了，手脚闲不住，多干点儿，还锻炼身体呢！"

李梦晓："那辛苦您了。哎，小俞。"

刚进来的俞雯静停下："领导好！领导，昨晚一个客户联系我咨询业务，上个月的工作绩效我忘记统计了，我……"

李梦晓："真是辛苦你了，今天中午我帮你一起统计一下。小俞好好干，你工作不错，超额 30% 完成指标，分行将把你作为'春天行动'的典型！"

俞雯静差点蹦起来："真的喔？加油！"

10

【农行营业大厅。日。内】

简短的晨会，传达上级行文件，交代注意事项。（大约15分钟结束）

银行大堂的时钟指向八点半，钟声响起。

九点开门迎客。（开业的固定环节，对称队形固定动作）

银行开始了一天的营业，客户在有序地等候排队，工作人员紧张忙碌。客户的要求传达给银行员工，员工的笑脸和耐心让客户满意而去。

一片和谐盛世的繁荣景象。

11

【劫匪家里。日。内】

劫匪背上挎包，戴好帽子，出门。

【场景转换。大街。日。外】

劫匪经过大街，走进一家五金店。

【五金店内。日。内】

劫匪在五金店买了一把明晃晃的菜刀。他在用手指试刀锋，小心翼翼地把菜刀放进背着的背包里。

12

【大街上。日。外】

茶叶推销员张玉龙扛着茶叶，差点跟从五金店出来的劫匪撞个满怀。

张玉龙刚想说点什么，看着阴暗着脸的劫匪，只得把话吞进了肚子里。

劫匪从张玉龙身边经过，大步朝前走。

远处，农业银行营业所的绿色门头已经遥遥在望。

13

【农行营业厅。日。内】

俞雯静在给客户讲解理财产品，并帮助客户拿排队号牌。

褚欣欣对客户说："不客气，这是我们应该为您考虑到的。"

邹俊："老人家，您不要着急，慢慢回忆您的密码。"

顾金芳在用抹布擦拭排椅和窗户。

沈鸿明与何建忠在巡查。

李梦晓在柜台内向新员工解释着点钞机的机械原理，和新员工一起清点大量纸币。

劫匪在银行的大窗户外面向里面张望。看了一会儿，推门走了进来。

俞雯静刚好给一个客户开门，迎面看到了劫匪。随口问："先生，您要办什么业务？"

劫匪吓了一跳，抬头看了看她，然后摇头。

俞雯静看了他一眼，转身去招呼别的客户去了。

劫匪在大厅里站了一会儿，眼神复杂。

俞雯静又走过来，劫匪突然上前一步，左手勒住俞雯静的脖子，右手从背着的黑提包里掏出明晃晃的菜刀，架到俞雯静脖子上，拖着她朝着柜台走去，同时喊道："抢劫了，快把钱拿出来！"

大厅里的人猛然乱成一片。有人喊叫着朝外冲。

劫匪挥舞菜刀，冲着柜台里面的邹俊和褚欣欣大喊："把钱拿出来！"

俞雯静在挣扎。

邹俊忙安抚劫匪："您别激动！钱，马上给您！"同时伸手向钱箱做拿钱状。

褚欣欣向同事大声喊："抢劫！"边锁钱箱。

李梦晓迅速按下110联防报警按钮。

劫匪的菜刀在俞雯静脖子附近挥舞晃动，俞雯静一脸惊恐，身体却在偷着慢慢向下滑。劫匪的手在用力勒俞雯静的脖子。

劫匪："快把钱拿出来，我数15秒！1，2，3，4，5……"

邹俊："这位大哥，您别紧张，我马上把钱给您，您说个数，要多少？"

劫匪："越多越好！快点，否则我就杀人了！"

李梦晓在吩咐柜台里面的员工拿起警棍，锁好钱箱。

褚欣欣也拿起了警棍。

14

【银行大厅过道。日。内】

顾金芳露头看了一眼，忙奔进保安室。

沈鸿明正在纳闷，顾金芳紧张地说："快出去，有人抢劫！"

沈鸿明一紧张，手一抖，警棍差点掉在地上。

顾金芳拿起平时干活用的铝合金拖把冲了出去。

沈鸿明拿起警棍随后而出。此时，保安何建忠已经把客户请出大堂，正在关大门。

惊恐的俞雯静在偷偷地向下滑，一点点地挣脱劫匪的控制。

警铃声吓了劫匪一跳，趁他分神之际，俞雯静滑出了他的控制。

看着顾金芳、何建忠、沈鸿明几人围过来，劫匪慌了。

劫匪："别过来，别过来！你们谁过来我就砍死谁！"

俞雯静猛然打开通向银行里间的门，安全脱身。扑到了李梦晓的怀里。

不见了人质，劫匪更加丧心病狂，疯狂挥刀乱砍。

15

【银行营业大厅。日。内】

顾金芳猛然冲了过来，手中的长拖把砸向了劫匪。

顾金芳愤怒地喊："我看你还砍人！看你还抢劫！看你还欺负小姑娘！"

菜刀在挥舞，拖把在挥舞，警棍在挥舞。银行里面人影晃动，打成一团。

银行外面的老百姓在围观议论。张玉龙恰巧路过，劫匪一侧脸，张玉龙认出了劫匪。张玉龙把茶叶一放，冲进了银行大厅。同他一起冲进来的，是恰好在此经过的山东籍生意人禚杰。

顾金芳的大拖把头不知什么时候打飞了，铝合金拖把杆已经打弯，她，还在一下下砸向劫匪。

张玉龙和禚杰两个生龙活虎的年轻人冲进来，劫匪害怕了，朝后退缩。

张玉龙抄起一把钢管椅砸向劫匪，砸得很准，劫匪抵挡不住，受伤蹲了下来。何建忠、沈鸿明、张玉龙、禚杰四人冲上去把劫匪的刀夺下，把劫匪的双手扣到背后，齐心合力将劫匪压在地上。

警车来到，警笛长鸣，警灯频闪。

劫匪发了疯地喊："你们抓我吧！最好判我十年、二十年！三十年！！！"

16

【银行营业大厅。日。内】

农行浦东分行召开现场表彰大会。

农行领导向何建忠、沈鸿明、张玉龙、禚杰、顾金芳五位见义勇为者每人颁发 1 万元现金和荣誉证书，颁给北蔡支行 5 万元奖金。市公安局也奖励每人 1 万元，并为他们申报"上海市优秀见义勇为先进个人"荣誉奖。

【画外音：劫匪被智慧勇敢的农行人控制了，所有客户安全撤离，国家财产丝毫未损。通过生与死的考验，彰显出农行人无私无畏、勇于担当的良好职业情操。】

（原载《金融文坛》2014 年 10 月刊）

话剧剧本

少年中国

——献给祖国的未来

■ 编剧 张太旗

‖ **作者简介**

张太旗，山东烟台人，金融学硕士，高级经济师，中国金融作协理事，发表多篇艺术评论和词作，与多名艺术家合作创作多首词作歌曲获奖，并有话剧作品问世。现供职于华夏银行总行。

作品简介

　　梁启超是中国近现代史上著名的思想家和学者，又是各个历史时期重大事件的参与者、谋划者甚至操纵者。他矢志不渝信奉渐进式的改良主义，力主中国走民主宪政之路，可在风云际会的二十世纪初期，由于启蒙、救亡、革命的多重变奏，中国的方向并没有按照他善良的愿望发展。百年过后，梁启超所倡理想更显珍贵，也更具现实意义和时代精神。本剧选取了戊戌变法、护国讨袁和五四运动等几段梁启超人生中的重大历史时期，集中展现了他的思想、追求、奋斗、操守和功绩。坎坷的经历，先知的痛苦，奋发的热忱，无奈的命运，苍凉的心境，睿智的洞见，崇高的节守相磨相合成一段五味杂陈、波澜壮阔的人生。正像他自己所说："非我所愿，可又不得不为之。"

人物表

梁启超：二十一岁至五十九岁，思想家、学者，先后担任过民国时期教育总长、财政大臣等职务。

李蕙仙：二十岁到五十五岁，梁启超之妻，大家闺秀。

何蕙珍：二十岁到五十岁，梁启超女友，华侨富商之女。

梁思成：十几岁到二十岁，梁启超之子，后为中国著名建筑学家。

康有为：四十多岁，思想家，进士。

谭嗣同：三十多岁，思想家，革命志士。

孙中山：四十多岁，中华民国总统。

陈独秀：四十多岁，北大教授，中国共产党创始人。

蔡　锷：三十多岁，云南督军，护国军领袖。

小凤仙：十九岁，青楼艺妓。

高晓兰：四十多岁，陈独秀前妻。

孙　浩：三十多岁，浙江举人。

丁文江：二十多岁，地质学家，革命者。

蒋百里：三十多岁，军事学家。

肖克俭：二十多岁，留法学生。

芳　泽：五十多岁，日本驻法公使。

何　父：五十多岁，何惠珍父亲，华侨富商。

刘师培：四十多岁，学者，筹安会会员。

赵福余：二十多岁，清朝六品警官（课长）。

徐福堂：五十多岁，都察院章京。

李经方：四十多岁，李鸿章之子，外交家。

戴公子：三十岁，英国石油公司襄理。

序幕

时间：一九二六年秋，晨。

地点：梁启超在北京的老四合院正房，中式经典风格中略带西化的点缀、饰物和用具。

梁思成：（慌忙上场）母亲，母亲，父亲今天早上的夜壶里仍然带血，血丝还，还很长……

李蕙仙：别慌，儿子，你仔细算算，你父亲摘除肾手术做过多少天了？

梁思成：我天天在算，母亲，到今天已经两个月零七天了。仁和医院的郝大夫说按照西医的惯例，这样的手术最迟二十五天就会完全愈合了。母亲，已经两个多月了啊，这两个月您对父亲是顿顿冬虫夏草，夜夜鹿茸参汤，怎么不仅不见好转，反而越来越严重了呢？母亲，我真的很怕，很怕。

李蕙仙：这种结果是我最不想看到的。对你父亲来说，这不仅重创了他的身体，还深深质疑了他奉为科学的西方现代医术。

梁思成：母亲，其实我一直不敢告诉您，前天北大的陈源教授已经在《京华日报》上撰文，说父亲的病是西医误诊。X光片上看去父亲的右肾有暗面，医生就认定它是造成父亲便血的原因，于是他们就给父亲切开了腹腔。可是打开一看，右肾根本没有暗面，但他们为了维护所谓西医诊断的科学性，就生生地把父亲的肾给摘了下来。他们还隐瞒真相，坚持认为是肾溃疡造成了父亲便血。母亲，这不仅是科学问题，还是中国人掌握了西方医术，没有掌握基本医德的道德底线问题！

李蕙仙：（大惊，镇定）儿子，陈源教授之说何以见得，有真凭实据吗？

梁思成：这种事怎么会有真凭实据呢？藏还来不及呢！我一定要弄个水落石出，把这帮庸医告上法庭！可是尽快把父亲的病医好，才是当务之急呀。

李蕙仙：你说的很对。儿子，你一定要和我力劝你父亲，西医可为，中医更可用，把两者的长处结合起来，你父亲的病一定有康复的希望。

梁启超：（上，穿戴整齐，手拿纸笔）你们是在议论我的病吗？

梁思成：是的，父亲，您千万不要担心，您身体恢复得很顺利，今晨我给您倒夜壶，看到您的尿液很清爽。

梁启超：好孩子，难为你了。可是不幸的是你父亲是个大聪明人，大学者，是什么都知道的。我坚持用西医而没用中医治疗绝不是多么崇尚西医，贬损中医，而是想以身作证，启示国人西方现代医术中的科学精神正是我们中华文化中最缺乏的东西。我摘肾的手术可能是失败的，但这说明了什么呢？它只能说明学会西方医术的中国人没有学到西方医术背后的医德精神。古希腊医圣希波克拉底的誓言中开头便说道："医人者，在公心。"所谓公心是说一个医生首先要尽心竭力为病人带来福祉，不准有任何欺诈害人之心。就是他，在远离雅典的科斯岛上，带领学生们一次又一次地向医神埃斯克雷彼斯发出了誓言，并以自己临床之精湛医术，超越了当时的僧侣医学和经验医学，把巫术赶出了医疗的圣坛。中国的医生若以科学、公正的态度对待患者，我的肾病诊断错了又算什么呢？科学分析、重整方案、改过自新不就可以了吗？可是他们恐怕还是采取了非科学态度的文过饰非的做法，这怨谁呢？我看首先不应怪罪医生，而应该责难和拷问国人现在这种非驴非马的学习西方文明的方式。只学末，不求本，只治标，不动根。这种不从精神上改变一代国人而只从技术上苦求竟学的做法，百年后，可能比我梁某人更惨的一代国人会连心脏都被换上猪的心脏还懵懂无知，自得其乐呢。

李蕙仙：启超，你一起来就长篇大论，可我们还是要比照现实，先把病医好呀。

梁启超：我都想好了，现在马上做两件事，一件是同意中医介入我的治疗，我们中华医学渊源宏博，每次局部诊断都是一次生命意义的整体观测，而每次整体观测又无不返观到各个细部之望闻问切，神行灵透，阙伟至圣呀。第二件就是我拟好了一份宣言，思成，你立即给我送到《京华时报》社，马上刊登发表。

梁思成：（接过纸，略读）父亲，何必这样呢？您摘除肾脏这件事对与不对，责任在我还是在他均不清楚，您就忙着为仁和医院做解释，您，您也太好心了吧？

梁启超：儿子，这不是简单的好心。我梁启超虽已五十有六，也是一只被新思潮、新青年捶来踢去的死老虎，可我毕竟著作等身，百足之虫，死而不僵，我在国人心中的影响力还在。我不想因己身之区区小事，影响了国人向西方学习科学的热忱。我要告诉大家，不要纠缠于世俗之飞短流长，而要振飞于精神之天高地阔，这样才能造就一代新民，洞开一片新天，而我梁某人此身弃之无憾！

李蕙仙：思成，我们应该理解你的父亲，就按他说的马上办。

仆人：（上）梁大人，前清全权大臣李鸿章哲嗣李经方大人求见。

梁启超：这么早，他来做什么？请吧。

李经方：（上）任公大人，这么早前来打扰您，还望赎罪。

李蕙仙：这是什么话，您光临寒舍，我家蓬荜生辉，快请落座。（思成帮助落座）

梁启超：李大人海外游历，久未谋面，今大驾光临，一定是为要事而来吧？可是我梁某已远离庙堂之高，身处江湖之远，恐爱莫能助啊。

李经方：梁大人您过谦了，也多虑了。鄙人到访只为一事，完成先父三十年前未了的一桩心事，送五千元的银票给您。您签收了，我便告辞。

梁启超：这事从何说起呢？

李经方：梁大人应当记得，当年您名盖京华，英姿勃发，襄助康有为筹办强学会、搞集会、讲改良、出报纸、译西学，一时群情激昂，慷慨四方。那时的湖广总督张之洞，两江总督刘坤一，天津小站新军总长袁世凯诸君纷纷解囊相赠，您逐一笑纳，唯先父转赠五千元银票被您退回，您斥他卖国求荣，签了《马关条约》，不收他的脏钱。

梁启超：（恍然）噢，确有此事，确有此事。哎，恍若隔世，物是人非，先父一直为此事耿耿于怀吧？

李经方：正是，先父不仅耿耿于怀，还十分委屈、心寒。先父曾说世人嚷嚷，唯梁任公独醒啊，可他也这样对我，哀哉，痛哉！他临终时嘱我一定在适当的时候把这笔钱再捐您使用。前天在报上看到北大陈源教授的文章，知您身体微恙，故来择时完成先父的遗愿。

梁启超：嗨，沉舟侧畔千帆过，病树前头万木春。当年的热血挥洒转瞬即成今天的明日黄花。令尊的感情令我感怀，我梁启超虽然不存珠玑万斛，也算是读书人中的殷实之家，告诉你一个秘密，在梁氏家族史上，鄙人不仅学术最高，挣钱也是最多的。别忘了，鄙人是明星学者，信口一开，即便胡说，也是日进斗金，哈哈。所以情领了，钱奉退。

李经方：我早料到会是这样的，但这钱您还是要收下。收下，就意味着您代表的当年的一代精英对先父的另一种认可，先父不是众口铄金的卖国贼，先父也是用另一种方式为中华之振兴而尽忠的人。

梁启超：其实，我深知令尊的内心之苦，面对西方列强的虎视鹰环，他是最先着手洋务的。可是仅靠引进西方的开矿、修路、制械、军工甚至办邮局、开报馆等洋务，并不能真正改变我三千年未遇之大变局的中华之命运。国制不变、民智未启、民风不易、门户不开，中华难兴啊！

李经方：是啊，先父是第一批接触西方列强之士人，他们毕竟需要一个由表及里、由浅入深的体味过程。可是您知道吗？梁先生，先父晚年常常以泪洗面，痛哭失声。他跟我说过最多的一句话是，我们注定打不过日本人，我只是在我们中国人被人家杀了一千人的时候投降，还是被人家杀了一万人的时候投降，选择了被人家杀了一千人的时候投降而已，这样算来，我还保留了我们九千人的中华族种，这九千人还可以猛醒、学习、奋进，来赶超他们。难道我这不是在为中华尽忠吗？怎么可以把千年民族沉疴之罪算在我李鸿章一个人头上呢？我和日本人的谈判何其艰难，国人只看到割地赔款，他们不知道，为了少割一寸地少赔一厘钱，我李鸿章险些丧了老命呀！梁大人您知道，家父在去和伊藤博文谈判的路上，被日本浪人开枪打中了左脸，顿时鲜血四溅。他进医院简单包扎后，继续和伊藤博文艰苦谈判，生生地把三万万两白银的赔款减成了两万万两！

梁启超：李大人，钱我收下了。您在祭奠令尊大人的时候代我捎上一句话，每个炎黄子孙都不是天生的卖国贼，他们都在以不同的方式爱着我们的国家，可是我们的国家值得我们这样爱吗？值吗？值！值呀！

第一幕

上半场

时间：一八九五年，初春。
地点：北京南海会馆。

（赵福余带兵丁上）

赵福余：哦，大人们都在。在下给各位请安了。请问哪一位是梁启超大人？

孙浩：不用问，就是这一位！（指梁启超）我看过你的照片，更读过你妖言惑众的文章，带走他，没错！

康有为：你们是什么人，怎么能在光天化日之下抓人？

孙浩：在下是浙江省举子孙浩。您就是当代圣人康有为吧，怎么圣人偏偏教出一个小人来，他竟敢在天津港接受检查时冒犯日本人！可是御使钦差让我来抓人的。

康有为：哦？你就是写过《驳新学伪经考》，除了对我进行辱骂，再也讲不出任何道理的那个孙浩吗？

孙浩：正是。也正是在下敢在您关公面前耍大刀，敢批评您的维新变法是不忠不孝的数典忘祖，敢指你们是一群离经叛道的乱臣贼子。你敢怎样？

康有为：你们真是大清朝的孝子贤孙。可就是你们这帮孝子贤孙，在上个月北洋水师被日本人打得全军覆没的时候还在挑唆慈禧太后挪用三千万两海军军费大建颐和园；在外国列强瓜分中国的危急时刻，拿着地图去找慈禧太后，指着台湾岛说这不过是弹丸之地，割了它保了国是划算的，要她逼迫光绪皇帝签订割地赔款的《马关条约》；在南方遭受大旱，老百姓卖儿卖女的时候，以给慈禧太后办六十大寿为名在全国各地横征暴敛，仅湖南省就已经饿死了上百万人，上百万人呵！

谭嗣同：我谭嗣同刚从湖南赶到，我的书童罗成就是我在路边捡到的一个即将饿死的孩子。我遇到他时，他正在路边啃食一个死人的脚趾。是谁造成了这惨绝人寰的一切？是你们！谁是乱臣贼子？是你们！你们在国内鱼肉百姓，对洋人却只会卑躬屈膝、丧权辱国。

孙浩：胡说！你们就会高谈阔论。我孙浩是主张中学为体、西学为用的。我华夏乃千古文明，洋人的器物制造、军械枪炮不过是雕虫小技，借用他们一点我们也会刻可强盛的。

康有为：几十年了，我们的造船厂、枪炮厂开了十几个，煤矿、铁矿、纱厂又开了几十个。我们购买了六十多艘各类战舰，拥有了世界上最大排水吨位的北洋水师。可是我问你，为什么我们和列强交手一败再败？为什么我们的将领中有丁汝昌、邓世昌这样的民族英豪，却被小日本打得这样惨？为什么一次次割地赔款，却引来了一次比一次更甚的烧杀抢掠？

（赵福余低头抽泣）

赵福余：康大人，您…您说这是为什么呀？我爹就是威海卫镇远舰上的大副，为什么我们这么多好舰艇不让驶出港口迎战，为什么日本人打进来了，我们的战舰只能死死地憋在港内挨打？我爹不服这个气，硬是把战舰开出了港口，可却被他们自己的舰长开枪打死啦，可那个舰长接着就被日本人的炮弹炸得血肉横飞啊！

（大哭蹲下，被孙浩一把拎起）

孙浩：赵课长，你不要被他们挑唆，别忘了我们是来抓人的。梁启超，你这个一贯口若悬河的人，怎么一言不发了？告诉你，你再聪明绝顶，也只能做日本人的阶下囚，知道吗？今天我是奉日本领事馆的照会带人抓你的，你还有什么话要说？

（梁启超上前狠狠给了孙浩一个耳光）

康有为：启梁，这，这使不得。

梁启超：恩师，对他这种人，脏了我的手可以，不能脏了我中华之美丽高贵的语言。

孙浩：（大惊）你…你竟敢打我？

梁启超：我不仅敢打你，如果这位弟兄把枪给我，我还会当场杀了你！国家如此灾难深重，你却在帮助我们最凶恶的敌人日本人，你知道我为什么在天津港"冒犯"日本人吗？

孙浩：日本领事馆的照会说，你把日本检察官推下了大海。

梁启超：不！是我一脚把他踹下船舷，踢入了大海。天津港是我们中国人的港口，凭什么由日本人来搜查我们中国同胞？不仅如此，你知道日本检察官对在我前面接受检查的一位美丽的中国姑娘做了什么？

赵福余：（怒问）做了什么？

梁启超：他先是一把扯下了这个姑娘的耳环，那姑娘耳朵顿时撕破，满脸是血。当那姑娘哭着要讨回耳环时，他却一把将手插入了姑娘的下半身，边摸着那姑娘，边对着我们所有的乘客狂笑。

赵福余：这个该杀的禽兽，王八蛋！

梁启超：我一脚把他踢下海去，是为了所有中国人这张黄色的脸！

谭嗣同：（一把揪住孙浩）你也是一个衣冠禽兽，你若敢把梁启超抓走，我就用我练了八年的降鹤功一把拧断你的脖子！

孙浩：反了！反了！赵课长，我们可都是吃朝廷俸禄的官人，是奉上司之命来抓人的，你如果今天不把梁启超抓走，你回去也一定会被处死！（上前欲夺赵的枪）

赵福余：你敢！康大人、梁大人、谭大人，你们都是能救中国的大英雄，我是一介草民，可我也知道，中华被外国人欺负成这个样子是因为我们自己太不争气啊！皇帝太弱，慈禧太昏，大臣太贪，像孙浩这样的奸臣太多太多，做这样的百姓太窝囊、太憋屈啦。今天是一不做二不休，梁大人，今天抓你，你死，不抓你，我死，那就先让他死！（一枪射向孙浩，孙应声倒地）各位大人，救咱们中国，为我爹报仇雪恨的大事就全靠你们了，千恩万谢了！（朝自己一枪，赵也应声倒下）

梁启超：（一把抱住赵）这位兄弟，你怎能这么冲动，我们可以一起想办法的呀。

赵富余：（微弱地）这样死，为你们，值了！（死去）

梁启超：好兄弟呀，好兄弟。（抚尸痛哭）

康有为：（对其他兵丁）请，请各位先把他们抬下去吧，我会给你们每人百元大洋，替我好好安葬他们，好好安葬他们。

（众兵丁抬赵、孙尸体下）

梁启超：（坚定）恩师，出了大事并不可怕，可怕的是我们不能沉着以对，计策周全。

康有为：（拍着额头）祸事突发，容我想想，容我想想……

谭嗣同：恩师，这有什么好想的？现在朝廷腐败透顶，暗无天日，我们只有以黑暗对付黑暗，以黑暗解决黑暗。我父亲是湖南总督，湖北总督张之洞的儿子张权是我的拜把子兄弟，他马上就要成为当朝刑部侍郎的乘龙快婿了，甩把银子，便无人再查此事。

康有为：你，这是徇私枉法呵，可，可眼下也只能这样了。不过这种以黑暗对黑暗的方法不是长久之计，我们天天奋斗之目的是把黑暗变成光明，只有以光明对光明，我们中华才能阳光普照，万象一新呵。

梁启超：恩师所言极是，为了寻求光明的目的，我们也可能会使用黑暗的手段；而光明目的之实现，恰恰又会消除这些手段。这是矛盾，是悖论，但却是今日我们之现实选择。我想，我们悼念赵课长的最好办法，就是试一把光明的手段。我提议，以恩师崇高之威望，联合在北京参加会试的一千三百多名举人，一起向皇帝上书，坚决要求拒签卖国的《马关条约》，恳求维新变法！

康有为：启超，你的提议是埋在我心里多日的愿望。赵课长虽是一介平民，可他道出了一个简单又不简单的道理，受人欺压，不能只怨外人霸道，首先应内省当朝之昏庸腐败。中华要振兴，只有下诏鼓天下之气，迁都定天下之本，练兵强天下之势，变法成天下之志。我要苦谏皇上，下罪己诏，承认自己过去的罪过，严惩卖国官僚和贪官污吏，广求人才，维新变法，以雪国耻。

梁启超：朝廷之根本问题在于皇权专制，官僚腐败，要追上世界浩荡之潮流，必须讲进化，开民智，兴民权，设议院，要走君主立宪之路！今后的国君，应像饭店里的总管，饭店的厨师和伙计就是大臣和民众，而饭店应归厨师、民众和国君共同所有。你总管做得好，大家拥护，你做得不好，则弃之换新。

谭嗣同：人类之初，都是民众，根本就无所谓君臣。只因社会需要治理才公选一民做君，是民众来选择君主，而绝不存在君主选择民众。主权本应在民众。民众能选举他，则更能废掉他。

康有为：启超，嗣同，你俩今晚就陪我草拟《上皇帝书》，文章不成，锥骨泣血，昼夜不寐。

谭嗣同、梁启超（共同）：文章不成，锥骨泣血，昼夜不寐！

（灯暗）

中场（灯复明）

时间：一八九五年四月初

地点：松筠庵

（舞台上各种士人、官吏几十人）

梁启超：各位同仁，《马关条约》签订了，我堂堂中华，泱泱神州，被蕞尔小邦日本打得大败！现在日本人刚占领旅顺口，强暴我姐妹，杀戮我同胞。我们还要割让台湾岛，我们还要赔款白银三亿两，我们天朝不吃不喝，五年的收入都不足以还上这笔赔款。四方列强趁机借给我国高利贷款，条件是我国的筑路权、口岸权、开矿权及长城以北归俄国，长江流域属英国，云南和两广归法国，福建归日本，山东归德国。《国闻报》称，当前中华是强盗入室，大火烧门！难道我们中华之命就该绝于今天吗？

谭嗣同：（拔剑削掉自己的辫子）世间无物抵春愁，合向苍冥一哭休。四万万人齐下泪，天涯何处是神州？（将辫子狠掷地上）

康有为：诸位，鄙人起草的《上皇帝书》刚才已经宣读，有何高见请讲？

河北代表：中国之败，败于自己。要皇上即刻下诏，撤掉腐败大臣，变法官制！选各省代表设立谘议局，今后，国家大事必须协商监督，兴利除害，共同管理。我们河北举人九十三人，同意签字！

湖北代表：（方言）变法首先在于唤醒国人之觉悟，要让他们知道他们已不再是皇帝的臣民，而是民权的主人。要皇上广开言论自由，办学会，办学堂，出报纸，出刊物。我们湖北一百零六名举人同意签字！

湖南代表：（方言）还要以近代西洋公司之制振兴实业。要以民间资金修铁路，开煤矿，办银行，建各种民用品工厂。要把几十年来洋务派搞的工厂全部废掉，这些工厂由朝廷把持，不讲利润效益，只讲争权内斗，垄断国家资源，不准民众参与，这是害国，不是救国。我们湖南八十三名举人同意签字！

山东代表：（方言）我们山东一百一十五名举人同意签字。山东乃孔孟之乡，实行新政我们赞同，但中华文化之精义在于忠孝节义，对皇上还是要苦心相谏，不可僭越雷池。恳请各位举人三思。有劳各位，有劳各位。

广东代表：（方言）我们广东举人七十八人同意签字。

梁启超：慢，让河北代表代念一下，大家听不懂你的家乡土话。

河北代表：我们中华文化一脉相传，可中华大地千差万别。建议在《上皇帝书》中加上地方自治请求。朝廷设谘议局，各省也要设谘议局。

福建代表：我们福建举人九十一人同意签字。

江西代表：我们江西举人一百二十人同意签字！

河南代表：我们河南举人八十四人同意签字。

徐福堂（上，端着水烟）：慢着！这里这么热闹，真是人才荟萃，群贤雅集啊。

康有为：给徐大人请安。我们各省举人正在议定上皇帝书，正好要请您指教（递给徐几页纸笺）。

徐福堂：（接过）上皇帝书？知道朝廷的规矩吗？

梁启超：举子无权直接上书皇帝，只能将上书交都察院。

徐福堂：既然知道，为什么不先找我这个都察院的章京呢？

梁启超：徐大人，待这一千三百多个举人签字完毕，我和恩师康有为一定会恭请您的。

徐福堂：我看还是不用恭请，我自己来吧。诸位的忠义之心上天可鉴，可自康、雍、乾以来，大清的规矩可是严禁"士人干政"的，你们这样闹下去，会闯出大祸！

　　梁启超：徐大人，康、雍、乾三世是什么情势，现在又是什么情势？眼下国家积贫积弱，民众生灵涂炭，列强欺我中华割地赔款，真是山河破碎风飘絮，身世浮沉雨打萍。我们上千举人以天下为己任，为兴亡担忧患，再不动华夏祖制，我们华夏祖业可就危在旦夕啦！

　　徐福堂：危言耸听，危言祸国。当下国是维艰，慈禧老佛爷、光绪皇上比你们都清楚，比你们都着急，也比你们更有办法。举人参加会考，三年轮一回，我劝大家还是好自为之，恭读圣贤书，一心求功名，这才对得起列祖列宗，父母双亲。国家大事自有皇帝、大臣来管，还轮不到你们。我告诉你，我大清天佑，天不变，道也不变，祖制不可动。

　　梁启超：（激愤）凡天地者，莫不变。昼夜变，而成日，寒暑变，而成岁。溶热冰迁，而成地球；浪飞涛卷，而成大海；紫血红血，流注体内；呼痰吸氧，刻刻接续，一日千变而成人类。夜不秉烛，则黑暗，冬不穿棉，而寒冷，乘车渡河，怎能过得去？病情变了还用旧药方只有死路一条。王法，应是天下民众共同使用的器具，而变化，则是天下一切事物运行之公理。变而变者，变的权力在自己手中，可以保国，可以保种。被迫变者，变的权力在列强之手，我们只能人为刀俎，我为鱼肉了！

　　徐福堂：你这是巧言令色，谤朝诽臣，是要治大罪的！

　　梁启超：你看看当今之世界，欧美各国无器不变，也无智不新，他们的国家景象才是我们《大学》中所倡导的"日日新，苟日新"。可你看当今之中国，学无新理，工无新制，商无新术，农无新具，你不挨打，谁该挨打？你不失败，谁该失败？

　　徐福堂：朝廷也在酝酿改制，意图振兴。只是我们中华祖制中并没有你所说的民主、共和之传统。

　　梁启超：我详考过中国历史，世界之变和中国之变相通。中华五千年，曾历经过多君为政的乱世，一君为政的升平世，更有民众为政的太平世。而三世之中民主共和一直在和皇权专制相争相合。天不变，道亦不变的说法只是朝廷把持权力的愚民术，历史从来不是这样，未来更不可能是这样。

徐福堂：康大人，你的学生口才极佳。可你是当代圣人，你取名长素，是比素王孔子还要圣明的人。会试刚刚结束，你就纠集诸君高谈阔论，上书皇上，这阅卷的权力可在我都察院，你就不怕你们这样聚众谤朝，圣上怪罪，你们的功名毁于一旦吗？你的仁义何在？你的担当何在？做人还是要厚道。

康有为：上书皇上是诸君自愿签名，如果谁把功名看得比国家还重要，可以不签，我康某会同样以礼待之。

谭嗣同：各位同仁，再不变法，我们的国家将被瓜分，我们的民众将陷入水火。求取功名不就是为了报效国家吗？如果这次不取功名却能报效国家，是比取得功名还要光宗耀祖、流芳千古的快事啊！

梁启超：我第一个签名！一切的责罚从我开始，为雪中华之仇恨，振中华之精神，漫说粪土功名，就是赴汤蹈火我也在所不辞！

众举人：我们签，我们签！

（案牍前，举人排队，个个挥毫泼墨，一挥而就）

徐福堂：哎！我也是中国人，光靠群情激奋，是不能行事的。

梁启超：我们都是中国人，没有群情激奋更不可能行事。（灯暗）

（灯复明）

谭嗣同：康大人，恭喜您中了进士，而任公老弟却名落孙山啦。

康有为：（沉重）这已无足轻重了。国将不国，中不中进士又有何妨？

谭嗣同：任公老弟，按考试规矩，判卷考官是看不到考生名字的，他们便以为你写的倡议变法的文章是康大人写的。因朝廷有命，不能让康大人中榜，所以你的文章被淘汰，而康大人的文章反而荣登榜首。

梁启超：哈哈哈，这太好了，我用这种方式成全、也感激了我的恩师，妙哉，妙哉！

谭嗣同：可是任公弟，我听说考官李文田极喜爱你的文章，在淘汰你的文章时，在你的试卷上留下两句诗："还君明珠双泪垂，恨不相逢未嫁时。"

康有为：（忧虑）难道，我们这些人真的是恨不相逢未嫁时吗？

下场

时间：一八九八年九月。
地点：南海会馆。

谭嗣同：（匆匆上）梁夫人，任公弟现在哪里？

李蕙仙：他一早说去军机处，刚被光绪皇帝任命的军机处章京杨锐找他，很急。您不是也刚被皇上任命为军机处的章京吗？

谭嗣同：是。光绪皇上变法心切，下药太猛。七月份，一下子就裁撤了詹事府、通政司、光禄寺等七个朝廷部门，同时撤了湖北、广东、云南三省的巡抚，全换了维新党人。九月份，又革职礼部尚书怀塔布、侍郎堃秀等六个大臣。现在又紧急任命我等四人为军机四卿。被撤掉的后党旧臣全闹了起来，皇上不讲章法，心急手快，可他手上无兵，背后无靠，非常危险。

李蕙仙：是啊，听说皇上发出变法文告《定国是诏》的第四天，慈禧太后就把皇上的老师翁同龢大人罢黜，赶回了老家。同时，警告皇上今后二品官以上的提升都要先经她首肯，可皇帝这样大刀阔斧，太后不可能答应啊。

梁启超：（快上）刚才杨锐找我，说康大人设制度局，撤销军机处的奏折被一帮老臣哭着送到了慈禧太后的手中，他们捶胸顿足，对维新人士极尽辱骂，说皇上要把老臣全部赶出朝廷，将来谁给您慈禧老佛爷护驾啊。慈禧已发怒，放言："小子以天下为玩弄，老妇死无葬身之地也。"

康有为：（上，焦急）皇上密信给我，他已陷入危险。直隶总督荣禄已秘将北洋新练三军中的董福祥部调到京师城南的长辛店，又命聂士成部开进天津。如果光绪皇上近日按惯例陪慈禧太后赴天津秋季阅兵，则囚于天津；如不去，则派京师军队捉拿之。他要我们设法救他。

梁启超：情况万分危急，我先去找英国传教士李提摩太，托他即刻去找英国公使。随后我再去找美国公使。我们是按英美之法来进行维新变法的，一定要请他们给慈禧太后施加压力，支持皇上。

谭嗣同：仅靠外国人施压，尚不足以遏制慈禧老贼。既然对方已下战书，我等只能以命相搏，拼死迎战。我即刻拿皇上的秘信去找袁世凯，袁世凯虽老谋深算，但毕竟和我们一起发起过"强学会"，他只要答应或者包围颐和园，软禁慈禧；或者乘天津阅兵之机发动兵变，保护皇上，便可开万世之新业，成一代之名臣！让皇上破格擢升他。

康有为：眼下也只有这一步险棋可走。你们一定要思量周全，胆大心细，快去快回。

李惠仙：康大人，谭大人，这是我专门为你们熬的枸杞桂圆银耳汤，我还加了上好的灵芝，你们都喝上一碗再走，这汤定心安神。在这生死存亡之关头，千万不能慌了手脚，乱了方寸。（梁、康、谭三人分别接过汤碗。康细品慢喝；谭一饮而尽，仗剑而出；梁启超端着汤碗没喝，缓放桌上，满腹忧思下场，灯暗）

（灯复明）

梁启超：恩师，李提摩太说英国公使去秦皇岛了，美国公使我已经找了三回，也称不在北京。

康有为：哦？有这么巧的事？

梁启超：我又托了其他朋友帮着查找，其实他们都在北京，根本没有离开。

康有为：（惊）那他们是有意躲闪？

梁启超：正是。这些列强帮助中国兴新政、除旧弊是幌子，获得利益，巧取豪夺才是根本。

康有为：那，嗣同那边有信儿吗？

梁启超：还没有。恩师，袁世凯是一个极其现实的人，拥护皇上是真，拥护太后也是真，就看哪边能给他更多的实际利益。这次嗣同前往，凶吉未卜，依我看来，不容乐观。

康有为：皇上许以破格擢升，这不是最大的利益所在吗？

梁启超：现在比利益更大的事情是性命攸关！与利益相较，一定是性命在先，利益在后。

康有为：历来成大业者，必置生死于度外，才能如老子所言"后其身而身先，外其身而身存"啊。

梁启超：恩师的道理虽对，可袁世凯并不真是一位心怀民族振兴之志的盖世英雄。现在的实情是，若起兵拥戴皇上，他手中的兵力只有一支天津新军，而直隶总督荣禄手握三军，军机处老臣刚毅他们也握有兵丁数万，他的胜算不大。而他若倒向后党旧臣，几股兵力合一，则必胜无疑。那就是我中华最大之不幸，却是袁世凯最佳之选择。

康有为：启超，你说得有理。可我康有为两次晋见皇上，六次上书朝廷，可谓字字血，声声泪，不也全是为了他们大清江山改弦更张、永续传承吗？这是从根基上挽救中华啊！可那些后党旧臣为什么执迷不悟？反而对皇上和我们以死相逼呢？（敲桌）

梁启超：恩师，你我都是士人，士人大多有理想少私利，尽可按自己的思想蓝图畅议变法之路径。王公大臣，虽然也知斗转星移，世风已变，可由于维新变法第一步就是削弱他们巨大的权力和利益，他们一定会首选拼命抵抗。所以变法改革不仅需要智慧之皇上，更需要能力之皇上。俄国的彼得大帝、德国的俾斯麦总理等历来改革明君都是既胸怀变法大志，又手段强硬、铁血猛进的人，玩刀枪不输于旧臣，开新路不亚于士人。中国历史之悠久，地域之广大，没有这样的明君出世，变法必定步履维艰，甚至会踏上一寸号令一寸血，一次进步三回头的改革长途……

谭嗣同：（匆匆上）慈禧老贼已囚了光绪皇上，并强迫皇上下谕，宣布她重新临朝训政。

康有为：（震惊）啊……那……袁世凯呢？

谭嗣同：我和他密谈时他满口答应，可转过头来他就向荣禄告密了（拔剑砍入桌角）。恩师，你必须马上离开，慈禧已开始密令抓捕维新党人。

康有为：（情绪激昂）不！皇上对我恩重如山，我对皇上情深似海。现在皇上蒙难，我要随古时的名臣良相，以死相从，以命相报。

（拔出桌角的剑，欲自刎）

谭嗣同：（一把把剑夺下）恩师，你不要冲动！你忠君之心感天动地，可千万不要顽固迂腐。变法大业未成，需要留下您等栋梁之才以备将来。中华可以没有我谭嗣同，绝不能没有你康有为，你必须马上走。

（咚、咚咚咚敲门声）

谭嗣同：这么快就来了。你们从后门走，我来断后。

梁启超：慢着，应该是我内人李蕙仙，我能听出这是她在敲门。

李蕙仙：（提行李上）恩师，取道天津港乘英国邮轮去上海的船票已经买好了，请您快走。

康有为：那…你…你们怎么办？

谭嗣同：我们已安排妥当，请恩师放心先走吧。你是慈禧老贼悬赏三十万银两缉拿的首犯，必须马上离开。梁夫人，你快陪梁大人走。

梁启超：恩师，您放心去吧，留得青山在，不怕没柴烧，火是不会灭的。我见李提摩太时，他虽谎称英国公使不在，可保证您如果到上海遇险，他会让英国领事馆全力保护你，并已发了电报。

康有为：那，我只能乘风归去了。可我实在放心不下你们啊！（蕙仙携康有为下）

梁启超：嗣同，我们必须马上行动，刻不容缓。

谭嗣同：不忙。启超，你即刻去日本使馆。这几天日本首相伊藤博文在华访问，就住在日本使馆，他非常赏识你，称你是非凡的家伙，是中国最珍贵的灵魂。日本作为国家在华有各种利益，他们不会去救皇上，但个人行为与政府行为往往有很大不同，他们肯定会出手救你的。

梁思成：（静场，苦笑）没想到，我等为振兴中华反对列强，而生命攸关之时，却是列强友人出手相助，这真是天大的讽刺啊。可这讽刺也是温暖的，前几天日本代理公使林权助就找过我，说要以和我外出打猎的名义把我带出京城，送往日本，并极力邀请你一同前往。

谭嗣同：你应去，我就不必了。其实，恩师做得很对，变法不流血何以警醒国人？何以点燃火把？何以感召天下？只是流血的不应该是他和你，而应该是我谭嗣同。

梁启超：凡成大事者，必千回百转，艰险备尝，这不算什么，只要我们齐心合力，就可共图未来。

谭嗣同：不行者，无以图将来，故你应行。不死者，无以酬圣主，故我应死。凡成大事者虽艰险备尝，而各国变法无不从流血开始，今日中国未闻因变法而流血者，此国运所以不昌。大丈夫不做事则已，做事当磊磊落落，一死何足惜！中华近二百年没有为民变法而流血者，流血请自嗣同始。

梁启超：不！嗣同，你说得再对我也要拉你走，人不应该等死，生比死意义更重大！

谭嗣同：不！对我，死比生意义更重大。留下你和恩师，变法之业有望，舍弃我谭嗣同，国人则会猛醒！启超，别劝了，我决心已定，你该逃生，我应赴死。

（抱拳揖别，扬长而下。）

梁启超：不！不！（欲追，又止）嗣同，你是真正的大英雄、伟丈夫！我梁启超无法和你相比。可这样的优秀儿女，中华啊，你为什么要牺牲他？为什么？这真是苦难中华的苦命啊！（悲痛欲绝）

（第一幕完）

第二幕

时间：一九〇〇年秋，上午。

地点：檀香山何蕙珍家大客厅，华商家庭的典型设计，外景是风光旖旎的亚热带海洋景观。

何父：蕙珍，蕙珍，（大叫）蕙珍。

何蕙珍：（匆匆上，衣冠不整，恼怒）父亲，您一辈子也学不会轻声说话吗？您现在是富商，不是当年的猪仔，要表现得有涵养、有风度，要有儒雅之风范。来，轻轻地叫我一声。

何父：（小声）蕙珍。

何蕙珍：又低声下气的啦，一听就知道您当年做过厨子。记着老爹，应当这样叫：蕙珍……。哎，既不喧闹，也不卑微，这叫柔情而庄重。

何父：好女儿，你爹怕这一辈子也拿捏不好了，可你爹会拿钱养着你好好地学习拿捏。今天你爹就请来两位你崇拜得五体投地的有学问的大人物，让你儒雅个够。

何蕙珍：是谁呀？

何父：你就往当今中国最大的人物猜吧。

何蕙珍：老爹，您不会把当朝的皇帝拉到我们家来吧。

何父：胡说，我是有名的新派人士，不可能理睬那些封建余孽。告诉你，其中一位叫梁启超。

何蕙珍：啊，不是白日做梦吧？

何父：另一个，叫孙中山。

何蕙珍：啊，孙先生我见过。您说的肯定是假的。

何父：不会假的，不会假的，爹爹知道我女儿心高气盛，是远近闻名的才女。特把两位当今中国的风云人物请到家里来喝酒，一来商量一下给梁先生办演讲的事；二来梁先生特别嘱咐我，要劝一下中山先生，不要再回广州发动起义了。

何蕙珍：我听过孙先生的演讲，他英文极好，就是有点口吃，每当讲到他领导的起义失败时，都满脸通红。梁先生虽没见过却是我梦到过的人，才高八斗，学富五车，器宇轩昂，气势如虹。可是他讲英语还是汉语呢？

何父：梁先生告诉我他不懂英文，所以老爹还要求女儿做梁先生的翻译呢。

何蕙珍：真的啊！这真是一场绚丽的梦。父亲，我向您郑重收回刚才对您的指责，您其实是内心里最儒雅的男人，更是最疼爱女儿、理解女儿的慈父。下面我要以一首意大利诗人但丁的长诗赞美您……

何父：打住，打住，老爹消受不了。不过老爹也想借此和你谈一个条件。

何蕙珍：（不耐烦）我知道您那点心思，又是我和戴家大公子的婚事吧？

何父：知父莫如女呀。孩子，你已经二十六啦，戴公子也三十啦。人家是英国牛津大学的管理学博士……

何蕙珍：（语速极快）家教良好，为人低调，处事周全，孝敬父母，在英国石油公司已做到了襄理的位置啦，每年的年薪可以买我们这么一个大宅院。

何父：孩子，这些咱就不说了。只说女大当嫁，你折磨人家三四年，为啥就老这么不冷不热的呢？你爹是男人，我代表男人向你郑重宣布一句话：男人的耐心是有限的。

仆人：（上）何总，戴公子到了。

何蕙珍：啊，该不是你们设计好的吧，不见，不见！

何父：没有，没有。戴公子也好久没来啦，怎么能耍小孩脾气呢？快请进。

戴公子：何伯伯，蕙珍，你们好！不好意思，我近期太忙，刚刚完成一大单业务。

何蕙珍：请坐吧。谈业务，我看你应该和我爸爸更有话说。

戴公子：是，是，不，不。实在抱歉，这次没跟你商量。蕙珍，我给你订的菲亚特跑车的提货单已到。这算是我们认识三周年的一件小礼物吧。

何父：戴公子，这使不得。年轻人交往礼尚往来我不反对，但不应该送过重的礼物。

戴公子：何伯伯有所不知。我刚刚帮我们公司在伊朗收购了一个储量八亿吨的苏莱曼油气田，我用卖方信贷加期权的方式为我们公司节省了开支一千多万英镑，公司按规定给我提成上百万英镑的奖励。所以，这对我实在不是什么重礼，真的是略表寸心，我应该特别感谢您和蕙珍与我共享成功的快乐。

何父：戴公子，你说得简单，做起来肯定不那么容易，我记得两年前你就给我说过这事，看你，两眼全是血丝。

戴公子：是这样。可我是男人，我觉得再难的事我也扛得起。对您和蕙珍，我只想带给你们轻松和快乐。

何蕙珍：谢谢你。你很辛苦，也很有诚意。可是你的礼物我并不喜欢。

戴公子：只要用钱能办到的，蕙珍请直说，你喜欢买什么？

何蕙珍：可惜，我要的东西是用钱买不到的。

戴公子：我知道。蕙珍，你是心忧中华、报国心切的奇女子，这也是我心存敬佩之所在。可我是一个公司职员，敬业我能做到，挣钱我也能做到，和你白头偕老更能做到，可是，那，实非我所能啊。

何蕙珍：所以，你没有任何过错。刚刚结束工作就这么匆匆地跑来，我也很感动。你应该快些回去休息，毕竟近来你太劳累了。

戴公子：何伯伯，蕙珍，那就请你们笑纳。我先回去了。

何父：慢走孩子（送到门口），小心我家门口有块石板翘起来啦。（转回）

何父：孩子，你有思想，偏浪漫，而戴公子讲究实际，为人本分，他才是能和你好好过一生的人。

何蕙珍：老爹，您说的这些我全懂，也全对。对于正常的女孩子一定是一条阳关大道，可您的女儿可能有些不正常。您的女儿是把心灵的交流、幸福的感受看得更重的人。我愿意放弃了财产跟您去放羊，当然也可能放羊走累了，再把财产夺回来，这叫折腾，可这才是我的幸福观，我的人生方式。

何父：孩子，你不论有多少奇思妙想也要实实在在地过日子。你的想法爹晓得，就算是你成了孙中山的秘书，不也是冒着掉脑袋的危险，风里来雨里去的东奔西跑吗？我们普通人对他们可以敬仰，我也经常捐钱给他们，我也知道只有他们建立了民主政府，咱商人才能更有地位，才可能更顺畅地挣钱。可对咱自己，还是要明白，孩子，你成不了伟人，却非要过伟人的生活，那可是会倒霉一生的。

何蕙珍：（惆怅）爹爹，我知道您深爱我，可爱我就让我去流浪，去倒霉吧。这是您女儿的命，在别人看来可能是苦，而在我，也只有在坚守的那份凄美里享受我的孤独才是幸福。

何父：嗨！女儿，我爱你，可我真不能理解你啊！

何蕙珍：（痛苦）爹爹，女儿知道这是对您的大不孝，您狠狠地责怪女儿吧。

何父：不！孩子，我不舍得你。哎，孙先生马上就要到了，我要去接他。（下场）

何蕙珍：那，我要赶快去装扮一下。（下场）（灯暗）

（灯复明）

孙中山：（进门把衣帽交给蕙珍）何先生，您好，我们也多日未见了。哎，女儿好像又长高了。

何蕙珍：孙先生，您好，不是长高了，是我不仅长得不好看，还身材矮小。为了让您伟大的眼睛不受伤害，我换了一双超高跟的鞋，勉强把自己做美一点吧。（扮鬼脸）

孙中山：（笑）蕙珍作为女流，敢这样讲话已昭示不凡。女人大美在爱心，中美在性善，小美在体貌。蕙珍博闻强记，才华非凡，我常在报上读到你犀利而隽永的革新文字，你这种以小女儿柔弱之肩担当国家重大之责的大爱之心，早就使你成为一个大美女了。

何父：孙先生，您真是伟人吐名言，蕙珍怎么担当得起呢，别听她胡言乱语。孙先生近期还回广州吗？

孙中山：去年以来，我已在两广和云南发动了八次起义，现在清政府正以低价强行收回南方民众集资修建的铁路股权，四川的保路运动风起云涌，再次起义的时机已到，我要马上回国召集同志，同心协力，以图早成。

何父：那今天的宴请既是为梁先生接风，又是给您送行。这是家宴的菜谱，请过目。

男仆：（上）何总经理，快，梁启超先生在来的路上被围攻了，我们正找人去解围呢。

孙中山：请慢些说，是什么原因？（蕙珍跑下，何父接着跑下）

男仆：我说不清楚，先生，我只听围攻他的人，骂他是顽固派，要打倒他，还撕扯了他的长袍。

（梁启超狼狈而上，长袍撕裂，蕙珍、何父跟上）

孙中山：（忙迎上）任公先生，您好啊，无大碍吧？

梁启超：我不好，我不好！围攻我的人都是您孙中山的信徒，他们群情激奋，撕了我的长袍，就差拳打脚踢了，终让我这个假圣人斯文扫地。

孙中山：很对不住任公先生，年轻学子血气方刚，不免唐突，先生高山仰止，胸怀四海，还望包涵。谢罪，谢罪。

梁启超：孙先生，您的信徒除了骂人、打人之外，还会做些别的吗？他们高喊口号，喧嚷革命，一个个都想毕革命之功于一役，好像革命一闹，气象一新，民国成立，中华就振兴了。

（何父递上一件新长衫，梁启超换上）

孙中山：任公先生，您也别过于迁罪于年轻人。我倡导国民革命之思想，绝不会浅薄至只想一蹴而就。我的路径是先用军政之手段，强行推进民主，再用训政之手段，教育国民接受民主，再用宪政之手段，全面建设民主国家。

梁启超：美好之蓝图离鄙陋之现实何其远也，而且往往是蓝图描绘得越是光明灿烂，现实的操纵便越是卑污残暴。太平天国洪秀全的《天朝田亩制度》不过是一篇毫无现实根底的骗人鬼话，他建立天朝不到半年，贪赃枉法，内讧迭起，而洪秀全却闭目塞听，天天沉溺于声色犬马，擅权耍钱，欺男霸女。他残酷到一个女孩子不从他奸污，就命人把这个女孩子放进笼锅里蒸煮至死。这就是你们这些革命者带来的前景！

孙中山：任公先生，我孙中山所建兴中会，是有组织，有纪律，有为民族振兴之奋斗精神的代表阶级之政党，完全与封建会党不同。

梁启超：说起您的兴中会都是些什么货色人等呢，军阀、政客、商人、帮主、官宦子弟甚至流氓无赖。你们就没有一次靠精诚团结而成功的起义；没有一次私底下不贪污的募捐；没有一次能为国人现实生活带来哪怕是贫穷的孩子能多一人上学校，挨饿的流民能多吃上一口饭的变化。我真诚地劝您，放弃近期回国再发动武装起义的想法，我倒愿意协助您多做一些改良民众生活的实事。

何蕙珍：（拍手）梁先生说得对。我们的所作所为就是能让百姓的生活有所进步和好转，而不是借百姓之愚昧，虚拟之幻景，来发泄自己的宏愿，逞一时之勇，吐一己之快。

何父：（上）不好意思，孙先生，我是粗人，可我的家乡惠州曾发生过您领导的起义。我家仆人的父亲就是赌钱输了才参加您的起义的，不想丧了命也没有拿到你们许下的搏命钱，从此家破人亡，他成了孤儿。

孙中山：哦，快让我见见。（扶住男仆的双肩）

男仆：孙先生，是我父亲不好。我们全村的人都吸鸦片、赌钱，赌输了就卖儿卖女，穷人没有出路啊。

孙中山：是啊，中国的问题过于复杂，当年我也像任公先生一样，首选推动皇上自身改良之路。我上书李鸿章，直陈欧洲富强之本不仅在于船坚炮利，更在于人能尽其才，地能尽其力，物能尽其用，货能畅其流。我坚信步武泰西，参行新法，其时不过二十年，必能驾欧洲之上。可是李大人不仅毫不理会，还遣人送来一张"农桑会出国护照"，把我扫地出门。

何蕙珍：所以孙先生，我们才应该开启民智，培育一代新民，没有这样的国人素质来做基础，您的一切宏愿都将是空中楼阁。

孙中山：可是孩子，我们的祖国封建落后愚昧太久，近代化已较欧美差距几百年之上，作为一个古老文明的后发型国家，没有时间更不可能走人家走过的旧路，我们只有以革命的方式强力推进现代化之步伐。国人只有在革命风暴的洗礼中方可警醒，建设只有在革命胜利之基础上方可进行。

梁启超：可是您的革命能带来您所说的建设吗？现代国家要有民主监督之政府，经济自由之环境，财富分配之公理，人才上升之通道，这样才能使有财富创造能力的人充分发挥个人作用，带来整个社会之富强。可是这一切都会被您的革命所摧毁，道理很简单，靠拼了性命而获取权力的人，只能拼了性命死保权力。即使这群人等想到改革自新，也只能是动其毫发，昭示于众，但绝不可能伤及自身。我不是不相信您孙中山，我是从来不相信人这种动物！

孙中山：任公先生，您所倡改良之路没有错，可您也不能不放眼中华之现实而陷入空想。远的不说，就说由您主谋，名震寰宇的戊戌变法不就是血的教训吗？我其实是在强力推进您的未竟事业，是在为您牺牲的伟大同伴雪恨招魂啊！

梁启超：（沉重）戊戌变法乃我切肤之痛，到今天我的恩师康有为还流落日本。从感情上讲，我比你孙中山更希望举起刀枪，为我的挚友谭嗣同等喋血六君子报仇。所以我心底是十分感激你的。可是戊戌之变，就是因为光绪皇帝心智愚弱、燥火攻心、操之过急才遭遇血光之灾。

孙中山：可悲的是，中国的国体只能产生出心智愚弱的光绪皇帝。

梁启超：我深知现政府就是造就你们革命党人的一个大工厂。您也会说我这是保守、是懦弱，我也曾痛恨自己的选择为什么这么理性，可是只有这样才能最少殃及民众，才能有变革之实效呵。光图痛快我也想，可必定欲速则不达！朝廷前年毕竟颁布了《钦定宪法大纲》，各省的谘议局已经设立，我们可以十年磨一剑，可以江湖夜雨十年灯。

孙中山：不！我孙中山没有那么斯文儒雅，诗词唱答，我只知道，建立民国，时不我与，振兴中华，时不我待。

梁启超：您的民国建立了，也一定是一个血雨腥风、四分五裂的民国，民众的生活只会今不如昔，这样的革命是为了民众幸福吗？我看不过是满足了那些表演欲极强的家伙们的虚荣之心。

孙中山：任公先生莫生气了。革命必然血雨腥风，进步不可能没有牺牲。一个混乱的民国也是民国，也比僵死的帝国要进步，而进步从来就是混乱的。

梁启超：血雨腥风，武装革命，成名的是领袖，牺牲的是民众。每次武装起义不论谁胜谁负，死的都是百姓的好孩子，伤的都是贫民的亲骨肉呀！

孙中山：不，也有我崇敬的梁先生您的生死至交，湖南巡抚的儿子谭嗣同，更有官至三品的大臣杨深秀。

梁启超：想到他们，我更是肝胆俱裂。我梁启超会含着热泪感谢您为他们报仇，可我还会含着热泪问您，孙先生，您的革命如果带来的必是一个国家乱局，到那时，您到底是罪人呢还是伟人？

孙中山：千秋功罪，任人评说！

何父：（幕后喊）虹鳟鱼烧好啦！拿酒来，错啦！孙先生和梁先生都是洋派，爱喝葡萄酒，快换快换！

孙中山（朝幕后大喊）：不对！何先生，我最爱喝法国的白兰地，烈一些的。

梁启超（朝幕后大喊）：不对！何先生，我还是爱喝浙江绍兴的黄酒花雕，温一些的。

何父：（一手举一瓶酒上）都有都有！我们把各种酒逐一品尝，总能找到适合的那一款，实在找不到咱们就掺在一起喝，咱们一定能够喝出一个我们中华的民富国强！

（灯暗）

（灯亮，场景依旧，蕙珍跑上）

何蕙珍：太成功了，太成功了。爹爹，今天是梁先生的第九场演讲，真是应接不暇，场场爆满。第十场是我们檀香山总督威廉爵士亲自安排的，他还要亲自来做主持呢！

何父：孩子，我不太懂梁先生说的大道理，可是我听说报上有人在批评他，他不会英文，没法和人家在报上辩理，他不会懊恼吧？

何蕙珍：可是老爹，您没看到也有人在报上盛赞梁先生吗？说他所言是集中华文明之道悟，顺世界浩荡之新潮，为中华帝国之中兴设计了最为现实之方案。

梁启超：（上）是呀是呀，我听我的一个学生说了，批我的文章写得好，赞我的文章写得更妙，而且是篇篇掷地有声，力透纸背。我真要感谢一下这位不俗的先生，蕙珍，能帮我宴请一下这位先生吗？

何父：好的好的，檀香山地方不大，我这就去查！（下）

何蕙珍：梁先生，你是不是第十场演讲完后就要离开了？

梁启超：是的，秋凉了，我要在秋分之前赶到日本的横滨，我的内人在那里等我。不过这次前来，蕙珍你给我的印象极深，不仅因你英文流畅，更不仅因你见识卓然，你发自内心对我的关切，启超是感恩铭记的。

何蕙珍：自古逢秋悲寂寥，我言秋日胜春朝。晴空一鹤排云上，便引诗情到碧霄。在这个环境里，我是很孤独的，先生的到来，如晴空春朝，鹤飞云霄，每一次随先生演讲都是对我的一次精神沐浴，这是我一生最绚丽的时光。

（推开窗子，天空湛蓝，满天星斗，一颗流星划过长空。）

何蕙珍：梁先生，你看到一颗流星划过夜空了吗？

梁启超：看到了，很辉煌，可也很短暂。

何蕙珍：是啊，流星往往牺牲得很辉煌。

梁启超：可是，瞬间的辉煌已凝聚了全部的永恒……

何蕙珍：何以见得？

梁启超：流星辉煌而去，却留下群星享用不完的余晖，流星的永恒体现在群星的灿烂当中啊。

何蕙珍：那，我能做一颗流星吗？

梁启超：女孩子，还是做一颗恒星吧，虽没那么辉煌，却更长久。

何蕙珍：我想的和你并不相同，我只想随流星而去。梁先生，我想了很长时间，能对你提个请求吗？

梁启超：蕙珍，所有请求都请实讲。

何蕙珍：不！你要先答应我。

梁启超：呵呵，你要是向我借十万银两，我可没有啊。

何蕙珍：十万银两我可以借给你，是比十万银两还要贵的请求。

梁启超：那我就更不敢答应了。

何父：（上，手拿报社的汇款单）梁先生，我托人查过了，报馆说来稿人是笔名投稿，暂无法查到实名。哎，蕙珍，这是你的汇款单。梁先生，您不要着急，我还托了学界的朋友帮助查找，一定会找到的。梁先生，您此行匆匆，我很多朋友想和您聚餐都被我一一推辞了，他们给您的礼物已送至院内，我先去清理一下，劳您随后查检。（下）

梁启超：哎，何先生，这使不得，盛情难却，盛情难却啊！

（欲追，被蕙珍一把拽住）

何蕙珍：原来梁先生也是一名伪君子啊，圣训名言一大堆，东西文明数箩筐，一点小小的请求就唯唯诺诺，失了大家风范、高风亮节。

梁启超：哪里哪里，嘿嘿，"饿死事小，失节事大"，一定答应，请讲请讲。

何蕙珍：（紧盯梁的眼睛）我已决定终身不嫁，只身随先生鸿雁漂流，云游四方，在欧美，我为你打理翻译，回中国，我为你铺纸研墨。

梁启超：（慌乱）蕙珍，这，其实蕙珍我本来不以你为意的。初见你粗头乱服，如一个野村姑，不想你举止高雅，谈吐大度，伴我翻译行云流水，随我演讲如沐春风，这，实在是折服了我，我也真心地喜欢你。

何蕙珍：那好！我收拾行装，陪你一起赴日。

梁启超：慢着，蕙珍，喜欢归喜欢，可你知道我毕竟已有妻室在身，况且我和谭嗣同等人组织过一夫一妻世界会，是断不能再娶的。这实在对你不起。

何蕙珍：哦？你刚才答应过了，转眼就失信了吗？这就是你天天挂在嘴上要建立以法理制衡的诚信社会的真正意思吗？

梁启超：不不不，我只是说爱情是神圣的，是不容玷污的，我不想成为一个玷污者。

何蕙珍：你真像你说的那样，自出清流、玉洁冰清吗？

梁启超：应，应该是这样吧。

何蕙珍：那王来喜这个女人也是你玉洁冰清的见证人吗？

梁启超：（大惊）蕙珍，你怎么会知道这个名字的？

何蕙珍：在你天天布圣道、唱平等的表演后，你不是既尊重您的夫人李蕙仙，又深宠您的丫鬟王来喜吗？

梁启超：这…这应该是误传…我绝没有纳妾，蕙珍，这会毁了我一世清名的！求你千万不要再以讹传讹了！

何蕙珍：以讹传讹？你是没有纳妾，可你和王来喜有了孩子，这不比你有一个纳妾的名分来得更实在吗？启超，我是在什么都知晓的情况下爱上你的，你对太太尊重，对王来喜很好，你是把世俗的家庭生活处置得非常得体的男人。其实爱情和婚姻本不见得是一回事，我希望你的婚姻世俗生活继续过得很好，但这毕竟不是你的全部，你是更需要爱情生活的男人，你看着我的眼睛，你真的不需要我吗？

梁启超：（躲闪）我，我在你面前就没有半点神圣的光环了吗？

何蕙珍：（笑）不，你把你的真实交给我，才会得到我真心的崇拜。为了这份真心的崇拜，我才假托笔名，撰文回击那些攻击你的人（把汇款单甩给梁启超）。

梁启超：（接，看，惊喜）蕙珍，这情谊太厚，这襄助太深，我真，真是万分感激，受用不起啦。

何蕙珍：客气话听起来多虚伪，说句真心的吧。

梁启超：颇愧年来负盛名，天涯到处有逢迎，诗经说项寻常事，第一相知总让卿。蕙珍，你是我天下的第一相知，我也真心地爱你。

何蕙珍：那就拥抱一下我吧！

梁启超：在这里？

何蕙珍：是不是要按照你们男人的法则，找一间撞不到人的黑屋子？

梁启超：这未免太…太光天化日了吧。

何蕙珍：我爱你，就应该在光天化日下表达。

（一把拥住了梁启超）

何父：（上）梁先生，礼物备齐了，请您……（瞠目）

何蕙珍：（大喊）爹爹，是我拥抱的梁先生，他是君子！

（第二幕完）

第三幕

上半场

时间：一九一五年夏。

地点：北京梁启超家。

（幕启：梁启超端坐古琴前，抚琴弄弦，一曲《平沙落雁》荡漾全场。）

李蕙仙：难得闲情呵。咦，你上午不是邀请冯国璋他们一起去见袁世凯大总统了吗？是还没去呢，还是见完后回来了？

梁启超：当然是见完啦。袁世凯固然老谋深算，但也是个大聪明人。这些年我不计前嫌，尽心竭力为他摇唇鼓舌，确信革命虽已无奈之发生，然人民幼稚，民主意识尚未普遍，当下只能靠他的武备文治，开明专制对国人施以过渡性的保育政策，只要这样坚持下去，我中华就会有好的民主共和前景。只是坚决不能再返回帝制，毕竟人心所向，大势所趋。

李蕙仙：可是近来风传袁世凯要做洪宪皇帝，为了拉拢日本人支持他，还想和日本人签订什么二十一条卖国条约。前几天我在瑞蚨祥绸布店见到他的七姨太，亲耳听到他的仆人直呼她娘娘、贵妃。

梁启超：那是下人的习惯吧。今天我专门和袁世凯谈了中日邦交之策略和不取帝制之意见，他是这样说的："日本人的二十一条欺我中华太甚。尽管近来各省不断来函来电拥戴帝制，我也反复考虑，你说咱这民国拉帮结派，山头林立，行贿受贿，各怀鬼胎，到底适不适合中国国情？可是我袁世凯毕竟推行过新政，是绝不会做皇帝的，毕竟不是时候了。没有私心便无欲则刚，则日本人想利用我达到瓜分中国之目的，便绝无可能。"

李蕙仙：启超，你一片冰心在玉壶，可不要过于天真，你是狠吃过袁世凯大亏的人，他一辈子嘴上一套，行动一套，利益是根本，信仰是行头。

梁启超：这些我是想到的，我向他直陈了现在国情已大不同于以往，虽然革命不是良策，但革命毕竟已发生，而皇权的根基便已分崩离析，洋人、新贵、革命派、大商人等已结成不同团体，如返回帝制，必然激化各级矛盾，从此必国无宁日。所以维护民主共和已经不是什么理想，而实在是一种现实选择，更是顺应世界潮流之大势。

李蕙仙：恐怕他听懂了也未必按照你的话去做。前年熊希龄组阁时，就是他划掉了你财政总长的职务。他还出招让熊希龄总理兼任财政总长，只给你个教育总长的虚位，这样既不得罪你，还把你当作花瓶，不作心腹。

梁启超：我梁某人是不屑于做任何人心腹的。我钱财名利之心有，但并不重，忧国忧民之心有，且很重！所以我可以为二斗米折腰，不可能为五斗米折腰。

李蕙仙：启超，这也是我最敬重你的地方。

仆人（上场）：梁大人，蔡松坡将军求见！

李蕙仙：松坡到了，快请。

蔡锷：（上，抱拳作揖）给任公师、师母请安。这位是袁大公子袁克定给我介绍的一位红粉佳人，名唤春梅，艺号小凤仙。她仰慕任公先生已久，特带她前来拜见。

李蕙仙：好优雅的凤仙姑娘，芳龄几何？

凤仙：尊师母，刚满十九周岁。

李蕙仙：呵！也是一位新派姑娘。十九周岁，那一定是学生出身喽？

凤仙：去年师范毕业。

梁启超：师范毕业生？好啊，凤仙姑娘看过我写的那篇《论师范》吗？

凤仙：岂止是看过任公师的《论师范》，您的《变法通议》七万言，我逐字诵读过，其中，《论师范》《论女学》《论幼学》几可背过。

梁启超：凤仙姑娘也是不俗女子，请教正。

凤仙：梁大人所倡世间万物在于变化，尤其是当今中华，更应在世界大势之变中，寻找自身之变的佳机。而变法之本，在育人才，人才之兴，在开学校，学校之兴，在变科举，而一切要其大成，在变官制。

梁启超：好！凤姑娘小小年纪，已深得鄙人所思之要害，一切要其大成，在变官制。现在封建帝王之制已经改变为民主共和之制，我辈应竭力维护，共佑国运昌盛。

凤仙：可是梁大人，袁大总统可能意不在此，他正勾结日本，图以国家利益做筹，回归帝制。

蔡锷：春梅！休得把话说过！任公师，这次前来拜见，就是奉袁大总统之命，暗拟了对日的全面作战计划，他向我面授了开战时机，并手书了任命我为陆军总参谋长的手谕。现在我已把草案带来，求您匡正。（把作战图摊在桌上）

梁启超：（惊喜）呵！这太好啦。你看，蕙仙，凤姑娘，袁大总统暗藏玄机在此啊！

仆人（上）：梁大人，有一封英国来的加急电报，署名是何蕙珍。

李蕙仙：（接过）启超，这是怎么回事？你们还有联系？

梁启超：何蕙珍？这……这已几年没有音讯了啊……

李蕙仙：是啊，当年她向你表达了热烈的爱情，你也怦然心动，可你总算气定神平，没有走远。回国后，你把前前后后都给我讲过，你还记得我当时说过的话吗？

梁启超：记得，你说我如果真心爱她，就纳她为妾，你绝不反对。

李蕙仙：你梁任公当年是怎么回答我的？

梁启超：我虽然对蕙珍充满了好感，但蕙仙你嫁我时，我无外乎是一个黄口小儿的乡村举人，你身为京城大家闺秀，跟我入乡随俗，相夫教子，孝敬公婆，尊重四邻，令我心生崇敬，没齿难忘。以后无论我浪迹天涯还是得意迁升，你都淡然处之，欣然从之，你是我终生、来生都绝难遇到的知己加贤妻，我绝不纳妾。

李蕙仙：我相信你。（转怒）可这又如何解释呢？

蔡锷：请师母淡定，我看还是先看一下电报的内容，也许是给任公师、梁师母银婚纪念的贺电呢，明天不就是你们的银婚纪念日了吗？

梁启超：对对对！要看究竟，看究竟嘛。

蔡锷：我念一下无妨吧？

李蕙仙：无妨，无妨，你就是最好的证人。

蔡锷：任公兄，我在伦敦游历，今日去电，只为一惊天国事！昨天，伦敦《泰晤士报》已刊登了中国与日本之卖国条约二十一条的全部内容，这是英国驻华使馆的一个参赞贿赂袁世凯的一个家奴所得，并告知此协议已秘密签署。特此奉告。望任公师少安毋躁，特别问嫂夫人安好。您的学生，何蕙珍。

梁启超：松坡，你读的是蕙珍的电报吗？

李蕙仙：是，我听得字字真切。

梁启超：（颤抖）蕙仙，你把…你把刀子给我。

李蕙仙：（大惊）启超，你…你要干啥？

梁启超：我…我要割破手指写血书交袁世凯，告诉他，他已踏上死路一条，我梁某从此发誓脱离政治。

蔡锷：任公师息怒。其实袁世凯这一切行径尽在我预料之中，他对我的拉拢、许愿全是鬼话！不发生此事，才是意外！

凤仙：这个窃国大盗，卖国贼，一定死无葬身之地！

蔡锷：呼一两句口号是为了掩人耳目吧？

凤仙：那你就拿出英雄气概，举起反袁大旗，电招全国各位督军，把他轰下台去。

蔡锷：这是你和我相处这些天来一直在等我说出的话吧？

梁启超：松坡，你不应该这样对待凤仙姑娘。

蔡锷：恩师，春梅是袁大公子派在我身边的女人，这也不是什么秘密。您信吗？现在您家门外，就有暗探跟踪！我其实是一个被全面软禁起来的囚徒，没有半点喘息空间。

梁启超：真是这样吗？凤仙姑娘？

凤仙：是这样。门外是有暗探，凤仙也是卧底！可是蔡将军，我和你已相处一月有余，就凭你上月带我去天津游玩，半夜以打麻将作掩护，调度昆明新军准备起兵反袁一事，我就可以送你上西天！

蔡锷：（惊）你怎知此事？

凤仙：天下没有不透风的墙，别忘了，我是专门来监视你的。

蔡锷：可是你为什么不去告密，为什么不去履行你的职责？去拿你的卖身钱？

凤仙：（给蔡锷一记耳光，怒视）再说！我和你玉石俱焚！

梁启超：松坡，你言辞过激，应该听听凤姑娘的话，其中必有缘由，必有缘由呵。

凤仙：缘由很多。大处说是因为我爱我们这个苦难的国家，几十年来我们几乎年年挨打，年年割地赔款，国破家亡，人民倒悬，好不容易盼到民主共和，国家有了富强振兴的希望，眼看又被袁世凯这个老贼葬送。我的父亲是一个小商人，就因为被洋人挤垮后心存反抗，戊戌变法时在天津帮维新派贴了几张布告，便被袁世凯的属下乱枪刺死，我也因此家境日下，从学生流落到青楼，我已欲哭无泪。往小处说，蔡松坡你是堂堂七尺男儿，你不会感觉不到我小凤仙虽是卑贱之身，可灵魂高洁，我已深深被你忍辱负重、运筹帷幄、舍生忘死的英雄气节所感动，我服侍你像妻，爱戴你像妹，关怀你像姐，纵容你像母，你是块木头也应该懂寒热，是块石头也应该知冷暖呀！（哭）（蕙仙安抚）

梁启超：（向小凤仙作揖）凤仙姑娘，可尊可敬，我乃戊戌之变之主谋，我要向先父致哀，哀国之不幸，家之更不幸。

蔡锷：春梅，这一切我都体会到了。可你知道松坡已抱以身殉国之志，不可能再动儿女私情，我不会辜负恩师、师母和你的厚望。

梁启超：我家这间屋子里今天有热血男儿，更有巾帼英豪，我梁某人也不再谈什么脱离政治，因为实在是政治脱离不了我呀！我们应该采取最迫切之行动，秘密筹划，武装倒袁。

蔡锷：恩师所言极是，我现在的首要任务是脱离虎口，重返云南举起反袁大旗。

梁启超：凤仙姑娘，此计若施，你可能是关键所在，现在就请用你的身份和心智，把你心中的英雄送上战场吧！

凤仙：任公师，师母，我小凤仙何其卑贱而渺小，可是我若能以卑贱渺小之生命，换得梁先生宏愿之实现，蔡将军举义之大成，我将是多么幸福啊。任公师，我想请您古琴作伴，我为你们献上一曲《浣花溪》吧。

梁启超：喔，凤仙姑娘擅昆曲？

凤仙：谨为初学，休得见笑。

梁启超：哪里哪里，《浣花溪》乃唐代奇女子慧眼识英雄，以命殉爱情之绝唱。悠悠古韵，沉吟苍凉，千回百转，意旨高华呵。（梁抚琴，凤仙吟唱）孤雁翔天际，云空暮无涯，声声断肠唤比翼；夜，遥无期，又恐风雨袭。晚来秋风疾，九天芦花飞，哀伤溪边未亡泣；悲，极乐里，恨无上天梯。

蔡锷：恨无上天梯。恩师，师母，凤仙，我就是那具上天之梯！

（灯转暗，上半场完）

下半场

（灯光转亮）

李蕙仙：启超，我一直在担心，你把你写的《异哉所谓国体问题者》这一讨袁的文章直接送给袁世凯看，是不是太唐突了。

梁启超：不必担心，我的文章并不是什么讨袁檄文，而是晓之以理、动之以情的奉劝之文，袁世凯是个大明白人，相信他不会看不懂的。

仆人（上）：袁大总统"筹安会"的刘师培大人登门求见。

李蕙仙：你看看，说担心担心到，这刘大人肯定是个大说客。

梁启超：来得正好，我正好可以和这个说客好好说说，请！

刘师培：（上，作揖）任公大人，久仰久仰，您近来好吗？

梁启超：我近来不好。

刘师培：这话从何说起呢？您看现在政通人和，革命党几被驱逐，国内上下同欲，信奉帝制，已成共识。你我本是袁大总统的御用之人，逢此良机，正是我等大展身手之时。

梁启超：刘大人直说了吧，你是不是看了我的文章后来做说客的？

刘师培：不是不是。大作读毕，感慨系之，醍醐灌顶，茅塞顿开啊。我是另有所托而来。

梁启超：哦？受谁之托，所托何事？

刘师培：我能先交给梁夫人一件东西吗？

梁启超：什么宝物连我梁某人也不能接啊？

李蕙仙：刘大人，我们也算熟人，有话就请直说吧。

刘师培：我这有张二十万元的银票，先请梁夫人收好。

李蕙仙：刘大人，这么大的一笔款项，一定要对应那么大的一件事项，还是请先说条件，让我听个新鲜吧。

刘师培：哦，款项不小，事项不大。

梁启超：这不符合货值的法则嘛，你别忘了，我梁某人差一点就做了袁大总统的财政总长。有话快说吧。

刘师培：梁大人，袁大总统拜读了您的大作，也做了很多批注，非常感佩，为您的耿耿忠心所动，特让我携二十万银两，前来酬谢。

梁启超：那就是说，袁大总统已接受了我的忠告，不做洪宪皇帝了？

刘师培：还不能完全这样说。袁大总统非常无奈，现在全国各省的请愿团，北京的商会、学会、妇女会、儿童会等等纷纷致电来函，一定要拥戴袁大总统恢复帝制。袁大总统是非常体察民情顺乎民意的明君，他虽然遵守临时约法，力主共和，但如果国人不许，他为了顺应民意，也只能屈就啦。

梁启超：刘大人，你把梁任公看成胸无点墨、目光如豆的乡村野夫了吧？

刘师培：不敢不敢，梁大人的文章如黄钟雷鸣，已达到了提醒袁大总统之意图，袁大总统的酬谢金也送来了，我看事情到此为止最好。

梁启超：我梁某本来和你们就不是一道。你们追随袁世凯只为功名利禄，全然不顾国家已到生死存亡之地步。知道吗？一旦恢复帝制，必将天下大乱，你们将是祸害袁大总统的第一罪魁！

刘师培：你梁启超学问大，境界高，可袁大总统为什么从未真正起用过你呢？处理好现实的纷争是比你满口经纶更大的学问，这，你懂吗？

梁启超：这，我不懂，但我懂你们是在推着袁世凯走向灭亡。

刘师培：你曾流亡日本十年，况味饱尝，不应再自寻苦吃。

梁启超：我已成亡命专家了，乐在其中呵，那也比活在这污浊的空气中畅快得多。

刘师培：说清楚吧，这篇文章你到底想怎么办。

梁启超：如果袁大总统称帝之心不变，我将把此文公诸天下。

刘师培：梁任公，你为了一时虚名，推出了本应梁夫人笑纳的二十万银两，还可能给家人带来新的祸患。

李蕙仙：刘大人，是我们不好。启超爱虚名，我出身富甲，银钱也见得太多了。

刘师培：那我就真的告辞了。

梁启超：假告辞我也不会留你，送客！

（刘师培下）

李蕙仙：（静场）启超，其实我很想收下这笔钱。（稍顷）我不爱钱，可我们需要钱。毕竟我们十几口人要过日子啊！

梁启超：蕙仙，我也想留下这笔钱，可是……

李蕙仙：道理不必再说。我自从嫁你梁启超为妻，对你不仅仅有爱，更抱定了一颗与你相濡以沫同甘共苦的心。我和台下的观众都一样明白，这个世界上有些高贵的东西是比钱还要贵的。（灯暗）

（灯转亮。午夜）

李蕙仙：（上）你文章公诸于世才几天，今天松坡和凤仙的订婚宴都成了你文章的论辩场了。

梁启超：这婚宴可是一场假戏，快说说后面的情形。

李蕙仙：一切都按照你的安排在进行，今天松坡和凤仙的订婚宴后，松坡故意又和北京督军段玉昌喝得大醉，做出不能回府的样子，已在凤仙的聚凤楼上安歇了。这样，袁世凯派的卫士只有两个人留宿，午夜过后，松坡会从楼后下楼乘刘副官的马车，经交道口转德胜门出城。这几个关口已送了重金，会一路通行。

梁启超：百密一疏，瞬息万变，松坡素有反骨，铁心共和，袁世凯是心知肚明的，所以无论松坡表现得怎么颓唐沉沦，纵情酒色，也不会逃过他的鹰眼。记着，松坡只要没有出城，一分一秒都不能松懈。

李蕙仙：这才九点，松坡行动定在凌晨两点以后，你还是应该先歇息一下。

梁启超：不，你让刘副官的卫士随时快马传递消息，刻不容缓。

仆人：（上）梁大人，刘副官的卫士紧急求见。

梁启超：快请！

卫士：（上）梁大人，刚才刘副官听到消息，北京督军段玉昌酒醒后，已经命令京师警卫连马上集合去包围聚凤楼。

梁启超：刘副官什么想法？

卫士：刘副官想提前行动，杀了袁世凯派的两个警卫，带上蔡将军冲出京城。

梁启超：不行！我们原定的是后半夜两点行动，到那时交道口与德胜门都会换上我们的人守夜，提前行动肯定逃不出城。

卫士：可是段玉昌的警卫连马上就要到了，那时蔡将军可就插翅难飞了。

梁启超：此时不能慌乱，你马上回复刘副官，让他好好款待警卫连长，一定要和他喝酒，把他喝醉。

卫士：好！我马上去。

梁启超：慢着，你一定要凤仙姑娘下楼陪着喝酒，告诉警卫连长，蔡将军喝得太多已经睡下。为表诚意，特让凤姑娘前来陪酒，等他们喝起酒来，你立即返回。

卫士：放心！一定把他灌醉。（下）

李蕙仙：你就是把他灌醉，可他一个连的兵力已把聚凤楼围得水泄不通，松坡也逃不出去啊！

梁启超：不忙，非常时刻只能铤而走险，但要谋划周全，确保万无一失。

李蕙仙：启超，你一介书生，面临如此危局，可要三思而行啊。你我个人安危已不足惜，可松坡若出现意外，则国家失去栋梁，后果不堪设想。凤仙姑娘深明大义，在此危急关头，要让她多担待一些。

梁启超：蕙仙，我是这样想的，让凤仙姑娘下楼陪警卫连长喝酒时，把袁世凯派的两个卫士一起拉来喝酒，因天色已晚，又有一连人马在外把守，这两人很容易答应。然后让刘副官把马车停在院内的暗处，让松坡趁黑暗上车，藏于车后舱内。待时辰快到，让凤仙做出呕吐难忍的样子，这样就可以让警卫连长亲自把凤仙送上马车去医院诊治，刘副官趁机把马车赶出院外，然后直冲交道口再转德胜门出城。

李蕙仙：方法可行，聚凤楼院内只有这两个卫士，调动他们去喝酒是松坡能下楼上车的关键，如果调动不成怎么办？

梁启超：（坚定）杀了他们！但不能露半点声色。

李蕙仙：（对仆人喊）备车！我要出行！

梁启超：蕙仙，你要去哪？

李蕙仙：十万火急，就不要等卫士返回了，我要亲自去迎接卫士，能早一点告知，我们的成功就多一分把握。

梁启超：蕙仙，你真是深明大义。

李蕙仙：不说这些了，我们互道珍重吧。（下）

梁启超：（对仆人喊）把灯调暗一些吧，打开窗。（一轮明月高悬，梁启超坐在沙发上闭目背诵张若虚的《春江花月夜》，音乐）

李蕙仙：（急闯入门）启超，按你的计划一切顺利，刘副官已驾车出城了，可是，可是……

梁启超：（忙端上水）蕙仙，快坐，快坐，慢慢说。

李蕙仙：（手端水杯，并没有喝）可是，回来的路上，我又听到几队马拉兵车，正往德胜门方向驶去，还有一个头目在喊，"快快！蔡锷跑了！蔡锷跑了！"

梁启超：这么快就走漏了风声，想必是凤仙走后，警卫连长生疑，搜查了松坡的睡房，见人去楼空，才紧急调兵。

李蕙仙：应该是这样，可其中毕竟差了几个时辰，刘副官选的是良马快车，但愿松坡和凤仙能够顺利脱险。

梁启超：天不会丧松坡的，让我们共同为我们的英雄守夜，等待黎明吧。（对仆人喊）把所有的烛台给我点上，越亮越好。（仆人把桌面、茶几、脚几、床柜上的蜡烛一一点亮，室内渐渐明亮，一片辉煌。蕙仙打开窗子，天空星汉灿烂，一颗流星划过长空）

李蕙仙：启超，你看到一颗流星划过夜空了吗？很辉煌，但很短暂。

梁启超：我在檀香山的夜空中曾经看到过，一样的辉煌和短暂，可瞬间的流星也会成其全部的永恒。

李蕙仙：是啊！人生只要闪过光芒，便不在长短……

仆人：（匆匆上）卫士到了，紧急求见。

梁启超：慢！蕙仙，不论发生了什么事情，你要答应我，我们都要坚强地活下去。

李蕙仙：启超，你放心，你不是说过吗，我与你风雨相伴，我是你今生和来世都难寻的贤妻吗？

梁启超：好，请！

卫士：（急上）梁大人，蔡将军已经登上从天津开往日本的货船，离开中国了。

梁启超：天不丧我松坡，天不丧我中华啊！

卫士：可是凤仙姑娘她……

梁启超：凤仙姑娘怎样？

卫士：凤仙姑娘虑事周密，她怕马车出城后被人追杀，提前花重金在德胜门外预备了一辆和刘副官相同的马车，待她和蔡将军乘坐的马车一出德胜门，凤仙就上了她自备的马车，而蔡将军的马车就疾奔天津塘沽。等追兵临近，凤仙姑娘便引他们驰向承德方向，结果她被追上了。

李蕙仙：那凤仙现在人在何处？

卫士：听说已被关进大牢。

梁启超：我就是倾家荡产，不要了这张老脸，也要拯救凤仙出狱！

李蕙仙：启超，先别激动，容我们细细商量对策

梁启超：孔子曰，唯小人与女人难养也。可我梁任公要说，没有女人，哪有这世界上的男男女女；没有女人，哪有这万家灯火的安居乐业。现在国难当头，中华危急，没有女人的牺牲，哪有英雄的出世！

（第三幕完）

第四幕

上半场

时间：一九一八年。

地点：梁家。

梁思成：（快上）父亲母亲，报告你们一个天大的喜讯，欧洲的大战结束了，这可是我们中华民国诞生以来取得的第一次伟大胜利。父亲您可是居功至伟啊！中国能在最后的关头参加协约国的战斗，这是您对段祺瑞总理提的建议，所以这胜利的头功应该属于你。母亲，今天我们要摆酒，为父亲庆功，为国家祝贺！

李蕙仙：这真是个极好的消息了。中华苦难深重，这一胜利可以提振民心，弘扬国威，应举国欢庆，摆酒！摆酒！

梁启超：思成，这胜利我早就预料到了，开始我以为德国会胜利，由于各方力量的变化，我确定以美英为主的协约国一定会取得最后胜利。这种想法形成后，我在战争的最后时刻，力主段祺瑞参加协约国的战争行动，总体上没有大错，没有大错啊。

梁思成：所以啊父亲，我们应该为您庆功呀！

梁启超：我看先不忙！

梁思成：为啥呢？

梁启超：我国参战的时机，参战的方式，选择的伙伴都是非常正确的，可就是因为过于正确了，我们的胜利才来得太过容易，我国甚至没出一兵一卒，只将几万中国的华工运到法国的战场，德国就宣布投降了。这就像三千多年前的周人灭商，动兵不足万，时间不足月，周武王就灭了殷商，这便产生了我们中华民族的精神原典——《周易》。思成，你能说一下《周易》的精义是什么吗？

梁思成：穷则变，变则通，通则久。

梁启超：这是理，但在理之上还有更高的一层道，再说来听听！

梁思成：（有些迟疑）那一定是天人合一？

梁启超：流于空泛！告诉你儿子，《周易》这部书对中华民族的伟大贡献，是在于提供了一种意识，叫作忧患意识。"生于忧患，死于安乐。"阳爻中阴爻居多，阴爻中阳爻居多啊。

梁思成：父亲，您的意思是胜利了也不应该庆贺吗？

梁启超：不尽然。胜利了本应庆贺，但更要分析这胜利与你的关系有多大，你的力量在胜利中实际发挥了多少作用。一句话，该是你的才是你的，不该是你的永远不是。

仆人：（上）梁大人，京师大学堂教授陈独秀先生来访。

梁启超：哦？鼎鼎大名的新派人物，请进请进。

陈独秀：（上，衣着新潮）任公先生，晚辈独秀抱诚心来访，有些唐突，还望见谅。

梁启超：哪里哪里，仲甫近年南下沪宁，北上京华，所出版的杂志由《青年》更名为《新青年》，只增一字，却尽得时代之风流啊。看你这身洋装，应是最时髦的吧？

陈独秀：任公先生过奖啦，这是我新女友高君曼小姐从上海的法国制衣行专门为我订做的。独秀其实是无事不登三宝殿，今天前来有一事相求。

梁启超：不必客气，请直讲。

陈独秀：欧战胜利，举国欢庆，任公先生声名远播，我们北大学子正在筹划一次盛大聚会，想请您做一次演讲，题目就叫作《欧战胜利与中国之方向》，您意下如何？

梁启超：（沉吟）仲甫，我恐怕很难从命。

陈独秀：先生是不同意集会，不同意演讲了？

梁启超：正是！欧战之胜，我国虽有华工赴难，但基本是一个跟从者，更重要的是民国以降，混乱不堪，国力更衰，这样一个乱局讲什么中国之方向，我看中国是无头苍蝇，方向混乱。

陈独秀：是的，依先生守旧的改造社会之思路，必然是方向混乱。可是1917年俄国共产革命以来，一个崭新的国家模式已经建立，工农当家作主，生产资料共有，资本主义、民主主义、无政府主义之外，社会主义已成风尚，依我看，走俄国人的路，中国前途将是一片光明。

梁启超：仲甫，你不觉得你的话对于中国根本没有挠到痒处吗？

陈独秀：我恰恰认为正中要害。可以说，只有建立无产阶级政党来领导工农进行反封建主义、反帝国主义之革命，才是中华振兴之唯一出路。

梁启超：话虽好听，可我问你，四万万同胞，有几个无产阶级？又有几个真正的资产阶级？社会主义学说是伟大的思想，可我们认为它是一种把积累的财富合理惠及于民众的学说。而我国并没有资本主义发展后带来的财富积累，我们现在需要的恰恰是要创造财富，没有财富积累就讲社会主义，那不就是穷整穷，穷吃穷，穷更穷吗？

陈独秀：不！几十年来，我国已产生二百多万产业工人，帝国主义资本、官僚资本和民族资本已大量积累。可现在的首要问题是列强横行，丧权辱国，只有革命才能挽救民族危亡，才能赢得建设之基础和国家之独立！

梁启超：国家独立，是我梁某人矢志不渝的追求，但要走世界公认的通路，不能为实现你们所谓的理想社会，而杜撰社会之现实！以革命的暴力进行改朝换代，不管贴上多么时髦的标签，最后的结果都将走向暴政和专制，如果说现在还是无头苍蝇乱撞，到那时就只有满地苍蝇尸体了。

陈独秀：社会主义和您所倡导的资产阶级宪政、民主、自由那一套陈词滥调完全不同。劳苦大众彻底获得解放，人民当家作主。在这样的国家里，人人都有均等的物质财富，人人都能受到良好的教育，人人都可实现自我的求索……

梁启超：仲甫，你读多了陶渊明的《桃花源》、康帕内拉的《太阳城》、莫尔的《乌托邦》吧？

陈独秀：任公师，论学问，我可能不及您，论读书我却不比您少。您说的这些文人梦想，在俄国已变成社会现实，那里天天红旗飞舞，歌声如潮，劳苦大众从来没过上过这样天堂一般的生活。

梁启超：仲甫，我问你，苏联国家权力的机制是怎么设计的？是如何被监督的？又是怎么进行移交的？公民又是如何获得各种福利保障的？红旗飞舞、歌声如潮能解决每个百姓长期的衣食住行吗？能保证权力受到监督而不产生腐败吗？能使社会资源公平使用，个人私产受到保护和尊重吗？

陈独秀：只要劳苦大众获得解放，在一个人民当家作主的社会里您说的那些根本不是问题。

梁启超：仲甫，千年乌托邦为什么没有实现过？我告诉你，再美丽的神话也不过是谎言。一个权力高度集中，公共资产被权力集团以正义的名义全面占有、操纵，人民在权力机器宣传下只知道欢呼的国度，怎么可能成为一个法治、民主、正义、富强的国家呢？天理在此，人理在此，你仲甫绝顶聪明，说你不懂是污蔑你，说你懂了还这样虚喊妄说，是什么呢？

陈独秀：我恰恰不是这样认为，救亡图存乃是中华民族当前最急切之任务，而能承担这一使命的只有中国工人阶级。中国人从来没有过信仰，而工人阶级却树立了社会主义的伟大理想，在这面旗帜下把工农民众组织起来，把全世界无产者联合起来，才能挽救民族危亡。请问你们的保国会保卫过国家一寸土地吗？您所说的道理没有人民大众的响应，没有社会革命的推动，更是空中楼阁，不也是乌托邦吗？现在的中国到处是干柴烈火，您看着吧，一场民族救亡的大幕就要拉开！

梁启超：你的话说起来好听，可做起来将是可怕的，在我有生之年，我将举平生之力阻止可怕之事发生。

陈独秀：我相信民众的力量将如燎原之火被熊熊点燃。

梁启超：我更相信民众会选择万家灯火的安居乐业。

陈独秀：任公师，您知道什么叫淘汰吗？

梁启超：应该是不合时宜就退出历史舞台吧。

陈独秀：（大笑）您说的太好了，任公师，我不仅不要求您去演讲了，您现在就是想去演讲，我也会阻止您，您应该好好休息了。（砸门声，外面喊：陈独秀，陈独秀，你以为你躲在这里我就找不到你吗？你给我滚出来，滚出来！）

李蕙仙：（匆匆上）仲甫先生，您到这里来没有和夫人打一声招呼吗？她寻到这里来了。

陈独秀：我凭什么要和她打招呼？她又凭什么要干涉我的自由？

梁启超：仲甫，男人要有品位，尊重内人，不然会降低你的人格。

陈独秀：我和她已无爱情，只有伤害，何谈尊重？

高晓兰：（怒上）陈独秀，你信口雌黄，是谁伤害谁？你吃着碗里的，扒着锅里的，你和我是合法夫妻，却又勾搭我的妹妹高君曼。君曼本是一个大家闺秀，贤淑女性，可被你满嘴自由、爱情、解放搞得疯疯癫癫，忽忽悠悠。今天竟然义正词严地和我谈判，要我让开，她要当夫人。这就是你的主义？狗屁主义！

陈独秀：我做事堂堂正正，做人光明磊落，晓兰我和你已没有爱情，而我和君曼产生了爱情，就可以离开你去和君曼结合。德国的恩格斯说过，没有爱情的婚姻是不道德的。

梁启超：仲甫，堂堂正正、光明磊落地做坏事就不是坏事了？真诚地诋毁别人，就不叫诋毁别人了？甚至善良地杀了别人也不叫杀人犯了？没有爱情的婚姻是不道德的，可是没有责任、没有亲情的婚姻是更不道德的，更是混蛋的婚姻！

李蕙仙：启超，仲甫，晓兰，你们都不要火气太盛。启超，这是仲甫的家事，我看还是由他们夫妻自行处置为好。

高晓兰：事情已到了这一步，已不是藏着掖着的家事。我只是想请教大学问家梁任公先生，一个以热烈的爱情名义追求过我，和我生活了十几年，育有三子一女的男人，因喜新厌旧，就再以爱情的名义另寻新欢，还义正词严，流氓装绅士，这是哪家的主义给他的权利？

梁启超：夫妻为五伦之一，风雨相伴，喜忧共担，才能共享天伦。但是，男子的多情多欲，甚至是私欲今天已经被贴上了爱情的标签，打上了主义的旗帜，是比古代的陈世美更虚伪的一种逻辑，因为他们好像被指责为坏人也不可以了，因为他们在用爱情行放纵，用解放寻欲望。

陈独秀：任公先生，您就是您说的正人君子吗？

梁启超：我不是正人君子，我是君子正人。我对我喜欢的女人、孩子、朋友都尽心竭力。我有爱情，更有亲情，我有狂热，更有恒久，我有欲望，更有责任，我有失足，更有担当。

陈独秀：每个人的生命都来自偶然，自由是每个个体生命的根本追求，我不仅追求个人自由，还要追求大众自由，这些是你们这些俗人永远理解不了的。

高晓兰：陈独秀，你就是一个只有自我没有他人，只有私欲没有亲情，只有乌托邦没有责任，只有胡说谩骂而没有任何做点正经事儿能力的男人！我鄙视你！你可以滚开！

陈独秀：（狂笑）快哉！快哉！我为成为你们世俗之人眼中的可鄙之人而感到无上荣光。知道吗？你们为献媚世俗而做出的高尚表演才是最本质的可鄙。正因为我内心的真诚和对世俗的决不妥协，爱情和社会主义才会在我等的奋斗中共同实现！任公先生保重，我携现内人告辞啦。

（陈独秀、高晓兰下）

李蕙仙：启超，你是不是言辞锋芒太盛了？

梁启超：其实我不应该和他们多费口舌，我应该赶快回到我应在的位置上。听说明年要在巴黎举行欧战胜利的和会，这次会议上，德国能不能归还中国的山东主权将成为会议的焦点。

李蕙仙：我们是战胜国，难道德国作为战败国，不应该把抢占的山东主权交还给我们战胜国吗？

梁启超：德国一定会把山东的主权交出来，可是不一定会顺利地交给中国。

李蕙仙：为什么？

梁启超：我们虽是战胜国，可我们是弱国，一个弱国往往是虽胜犹败。

李蕙仙：那我们到底该怎么办？

梁启超：我想约丁文江、蒋百里等人同游欧洲，在巴黎和会之外进行穿梭协调，一定要设法让德国把山东的主权交还给中国。

李蕙仙：好，去欧洲要走几个月，我现在就给你打点行装。启超，这可是比你们刚才相争的主义、爱情更重大的事呀！

梁启超：主义不重大，爱情很重大，国家更重大！（握紧蕙仙的手）

（灯暗）

下半场

时间：一九一九年。

地点：巴黎协和宾馆一间标准的大客厅。

（丁文江上，酒醉后踉踉跄跄把西服脱下后挂在了镜框上，西服随即脱落在地。梁启超帮忙捡起，挂在了衣架上）

丁文江：任公兄，你真是绝代才子啊，今天的午宴人家法国公使本来要和你讨论东西文化之差别，可你话锋一转："差别就在我中华素无强权之传统，若有一国要继承德国人在中国之山东侵略主义之遗产，就会为下一次世界大战埋下祸根，就是全世界和平之公敌！"真是掷地有声，语惊四座啊！

梁启超：文江，我们乘船四十五天才来到巴黎，而巴黎和会已经开了近一个月。国民政府只派了五个人来参会，而美国光正式参会人员就达八百多人，加随从一千三百多人。山东的主权就要从德国的手中让给日本，我等在这种情势下，还有什么心境谈中西文化！

丁文江：可任公兄，你前天去拜访了美国总统威尔逊，昨天你又去会见了英国外交大臣麦迪逊，他们承诺的要把这次会议开成正义人道的会议难道全是假的吗？

梁启超：真话假话，只能靠现实说话，而现实是来靠利益来分割的。我们只能倾尽全力，在情感上、在道义上、在声势上、在人心上压倒他们。

丁文江：是啊，压……压倒他们……（倒床便睡）

蒋百里：（上）任公先生，日本代理公使芳泽先生来访。

梁启超：哦，耗子终于来给鸡拜年了，只能请了。

芳泽：（上）任公先生，久闻大名，不速之客造访，还望海涵。

梁启超：芳泽先生请坐，请问有何见教？

芳泽：（不坐，右手挥舞手杖，左手夹着皮包）没有见教，没有见教。我是看任公先生在巴黎和会上慷慨陈词，穿梭外交太辛苦啦，也太书生气啦，鄙人是律师出身，不信激情，只信实力。

梁启超：实力也要行公理，强权更应顺民心。

芳泽：公理、民心是你们文人用的词，我一贯的用词是弱肉强食。

梁启超：你的意思是，德国侵略我国占领的山东，因为你日本现在比中国强大，就要不顾中国是战胜国之事实，强行接管山东的主权吗？

芳泽：不能叫作强行接管嘛，弱肉强食也要讲究食之有道，食之有味。知道为什么日本要接管山东之主权吗？是因为只有日本才能把山东建设好，只有把山东建设好，才能实现日本与整个中国，乃至亚洲的睦邻亲善。况且，我们的实际方案是，先由日本从德国手中接管山东，建设好了再交还给你们中国，看，这是多么崇高的仁义之举啊！

梁启超：芳泽律师一定学过"侵略"这个词吧，更学过"欺诈"这个词吧，知道每一个民族面临侵略和欺诈时应该采取的态度吗？

芳泽：当然知道，当然知道，所以任公先生不必激动，其实鄙人此来只想传递一点信息，就是您奔走呼号的山东主权问题其实早已解决啦。请看这个，（打开提包，掏出一张信笺，递给梁）这是贵国段祺瑞总理早在去年九月以山东主权做抵押与本国签定的借款密约，其中归属我国的权益，比你们当年给德国的还要大得多。

梁启超：（震惊）胡说！你这是杜撰！

芳泽：律师是从来不会说谎的，请您仔细看一下段总理的亲笔签字，您做过他的财政大臣，不会不认识主子的笔迹吧。

蒋百里：（看）任公，这是段祺瑞的笔迹，是真的……

芳泽：（手杖在空中打了一个旋，冷笑）嘿嘿嘿。

梁启超：（慢慢坐到沙发里也跟着冷笑）嘿嘿嘿。

芳泽：（有些惊异）你？……你笑什么？

梁启超：我笑你得意得太早，即便是他段祺瑞亲笔签的，我梁启超也可以只手阻止他的执行！

芳泽：（用手杖指）就靠你？你们？

丁文江：（酒醒，猛然从床上跳起喊道）还有我！

梁启超：是。靠四万万中国人的众志成城，靠我中华血肉相通的民族精神。

芳泽：如果贵国民众真有先生所谓之民族精神，就不至于沦落到被列强瓜分的地步了！

梁启超：芳泽先生，你听着，中国历史悠久，就像大船难以掉头，不像你们日本蕞尔小国，扁若孤舟，因为弱小，反被彻底颠覆，全面接受了现代文明，这其实并不是你们民族的智慧。你们就像一个大姑娘，被富家子弟强奸怀孕后，只得嫁给人家做小妾，你以为你们就真的成了富人吗？说到底，你们只是被富人强奸后的玩物而已。你们社会转型快，恰恰说明你们文明程度过低，你们只能攫取到物质的富有而不可能有文明的崛起，因为你们就是一个根本没有文明原创力的民族。你们可以骄狂一时，但不可能称霸一世。而我们中华民族，浩浩五千年历史，一旦完成百年觉醒，必如猛狮吼震于东方，将贡献出一个有创造性的、崭新的、世界性的文明大国之崛起！

芳泽：任公先生真是大文学家，可地球却不是靠梦想来旋转的。我再给先生一份文件，这是先生更不愿看到的，可它偏偏就是事实。（打开公文包递文件）

丁文江：（接过）英、美、法、意、俄关于承认日本接管山东权利的秘密谅解书。

芳泽：对！按照这份谅解书，巴黎和约上关于山东问题的第一百五十六、一百五十七、一百五十八项条款已经拟好，知道吗？任公先生，贵国北京政府的外交官正在考虑签字。

梁启超：哈哈哈哈，芳泽先生，你认为我们中国人会签这个字吗？

芳泽：哈哈哈哈，你们中国人都是卖国条约的签字专家，这个还用质疑吗？

梁启超：我告诉你，只要我梁启超在，这份和约就不会签字。中华之抗争从我梁启超始，中华之雪耻从我梁启超起，您静观其变吧，送客！

（芳泽悻悻而下）

蒋百里：（紧握梁启超的双臂）任公兄，这国家太混蛋，这列强太无耻，我愿用生命来博取这一回，我们绝不能签这个字！

梁启超：百里，你是军事专家，我们现在就化激情为战术，看怎样才能达到拒绝签字的目的！

肖克俭：（急上）任公师！中国代表团正在考虑在出卖我国山东主权的巴黎和约上签字。我已经联络了一百二十多名中国留学生，准备发起抗议，怎么行动全听您指挥！

蒋百里：好，这样，克俭，你把百名留学生分成几帮，要轮流守候，昼夜不停，把中国代表团住的香榭馆围个水泄不通，一律不让中国代表团的成员出门。

梁启超：百里，这样也不行，我们还是要让他们参加正常谈判，这样才能争得相应的权益啊。

蒋百里：我话没说完，如果他们要出门，只准放一个人出去，要严正地告诫出门者，只准参加正常谈判，绝不准在条约上签字，如果签字，余下的所有成员立即全部处死，签约的人就算逃到天涯海角，包括他的家人也会被全部追杀。

肖克俭：好！我已准备了几把手枪和十几个汽油弹，随时可以干掉他们！

梁启超：克俭，代表团的主要谈判代表顾维钧先生还是满怀正义感的，对他要区别开来，以礼相待，但要严正申明我们之态度。

肖克俭：好，我这就去安排。就是我肖克俭死在了巴黎，也不能让他们签了这个条约！（急下）

蒋百里：任公师，芳泽拿来的这两份文件，国内可能还不知晓，我们是不是应该通电国内？

梁启超：（迟疑良久）百里，知道吗？这是我梁启超最不愿意看到的。逼迫段祺瑞拒绝在巴黎和约上签字，唯一的办法就是马上通电国内，尽快见报，只要国内学生、商人、士兵、工人了解了真相，一定会形成天怒人怨的局势。可是百里，这样会形成罢工、罢市、罢学的狂潮，各地极有可能发生暴乱和镇压，本来国力就衰竭，再这样靠牺牲无辜百姓学子的生命来实现我们的意愿，我心情沉重啊！为什么非要流血呢？陈独秀，今天之困局真的被你不幸而言中了，我这个力倡渐进改良之人却要亲手拉开动荡救亡之革命大幕，我心中祈求的万家灯火真成了燎原之火，这非我所愿，却又不得不为呀！

蒋百里：任公师的心情我非常理解，如果能走通改良协商之路当然代价最小，可现在卖国条约签字在即，我们……

梁启超：好酒封坛千年，利剑磨炼百遍。正确的东西可能要历经漫长的时间才能够被世人理解，而现实的选择往往与正确无关。发出电报吧！

蒋百里：可是任公兄，我们几次发回国内的电文都没有回音，是不是中国驻法公使馆的人员在电报局给我们做了手脚。

梁启超：嗯，我也有过同感。我想好了一个办法，你速去请一位女士来，她叫何蕙珍，也住在这个宾馆，应该是317房间。我本来想离开巴黎时再见她，我怕绯闻再起……

丁文江：任公，我们现在命都不要啦，还怕什么绯闻。

何蕙珍：（上）不用请了，我就是何蕙珍。

梁启超：（有些慌忙，边打开箱子寻找物品，边说）蕙珍，多年不见，你怎么越发年轻了？

何蕙珍：俗男人，俗气话，俗气态，说正事吧。

梁启超：蕙珍，这次来，我内人蕙仙专门托我给你带来她亲手绣制的苏州刺绣"静兰幽香"，她也看过你写的文章，盛赞你是难得的才女，愿你像兰花一样永远高贵无瑕。

何蕙珍：高贵无瑕是说给你们这些正人君子听的，我有才无貌，想有瑕，你们男人也不染啊。还是说点现实的话吧。这是我送嫂夫人的一款香奈儿皮包，香奈儿是我的好朋友，她本是法国乡下的一个贫困女子，才貌双全，傲世孤立，立志创建世界上所有女人最喜爱的品牌，她已经成功了。（递包）

梁启超：（接过）啊，我从来没有见过这么精美的女包。难道书法的线条、绘画的色彩、音乐的律动、生命的绽放都会在一个女包上呈现吗？

何蕙珍：正是，法国的生活与艺术是永远相融在一起的，也就是说，生活与审美、与自由、与超越也是永远结合在一起的。嫂夫人是名门闺秀，通音律，懂女红，我们一定会有同感的。

梁启超：（感慨）这次如果她在巴黎，一定会成为我的左右手。

何蕙珍：她没来，所以我来了。我来就一个目的，做你的左右手。启超，女人一旦有了爱情就会变成傻子，这是我的命贱，也是你的命贵，有这样几个女子心甘情愿地为你付出，你应该知足。

梁启超：蕙珍，作为一个男人，我岂止是知足，我真是受用不起。可是作为一个中国人，我又太不知足了，我也太无廉耻了。

何蕙珍：是否还是为巴黎和会协议签字的事？你们不是已经提出抗议了吗？

梁启超：是的，可是要真正拒绝签字，光靠留学生的干预是不够的。

何蕙珍：那就发动国内罢工、罢市、罢学，掀起全国的抗争！

梁启超：眼下，也只有这自古华山一条路了。可是在巴黎给国内的电报发不出去，应该是那些卖国小贼在电报局做了手脚。

何蕙珍：这么无耻！那就这样，你把电报交给我，我找我的朋友香奈儿，她是法国的名人加美人，让她去发总该没有问题吧。

蒋百里：慢！你陪她到外地去发，距离巴黎最近的有电报的城市是哪一个？

何蕙珍：应该是里昂。

蒋百里：好，就到里昂去发，这样中国驻法国使馆的人就不会察觉了。

梁启超：那蕙珍，你和香奈儿姑娘可要保重啊！

何蕙珍：我没重可保，香奈儿是大美女，要保重，但更要使用好，要她去办，一定万无一失。

（灯暗）

（灯亮）

蒋百里：任公兄，汪大燮、林昌明他们接到电报后，肺都气炸了。他们联合张謇、熊希龄、王宠惠等人，成立了国民外交协会，已将我们的电报通报全国。

肖克俭：林长明写的那篇《山东亡也》的稿子，惊呼国亡无日，呼吁四万万民众誓死图之。这篇文章在五月二日的晨报上一发表，五月四日，北京、上海、山东等地的大学生全都上街游行，全国各地罢学、罢工、罢市的示威已经全面展开了。

何蕙珍：中国代表团已经收到国内发来的警告电报七千多封，代表团的所有成员都被吓傻了。

梁启超：中国代表团代表顾维钧先生，在六月二十八日的签字仪式上拒绝签字，巴黎和会的正义人道之梦再也骗不了全世界善良的人们，更骗不了我中华民族四万万骨肉同胞。日本的芳泽先生，你看到结果了吗？中国人的百年梦醒就在今天！

众人（拉着手，共同喊出）：中国人的百年梦醒就在今天！

（第四幕完）

尾声

时间：一九二九年，秋。

地点：仁和医院高级病房。

何蕙珍：启超，梁夫人已去世三年，你又疾病缠身，我这次从英国赶来只为一件事，请你把你藏在心里的嘱托告诉我，我用一个女人一生的青春和年华伴随了你，我甚至可以用生命为你付出，你应深知我的诚信。

梁启超：我的病不仅是西医误诊，而且是误治。但我不想把真相公布于世，这毕竟是一次意外，现在国内启蒙初开，正对西方科学艺术将信将疑，我不希望有人以此来做文章，贻误国人开放学习的时机。

何蕙珍：这我懂。那么国事、家事呢？

梁启超：（闭目良久）百年中国，我提出君主立宪的渐进改良方案，是对的，这样才能最少地殃及民众，有所成效，可我没有成功；民国既成，我想建立一个真正由民众参与监督，权力得到制约的民主共和政府，我和袁世凯、段祺瑞都合作过，我也是对的，这样才能使中华真正走向富强，我还是没有成功；现在社会主义风潮兴起，我认为中国应当先实行民主宪政体制，发展资本主义以积累更多财富，有了财富才可能谈到社会主义的合理分配，可现在看来，我也不会成功。我一生做过的很多事情实非我所愿，却又不得不做。我一生介入，却成了一生的旁观者。这是天命吗？

何蕙珍：是天命，也是无常。就像你如果不出现在我的生活中，我可能就是一位相夫教子的贤妻良母，可你就像那天晚上划过天际的彗星，把我彻底照亮了，让我无法在这暗无天日的世界上藏身，我只能用情守你一生，孤独地老去。这在众人眼里是不对的，可在我自己眼中却是对的，那所有的甘苦、孤独、落寞都成了我美丽的衣裳，就像你在很多国人眼里，看似不合时宜，是不对的，可从历史长河的流向上你却可能是最对的。

梁启超：蕙珍，你对我情义如山，我对你却情薄如纸，这是男人的理性，更是男人的自私。我离开世界后，你应该找一个伴侣过一个实实在在的晚年，理想和爱情固然美丽，可当你不能动弹时，有一双老手为你端茶倒水却更重要。你答应我好吗？

何蕙珍：我答应你，我用一生的守候和等待也渐渐明白了一个道理，社会正常地发展很难，做一个正常的人更难，我试图做一个正常的人，回归常识。

梁启超：说得太好了，那我就再托你最后一件事情。

何蕙珍：（扶梁下床，搀扶他走向台前）你慢慢说吧。

梁启超：我其实用了半生的时间写了一篇给百年后中国人的长文，中心的内容是眼下乱象纷争的民国到那时可能已经进入太平盛世，但以中华五千年之悠久文明，到那时也一定还没有完成文化的转型。我深爱中华文化，可以说我研习中华文化也是著作等身了，但中华文化里，真是没有多少民主、共和、宪政的资源可循，我当年和恩师康有为编出中华三世说，只是依照西方历史对中国历史的生搬硬套，无非是想给变法披上一层传统的合法外衣。中国要建成一个现代国家，要历经多代人脱胎换骨的磨炼，我要告诉百年后的国人，不管多么复杂艰难，也要创新地完成中华文明的现代转型。到那时，我四大文明古国之中华文明，将为世界再一次带来灿烂的东方日出，我心中的少年中国将像一位美少年一样信步世界。而实现这一切之一切，最好的办法是还权于民，尊重私产，以务实之心态、开放之胸怀，推进民主、科学和宪政，而不是极权、内乱和革命。

何蕙珍：我会收藏好你的大作。我百年后，还会托付给后人，一定会让百年后的中国人看到它！

剧作家（上场）：我是在一个偶然的机会看到梁先生这份从未发表过的长文的，就是根据这篇长文的要求，我完成了这部话剧的写作。很不成熟，请各位观众指教，多谢大家！

（原载《中国金融文学》2013年第1期，获中国金融文联第二届戏剧类评奖一等奖）

电影文学剧本

神山沟

■ 编剧 胡爱林

‖ 作者简介

胡爱林，中国金融作家协会理事。先后在《中国作家》《黄河》《金融作家》等期刊发表小说、散文、电影剧本等文学作品 500 余万字。中篇小说《山区小社》荣获 2010 年首届"中国金融文化网杯"全国金融文学大奖赛二等奖，并被山西电影制片厂改编成同名电影；小说集《山区小社》获得全国企业文化好作品一等奖；因中篇小说《焊花绽放》荣获 2018 年首届"中国工业文学作品网络人"称号；中篇小说《乡医枣花》荣获 2018 年首届李煜文学奖佳作奖；微电影《龙泉沟》荣获 2017 年山西省第二届"中国梦·劳动美"职工微影视大赛三等奖。现供职于山西省农村信用社联合社晋中办事处。

作品简介

电影剧本《神山沟》以太行山区农村为背景，通过对信用社信贷员叶子帮助该村大学生村官改变带领村民搞大樱桃大棚种植脱贫致富的故事，反映了当代青年秉承服务"三农"的光荣使命，立足山区、爱岗敬业的精神风貌，和心系农民，用实际行动改变农村贫困落后面貌的高尚情操，以及实现当代青年自我人生价值的可贵品德。

人物表

叶　子：信用社在神山沟村的包片信贷员。

改　变：神山沟村大学生村官。

陈春生：神山沟村主任。

富　嫂：神山沟妇女。

山　娃：富嫂的小儿子。

刘　婶：神山沟妇女。

男女群众若干名。

时间：当代。

地点：太行山下一个贫困山村。

1.

【太行山下。日。外】

峰峦叠嶂的太行山绵延起伏，碧蓝的天空下，十几只无精打采的羊儿在一个十二三岁孩子——山娃的挥鞭驱赶下向长满绿草的山坡缓慢移动。颠簸的山路上一辆女式摩托渐渐驶来，被羊群挡住了路，摩托车上穿信用社制服的女青年叶子刹车问路。

叶子：小朋友，到神山沟还有多远？

山娃：不远了，前面就是。

叶子：谢谢啦！

叶子在等羊群过去的时间里，看到山娃目不转睛地看她，忘记了赶羊，便也微笑地看着山娃。

叶子逗山娃：小朋友，你叫什么名字呀？

山娃：我就是神山沟的，叫山娃。

叶子：你为什么这样看姐姐，姐姐脸上有花呀？

山娃（天真地）：是姐姐你长得好看！

叶子：是吗？你怎么不去念书呢？

山娃：我家没钱，我得放羊养活我妈。

叶子：你爸呢？

山娃：我没爸，有爹，爹出去打工不回来了，妈说他不要我们了。我爹不要我妈，我不能不要我妈。

叶子：好孩子。

山娃：我妈让我好好放羊挣钱，挣了钱给我娶媳妇。我要娶就娶像你这么好看的媳妇。

叶子：你这么小就想着娶媳妇啊！

山娃：我们村已经好长时间没娶过媳妇了。我妈说，让我娶了媳妇给她多生几个孩子。

叶子：为什么要多生孩子？

山娃：因为我们神山沟人越来越少，妈说，有孩子就有希望！

叶子脸上的笑容顿时凝固了。

叶子：山娃，你想不想去念书？

山娃：咋不想，因为我妈不让去念书了，我哭了好几天。我每天放羊还背着课本看呢。

（山娃从打着补丁的背包里掏出书角打卷的课本冲叶子扬扬。）

叶子：那我找你妈去说，让你去念书。你妈叫什么？

山娃（惊喜地）：真的，姐姐！

叶子（郑重地点点头）：山娃，快看羊去，吃田里的庄稼了。

山娃高兴地把羊鞭甩得啪啪响，边赶羊上山坡边喊：姐姐，你进村后一打听就知道，村里人都叫我妈富嫂。然后唱道："亲圪蛋下河洗衣裳，双圪腚跪在石头上呀，小亲圪蛋……"

（叶子冲山娃挥挥手，加大油门向前边的神山沟驶去。）

歌声中，一声鸡啼，红霞满天。显出一个参差错落的太行山村，还有陆陆续续出来忙农活的村民。在村庄上中叠出片名——《神山沟》。

2. ....

【神山沟村。日。外】

神山沟村村委办公室房顶上几个不同方向的高音喇叭内传来神山沟村老主任陈春生的苍老喊声：各位村民，大家注意啦……

正出院子泼洗碗水的富嫂和刚刚睡醒的邻居二愣都侧耳聆听。还有刘婶几个出工上地的妇女在富嫂门前的老槐树下也停住了脚步。

喇叭里的喊声继续：各家各户的妇女到村委会开会啦……

二愣爬过墙头揉着眼问富嫂：村委会开会？干啥呀……

富嫂白了二愣一眼：你问我，我问谁？我问铁锅它也没长嘴！

二愣朝富嫂扮个鬼脸：骚婆娘，小心我跳过去摸你奶。富嫂把一锅洗碗水冲二愣泼来，二愣吓得赶紧把头缩回墙下。

富嫂门前的刘婶对另一个妇女说：看，村官改变来啦——咱们问问她，开啥会。

村官改变急匆匆走来，手里抱着一大摞资料。

刘婶：改变，村委会要开啥会呀？

二愣也跑出来凑到改变跟前：我这就去开会，来，我帮你抱着书。

刘婶嘲笑：我说二愣，你是见着女人就走不动的人，还能抱得动这么多书？

二愣讪讪地：再多也能抱动。没等改变同意，就夺过改变手中的资料，唱着"山圪梁梁上站着个你，一对毛眼眼瞅着谁……"向村委会小跑着去了。改变无奈地摇头笑笑。

富嫂也用围裙擦着手跑出大门：就是，改变，咱村可多长时间没开会了，今天怎么突然要开会，莫不是春生大伯干不动了，要重选村长？

改变：不是的富嫂，是信用社开展支农惠民工程，来支持咱们村留守妇女搞特色养殖来帮助大家脱贫致富的。

富嫂赶忙摇头：信用社！不去不去，前几年老村长号召咱种药材，信用社不也支持了，结果药材没种成，倒欠下信用社几千元贷款，每月催着要利息，一到月底我就愁上了，唉！

又聚来几个妇女村民七嘴八舌：就是，信用社的钱会生崽，比富嫂的羊还生得快。

刘婶：什么支农惠民，人家交通局来扶贫，还给铺条水泥路，文化局长再穷还送台戏，信用社给什么？贷点款还不免利息成天要，越帮越穷了。

改变：那事情不能怨人家信用社，是正好遇上那年天旱，市场也不好。

刘婶：你当然不怨，你家在信用社又没贷款，而且还有存款。

一妇女村民：瞧，信用社的要贷款来了，赶快上地去。

众人：走，走。

富嫂也赶紧回到院子把大门闭上，留下改变一人。叶子骑摩托停下。

改变高兴而有些意外地拉着叶子的手。

改变：老同学，你放着市联社那么好的单位不待，怎么跑到基层信用社来当信贷员了？

叶子笑笑反问：那你这高材生放着那么多好单位不报考，干吗非要报考回到这偏远的神山沟村来当什么村官呢？

改变：我和你不一样，我是喝神山沟村水长大的，我有责任和义务回来报效我的父老乡亲。

叶子：我们农村信用社的宗旨是服务"三农"，到神山沟村支持村民脱贫致富也是我的责任和义务啊！

改变拉着叶子的手：咱俩别要贫嘴了，快到村委会喝口水。说完，跳上叶子的摩托，二人说笑着驶向村委会。

3.

【神山沟村委会办公室。日。内】

神山沟村委会办公室内，老主任陈春生见叶子和改变进来，赶忙起身迎接，二愣则傻傻地看着叶子发呆。改变向老主任陈春生介绍：这是信用社新来的信贷员叶子，也是我的大学同学。又面向叶子：这是我们村主任陈春生大伯。

陈春生：欢迎欢迎！这几天我和改变正发愁呢，改变随乡政府出去考察回来后，觉得神山沟的留守妇女很适合搞大棚樱桃特色养殖业项目，但搞什么都需要钱，我们正想着到信用社跑一趟，不想你们先来了。昨晚，你们信用社主任就给我打了电话，说你是我们村的包片信贷员，有什么要求尽管向你提。

叶子：没问题，我这次来，一是熟悉咱村的情况，二是根据支农惠民工程实施要求，信用社主任派我到咱村对大家的需求做个调查。

改变：这可是及时雨啊！有什么需要我和春生大伯帮助的就说。

叶子望着空荡荡的会场，只来了几个老太：你们不是召集全村妇女开会吗？人呢？

二愣赶紧走到叶子面前：村民二愣在呢。

陈春生假装生气要拍二愣脑瓜子：跑一边去，哪里也少不了你。

二愣边出门边嘟嘟囔囔：我不是村民吗？抬棺材扔死娃子哪样也离不了我，好事就轮不到我了。

叶子和改变掩口偷笑。笑罢，叶子的脸上写满了沉思。

4.

【改变家。夜。内】

坡上散落着一座农家院。叶子和改变坐在葡萄架下的石桌上吃饭，改变妈端菜出来，见叶子在改变耳边说悄悄话，改变痴痴地笑。

改变妈：老同学见面，说不完的话，快吃饭吧，叶子在这好几天呢，还怕没时间说话。

叶子：大婶，您老快歇歇吃吧，炒了这么多菜，我们哪吃得了。

改变话里带话地说：就是，妈，您的菜不能以多取胜，要注意营养搭配。

改变妈：这菜还不营养，全是咱山里的特产，小鸡是我自己养的，蘑菇是我上山采的。

改变望着叶子神秘地笑着：妈，不是那个意思。

改变妈不解地望望改变，又望望叶子。改变靠近她妈耳边悄语着："都三个月啦！"叶子红着脸低下头装作吃饭。

改变妈马上明白了，她责怪女儿：有了！你咋不早说？谁像你，快三十的人了，还放着大城市不待，跑回这穷山沟要干一番伟大的事业，找个对象还不和人家结婚，说要等神山沟富了那一天。唉！你爹在天上也替你着急。

改变搂着她妈的胳膊摇摇：妈，我回来不是怕你一个人在家孤单嘛！我结婚的事情不用你操心，我相信神山沟很快就会富的。（改变冲叶子挤挤眼）是吧，老同学。

叶子忙点头：哦，是，是。大婶，您就放心吧，明年的今天我肯定让改变拜花堂。

改变妈叹口气：但愿如此吧！端着碗摇摇头回屋去吃了。

叶子指指改变妈的背影，又望望改变。

改变望着对面夜幕下的大山：没事，我妈又想我爹了。我爹死了十几年了，妈一提起心里就难受。不仅我和我妈想我爹，全村人都想他啊！

叶子：在学校里，我没听你提过你爹不在了呀！

改变：我不想让同学们知道我是没爹的孩子。我也觉得我爹一直活着，每天在山上用临终那双忧郁的眼看着我，对我说，闺女，要好好学习，照顾好你妈，长大后为咱神山沟做点事情，咱神山沟再不能这样穷下去了。我爹是村支书，他和春生伯为了让乡亲们走出大山，带领乡亲们整整开凿了十几年大山。后来我爹被滚落的山石砸死了，春生伯几个月没回家，半大的女孩生病得不到治疗死了。那是他唯一的女儿，死时只有十二岁啊！……

改变的声音有些哽咽。

叶子低头不停地扒拉着碗里的饭。半晌，叶子站起身来，为改变递过了纸巾：改变，不要难过，我一定支持你让神山沟的留守妇女们行动起来搞出个名堂，让在外打工的男人都回来在自己家门口挣钱。没人来找咱们，咱们就主动找她们去。

叶子和改变紧紧抱在一起。片刻，改变擦泪莞尔一笑：看我这眼泪不值钱的，走，回屋去，咱俩合计一下种樱桃的事。

二人相挽进屋。镜头慢慢摇向对面山坡，山坡上挺拔的劲松在月光下傲然屹立。

5.

【富嫂门前的老槐树下。日。外】

中午，富嫂门前的老槐树下。富嫂和刘婶等十几个妇女围坐在大树下做各种针线活。叶子和改变走到她们中间。大家见到她俩想散开，被改变制止了。

改变：你们怕啥？叶子又不是来问你们要贷款的，是帮助大家来想办法挣钱的。

叶子点点头：是的，我们今天不说要贷款的事情。

富嫂满脸狐疑地：哪有信用社不要贷款的。

叶子真诚地：是的，贷款是必须还的，但我是希望大家尽快在改变的带动下挣钱还贷款。

刘婶：真的？有这好事，那你们快说说。

改变边给大家散发资料边说：大樱桃具有"先百果而熟"的特点，自古以来就有"春果第一枝"的美誉，是营养健康水果，素有"补铁之王""美容果"之称。而且市场看好，每斤能卖到五六十元，大棚樱桃亩收入高达20万元。我们神山沟村位于太行山腹地，平均海拔800米以上，有天然山泉水，最适宜大樱桃种植。这是别的地方种植大樱桃的资料，大嫂大婶们都看看。

刘婶和几个妇女笑着退后：嘿嘿嘿嘿，俺们连名字还不认得哩！哪能看懂！再说，咱受苦受累不怕，就怕出钱……

叶子环视一下，微笑着说：这个大家不用担心，今年，我们信用社继续实行支农惠民工程，专门推出了"巾帼创业贷款"，大力支持留守妇女创业，帮助大家尽快走上富裕路。我觉得种植大樱桃这个项目可行，技术方面，乡政府统一派人指导，资金方面嘛，我们信用社大力支持。我这几天就是来蹲点调查了解大家的需求，如果大家对我们信用社在服务方面还有什么意见和建议，也可毫无保留地提出来。

富嫂：信用社服务咱没说的，每月要利息都是主动上门。我对种樱桃没意见，可家里没钱，想贷款也没条件。

改变：富嫂，这次你出力也可以。

富嫂：啥意思？

改变：我准备成立个神山沟大樱桃专业合作社，希望大嫂大婶们都入股当社员，有钱出钱，没钱出力。如果你们有意向，一会就到我家签合同。

众妇女躲一旁窃窃私语。

改变面向富嫂：富嫂，我是你从小看着长大的，你也疼爱我，我做什么你也支持，我念大学交不起学费，你把自己的陪嫁钱也给了我，现在创办合作社更需要你支持，你先表个态吧。

富嫂：哎，改变，俺……还得思谋思谋……

改变又面向另一妇女：刘婶，你对我的帮助也不少，我念大学不在家，你经常照顾我妈。

刘婶尴尬一笑：俺也得思谋思谋，让她们先和你签吧……

众妇女：（躲后）俺们也得思谋思谋……

叶子激动地：大婶大嫂，你们都说思谋思谋，还思谋啥哩？你们大家当年筹钱帮改变上大学为啥？人家改变为了带领大家致富，放着大城市那么多好单位不考，非要考个村官回神山沟为啥？她为了创办大樱桃合作社，把自己的嫁妆钱全拿了出来，而且还申请了贷款，她为啥？还不是为了她的父老乡亲早日致富，为了安慰你们老支书的在天之灵……

叶子提到老支书，大家都低下了头。

改变：我在这里给你们保证，合作社挣了钱给大家分红，赔了钱算我的。

众妇女一愣，沉默无言，互相看着。

叶子：富嫂，我借钱给你入股。

富嫂：你说话可算数？

叶子：算数，信用社不讲信用叫什么信用社，不哄老百姓！

富嫂：（看众妇女）那咱们就跟着改变试试？

刘婶：试试就试试，反正咱大不了白流些汗水。

改变：要是种樱桃赚了钱呢？

富嫂：我带头还信用社的贷款，连本带利一分不少。

改变对着大家深深鞠了一躬：谢谢大嫂大婶们！我改变决不让你们的汗水白流。

众妇女齐声拍掌：这大樱桃我们跟你种定了！

改变和叶子两人互视，露出欣慰的笑容。

6.

【日光大棚内。日。内】

在建起的日光大棚内，改变、富嫂、刘婶及众妇女在欢声笑语中翻整土地。叶子走进了大棚。

改变迎上前去：叶子，你怎么又来了。你身子重，还是少跑点山路吧，这里有我呢，你就放心吧。

富嫂关切地：是啊！叶子，我们会干好的。

刘婶附和：对对，你是城里人，比我们山里人金贵。

叶子：再金贵也没有大樱桃金贵，七八十块一斤哩！告诉大家一个好消息，我们县联社主任前几天跟县里的超市老板联系好了，只要咱们产出的大樱桃质量好，他们就和咱们签订合同，有多少要多少。

众妇女大笑：好，哈哈哈哈！

叶子：同时，我还得给大家提个要求。

富嫂：你说，十个八个我们也答应。

叶子向大棚外喊了一声：二愣哥，你进来。

二愣挠着头不好意思地走进大棚。

富嫂一见二愣：你来凑什么热闹？这大棚樱桃可是最爱干净了，脏了你可赔不起！

刘婶捂嘴大笑：二愣，你还是坐在墙根底下晒晒太阳看漂亮妞去吧。

二愣埋怨叶子：你看你看，我说不来吧，你偏要我来，知道来了连句好听的话也没有。

叶子：大家不要戏弄他了，是这么回事，我今天到二愣哥家调查，他说也想挣钱可没门路。我说那你就和改变她们种大樱桃，他说你们肯定嫌他懒不要他，我说你只要改了懒毛病，人家就要你，他就给我保证，所以我就带他来了。这就是我刚才给大家提的要求。二愣哥，你当着大伙的面说句硬气话吧！

二愣：只要你们能收留我，我给你们做牛做马，一定起得比鸡早，睡得比狗晚。

改变：呵呵，既然你这么忠于职守，那就给我们看大棚吧！

刘婶不放心：怕是雇下黄鼠狼呢！

叶子：大嫂大婶们，现在国家提倡共同富裕，大家都是乡里乡亲的，应该帮二愣哥一把。

改变：对，一家富不算富，大家富才是真的富，致富路上我们一个也不能少。二愣哥，回去搬家吧，今天就上岗。

二愣：好嘞。向众妇女扮个鬼脸，唱着"到你家你不在，你妈扣了我一锅盖……"乐颠颠地走了。

改变：叶子，今晚不走了吧，我妈可盼你了。

叶子：我也想大妈，今晚就住下，和你了解一下近期的大棚建设情况。

富嫂：住下住下，我们大伙跟你还有事情要办。

众妇女：对着哩。

改变：你们呀，又有啥鬼点子了？

叶子不解地问：什么事情，现在就说吧！

富嫂和众妇女相视一笑：保密。

改变：你们小心在肚里憋出娃娃来。

刘婶：哈哈，走，干活。

唱："桃花来你就红来，杏花来你就白，爬山越岭我寻你来呀，啊格呀呀呆……"

叶子对改变：走，我带你去看看。两个人牵着手向大棚深处走去。

7.

【改变家。夜。内】

晚上，改变家里，改变在炕桌上按计算器。

炕沿上，改变妈拉着叶子的手慈爱地望着她：闺女，你瘦了，为了神山沟和改变的事情你操心不少，肚里怀着个孩子经常跑这么远的山路，可要注意呀！

叶子：大妈，没事的，习惯了！

改变妈：有事就晚了。

改变：就是，有什么事情给我打电话联系就行了。

正说着，富嫂、刘婶和几个妇女提篮拎包地说笑着来到改变家。

改变跳下炕，改变妈和叶子起身。

改变妈和改变、叶子三人不约而同：她婶她嫂，来，坐，坐呀！

几个妇女神秘嬉笑着把富嫂推在前面：富嫂，你坐下你说。

富嫂：我说就我说。叶子，这就是你的不对啦！有了身子也不告诉俺们，还每天跑这么远的山路来为大伙忙活。俺们心里实在过意不去，别的也帮不上你什么忙，我们就凑了点山里的特产，给你保养保养身子。

几个妇女把带来的东西相继搁在炕桌上，七嘴八舌：这是我家的土鸡蛋！这是我家的大红枣！这是我家的绵核桃！这是我家的柿饼子！山里人没什么拿得出手的贵重物品，你可别嫌我们小气！

叶子感动地：谢谢大嫂大婶，心意我领了，东西我不能收。

刘婶：收下收下，一定得收下！

改变妈：叶子，你就不要见外了，收下吧！

叶子想了想：好，我收下，谢谢大嫂大婶！

富嫂几个人又各自从口袋里掏出了大小不一、五颜六色的小花布，递给改变妈。

改变妈乐呵呵：这是我的，我收下。

改变不解地拿过小花布看看，问她妈：这是做啥用的呀？

改变妈叠着小花布喜滋滋地说：我想给叶子的孩子缝件百家被，就动员她们给我找布头，不想她们找得这么快。你们不懂，这百家被子盖在小孩身上禳福避灾！你要是嫌土气了，用被罩罩起来，别人就不笑话了……

叶子听着改变妈的话，禁不住热泪盈盈。

改变递给叶子纸巾：这是些啥事情，还把你感动地哭天抹泪的，你不是要找富嫂说山娃上寄读学校的事吗？

叶子抹抹眼泪：富嫂，我早就想跟你说，别让山娃放羊了，让孩子读书去吧。

富嫂：我咋不想让孩子去读书哩，改变也多次跟我说过，可家里的条件大家也知道，我那个死男人，唉！我是实在没办法呀！

叶子从包里掏出一张纸：富嫂，我们信用社主任听了山娃的事情，就和镇上的寄读学校联系，并号召信用社所有员工给山娃捐了学杂费用。这是学校给山娃的入学通知书，你近期就送山娃去读书吧！

刘婶：信用社不愧是咱农民自己的银行，啥事情都能看在眼里，想在心上。

富嫂很激动地接过入学通知书：我明天就联系卖羊，卖了钱先还信用社贷款。

改变：富嫂，你不仅要到信用社还贷款，而且还要好好感谢一下人家信用社的同志们哩！

富嫂：是哩是哩！我做面大红锦旗，敲锣打鼓给信用社送去。

众妇女：好，我们组织秧歌队，陪你去好好红火红火。

刘婶：那今晚咱们就先练练。

富嫂：好啊！咱好久没扭过了。改变，走，到院子里去。

改变妈：我去给你们找红绸子。

皎洁的月光下，欢快的民歌音乐声中，众妇女腰系红绸子，边扭边唱："桃花来你就红来，杏花来你就白，爬山越岭我寻你来呀，啊格呀呀呆……"

8.

【山路上。日。外】

叶子骑着摩托行驶在山路上，听到手机响，忙停住车接电话。

叶子脸色焦急地：改变，你大声点，我听不见！什么？大风把大棚吹塌了，樱桃苗也死了不少！好，我这就去。

叶子急匆匆加油掉头向神山沟村驶去。半路，碰到了拎着酒瓶哼着小调的二愣。叶子停住摩托。

叶子：二愣哥，你怎么在这里？

二愣带着醉意：我去镇上喝，喝酒。

叶子：改变她们正在抢修大棚急救樱桃苗，你却不守着去喝酒，我真看错人了。

二愣：改变的大棚樱桃完了，我还给她看什么门。指望跟她挣钱？没门了。

叶子：你别胡说，赶快回去给大家帮忙去。

二愣直勾勾看着叶子：我走不动了，那你带我。

叶子：好，快上摩托。

二愣把酒瓶一扔，跨步上了叶子的摩托，身子紧贴着叶子。叶子有些厌恶，但她急着赶路，只是把身子往前挪挪。走着走着，路过一个破庙，二愣突然从身后抱住了叶子。叶子急刹车，摩托倒在了地上，叶子昏迷了。二愣不由分说，抱起叶子向破庙跑去。

山路上，神山沟村老主任陈春生开着一辆三轮车驶来，车上拉着钢筋、塑料膜等物资。他见叶子的摩托倒在路边却不见人，赶忙停下车四处张望。听到破庙里有动静，他急忙向破庙里跑去。

当二愣把叶子放在地上，色眯眯地看着叶子想侵犯叶子时，看到叶子身下一片鲜红，又听到破庙门外有三轮车声音，吓得扭头就跑。出门正好与老主任陈春生撞在一起。

陈春生：二愣，你怎么在这里？

二愣不搭话，闪转身要跑，不想绊倒在地上。陈春生看到了地上的叶子，马上明白了怎么回事，他怒不可遏地转身上前抓住了刚爬起来的二愣。

二愣狗急跳墙地用头使劲向陈春生的胸口撞去。陈春生向后一倒，后脑勺重重砸在了门前的一块石头上，不省人事了。二愣仓皇逃走。

过了一会儿，叶子慢慢醒来，起身看到身底的血迹，顿时明白了，悲怆地哭喊：我的孩子……

泪眼中，她又看到了倒在血泊中的陈春生。她艰难地爬过去，抱起陈春生：老主任，你醒醒……

陈春生声音微弱地：叶子，我们村对不起你啊！二愣那畜生……

叶子哭着：老主任，别说这些，我给你叫120。

叶子掏出手机，拨通了120。

陈春生：叶子，没用了，我不行了。你要答应我，不管你受到再大的伤害也不能离开神山沟，改变现在正需要你。

叶子：我答应。

陈春生浑浊的泪水涌出了眼眶：我没有儿女，我活着老伴还有个念想，可我这一走，娃她妈连个念想都没有了……希望在我走后，你们大家替我多来看看她……

叶子擦把泪说：老主任，你放心，大家会尽最大的心替你照顾好婶子的。

陈春生很伤感地说：我的女儿要是活着也和你一样大了，我要有你这么好的女儿该多好……

叶子接过话头：老主任，您有女儿，您的女儿还活着！

陈春生摇摇头：你别安慰我了。

叶子把陈春生轻轻放在地上，她迎着陈春生"扑通"双膝跪倒，凄切地喊着：爸！——

当叶子一声爸喊出口时，陈春生被这突如其来的幸福冲击得泪流满面，他头一歪，含笑离开了人世。

叶子痛彻心扉地哭喊：爸！——

天空乌云密布，一声惊雷炸响，大雨如注。

9.

【神山沟村大棚内。日。内】

重新修理好的改变的大棚内，郁郁葱葱的樱桃树苗又焕发出了生机，改变、富嫂等几个妇女正忙着给树苗喷药。

大棚外由远及近的摩托声戛然而止，叶子有些憔悴地走进大棚。

改变：叶子，你怎么又跑来了，你的身子骨刚……

叶子：没事，你不也是刚经历了一场阵痛吗？

叶子环视大棚内，脸上露出欣慰的笑容：树苗长这么高了。

改变：是啊，技术员说咱们的大樱桃长势很好，到第三年就能挂果见效益。

叶子：怎么不见刘婶？

富嫂：她呀！光怕树叶掉下来打破脑袋。大棚前一段受灾，就嚷嚷要退股，也不来劳动了。改变上门跑了好几次也不来。

叶子：走，改变，我和你看看去，我还找她有事了。

改变：你找她有什么事？

叶子在改变耳边说了几句，改变感动地说：你呀，叫我怎么说你好呀！

10.

【刘婶家大门口。日。外】

刘婶家大门口，刘婶正抱着一只鸡和一个妇女神秘地谈论着什么，见叶子和改变迎面走来，刘婶说：来啦！来啦！真是说曹操曹操到。

两人赶忙进院闭门。

改变走至刘婶家门前敲门：刘婶，快开门！

刘婶和那妇女倚在门里不动。那妇女对刘婶说：你总得给人家一个不让进门的理由吧。

刘婶：改变，我刚孵了一窝小鸡，怕跑出院门找不见，有啥事情就在门外说吧！

叶子又敲门：刘婶，我们进去有话和你说。

刘婶：还是在门外说吧，我怕惊着我家小鸡。

改变敲门喊：刘婶——你开门不开？

刘婶：改变，你和叶子还是先去办别的事情吧！今晚你一个人来我家再说。

改变：你不要你的股金就别开门。

刘婶开门：谁说俺不要我的股金？哼，拿来！

改变和叶子正要进门，被刘婶挡住：钱可以给，门不能进。

改变：为啥不让进？

刘婶看看叶子：我怕你们给我家带进不干净……

改变不高兴：刘婶，你怎么骂人？

那妇女把改变拉到一边低声说：刘婶是怕叶子在庙里流产，把霉运带进去冲了她家好运，断子绝孙！

改变气愤地：刘婶，你胡说！……

刘婶：我胡说？全村人都说叶子在庙里流产见了红，得罪了山神爷。你家不怕我家还怕呢！

叶子听了，捂脸哭泣。

改变：你血口喷人！

刘婶：去你的！你和叶子借着建大棚种樱桃带领大家致富，又贷款又让大家入股，谁知道你们得了多少好处哩！

改变反倒坦然一笑：我们生得正，站得直，身正不怕影子斜。你说我们得了好处，你拿出证据来！

刘婶冷笑：证据？哼，要不是你们做了亏心事，你的大棚会被风刮塌？叶子能在庙里流产？那是老天爷在惩罚你们哩！

改变强忍愤怒，拉起叶子进门：说到这里，我今天非要带叶子进你家，冲冲你家的邪气！

刘婶：你们非要进，可以！

刘婶小跑回屋里，拿出菜刀，把鸡按在地上，用力砍下鸡头，把鸡血扬洒在改变和叶子面前。

改变和那妇女惊呆，叶子呆立门框。刺人心肺的音乐突起。

那妇女：改变，叶子，走吧，你们快走吧！

改变要拉叶子走，叶子摆摆手，她镇静一下自己，在凝重的音乐声中默默从包里掏出一张单据，迈着沉重的步子走至刘婶面前，轻轻地放在她手里。

叶子强忍哭泣：刘婶，我给您添麻烦了，我就不进去了，这是您这个月的贷款结息单！

叶子捂脸跑着走了。

刘婶手捧着贷款结息单满脸诧异：这个月我还没去信用社结利息呀！

改变恨铁不成钢地：那是你的核桃钱，你给叶子送了核桃，人家不好给你退，就把核桃按市价折了钱，替你结了贷款利息。

那妇女也责怪刘婶：看你，尽办些啥糊涂事情。

刘婶怔了怔，很快眼里溢满了泪，用手拍打着自己：我这是作什么孽啊！叶子，大婶对不住啊！……

改变和那妇女转身去追叶子，刘婶在后面喊着：你们等等我……

11.

【神山沟村。日。外】

大棚内，鲜红的大樱桃硕果累累，不少游客在采摘。

通往神山沟的水泥路上一辆拉货的集装箱车缓缓驶来。大棚外，改变引着不少男人和女人在把樱桃往纸箱里装，集装箱上印制着醒目的"信用"商标。

一个男人对另一个男人说：你也回来了。

那个男人喜滋滋地说：谁愿意扔下老婆孩子出去打工，如今咱也能在自家门前挣钱了。

另一个男人：你别小看咱们这些婆娘们，比咱们大老爷们还能干。

刘婶：这可得感谢人家叶子和改变。

众人：就是就是。你们瞧，叶子来了。

叶子扶着改变妈和老主任的老伴，来到装箱的人们跟前。两位老人用双手捧起大红樱桃，眼里流出了激动的泪水。

叶子问改变：富嫂呢？

改变：早早地接山娃去了，应该快回来了。

改变放眼望去：你看，那不是富嫂和山娃？

山坡上，富嫂疼爱地抚摸着山娃的头，山娃幸福地吃着樱桃。

山娃：妈妈，你们的樱桃为什么叫信用樱桃啊？

富嫂：等你大了，妈妈再把这个故事告诉你。

山娃：妈妈，我长大后一定给你找一个像叶子姐姐一样漂亮的媳妇！

富嫂：俺娃真亲，还要给妈妈生一个大胖孙子。

山娃：那肯定，妈妈你说过，有孩子就有希望嘛！

主题歌里画面回放着叶子晚上在改变家的情景、在破庙的情景、在刘婶门前的情景。富嫂含泪喃喃道：是啊！有孩子就有希望，有孩子就有希望……

雄伟的太行山，徐徐变幻成蓝天、白云。一轮红日从山顶喷薄欲出。

剧　终

（原载 2017 年《中国作家》文学版第 5 期）

舞台剧剧本

诚毅青年

■编剧 江山

作者简介

　　江山，本名王全毅，厦门市人，中国金融作家协会会员，热爱文学创作及全程马拉松运动，曾参与电视剧《公证人》等多部影视剧创作。报告文学作品《赖民强的蒲公英团队》荣获中国金融作协报告文学大奖赛优秀奖。舞台剧《诚毅青年》内容为陈嘉庚先生的故事。"诚毅"为集美大学校训，诚以待人，毅以处事。该剧于 2018 年 10 月 20 日在庆祝集美学村建立 100 周年庆祝大会上演出，中央电视台文艺频道全程直播大会现场。现供职于中国人民银行厦门市分行。

幕启

亮灯。

集美学村某教室，同学们整齐地坐在教室里。

老师（快步）进教室：上课！

班长：起立！

同学们：老师好！

老师：同学们好！请坐。今天我们上一堂特殊的课，讲述"诚毅青年"的故事。大家知道，"诚毅"是我们的校训。有谁知道，诚毅校训的含义？

（背景幕亮起，幕上显示西安城墙、北京故宫、山东曲阜、孔子像、《论语》等中华文明元素图像，"君子必诚其意""士不可不弘毅"的字句最后才浮现出来）

同学A："诚毅"中的"诚"字来自于"君子必诚其意"，"毅"字来自于"士不可不弘毅"。

老师：回答正确。1918年，校主陈嘉庚创办集美学村。他从中华传统文化精髓中，从他本人数十年社会实践体验中提炼出"诚毅"二字作为集美学校校训。诚者，以诚待人，要求师生对中华民族、对人民忠诚不二；毅者，以毅处事，告诫道路的曲折性，要求师生对爱国主义事业百折不挠，勇往直前。

（幕布亮起，显示纪录片中日军侵略中国场景，日军烧杀抢掠，刺杀无辜中国百姓，枪炮声由远及近……）

老师开始旁白：即使在抗日战争期间，日军侵占厦门岛，集美学村被迫迁往安溪，条件异常艰苦，校主仍然坚持办学。

[字幕显示]：抗日战争期间，集美学村辗转迁往安溪文庙。

舞台另一处灯亮起，集美学村师生打着繁体字"集美学村"旗帜，肩挑手提，翻山越岭，急匆匆、艰难地跋涉在搬迁途中。

（背景音乐《松花江上》响起，不唱歌词，只保留乐声响起，弱弱地，轻声地……）

校主陈嘉庚跟随着队伍出现。

周边人服侍他，找了一块石头坐下。侍者问他：校主，累吗？

陈嘉庚：不累，不累。

众人围拢在校主身边。

陈嘉庚索性站上石头。他开始演讲：今日国势危如累卵。但是，民心不死，国脉尚存，四万万之民族，绝无甘居人下之理。今日不达，尚有来日；己身不达，尚有子孙。如精卫之填海，愚公之移山，终有贯彻目的之一日。

众人异口同声答道：对！

众人鼓掌。

众人渐次有秩序地继续前进。陈嘉庚等人留在原地，有人给校主擦汗。

（背景音乐《松花江上》仍在播放中，轻声地……）

又一队打着集美学村校旗的学生队伍走上前台，走在前面的 B 学生走向校主。

B 同学问道：校主，需要我们做什么？我们年纪轻，全身都是力气，您尽管吩咐。

陈嘉庚笑了，他没有正面回答 B 学生的提问，而是起身向学生队伍扬了扬手，示意大家停下来。

学生队伍正好止步于陈嘉庚先生面前。

陈嘉庚望着同学们，尽管表情严肃，眼中却写满了慈爱。

陈嘉庚：同学们，我培养你们，并不想要你们替我做什么，我更不愿你们是国家的害虫、寄生虫，我寄希望于你们的，只是要你们依照着"诚毅"校训，努力读书，好好地做人，好好地替国家民族做事。

B 同学：校主放心。

C 同学：我们到了安溪，打算创办《血花日报》，一边努力读书，一边宣传抗日，誓做诚毅青年！

众学生：对！创办《血花日报》，誓做诚毅青年！

陈嘉庚笑了。

陈嘉庚与众学生渐次退出。

（《松花江上》的背景音乐再次由弱渐强……）

两名集美学村学生步入舞台。一男一女，男穿补丁摞补丁汉服长袍，女穿朴素单色旗袍，昂首走向前台，随着音乐声悲怆唱道：哪年哪月，才能够回到我那可爱的故乡。哪年哪月，才能够收回我那无尽的宝藏。爹娘啊，爹娘啊，什么时候？才能欢聚在一堂！

灯灭。

教室这一侧的灯光重启，老师继续上课。

老师：我今天要讲一位"诚毅青年"，他的名字叫作杜成国。杜成国是位侨生，1953 年从印尼回国，那年他 13 岁，就读于集美中学。

幕布中显示当年侨生朝气蓬勃、英姿飒爽的照片，一张张照片渐次而入，渐次而出。

同学 D 举手：就是捐建"杜成国大楼"的杜成国吗？那一定是个大款。

老师（面带微笑）：杜成国并非大款，他赚钱可不容易了，他是靠自己省吃俭用，靠微薄的照相收入来捐资助学的。

舞台另一处灯亮起，幕布上显示香港维多利亚公园景色。天刚蒙蒙亮。

杜成国和太太杜丽安娜携着摆摊照相用具，赶到维多利亚公园。

杜成国与杜丽安娜已显老态。

杜成国身穿朴素西装，醒目的领带配上白衬衫，衣冠尚且楚楚，只是寒碜了些。

杜成国：贪早，贪早（集美话：趁早，趁早）。游客单厚就来了（集美话：游客待会儿就来了）。

（幕布上多角度显示维多利亚公园美丽景色。）

游客一对一对步入维多利亚公园，大家观赏着风光。

杜丽安娜在人前兜售着拍照。

杜丽安娜：拍一张两块钱，很便宜很好看的。

一对情侣开始比画着让杜成国拍照。

拍完照片，杜成国取出快速成像的照片给情侣。

情侣给了杜成国一枚 2 元港币硬币。

又有几个人陆续找杜成国拍照，2 元硬币不断进入杜成国手中。

幕布斗转星移，时辰快速变化，终于显示夕阳西下。

灯光调暗。

杜成国、杜丽安娜收摊走人。

灯灭。

灯光又启。

（幕布显示他们进入香港某美食街，人声鼎沸，食客鱼贯而入街边熟食小档。）

（背景音乐响起邓丽君的《何日君再来》。）

杜丽安娜：呷西米？（集美话：吃什么？）

杜成国：教玩（集美话：照旧），清汤面。

杜丽安娜：今天星期天，拍了好多照片，要不要来一碗"车仔面"？

杜成国：不要，太贵，要十几块钱一碗。

杜丽安娜（不高兴地）：哼，留那么多钱给谁呀！

杜成国：给集美学村。

店小二（对着杜丽安娜）：阿嫲，不用问了。阿伯就吃清汤面，省钱啦。我会加一点肉末和蛋的啦……

杜丽安娜白了老公一眼：害得我天天跟你受罪。

杜丽安娜（对店小二）：两碗清汤面。

店小二：好咧！

店小二（对着厨房喊）：两碗清汤面。

店小二摆上筷子汤匙等。

杜丽安娜（与店小二聊天）：我们家两人，一天全家所有费用加在一起，不到一百块！你相信吗？

店小二：啊！不到一百块？不相信啊。所有的费用，包括吃的、穿的、住的，还有水费、电费、电话费，在香港这个高消费地方，这么省钱，怎么生活啊？

杜成国（乐观的神态）：我们不是照样活得好好的嘛。

店小二捧出两碗清汤面。

店家的背景音乐《何日君再来》继续张扬地播放着……

杜成国与太太，两人一边吃着面，一边愉快地聊着比画着……

杜丽安娜：唉，北京的房价越来越高了，你们家北京祖屋怎么办啊？

杜成国：卖啊！

杜丽安娜：卖完了钱怎么办？

杜成国：捐给集美学村。

杜丽安娜凝视着杜成国。

周边正在吃排挡小吃的食客纷纷抬起头来注视起这对夫妻。

店小二也停下手中活计，探出头来注视着这对夫妻。

杜成国（对妻子）：唉，你一生最大的失败，就是嫁给我，让你一生吃了太多太多的苦。

杜丽安娜：不不不不！我不后悔！

杜成国：为什么？

杜丽安娜（不自觉地站了起来，自言自语道）：我不后悔，一点都不后悔。尽管我没有享受到荣华富贵，但是我知道，你每次拍照，就收2块钱，你把所有的2块钱攒起来，是为了积少成多，捐给集美学村。你所做的事情，是为了别人家的孩子，而不是为了你自己！你这种勤俭、克己奉公的精神，令我钦佩！我嫁给你这样无私的人，我觉得很幸福！

杜成国与杜丽安娜拥抱在一起。

周边的食客纷纷放下碗筷，站起身来向两位老人鼓掌致意。

店小二也跟着人群鼓掌致意。

灯灭。

灯光又启

幕布背景，集美学村杜成国大楼、杜丕林大楼、叶振汉大楼依次映入。

杜成国搀扶着杜丽安娜走在路上，两人更老了。

杜丽安娜（笑着问杜成国）：欢喜咯（集美话：高兴咯）。

杜成国：欢喜！建了三栋楼，嘿嘿嘿。

杜丽安娜：第一栋是杜丕林楼。

背景音乐《酒干倘卖无》响起……

杜成国：嗯嗯，老爸13岁就离开祖国，背井离乡，漂洋过海，到外国谋生，受了一辈子苦，嘴里念着故土却回不来啊！为了报答父亲，咱们除了在老家设立"杜丕林教育扶贫基金"，还在集美学村给他老人家建了一栋"杜丕林楼"，以尽一片孝心啊。

杜丽安娜：嗯嗯，第二栋是叶振汉楼。

杜成国：对啊对啊。我13岁那年来集美中学读书，校长是叶振汉。我们刚回国，举目无亲，寄宿在学校里。他成立侨生辅导组，关心我们。我们生病，他亲自来看望；我们经济拮据，他给我们救济金。他待我们啊，就一个"诚"字，诚心诚意地待我们。当时学校很困难，他当校长，千方百计帮我们，当时条件艰苦啊。没有"以毅处事"的信念，那是帮不了我们的。感恩啊，这么好的校长。难道我们不该建一栋楼纪念他？

集美中学的老师和同学胸戴校徽渐次围拢到杜成国和杜丽安娜身前，静静地倾听着。

杜丽安娜（感叹道）：你把你一生的钱全部捐出来了。

杜成国：是啊，全捐出来了。我每天省吃俭用，就是要我的母校漂漂亮亮，就是要母校的学生上课安安心心。我要把自己的每一分钱，都花在母校上。我想将来，也把骨灰撒在母校的土地上，这样我就可以永远和母校在一起。人生短暂，"诚毅"校训，谨记心中，不敢忘怀。

《酒干倘卖无》的音乐声渐渐结束。

灯灭。

教室这一侧的灯光重启，老师上课进入尾声。

老师：同学们，看明白了吗？杜成国，一位普普通通的侨生，在集美学村的熏陶下，成长为一名诚毅青年。他深刻领会校主提出的"教育为立国之本，兴学乃国民天职"的爱国思想，毕业之后，践行诚毅精神。在他身上，有一股数十年如一日忠心为国的强大人格力量。杜成国把他在母校捐资建造的三座大楼，分别命名为杜成国大楼、杜丕林大楼和叶振汉大楼。这些名字寄托着他丰富的情感，我们可以从中清楚地看到他的精神世界。除此之外，他先后向母校捐资 340 多万元用于高中部新校区建设，给集美校友总会捐资 100 万元，为集美医院捐款购置救护车一辆，为《集美报》捐款设立新闻基金……杜成国在集美捐款总额远远超过 500 万元人民币。而这些捐款来源，除了把北京的祖屋卖掉外，就靠夫妻俩平日里节衣缩食，就靠他们平时在香港帮游客拍照片，每次 2 元港币的微薄收入！

同学 D：看明白了，出乎意料啊！

同学们（异口同声）：我们全明白了。

老师：集美学村建校 100 年来，培养了约 20 万名学生。这些同学前赴后继，为国争光，成为一代又一代的诚毅青年。他们为民族复兴、为人类进步默默奉献着自己的一份力量。

同学们（自觉起立）：牢记"诚毅"校训，继承前辈精神，努力读书，为国争光，诚毅青年再出发！

（集美学校校歌响起）

闽海之滨，有我集美乡；

山明兮水秀，胜地冠南疆。

天然位置，惟序与簧；

英才乐育，蔚为国光。

全国士聚一堂，师中实小共提倡。

春风吹和煦，桃李尽成行。

树人需百年，美哉教泽长。

"诚毅"二字心中藏，

大家勿忘！

大家勿忘！

幕闭。

全剧终。

（中央电视台文艺频道 2018 年 10 月 20 日直播）

微电影文学剧本

爸爸错了

■ 编剧 蒋明飞

‖ 作者简介

　　蒋明飞，1993 年开始发表散文、诗歌、小说等作品。代表作电影文学剧本《爸爸错了》，在《中国作家》（影视版）2016 年第 6 期发表，并获 2018 年四川金融作协"中信银行杯"征文优秀奖。现供职于中国银保监会四川德阳监管分局。

作品简介

《爸爸错了》根据真实故事改编，是一部反映清廉为政，父爱如山，年轻人谱写精彩人生的微电影。

严婷婷从某大学新媒体专业毕业，回到所住城市找工作，看见很多同学都是通过家里人脉关系找到了工作，她希望身居某银行副行长的父亲严劲能帮帮自己。一直正直廉洁的父亲却对严婷婷说：自己的人生要自己谱写才精彩。

一天周末晚上，严婷婷几次求职无果和同学在酒吧微醉之后，深夜才回到家里，此时恰逢严劲的同学为感谢他在审贷会上为其500万资金借新还旧做过努力，特送来一架单反相机和12万元现金作为报答。本来严劲是拒绝的，准备叫同学拿回去，不料同学夺门而出，刚刚二婚不久的妻子打完夜场麻将回来，欣喜若狂。因为现任妻子的儿子要上新加坡某院校，需要较多费用，而且还常常唠叨要一部单反相机，于是妻子要求严劲照单全收。想到前妻因为自己至今只有一套房子而离异的情景，严劲的思想斗争很激烈，最终没有把现金和相机退回去。在自己寝室烦躁不安的严婷婷用手机录下了父亲收受钱财以及和妻子对话的全过程。

过了几日，严婷婷要求父亲陪自己去应聘，而父亲第二天要赶早去送继子去新加坡上学，不能陪她，这让严婷婷很失望，觉得自己被父亲遗忘了。第二天早上醒来，招聘时间已经过了。当天晚上，严婷婷在家里，有些颓丧，赌气灌醉了自己。模糊中看见电视台报道"李春城"案件，下方公布有举报电话，糊里糊涂地打了过去，告诉了纪委接电话的同志，手里有举报受贿的视频。纪委同志迅速来到严婷婷家里，待严婷婷清醒过来后悔不迭，但不得不交出了自己所录下的视频。严劲从新加坡回到居住地旋即被纪委同志带到了"规定"的地方。看见视频，严劲一下子蒙了。想到自己一生近三十年廉洁自律，一时糊涂栽了跟头，他有些怪罪女儿。经过反省，严劲发现自己和孩子缺乏沟通，存在侥幸心理，发现整个事件是自己错了。他给女儿认认真真地写了封信，鼓励孩子热爱生活，通过自己努力去找工作。

　　收到父亲的亲笔信后，严婷婷泪如泉涌。她单纯地以为父亲不关心自己。从信中，她了解到父亲是最爱自己的人。于是，严婷婷开始重新振作起来。学习专业知识，学习舞蹈，健身，重新拿起吉他、弹着钢琴，去做潜能培训，去做近视手术，开始打扮修饰自己。每天让自己充满进取心，等待父亲的归来。通过几个月的努力，严婷婷以综合考评第一名的成绩顺利地通过本地电视台的面试。拿到电视台工作通知书的那天，也得知父亲的问题已经得到相关部门处理可以回家了。第二天，严婷婷带着工作通知书去接父亲，她痛哭着对父亲说"对不起"，是自己做错了事情，而严劲却语重心长地说"是爸爸错了"。

1.

　　【某市繁华街道。夜。外】

　　严婷婷怀里抱着精致的个人简历，在色彩斑斓的街道上漫无目的地徘徊。

2.

　　【回忆严劲三居室的客厅。日。内】

　　【画外音】严婷婷：好好的，为什么要离开我们？

　　严婷婷母亲：你看看你爸爸现在，以他现在的职位，哪一个不是十套八套房子的，至少也有两三套吧？我们就一套老式小三居室，没有房子不说，存款也应该有吧，也没有。你爸爸一直忙，忙事业，可有些事情完全可以随大流啊！我和你爸爸价值观不在一条线上。你现在已经考上大学了，我和你爸也该到头了！

　　严婷婷：妈妈，看在我的分上就别……

　　严婷婷母亲：婷婷，其实三年前我就已经和你爸办理了离婚手续，怕影响你高考，所以一直没有分开。不过三年了，即使这样你爸现在还是没有一点改变。不过你妈你爸都是爱你的，只是换了一种方式而已，希望你理解！不过要千万记住，你毕业了，主动向你爸爸开口要个好点的工作。有一天你会理解妈妈的！

3.

　　【某市繁华街道。夜。外】

严婷婷怀里抱着精致的个人简历，继续在色彩斑斓的街道上漫无目的地徘徊。

婷婷的眼睛一会儿落在中国银行的公告牌上，一会儿落在某某管理局的门牌上，眼神流露出对工作的渴望。

【画外音】严劲：爸爸从今天起就下派去县上工作了。你好好照顾自己！找到适合自己的工作了，一定告诉爸爸，爸爸送你一份礼物。记住，自己的人生要自己谱写才精彩，才有意义。

4.

【严劲的两居室客厅里。夜。内】

婷婷回到家里，和在看电视的爸爸简单招呼了一下，进了自己的卧室。

卧室没有开灯，坐在电脑桌边的严婷婷在投完自己的简历后，有些烦躁地抓挠着自己的头发。

严劲从客厅走近女儿房间门口伸个头进去：婷婷，不开灯上电脑对眼睛不好，快十一点了，明天再玩，睡了吧，啊！

婷婷大声：玩？同学他们都找到工作了，就我了！

婷婷专心地在通过电脑投递个人简历。

严劲：好事多磨，不急，慢慢来。早点睡，啊！

婷婷脸上生着气。

严劲退出婷婷卧室，留了一个门缝。

因为第二天要到县上上班，严劲看了看家里落地钟时间已经是十一点了，于是把电视关了准备睡觉。此时听见敲门声。

"咚、咚。"

严劲开门：郝敏，怎么这么晚来也不电话一声？

郝敏：才应酬完，看见你楼上灯亮着，又是周末，就上来了。不来明天你又到县里去了。

郝敏把一个盒子和一包东西放在客厅的桌上。

严劲：你这是？

郝敏：一点小意思。500万周转贷款已经落实这么久，企业已经起死回生开始赢利了，早该来感谢你了。

严劲：不能这样，你得拿回去，我们同学之间何必这样。银行和企业就是鱼水关系，支持企业是我们银行的责任和义务。本来你的企业是符合借新还旧的条件的，是审贷会共同决定的，我也没有帮什么忙，就签了个"同意"二字。

郝敏：老同学，别见外了，晚了点，少了点，不成敬意。我是个知恩图报的人，同学之间这一点点就不要客气！

严劲：不行，不行……

郝敏：已经晚了，我就先走了，改天约同学们聚一下，早该让同学们的资源都共享一下了。

郝敏快速退出门并把门拉上走了，严劲双手把东西拿在手里追上去却无法开门。此时刘红艳打完了夜场麻将刚好回来。

刘红艳看见严劲手里的东西急忙接住并打开：哦，老严啊，你这么快就把我儿子出国的钱落实了，我替儿子谢谢你！哇，儿子喜欢的单反相机也买了？

刘红艳在严劲脸上亲了一下，双手勾住严劲的脖子，眼睛开始湿润，动情地：老公，辛苦了，谢谢你！这一生能遇见你，证明我的选择是对的！

严劲犹豫着不知道该怎么解释好，刘红艳迅速跑进卧室给严劲拿来了白色的睡衣。

刘红艳：老公，洗个澡吧，明天你又要到县上去了，又要下一个周末才能见到你！

严劲表情复杂地看着刘红艳又看看茶几上的现金与相机。

严劲：红艳，这是同学送的，我看不好，心里不踏实，还是退回去的好。

刘红艳：你这个算什么，就十几万块钱，那些上百万千万的多的是。你同学郝敏我看是信得过的人。况且晗晗的费用这几天就该交齐了。

严劲：这个，你还是退……

刘艳红：别啰嗦了。快去洗澡吧，水都调好了！

严劲在洗浴，耳畔响起前妻的声音：我们的价值观存在分歧！你好好保持你的洁身自好吧！

5.

【严婷婷卧室。夜。内】

卧室里，严婷婷气愤地收起手机，手机显示：保存。婷婷准确地按了一下，又坐在电脑旁出神。

婷婷的电脑里，闪着大学同学上铺梅梅的QQ：下铺婷，我面试通过了，地税局，下个周一就上班了，为我祝福吧！

婷婷：梅超疯，恭喜啦！你倒好，我面试又被刷了（悲伤的表情）。

梅梅：不是笔试第二吗？

婷婷：哎哎！哎！我真的很二吗？……

梅梅：二没什么不好啦，别灰心，叫你爸爸通融通融！

婷婷：早说了，他要我自己的人生自己谱写。

梅梅：慢慢来，不要心急，一定有更好的。对了，金大班（班长金若灿绰号）要我通知，国庆节咱班聚会，找没找着工作都要来啊！地点：乡村三星级酒店上品豪丽。一定要来哟，等你的好消息！

婷婷：好吧！我尽力吧！

梅梅：金大班说了除了要汇报工作单位情况外，还要展示才艺。我听说你会钢琴和吉他，大学几年你都没有露一手，太含蓄了吧。

婷婷：你们钢琴都有八级十级的证，我没有证，我不敢献丑。

梅梅：真正的水平不一定要用证书来证明的！

……

6.

【上品豪丽酒店里。白。外】

婷婷从公共汽车里下来，走近上品豪丽酒店的活动室，远远看见同学们在热情交流。因为自己没有找到工作，她没有勇气进去，一直在门口犹豫徘徊。手机又传来微信。

　　梅梅：冯潇到了某投资有限公司工作了，曹媛媛到了某银监分局上班，我们320（室）就差你和思乔在哪里安定了。下铺婷，加油！加油！

　　婷婷看完微信停止了脚步。

　　【画外音】微信：我们320（室）就差你和思乔在哪里安定了，我们320（室）就差你和思乔在哪里安定了，我们320（室）就差你和思乔在哪里安定了……

　　婷婷烦躁地挠了挠自己的脑袋，最后还是转身又上了离开的公共汽车，无奈地看着上品豪丽酒店的招牌渐渐远离自己的视线。

7.

　　【公共汽车上。日。外】

　　婷婷心事更加沉重了，呆呆地盯着手机。

　　微信：梅超疯，告诉同学们，我拉肚子，来不了了，祝你们玩得开心！

　　梅梅：啊，刚才还是好好的？

　　婷婷：对不起！（流泪的符号）

　　微信显示

　　同学易峰：我已通过××建设局面试了，你呢？

　　同学李一凡：我在我妈原来的单位审计局，你呢？

　　金大班：婷婷，你呢？

　　婷婷：还没有呢，哎，我老爸又不帮我，我只有自己碰呗！（沮丧的表情）

　　金大班：我妈安排我去税务局，我没有去，我妈快疯了。我去报了兴业银行，考试在即，我也准备挑战一下自己。顺了老妈二十几年，做一回自己吧。

　　同学张茵：我妈三年前就安排好了，我必须依从了她，否则我会一辈子觉得自己不孝顺。

　　梅梅：下铺婷，你爸爸是G市工商银行副行长，安排你不在话下吧，你开口求你爸，一定行。

媛媛：女生毕业了，父亲应该管吧？

婷婷：哎，就庄严地送了我一句话，自己的人生得自己谱写才精彩！

易峰：话是这么说，但女孩子应该贵养的。爸爸更应该管的呀，你爸爸是不是有个儿子啦，管儿子去了吧？

金大班：不一定！婷婷别灰心！

婷婷：嗯，谢谢你！大班，向你学习啦！

金大班：不客气，多联系，我一直看好你啊！

婷婷：谢谢鼓励！（温暖的表情）

8.

【回忆某兴业银行的外景。日。外】

婷婷抱着自己的简历不舍地离开和面试的镜头叠加。

某银行美女面试官：你的笔试成绩不错，排在第二，但是你目前的形象以及亲和力、语言能力不够。我们的营销是需要面对不同性格的客户的，你在这方面还有很大的提升空间……

婷婷叹着气无奈地回首看看兴业银行的招牌。

【画外音】婷婷：又是成绩第二，又是被刷，哎！……

9.

【某体育广场。日。外】

某市人社局人才招聘活动现场。婷婷怀抱简历在熙熙攘攘的人群中看微信。

同学群里手机微信上连续的画面：晒结婚照的，晒夫妻的，秀恩爱的，晒工资奖金的，晒工作环境的，婷婷狠狠地按下手机关机键。

10.

【严劲客厅。夜。内】

【画外音】刘红艳：劲哥，后天晗晗到新加坡学校报到，你必须得陪我去，必须去！我，我们就这一个儿子，几年之后他回国你也该是行长了，留学生回来找工作，你使个眼神不就得了。

严劲无奈地沉默。

11

【某卡拉OK厅。夜。内】

梅梅：拉肚子是真的吗？我们都很开心啊，今天就你没有来，是不是工作没有找到啊？

婷婷沉默沮丧：我这真的拉肚子了！

梅梅：真的就真的嘛。晚上我们几个室友闺蜜聚聚不能落下你啦！来，我们走一个，预祝婷婷早日找到称心如意的工作，然后找到称心如意的老公。切尔食！

婷婷干掉红酒的同时，脑子里回荡着后妈刘红艳的声音：我儿子新加坡上学的钱就够了。留学生回来找工作，你使个眼神不就得了。

婷婷主动干了一杯，几个同学盯住婷婷。

梅梅：婷婷，你……

12.

【色彩缤纷的街道上。夜。外】

婷婷有些醉了。

梅梅送婷婷回家，陪着婷婷在街道上走着。

【画外音】严劲：自己的人生要自己谱写才精彩，才有意义。

严婷婷醉醺醺地回到家里的卧室里，摊在床上，一屋的酒气。

严婷婷闭上眼睛：凭什么？凭什么？凭什么？……

13.

【严劲客厅。夜。内】

严劲示意刘红艳看看婷婷。

14.

【婷婷卧室。夜。内】

刘红艳说：这么大的酒气，好臭啊！现在的大学生怎么这么懒，你看看，你的卧室就像猪窝一样。我怎么给你收拾？

婷婷开始生气了，甩了枕头：我不要你收拾！

刘红艳：这样子姑娘家怎么能找得到工作？以后怎么能找得到老公啊？

15.

【严劲客厅。夜。内】

婷婷醉醺醺起来，从卧室出来到客厅还有些醉：爸爸你今天没有去上班？休假？明天上午十点开车送我去城西应聘好吗？那面好远啦。

严劲意外为难：啊？明天你刘阿姨和晗晗去新加坡 X 大学报到，上午十二点的飞机，九点前就要出发，你自己打的好吗？我两三天就回来！说，需要什么，爸爸给你带点回来！

婷婷：我不需要，给你的儿子买吧！

婷婷重重地关上了卧室门。

严劲：婷婷，你……

16.

【某机场。日。外】

直飞新加坡的飞机直冲云霄。

17.

【婷婷卧室。日。内】

一缕温暖的阳光照进婷婷的卧室。

婷婷熟睡的脸上有些未干的泪痕。

婷婷从床上突然起来看时间，"啊"地尖叫起来：手机时钟指针在9点55分上。

婷婷想着错过了面试。空空的屋子里，她终于哭了，哭得很伤心。

婷婷躺在床上，睡着的脸偶尔有些抽搐。

18.

【严劲客厅。夜。内】

婷婷揉着惺忪的眼睛朝窗外望去，深邃的夜空有几颗星星闪烁着。婷婷走近窗户朝楼下望去，已是万家灯火。

婷婷红肿着眼睛一个人在客厅看电视，没有后母在家要轻松多了。她从冰箱里拿出牛肉干和燕京易拉罐啤酒吃着喝着。

婷婷打开CD放起了刺激的摇滚乐曲，边喝酒边摇晃。

一会儿，婷婷已经醉眼蒙眬。楼下的住户上楼来敲门：你还要不要人休息了，要蹦迪到迪吧去呀！

婷婷嘟着嘴关了音乐，打开电视。电视里，四川经济电视台正播放李春城的贪腐事件。"李春城因涉嫌严重违纪，已送司法部门被立案侦查……"

四川经济频道下方公布了省纪委的临时举报电话：23XXXXX。

婷婷吃着喝着已经醉了，口里重复着举报电话23XXXXX，输入手机然后十分犹豫地按了拨号键，又按了免提键。

省纪委临时举报电话：我是省纪委巡视组临时举报电话，请说明你的真实身份以及要举报的事实，我们将对你的通话进行录音，你将对你反映的事情真实性负法律责任！

茶几上几个喝空的易拉罐东倒西歪着。

婷婷又大大喝了一口啤酒。

婷婷：我负，我负法律责任，我是严婷婷，你们来拿视频，百分之百真实。

婷婷继续喝着啤酒，斜靠在沙发上，眼前恍惚出现了严劲刘红艳王晗三人在新加坡海滩上游玩的温馨场景。

【画外音】婷婷：没有人管我有没有工作，我一个人在家里。你们好逍遥，我让你们去逍遥，我负法律责任，我负法律责任，哈哈哈……！

两位年轻的纪检干部敲门进来。

婷婷醉醺醺开门，纪委干部把站不稳的婷婷扶在沙发上坐着。

纪委干部亮出证件：你就是严婷婷？请你提供你的举报视频。

婷婷此时虽然意识迷糊但还是有些犹豫：喔，视频？

纪委干部放出婷婷举报时的录音：我是严婷婷，你们来拿视频，百分之百真实。

婷婷不得不把手机交给纪委干部。

干部甲看手机问：这个像是你爸爸吧？为什么要……？

婷婷：不知道！

干部乙：你爸爸现在在哪里？

婷婷：去新加坡了。

干部：是去做什么？

婷婷：送刘红艳母子俩上学报到去，大后天回来。

纪委要婷婷在举报单上签上了自己的名字。

婷婷：叔叔，不会判刑吧？

干部：要视实际情况和情节而定。

纪委干部将手机视频做"发送"处理后离开。

婷婷一下酒醒了，向门口追了几步。

婷婷有些惊恐：对不起，爸爸，对不起，爸爸，我不是故意的！……婷婷挣扎着慢慢瘫在门口。

19.

【某商场附近。日。外】

两位年轻的纪委干部在航空公司大巴面前，接走了刚刚回来的严劲。

20.

【某酒店的套房里。日。内】

严劲和纪委干部在一起。

纪委干部曹某：严劲同志，有人举报你涉嫌受贿，你知道吗？

严劲：我，我不知道你说的是指什么事情。

纪委干部张某：你看看，这个视频是真的吗？

视频慢慢地呈现着。

严劲：（思考）是真的！郝敏他不会吧？是婷婷举报的？

干部张某没有正面回答：这种情况我还是第一次遇见。

严劲一下子控制不住自己抽泣起来。

干部等严劲冷静下来：严副行长，除了这个，你看看你还有没有其他的事情需要交代的。

严劲：我真的没有，真的没有其他事情，工作二十几年我没有收过一分钱，我若不是为了这个继子，这个事情也不会发生。

严劲使劲捶自己的脑袋。

严劲：这个严重吗？

纪委干部曹某：我们的案子多，给你得出结论得委屈些时间。目前看你的金额不大但性质是严重的，视频里看得出你挣扎过，因为你太太参与了，可能问题会复杂一些。

严劲有些失控：我是被逼的，被逼的……

纪委干部曹某：但结果是这个钱你没有退回去。我们查过你的账户，没有什么问题，你上个月支付一笔较大资金是给某房产公司购房的首付款。不过，我们的定性不在这个时候，我们还要进一步调查了解。

严劲痛苦地抱着头。

纪委干部曹某：这两天你好好思考一下。

严劲：我完了，我完了，完了……我能见见我闺女吗？我给她买的东西还没有给她。

纪委干部张某：你买的东西我们可以转交过去。要对女儿说什么可以写信，我们可以转交，但要经过组织审查。

21.

【严劲客厅里。日。内】

刘红艳：我听说了，你爸爸是你举报的。你爸爸居然有你这么个不孝之女！这下你开心了？你看不惯我，我走就是了，我和你爸离婚就是了。那个钱和我没有关系，是你老爸自愿赠与我的。

刘红艳边哭边收拾东西：我这辈子怎么命这么苦！原以为……

刘红艳把自己的行李全部打包，然后把签好的离婚协议书放在茶几上。

刘红艳：叫你爸爸签上字。你爸爸、你和我就没有关系了。

刘红艳哭着出门。

婷婷心安理得地坐在沙发上看电视。

22.

【严劲客厅。日。内】

两位纪委干部敲门走进严的客厅。

干部曹某：严婷婷，帮你爸爸收拾几件换洗的衣服。他可能需要点时间才能回来。

严婷婷：我爸爸呢，他怎么没有回来？……

干部曹某：你爸爸因为你举报的事情需要时间接受调查。

干部曹某：这是你爸爸给你买的衣物和一封信，我们替他转交给你。

干部曹某把严劲给婷婷买的衣服配饰以及一个牛皮信封放在沙发上。

23.

【严劲卧室。日。内】

婷婷走进已经被刘红艳翻得杂乱不堪的卧室，心里开始寒碜起来。严婷婷边找衣服边流泪：爸爸，我……对不起，对不起！

婷婷找了好一会儿拿了几件爸爸的内衣外套。

24.

【严劲客厅。日。内】

婷婷的脸上挂着内疚的泪水。

婷婷：这是刘红艳签好的离婚协议书，请帮我带给我爸爸。

纪委干部离开严劲客厅。

婷婷瘫坐在沙发上发呆。

婷婷平静下来，视线落在了一个牛皮纸大信封和一个包上。

婷婷慢慢地将两件时髦的衣服拿出来，又慢慢地打开牛皮信封拿出了父亲写给她的信，信封里有一把钥匙，一张银行卡。

婷婷在看信：

【画外音】严劲：婷婷，一直以来爸爸成天忙于工作，你刚上了大学，完整的家也突然没有了，爸爸也没有照顾好你。你妈妈离开后，我与你的沟通太少，也没有花力气帮你找工作。是爸爸对不起你，请原谅爸爸！爸爸工作快三十年从来没有收过别人送来的礼金和钱财，这次你举报的事情是爸爸错了，你做得对。爸爸一时糊涂，对不起你！

爸爸本来是想，在你找到工作的时候，把给你买的按揭房和你喜欢的邮册送给你，给你锦上添花，给你一个惊喜让你高兴。没有想到今天爸爸犯了这个低级错误，不知道什么时候才能回来见到你。要告诉你一声，房子的资料和集邮册都放在中国银行的 21 号保险箱里，房子的名字还要你拿身份证去亲自签字才生效，你的生活费和近视眼的手术费都在银行卡里，密码是你的生日后六位数。

好好照顾自己，要热爱生活。

爸爸一直相信婷婷是最棒的，婷婷一定能找到一个好的满意的工作的。还是那句老话，自己的人生自己谱写才是最精彩的！加油，孩子！

爱你的爸爸：严劲

2013 年 × 月 × 月

婷婷用手捂住嘴，泪流满面，随即大声哭了出来。

婷婷：爸爸，对不起！爸爸，对不起！爸爸，我错了……（声音渐渐微弱）

25.

【严劲客厅。日。内】

一束阳光照进来，婷婷手拿毛巾，吹了吹钢琴上积久的灰尘，认真擦拭，然后坐在钢琴前，一曲 *Kiss the Rain* 十分流畅地从指间流出，让人陶醉。

【叠影】婷婷怀抱吉他在弹唱《爸爸的草鞋》：草鞋是船，爸爸是帆，奶奶的叮咛载满舱，满怀少年时期的梦想，充满希望地启航启航……

【歌声背景】严劲在草坪上陪小时候的婷婷放风筝，严婷婷骑在严劲脖子上手里拿着几个气球回家。

26.

【旌湖畔。日。外】

婷婷把原来不很整齐的头发用手绢束成马尾在晨跑。（叠加）婷婷在舞蹈室里跳着现代舞。

婷婷擦着脸颊上的汗水。

27.

【一潜能培训基地。日。内】

婷婷参加一个潜能培训。

婷婷在走独木桥，在地上匍匐前进。

婷婷流满脸颊的汗水。

几十个学员面前的培训老师：一起跟我说，我努力，我是最棒的！

婷婷犹豫，鼓足勇气：我努力，我是最棒的！我努力，我是最棒的！我努力，我是最棒的！……

28.

【某眼科医院。白。内】

男眼科医生为婷婷近视眼手术拆线：能看见吗？

婷婷：能！

【画外音】严劲：婷婷，初中就这么近视，等你大学毕业，爸爸带你去做近视眼手术。

男眼科医生：一周之内别看太强的光，来我这里测视力。也可以自己测，然后把视力数据发给我就可以了。

婷婷坐在钢琴旁边弹奏钢琴曲。

婷婷发信息：大夫，我的视力恢复到左1.0右0.9。谢谢你！

29.

【字幕：半年后。日】

某年某月某晚报广告栏：××电视台招聘栏目编辑及策划。

严婷婷手里拿着这一天的报纸在梧桐树的林荫道上愉快地走着。

严婷婷填写报名表，在应聘岗位填写好"栏目策划及编辑"，在"特长和爱好"栏内自信地填写了"钢琴、吉他、舞蹈"。

30.

【人力资源部。日。内】

电视台人事负责人范可桌上摆放着婷婷焕然一新的简历，照片与原来的大不一样，婷婷显得格外阳光、美丽。

31.

【婷婷卧室里。日。内】

婷婷电脑桌上放着面试通知。

婷婷打开爸爸买的衣服和配饰对着镜子换上，显得格外时尚得体。

32.

【电视台面试厅里。日。内】

电视台面试应聘者才艺。面试官在聚精会神地看应聘者表演。婷婷在考核组面前弹钢琴，弹吉他。

面试官频频点头。

江台长：你的简历不是还有现代舞吗？

婷婷：可不可以让我的队友和我一起表演现代舞？

江台长：当然可以啊！

婷婷和两个队友一起表演了一曲现代舞，得到了所有面试官的第三次掌声。

33.

【电视台人力资源部。日。内】

范可：江台长，严婷婷各方面不错，笔试在前三位，她的综合评分最高，就是她父亲现在正在接受纪委调查，没有结论，您看？

江台长：范科长，唯才是用是我们的原则，我们不能牵连九族嘛，啥年代了，是人才就得用。面试你也看了，综合评分排在第一位，你觉得严婷婷不行吗？

范可：是，我们可以落实具体情况再定，您看能不能？……

江台长：范科长，去把录取通知单拿来我签字。

范可：是。

【画外音】江台长：这个老严就是拧巴，同学这么多年了，女儿要找工作了也不联系联系。

江台长对范可：我已经知道结果了，老严清廉了几十年，这个时候犯这么低级的错误，下半辈子的人生也就完了，真的太可惜呀！

34.

【某电视台门口。日。外】

婷婷拿到录取通知单，微笑朝门外走来。

手机响了。

纪委曹某：是严婷婷吗？按有关规定和法律程序，你可以去探视你父亲了。

婷婷激动：好，好，我去！

江台长：婷婷，是不是明天可以去看你爸爸了？

婷婷：嗯，台长，您怎么知道的？

江台长：你爸爸是我高中同班同学，我关心着呢！明天我开自己的车送你去！你爸爸明天看到你到电视台工作不知道得有多高兴！

婷婷：我不知道爸爸会不会原谅我！

江台长：一定会的！因为他是你爸爸！其实这件事情你爸爸本身处理得不妥。别往心里去，世界上没有哪个爸爸不原谅自己孩子的！

35.

【电视台门口的梧桐树林荫道。日。外】

林荫道上，从梧桐树叶间漏下片片闪烁阳光。婷婷跳着碎步满脸微笑地走着，像吃了蜜糖一样。婷婷把手机举在空中自拍，微信显示严婷婷焕然一新的照片：我，严婷婷，××市电视台文艺部，职位：编辑及策划。

梅梅微信：(夸张的微信表情，庆贺的表情)哇，下铺婷，变得这么漂亮了。整容去了吧？！恭喜你，自己找到工作了，我都有成就感啦！

婷婷：哪里呀！就摘掉眼镜换了个发型，减了几斤肉而已啦！

梅梅：下铺婷，你的庐山真面目要让好多男生肠子悔青啊！哈哈哈！

金大班：恭喜你，我知道你能行的！

婷婷：大班，你呢？

金大班：我已经通过兴业银行面试，工作了快半年了。一起加油！放假抽空来看你啊！

婷婷：谢谢大班！

36.

【某看守所。日。外】

江台长的车停得远远的。

严劲从看守所里出来，有些疲惫。一看见婷婷就有些激动和感触，良久才说：婷婷，是我的婷婷吗？

婷婷使劲地点点头，眼泪快出来了。

严劲：这是我的婷婷！今天好漂亮！爸爸快认不得了。

婷婷：是爸爸买的衣服漂亮！

严劲满脸的笑好久没见了。

婷婷手里拿着工作通知单，上前去，怯生生地：爸爸，对不起，是我错了，我让你受罪了！

严劲：婷婷，是爸爸不称职！是爸爸做了违规违法的事，是爸爸错了。

婷婷终于上前抱住了爸爸。父女俩哭成了泪人！

婷婷：爸爸，我找到工作了！

严劲：快说哪个单位？

严劲朝汽车方向看去，江台长靠在汽车车门边看着严劲父女俩。

严劲和江台长握手。

严劲：谢谢老同学关照！

江台长：不要谢我，是婷婷用自己的能力争取到的。老同学，你这么优秀的女儿怎么雪藏在家里？你放心好了，婷婷到电视台来上班会有一番作为的！

三人会心地笑了。

剧　终

（原载《中国作家》【影视版】2016年第6期，并获四川金融作协2018年"中信银行杯"征文优秀奖）

电影文学剧本

我不是功臣

■编剧 罗宏宇

▌作者简介

　　罗宏宇，中国金融作家协会会员、广东省作家协会会员，主要作品有电影剧本《孝女彩金》《我不是功臣》《为了那遥远的地方》《火红的木棉花》等，电视政论片《质量——新世纪的呼唤》《南国创业 20 春》《在党的旗帜下前进》《银鹰展翅》等。此外，出版散文集《赤子学子党的儿子》和报告文学《朱也赤传》，并在《人民文学》《作品》《战士文艺》及《人民日报》《经济日报》《金融时报》等报刊发表多篇作品。现供职于中国工商银行广东省分行。

人物表

刘铁军：男，46岁，退伍军人，一等功臣，信义县酒厂原车间主任，下岗工人，"摩的"司机。

丁海涛：男，61岁，南州军区副司令员，中将。

田金香：女，43岁，信义县酒厂下岗工人，水果摊档主，刘铁军妻子。

王翠波：女，35岁，信义县北坡镇良田村村民，受灾群众。

罗小珊：女，12岁，小学生，王翠波女儿。

罗中凡：男，60岁，信义县北坡镇良田村党支部书记。

王进民：男，48岁，信义县北坡镇良田村村委会主任。

潘晓兵：男，45岁，信义县北坡镇良田村民兵营长。

李秀惠　女，26岁，信义县北坡镇良田村村民，女民兵排长。

李洪福：男，48岁，信义县北坡镇良田村村民家属。

李　胜：男，46岁，信义县北坡镇良田村手扶拖拉机驾驶员。

杨卫民：男，55岁，信义县民政局局长。

叶伟忠：男，42岁，信义县人民武装部部长，上校。

吴品正：男，41岁，信义县人民武装部政委，上校。

梁天义：男，58岁，信义县人民医院院长。

张小兵：男，36岁，南州军区司令部作训参谋，少校。

郭宝杰：男，58岁，南州军区总医院脑外科主任、教授，大校。

韦梅芳：女，26岁，信义县北坡镇龙湾村外出打工妹。

1.

【信义县城。日。阴雨天气。】

信义县城，一个典型的南方山城。远远看去，山环水绕，三桥排开，山清水秀，高楼大厦错落有致，街道绿树成荫，车辆和行人川流不息。

镜头推近到一条大街上。在一栋楼宇外面，"信义县城南水果批发市场"的招牌醒目可见。这是一个中型的水果批发市场，从全国各地进来的各式各样的水果摆满各个档位，有苹果、香梨、葡萄、西瓜、柑橙、哈密瓜、荔枝、榴莲、龙眼等。卖水果的、买水果的，讨价还价，十分热闹。

镜头推近，一辆摩托车在一个档口前停下。摩托车司机叫刘铁军，接近 50 的年龄，看上去厚道干练，身材清瘦，脸色黝黑，眼睛有神。身着旧军装，脚穿解放鞋。

水果批发店老板迎出来："老兵哥，早上好，今天要点啥？"

刘铁军："我老婆说，近来生意不好做，今天就只批发一箱苹果、一箱香梨，再加 50 斤荔枝。"

店老板答应一声"好哩"，将刘铁军所需的水果搬上摩托车尾座。刘铁军用胶带捆扎好后，交了钱，开着车离去。

刘铁军在街上快速行驶，很快消失在视线内。

2.

【城北农贸市场。】

这是一个肉菜禽畜大型农贸市场。市场入口处，有几个专售水果的摊档在路边一字排开。刘铁军开着摩托车来到一个水果摊档前停下。田金香走出来。她是刘铁军的妻子，也是一名下岗工人。田金香一边帮着卸货，一边对刘铁军说："今天是妈70岁生日，今晚可要早点回来，顺便买条鱼，其他菜我都准备好了。"

刘铁军望了妻子一眼："你不说我差点忘了。好吧，你也早点收档。"说完，开摩托车离去。

3.

【县城大街上。日。小雨。】

这是一个具有亚热带特色的街道。绿树成荫，马路两旁长满菠萝蜜树，还有木棉、芒果、桂花、玉兰等。刘铁军披着军用雨衣，开摩托车在街上行驶。

20多岁打扮入时的打工妹韦梅芳在街上急匆匆行走。她眉清目秀，右手撑着一把雨伞，左手提着一个小包。见刘铁军开摩托车从远处开过来，急忙招手："师傅，停下！"

摩托车在韦梅芳面前停住，发出尖锐的刹车声。"坐车吗？要去哪儿？"刘铁军问。

韦梅芳："我要去北坡镇龙湾村，多少钱？"

刘铁军举起头看天："现在下着雨呢，乡下的路不好走，能否等会雨停了再去？"

"不行，我妈病重。"韦梅芳显得焦急的样子，"我得马上赶回去。"

刘铁军说："你不怕淋湿就走吧，三十。"

韦梅芳还价："二十五吧，行吗？"

刘铁军觉得有点为难："快40公里的路程，这是最低价了，没多收你的。"

韦梅芳："我妈病了，手头很紧，请你帮帮忙吧。"

"好吧，上车。"刘铁军说着从车尾箱拿出一件雨衣和头盔让客人穿戴上。

刘铁军搭着打工妹韦梅芳，将摩托一溜烟地开走了。

4.

【野外。日，雨天，天空阴沉沉的。】

县城附近。刘铁军开着摩托车，搭着韦梅芳在柏油路上行驶。

摩托车在乡村的泥土路上行驶。

摩托车在盘山公路上行驶，公路两边松树茂密、山花遍地。

摩托车在崎岖的山路上行驶，路越来越陡。

雨，越下越大，变成了暴雨。路，越来越弯曲不平，路面宽度只有5米左右，摩托车越来越难走，刘铁军全神贯注地看着前方，艰难前行。

5.

【野外。绿树成荫的山区公路。日，雨天，天空阴沉沉的。电闪雷鸣。】

摩托车在山路上小心谨慎地下坡，突然看见前面路上横着走过一群水牛。刘铁军减速驾驶，小心地避开牛群。

6.

【乡村小河边，基本成熟的水稻田一望无际。日，雨天，天空阴沉沉的。电闪雷鸣。】

刘铁军开着摩托车行驶在一座石拱桥上，跨过一条洪水暴涨的小河。倾盆大雨还在下个不停，不时伴有闪电雷鸣……

刘铁军开着摩托车行驶在一个四面环山的村庄……远远望去，层林尽染，风景秀丽如画。

7.

【乡村机耕路。大雨。】

刘铁军开着摩托车在乡村机耕路上行驶……

路边的一根木质电线杆倾斜在路上，电话线横在路中间。刘铁军停下车，将电线杆扶起来。由于电线杆比较粗，又连着电话线，要把电线杆扶起来非常困难。刘铁军叫韦梅芳帮忙，两人齐心协力才将电线杆重新扶了起来，并用石块将电线杆压实。

刘铁军开着摩托车蹚过一块低洼积水处，溅起的水花飞得又高又远。

韦梅芳："哎呀，慢点！"

8.

【龙湾村。日。雨。】

刘铁军开着摩托车来到龙湾村，这是一个坐落在半山腰的小山村，约莫三四十户人家。龙湾河从村边擦过。穿过龙湾村的牌坊，刘铁军的车子在一栋二层的砖木结构楼房前停下。这时，雨小了一些。韦梅芳的父亲、弟弟拿着雨具出来，招呼刘铁军进屋喝茶。

刘铁军接过韦梅芳的车费后，接过一杯茶水一饮而尽，打过招呼就开车离开了。

9.

【野外。日。雨过天晴，阳光普照。】

刘铁军开着摩托车原路返回县城。

摩托车在乡村公路上行驶。这是一个被青山环抱的山村，公路两旁的水稻接近成熟了，金黄色的一片。

远处，山青花红，十分美丽，由于刚下过雨，一条山溪飞泻而下，蔚为壮观。村上的河面，洪水暴涨。

刘铁军开着摩托车继续前行，经过一座桥梁时，可以听到山洪的咆哮声震天动地。

远方，两条山溪之间，架起了一道美丽的彩虹。

10.

【良田村。日，零星小雨。这是一片比较低洼的村庄、田野。】

村口，靠近河边的一栋两层泥砖瓦房已被不断上涨的洪水围困，洪水已淹浸第一层，只有第二层还露出水面。房屋男主人外出打工不在家，女主人王翠波和12岁的女儿罗小珊站在二楼走廊哭喊，王翠波手中拿着一件红色衣服不停地呼救。

洪水不断地上涨。

离房屋约200米远的公路上，聚集着二十多个男女村民，老人和妇女居多，有的穿着雨衣，有的打着雨具。他们焦急地向被困的母女招手，向她们喊话。有几个村民拿来拔河比赛用的大麻绳子，准备营救。

洪水汹涌地向被困的房子袭来，房子随时都有倒塌的危险。

一个开雅马哈高档摩托车的年轻人路过这里。

群众将雅马哈拦停，请他帮助救人。谁知小伙子看到汹涌的洪水害怕了，慌忙说"我不会游泳"，开着车飞奔离去。

11.

【良田村。日，零星小雨。】

这时，又一辆越野吉普车开过来，群众又将车子拦下，请司机帮忙救人。司机把头伸出来，说道："救人可以，但这么危险的营生，要报酬的呀！"

罗中凡是良田村党支部书记，年近60，他是个有爱心但又急性子的人，出现在镜头中。他焦急地问司机："要收多少钱？说！"

司机冷漠地回价："最少要一万元。"

见司机狮子大口，罗中凡气愤地说："你是抢钱，还是趁火打劫？全村人的身上都找不出这么多钱呀！"

"没有钱？我走了。"司机不管三七二十一，急忙开车离开了。

越野吉普车冒出了一团浓浓的黑烟。

12.

【良田村。日，雨越下越大。】

罗中凡十分焦急地向在场的众人问道："谁会游泳？谁的水性好？赶快下水救人呀！"

人们你看看我，我看看你，没人回答。

一村民站出来："平时游泳还可以，但这么大的洪水，还要背人出来，我没这么大的力气，没把握。"

罗中凡对潘晓兵大声说："你是民兵营长，你去救人，行吧？"

潘晓兵脸露愧疚："罗书记，不是我不愿意救人，我水性确实不行呀，要我从水中背一个人出来，真的没这个本事。"

正在这时，刘铁军开着摩托车路过这里。他见这么多人聚在一起，急忙刹车，停了下来问大伙："出了什么事？"

罗中凡忙迎出路中招呼："师傅呀，你行行好，帮我们救人吧！"说着用手指向被洪水围困的农房。

13.

【被洪水围困的农房。汹涌的洪水已淹过一楼。】

受灾的母女仍站在二楼的走廊上，不停地哭喊着"救命"，不停在挥手，摆动一件红色衣服。镜头推近，王翠波是个漂亮丰满的少妇，身高一米六左右，长得很标致。她穿一件白色衬衫，蓝色裤子。长长的头发扎成一个"马尾巴"。看得出，她是个精练能干的人。

屋外，洪水不断上涨，已把一楼的门口淹没了，正向二楼逼近。

镜头摇到邻近的另一户农舍。屋顶的老汉也在不停招手呼救。树上的小男孩紧紧抱着树杆。

14.

【公路边。】

刘铁军没有半点犹豫，立即脱下军用雨衣和外衣，只穿一件背心。背心已很旧，但上面印着的红字"自卫还击，保卫边疆。广西区革委会赠，1979.3"的字样还清晰可见。

一群众见到他穿的背心，知道他是参战老兵，随口喊出："哇，他是打过仗的功臣！"

刘铁军马上回答："我不是功臣！"

他利索地将麻绳扎在自己身上，大声对群众说："你们拉住绳子的另一头！"说完马上跳入洪水中向被淹浸的农房游去。

罗中凡见刘铁军前去救人，非常高兴。他用双手合成个小喇叭，大声地向被困的母女喊话："王翠波，不要惊慌，现在有人去救你们！"

15.

【洪水围困的农房。原野、洪水。】

公路与房屋之间大约相距 200 米，原来是一片稻田，现看不见水稻了，四周变成汪洋一片。

洪水中，波浪翻滚。刘铁军迎着一个个巨浪艰难地前进，只见他时而侧泳，时而蛙泳，时而仰泳，游泳的基本功很是扎实。几分钟的光景，就游到被淹的平房处，先将瓦屋顶上的大爷救了出来，接着又将树上的小男孩救了出来。

现在，刘铁军又向二层楼的王翠波游去。

王翠波伸手拉住刘铁军的手，让他上了二楼梯口处，感激地说："这位大哥，多谢你来救我们，你贵姓？你还当过兵？"

"我叫刘铁军，是退伍兵！"

小女孩眼睛瞪得大大的看着刘铁军："多谢叔叔！"

16.

【被洪水围困的农房。】

刘铁军迅速解下身上的绳子，并系在房子的一根柱子上。对岸公路上，几十个群众拉住了绳子的另一端。

特写：一条孤绳，在巨浪中摇晃，不时被洪水淹没。

刘铁军对着惊慌中的母女喊："快，先背一个出去。"

王翠波拉过小女孩："小珊先走，你看，解放军叔叔来救你了，不要怕，要大胆啊！"

刘铁军背上小珊，一只手攀着绳子，一只手游水，快速向对岸游去。

小珊双手紧紧抱住刘铁军的双肩，惊恐万分，眼睛瞪得大大的。

一个巨浪打来，将刘铁军和小珊盖没了。岸上的群众情不自禁地发出"哎呀！"的一声惊叫。危房上的农妇也急得哭喊了起来，不自觉地用双手护住头部。

很快，他俩又露出水面来了，并继续向岸边游去。小珊全身都湿透了，头发乱七八糟的，早就惊吓得哭了起来。

17.

【洪水中、岸边。】

刘铁军游到了岸边，将小珊交给岸上的群众，又顺着绳子再次返回危房。

18.

【危房。上游冲来的洪水越来越大，冲得房子摇摇欲坠。】

这时，洪水已涨至二楼的走廊，农妇王翠波的裤子已被浸湿了一截。

当刘铁军再次返回到农妇王翠波面前时，已喘着粗气。

王翠波见状，焦急地说："大哥，你太累了，休息一会吧。"

刘铁军果断地对王翠波说："不，快走，再不走就来不及了，房子随时都会倒塌！"说着背起王翠波就下了水。

由于王翠波身体要比罗小珊重很多，大约有 50 公斤，又是第四个回合往返，刘铁军的体力消耗了很多。刘铁军背着王翠波借助绳子艰难地往回游，口中喘着粗气，速度也慢了很多。

19.

【汪洋中。洪水翻滚着，夹杂着稻苗、红薯苗、树枝等杂物冲过来。】

王翠波全身被洪水湿透了，她的白衬衫紧紧地贴着身子。

刘铁军用尽吃奶的劲，顽强地向对岸游去。波浪不时打过来，时而将他们俩覆盖，时而冲得他们睁不开眼，很快刘铁军背着王翠波又浮了出来。

上游冲下来的稻穗、杂草、高粱秆之类的东西不时卷来，有的附在刘铁军和王翠波身上，王翠波用一只手紧紧抱住刘铁军的肩，另一只手迅速将身边的杂草扯掉。

罗中凡和岸上的群众齐心合力拉住麻绳的另一头。几十双眼睛焦急地盯着洪水中的刘铁军和王翠波，口中不停地喊着："加油！加油！"

20.

【远景，江河的上游，滔滔洪水排山倒海般奔腾而来。可能是上游有房子倒塌了，伴随着洪水而来的，还有衣柜、大猪、水牛、鸡鸭以及被冲毁房屋的房梁等物品。】

刘铁军和王翠波距公路边只有几十米了，刘铁军吃力地抓住绳子，手脚同时用力艰难地游着，一米、两米，非常吃力、艰难地向前游去。

21.

【又是一个大浪劈头盖脸打来。】

巨浪夹杂一根旧房梁，朝着刘铁军撞来。王翠波见状急得惊叫："小心，木头！"

但为时已晚，刘铁军由于负载太重，来不及躲闪，木梁正正地撞到刘铁军的头上，又很快被冲走了。

刘铁军的头一沉，被洪水淹没了，只一瞬间，他又顽强地浮了出来，只见他忍着极大的痛苦，不断地向岸边游去、游去。

王翠波伏在刘铁军的背上哭了，由于她用一只手护着头部，她反而没被撞伤。

离岸边只有五六米了，这里的水明显浅了一些，只淹到人的胸部。岸上，罗中凡和另两个人跳下来帮忙，一人接过王翠波，另二人扶着刘铁军，大家齐心协力将两人都扶上了岸。

22.

【汪洋中，王翠波家的泥砖结构的两层楼房。】

这时，被洪水淹浸的农房已经开始摇晃、倾斜。

又一个巨浪打来，只听到"轰隆"一声巨响，整座两层农房顷刻坍塌，房子变得无影无踪，但见一些房梁、家具被洪水冲走。

洪水汪洋一片，浊浪滚滚，涛声震天。

23.

【岸上公路边。】

刘铁军在村民们的搀扶下走了几步，觉得头部痛得厉害，即用手捂住头部，面部十分痛苦的样子。走了几步，走不动了，顺势坐到地上。

罗中凡赶紧俯下身子，问道："同志，你叫什么名字？哪儿受伤了？"

王翠波在一旁焦急地说："刚才一根木梁撞到他头部了。"

刘铁军吃力地说："头痛。"说完用手指着背心，只见上面写着"自卫还击，保卫边疆"字样。

特写镜头：背心上"自卫还击，保卫边疆"字样。

罗中凡对大家说："快，把他送医院！叫李胜赶快开拖拉机来。"

24.

【乡村公路上，阴天。一辆手扶拖拉机急速行驶在公路上。】

手扶拖拉机上，刘铁军睡在一张农村常见的休闲用的竹床上，两旁坐着罗中凡、潘晓兵、李秀惠等良田村村民。

手扶拖拉机冒着浓烟，发出很响的马达声，在乡村公路上前进。远远看去，是向着一条大河的河边驶去。河上有一座桥，河中，洪水滔滔，夹杂着上游冲来的稻苗、木头、竹子、牲畜向前奔腾。

25.

【桥头边。阴天。】

手扶拖拉机开到桥头，正准备上桥，拖拉机手突然发现桥梁中间已被洪水冲垮，只见他眼明手快，马上来个急刹车，手扶拖拉机戛然而止。

车厢内，罗中凡觉得奇怪，一边跳下车一边大声喊："李胜，怎么停下来了？"

李胜："罗书记，桥中间被冲垮了，我们差点掉进河里了！"

罗中凡走到桥头，一看，眼睛一瞪，吓了一跳，整座水泥桥已有一半断落河中，只见几根柱子还连着桥头，好险！

河中，洪水打着巨浪奔腾而去，洪水上涨很快，水面距堤坝顶还有一尺左右。

罗中凡果断地说："这老天不睁眼呀！过不了桥，不能走公路了。我们用肩抬，抄山路，无论如何，也要尽快把伤员送到医院去抢救。"

26.

【村陌。一片稻田的田埂上。由于刚下过雨，长满青草的田埂显得泥泞。】

两名村民抬着竹床前行，竹床上躺着刘铁军。另三人在前面引路，清理小路两旁的庄稼，罗中凡书记和李秀惠在后面跟随。

由于刚下过大雨，田埂又窄又泥泞，前行既艰难又缓慢。

27.

【山坡。雨后天晴。山荒路滑。】

几个人轮着抬担架。

他们向一个山坡上艰难地走去。小路两旁杂草丛生，不同颜色的野花遍地盛开。路面坑洼不平，散铺着一些小石子。罗中凡和另两名村民在前后护着担架，不时帮着清理路边的芒草杂藤。

28.

【山岭上崎岖的羊肠小道。雨后天晴。山陡路窄。】

村民们抬着担架，路过一段十分崎岖狭窄的羊肠小道。镜头向路下拉开，只见羊肠小道下方是万丈深渊，非常的危险，稍不小心，就有掉落万丈深渊的可能。村民们十分小心地抬着担架，手拉着路边的树枝杂草，非常吃力地通过这段险象环生的山路。从背后看去，抬担架的村民衣服全被汗水浸湿了。

29.

【陡峭的石山小路。雨过天晴。山陡路窄。】

眼前是一座山峰，只有一条陡峭的小路通过。现在抬担架的又换了两个人。他们沿着小山路向山顶艰难地前行。

村民们咬紧牙关，一步一步地向山顶攀登。

由于路滑，抬担架的后面那个村民，一不小心，突然摔了一跤，一个下滑，担架掉到地上。罗中凡等人赶紧在后面帮忙，推扶住抬担架的村民。

村民们抬着担架终于翻越山顶。

30.

【陡峭、湿滑的下山小路。】

翻过山顶后，现在开始下山了。镜头向前方摇去，2公里外已看见一条山村公路，路上不时地有汽车、拖拉机经过，也有一些骑自行车的群众、步行赶路的村民经过。

罗中凡书记一边用毛巾擦汗，一边对大家说："大家再坚持一下，快到镇上了。"

村民们抬着担架，快速地下山。

下山的路上不时惊得路两旁的野鸡、野兔四处逃散。

31.

【崎岖的山路。雨过天晴，太阳出来了。阳光洒向大地，景色迷人。】

这条小山路很久没人走过了，既崎岖又荒凉，荆棘、芒草、野藤丛生。一村民拿刀子在前面开路，突然，草丛中一条又大又长的眼镜蛇爬了出来，伸直蛇头拦住了去路。最前面的村民"哇"的一声惊叫，连连后退。

罗中凡书记见状，赶忙招呼大家："不要怕，我们不主动打它，它也不会伤害我们，等它慢慢走开。"

眼镜蛇向山下爬行，离去了。村民们抬着担架继续赶路。

32.

【北坡镇政府所在地。中午。晴。】

村民们抬着刘铁军绕了十多里山路，终于精疲力倦地来到了北坡镇。

罗中凡叫村民将担架放落公路边休息一会。他快速向镇政府办公楼走去。

镇政府值班室，值班员是个三十出头的年轻人，他正和另外三个年轻人一道打扑克"斗地主"，玩得正火热起劲。一旁的电视机播放着节目，桌上的电话铃声响了也懒得去接。

罗中凡急匆匆走进值班室喊："同志，镇上的车麻烦借我们送一个伤员去县城抢救。"

值班员一边出牌，一边漫不经心地说："送什么伤员，你打电话找医院救护车去。镇上的车只有书记、镇长才有权用，不是谁都可以动的。"

罗中凡请求道："你行行好，帮帮忙吧，请救护车怕来不及了。"

值班员瞟了一眼罗中凡，不耐烦地："那我不管，反正我们的车不能派给你。"说完继续打他的扑克。

罗中凡两眼冒火，大怒："你咋这么和老百姓不合拍？！白吃干饭的家伙！"说完气上心头，上前使劲掀翻打牌的桌子，气呼呼地走了。那个值班员和参与打扑克的人惊愕地乱叫起来，扑克牌散落得满地都是。

33.

【公路上。】

罗中凡站在公路中间，手上摇晃着一件衣服冒险拦车。一辆货车远远开来，罗中凡举起手大声叫喊"停车"。货车在罗中凡面前戛然刹车停下，罗中凡上前与司机交谈了几句，然后，叫村民赶快将担架抬上车。

34.

【大货车在公路上急速飞驰。】

车厢内，几个村民围坐在担架两边。有的擦拭着汗水，有的用手抚摸着担架上的刘铁军。

公路两边的田野、村庄、山林快速掠过。

35.

【信义县人民医院，中午。】

运送刘铁军的大货车在信义县人民医院门前停下，罗中凡指挥村民将担架抬下车直奔急诊室。

急诊室墙壁上的挂钟显示下午一点。

医生开病历："病人叫什么名字？"

罗中凡一愣："不知道呀。"

医生觉得奇怪："怎么回事，你送他来救治，怎不知道他是谁？"

"是这样的，我们都不是亲属，也不知道他是哪个单位的，只知道他是摩托车司机，是个退伍兵，他早上路过我们村，为抢救村上受灾群众负的伤。"

潘晓兵："对了，他的衣服里有驾驶证。"说着打开手中的一个塑料袋，取出刘铁军的衣服，从口袋中掏出摩托车驾驶证查看，然后说："他叫刘铁军，是县酒厂的下岗工人，退伍军人。"

罗中凡和医生说着什么，刘铁军被送去CT室检查。

36.

【医生办公室。】

医生与罗中凡、潘晓兵等几个村民说明情况，商量问题。

医生："病人脑部由于外伤造成脑出血，需要住院做手术。你们先交五千元押金吧。"

潘晓兵："我们都没带钱，这，这咋办？"

几个村民走到一起商议。

罗中凡："时间紧迫，我们分头去筹钱。李胜、李秀惠，你俩赶紧打电话回村里，叫村主任组织全村捐款。然后在县城找熟人借钱。潘晓兵留下医院照看病人，我和王翠波找刘铁军的单位和家人。"

37.

【良田村村委会办公室。】

良田村村委会主任王进民和几个人在一起研究工作，突然桌子上的电话铃声响了，王进民拿起话筒："喂，我是良田村。"

话筒里传来李秀惠的声音："我是李秀惠，早上受伤的摩托车司机刘铁军已住入医院，要马上动手术，急需五千元押金，罗书记叫你赶快发动全村群众捐款。"

王进民："好，好，我们马上布置落实。"

38.

【信义县酒厂家属区住宅楼。】

这是一个建于上世纪八十年代的住宅小区，有五六栋楼房，百余户人家。小区值班室一个老头在看门。罗中凡和王翠波拿着刘铁军的驾驶证来到值班员面前："同志，你认识刘铁军吗？"

值班老人："认识，大名鼎鼎的一等功臣，我们酒厂的副厂长，不过已下岗了。哎，你找他有事吗？"

罗中凡："是呀，有急事！"

"他住三栋601房，他好像不在家，开摩托车搭客去了。"

39.

【县酒厂三栋601房。】

罗中凡和王翠波来到门口，只见门两边贴着一副已很旧的对联，上联：发扬革命传统，下联：争取更大光荣，横批：光荣之家。

罗中凡叩门。

门开了，出来一个70多岁的老大娘，她是刘铁军的母亲。

刘母看着两个陌生的村民，惊奇地问："你们找谁？有事吗？"

罗中凡亲切地说："你是刘铁军的妈妈吧。"

"是呀，进来坐吧。"说着将客人迎进客厅，并忙着倒茶。

客厅里，摆设十分朴素。一套木沙发，旧式电视机，一台电风扇。墙壁上挂着刘铁军荣立一等战功的喜报。在喜报旁边，还挂着刘铁军穿军装佩戴一等功勋章的威武英俊的相片。

喜报特写：刘铁军同志在参加中越边境自卫反击战中，勇敢作战，英勇顽强，出色地完成作战任务，荣立一等功。特此报喜。落款：中国人民解放军53300部队一九七九年三月三十日。

40.

【立功喜报旁边，旧照片。】

特写镜头：在喜报旁边，还挂着刘铁军出席军区英模表彰大会时，军区首长给他颁发军功章的照片。

看着喜报和照片，罗中凡说："你儿子是英雄呀！"

刘母："哪里，你认识他？"

罗中凡内疚地说："是这样，我们村早上发生洪灾，你儿子刚好路过我们村，他为了抢救被洪水围困的群众，受了点伤，我们已把他送到医院了。他媳妇在家吗？"

刘母焦急地："伤得重吗？我儿媳妇在市场摆水果摊。"

41.

【农贸市场。热闹非凡。】

在熙熙攘攘的市场门口靠近路边的地方，一排一字摆开的水果摊档。镜头拉近其中的一个摊档，摆着各式五颜六色的水果，田金香正在为顾客销售水果。

刘母领着罗中凡和王翠波急匆匆来到田金香跟前："金香，铁军出事了！"

罗中凡："是这样，刘铁军同志为抢救我们村的群众，负伤了，正在医院治疗。"

田金香惊奇地："啊，怎么回事？"她手中的一袋水果不由得滑落地下，撒得满地都是。

42.

【大街上。白天。车水马龙。】

罗中凡、王翠波、田金香三人跑出大街，拦了一辆三轮车，向医院奔去。

43.

【医院急诊室。】

刘铁军躺在病榻上，已进入昏迷状态。几个医生正在看 CT 照片，研究治疗方案。

罗中凡领着田金香，气喘吁吁地跑进来。

罗中凡："医生同志，这是病人的爱人田金香。"

田金香看到躺在病榻上的刘铁军，立即扑上去抚摸他的脸，哭泣着说："铁军，你这是怎么啦？早上还好好的，怎么……"

村民赶忙上来拉她，安抚她。

罗中凡："是这样，今天我们村上发生了百年一遇的大洪水，一户群众的房子被洪水围困，十分危急。正好刘大哥开摩托车路过我们村，他二话设说就下水救人，将困在房中的母女俩抢救出来，而他却被洪水冲来的木头撞伤了头部。他是好人呀！是抗洪抢险英雄呀！"

医生过来："刚才拍了 CT，他的左脑被撞伤后出现颅内出血，必须进行手术，你们先交五千元押金吧。还有一个问题，我们在病人身上发现有枪伤的疤痕，你老公是干什么的？"

田金香："哦，他一九七九年参加过中越边境自卫反击战，受过伤的，那是二十多年前的事了。"

罗中凡补充道："他还是一等功臣，我在他家里看到他的立功喜报，求求你们一定要全力抢救他呀！"

田金香："刘铁军已下岗，我是摆水果摊的，哪能拿出这么多钱呀？求求你们先救人，我们再想办法筹钱吧。"说着从口袋中掏出一叠十元、五元、一元的小钞票，"这是今天做生意收到的二百多块，先交上吧。"

罗中凡："我们的几个人分两路筹钱去了。我和王翠波、田金香现在去县民政局、武装部报告情况，请求支持。"

44.

【县民政局。局长办公室。】

局长办公室内，年约五十开外、有点偏胖的局长正批阅文件。

罗中凡、王翠波、田金香三人匆忙进入。

罗中凡："同志，你是局长吧？"

局长抬起头，热情地招呼道："我是杨卫民，你们有事吗？"

罗中凡："是的，有件十万火急的事请你支持、帮助。"

45.

【信义县人民武装部。】

杨卫民带着罗中凡、王翠波、田金香坐面包车飞速来到县武装部，下车后直奔部长办公室。

叶伟忠部长四十多岁，上校军衔，正和吴品正政委（上校）一起研究工作。杨卫民局长带着罗中凡一行人风风火火进入办公室，他一进门就说："叶部长，有件急事向你报告。"看见政委也在场，转身对政委："吴政委也在，太好了，一起向你们汇报。"

叶部长："什么事，请快讲。"

杨卫民："我们县退伍战士、一等功臣刘铁军今天上午路过北坡镇良田村时，为抢救被洪水围困的群众，受了重伤。正在县人民医院抢救。"

叶部长："走，我们到医院去。"

46. ....

【县人民医院。】

叶部长、吴政委、民政局杨局长和罗中凡、王翠波、田金香来到县医院门前，下车后快步赶到病房。

病房内，刘铁军躺在病榻上已进入昏迷状态。吊针在不停地输液。

田金香见到刘铁军，快步走上前去，拉着他的手摇着他的头，忍不住一边哭泣一边叫喊："铁军，铁军，你醒醒呀！早上还是好好的，怎么现在……"

护士赶忙上前拉开田金香，劝道："请冷静，医生正在全力抢救，不要紧的。"

叶部长、吴政委、杨局长、罗中凡等人也在一旁开导、安慰田金香。

47. ....

【院长办公室。】

院长梁天义和另外几个主治医生正和叶部长、吴政委、杨局长、罗中凡他们一起交换意见。

叶部长："伤员是咱们县的一等功臣，他是为抢救群众光荣负伤的，请你们不惜一切代价，想尽一切办法抢救他的生命，费用的问题我们会多方努力解决的。"

院长："根据 CT 检查，病人是颅骨外伤，脑血管出血，急需进行手术，但我院的技术力量确实有限，把握不是很大。如果将病人送省城大医院，要五个小时，时间也来不及。最好的办法是请省里的专家乘直升机赶来帮助。"

叶部长抬手看看表，和政委商量："吴政委，我看马上向军区报告，请求帮助。"

吴政委："好，时间十分紧迫，只能这样，我们马上向军区发电报。"

48.

【南州军区司令部办公大楼。】

军区副司令员丁海涛中将正在办公室批阅文件，少校参谋张小兵快速来到门口报告："丁副司令，信义县武装部拍来一份特急电报。"说着进门将电报交给丁副司令，然后站在一旁。

丁海涛61岁，慈祥、刚直，身材魁梧健壮。他一边接过电报一边不自觉地问："嗬，什么事这么急？"

丁海涛看电报，（特写镜头）电报上写道："军区首长，我县退伍战士、在边境自卫反击战中荣立一等功的刘铁军同志，今天上午在抗洪抢险中为抢救被洪水围困的群众头负重伤，亟须进行颅脑外科手术，请求军区火速派颅脑手术专家乘直升机前来支援。落款：信义县人民武装部。

丁海涛看完电报后，马上站起来，喃喃地说："刘铁军，不就是咱们红一团的一等功臣吗？"

他抬手看了一下表，对站在一边的参谋说："张参谋，请你记录：一、命令军区总医院立即选派两名最好的脑外科手术专家，乘直升机赶赴信义县执行紧急抢救伤员任务。二、命令陆航团立即准备一架直升机起航，运送军区总医院颅脑外科手术专家，务必于下午七时前到达信义县。三、作战值班室协调陆航团和信义县人民武装部做好直升机的降落准备工作。"

张参谋在一旁快速记录，记录完后向丁海涛重复一遍，然后交丁海涛签字。

张参谋拿着命令向丁海涛立正敬礼："我马上落实！"转身离去。

49.

【南州军区总医院大门口。】

一辆军车鸣着警笛，如离弦之箭开出门口，很快消失在大街上。

50.

【某陆航团停机坪。小雨。】

一架直升机已经开始发动，飞机螺旋桨高速运转。机组人员列队在机前等候起飞，飞机上的八一军徽格外醒目。

正在这时，军区总医院的小车急驰而至。

车门打开，从车上走下两名专家，一个是脑外科教授郭宝杰，另一个是郭宝杰的助手，他们一边与机组人员握手，一边快速登机。

风雨袭来，直升机迅即冒雨起飞，向着南方，向着信义方向飞去，很快消失在茫茫天空。

51.

【良田村村委会所在地办公室。日。雨过天晴。】

一间简陋的会议室里，聚集着百多名村民，有坐的，有站的，也有蹲的。

一条用毛笔字写成的横幅：抢救英雄刘铁军生命募捐动员会。

村委会主任王进民正在做动员："乡亲们，大家都知道了，今日上午我们村王翠波家受灾，路过这里的一个摩托车司机将王翠波母女俩救了出来，但他却被洪水冲来的木头撞伤了头部。现在亟须筹钱做手术，救命要紧。村党支部、村委会号召大家捐款，为抢救英雄的生命做点贡献。"说着，从口袋里掏出一张钞票，"我带个头，先捐一百元。"将钱交给会计。

一个七十多岁的老头首先站起来："这样的好心人，没说的，我捐八十元。"

有人带了头，一下子就热闹起来了，大家议论纷纷。

村小学校长递上五百元："我们良田小学十名教师，每人捐五十元，共五百。"

一个长着长胡须的七十多岁的老人："我儿子前几天寄给我买酒喝的钱，我不喝酒了，捐五十。"

一个年近六十的妇女提着一布袋子进入会场，将布袋子交给会计："我身上没钱，捐上两斗黄豆。"

会计大声说："黄雪珍捐黄豆两斗，折款八十八元。"

接着又一个中年男子提着一桶食用茶油交上来："我捐十斤茶油，价值一百五十元。"

几个小学生将自己手中的二元、五元捐了出去。

正在这时，王翠波和另一个人抬着一头肉猪进来了，引来满堂喝彩。

"我的家被洪水冲走了，我爱人也不在家，是刘铁军救了我和女儿的生命。我从娘家借来一头猪，我就捐头猪吧，报答他的救命之恩。"

猪笼里的大猪"嗷"地叫了一声，引来满堂笑声。

一个老头急匆匆地走上来，对村主任说："我身上没钱，你借个电话给我用吧，我叫在县上工作的儿子代我捐上。"

村主任："好好，你打。"说着将办公桌上电话机的话筒递给老头。

老头接过话筒拨号，和远在县城的儿子说话："喂，你是洪福吗？有件急事，你立即送五百元到人民医院交给咱村书记罗中凡，抢救病人急用。一定要快！"

52. ....

【李洪福的办公室。】

电话的另一头，老头的儿子李洪福在办公室内接手机："好吧，我身上没那么多钱，我去银行取吧。"

老头："对，赶快取钱。"

镜头又回到村委会这一边，老头说完后，放下电话，对村主任和村民说："我落实捐五百块了。"

捐款还在继续。

53. ....

【中国工商银行信义县支行营业网点。】

李洪福骑着摩托车快速来到工商银行营业厅门前，架好车后，急忙进入营业大厅，用工商银行牡丹卡在自动柜员机上取款五百元。然后直奔医院。

54.

【信义县人民武装部会议室。黄昏。】

叶部长、吴政委等四五个武装部领导正在商量工作。电话铃响了，叶部长拿起听筒："你好，这里是信义县人民武装部。"

听筒里传出声音："我是南州军区作战值班室张参谋，军区丁副司令已派出直升机运送军区总医院脑外科专家前往你县，协助抢救刘铁军，飞机约一个半小时后到达你县，请你部立即与地方政府协调，选好飞机着陆地点，引导飞机安全降落，保证飞机绝对安全！"

叶部长高兴地说："好，好！感谢军区首长关怀，我们马上落实军区首长指示！"

放下话筒，叶部长对几位同事说："对于抢救刘铁军的生命，军区首长十分重视，派出直升机送高级专家来了。走，我们一起落实飞机降落事宜。"

55.

【信义县第一中学运动场。黄昏。下着小雨。】

这是一个综合性运动场，包括足球场、篮球场、环形跑道等。

天色渐渐黑下来了，叶部长、吴政委和校长等正在指挥民兵应急分队在运动场四周拉起警戒线。

在警戒线边上，停放着县武装部的几辆军车。

在运动场的四角，分别堆起了柴火。

学校师生不知道发生了什么事，纷纷向运动场涌来，围观看热闹。

县武装部的一名军官拿着手携式喇叭向四周的人群喊话："各位师生、

各位群众请注意，今天我们要在这里执行重要军事任务，请大家不要拥挤，不得越过警戒线，配合我们的工作，注意安全！"

天色渐渐暗下来了。

天公不作美，哗哗啦啦下起雨来了。人们打起雨伞。现场又变成另一道亮丽风景。

叶部长向一军官命令："快，用雨衣盖住木柴，别让淋湿了。"

"是！"军官马上行动。

叶部长又转身对另一军官说："你为四个点都准备一点汽油，万一雨不停，用汽油浇也要将柴火点燃。你要给我做到万无一失，点火成功！"

"是！"这个军官敬礼后，又去抓落实了。

又有两辆小汽车开来，并在运动场边上停下。车门打开了，分别走下县委书记、县长。

一行人迎上前，分别与县委书记、县长握手，介绍情况："现在，各项准备工作已就绪，飞机一会就到，有军区派来的最好的专家做手术，把握很大，看来抢救英雄的生命一定能成功。"

县委书记说："很好，感谢部队的大力支持。我已组织了一批机关干部做好献血准备，我们要不惜一切代价抢救英雄的生命！"

56.

【信义县第一中学运动场。夜。小雨。】

远方的天空出现一个光亮点。这个亮点越来越亮，越来越大，越来越近，向着信义县城、向着信义县第一中学运动场奔来。

伴随着光亮点，直升机引擎发出的轰鸣声也由弱到强，越来越响，震耳欲聋。

雨不停地下着。天色黑了。

叶部长果断地下达命令："飞机来了，马上点火！"

民兵应急分队分别在运动场四个角的柴堆同时点火，顿时，四堆大火冉冉升起，越燃越旺，照明了整个运动场，照亮了半边天！

警戒线四周的人们欢呼雀跃，朝着飞机的方向张望。人山人海，场面蔚为壮观。

57.

【运动场的上空。中雨。】

直升机越来越近了，带着巨大的轰鸣声向运动场驶来，在天空旋转一会后徐徐降落。大雨拍打着飞机，电闪雷鸣，人们从闪电的光亮中可以看清直升机顶上硕大的螺旋桨在高速运转，巨大醒目的"八一"军徽闪烁发亮。

围观的师生和群众议论纷纷，有人大声说：哇，好威武啊！

58.

【运动场。夜。中雨。】

直升机在运动场中间缓缓降落。引擎、螺旋桨刮起的风呼呼直响，将学生手中的手绢、头上的插花吹向了天空。风太大了，同时将几十个男女学生的上衣和女学生的裙子齐刷刷地掀了起来。女学生们赶紧用手护住自己的上衣和裙子。

直升机停好了。

机舱打开了，军区总医院的专家郭宝杰及一名助手先后走出机舱。县委书记、县长和武装部叶部长、吴政委等领导迎上前去与他们握手，连说："欢迎，欢迎，郭教授你们辛苦了。"

县委书记礼貌地说："首长先吃饭吧？"

军区总医院的专家郭宝杰："请立即送我到医院手术台！"

客人在主人的引导下，跨进小车，快速离去。

59.

【信义县人民医院。外科手术室。夜。灯火通明。】

郭宝杰教授及助手正与县人民医院的院长、医生研究刘铁军的病情，院长亲自介绍病人病情。墙上的挂钟指针指向 7 点 10 分的位置。

郭宝杰教授年约六十岁，国字脸，两鬓斑白，学者风度，给人一种慈祥、正直、稳重的感觉。他不时地查看 CT 照片，不时地询问一些专业性情况。

门外。县委书记、县长和武装部叶部长、吴政委及刘铁军妻子等焦急地等待着。

60.

【信义县人民医院门口。夜。】

数十名热心人士挽起衣袖，对着医生，争着要为刘铁军献血。有男的，有女的，有工人、农民、学生，也有解放军战士、武警官兵，场面十分感人。其中一名头戴头盔、身穿旧军装的男子说："抽我的血吧，我是刘铁军的战友！"

另一名女学生抢着说："还是抽我的血吧，我年轻！"

一名解放军战士举起右手，说："我是解放军，抽我的最合适！"

一名医生站出来对大家说："非常感谢大家！感谢大家！"

61.

【手术室。夜。】

县人民医院外科手术室内灯火通明。刘铁军静静地躺在手术台上。

郭宝杰教授亲自主刀，为刘铁军做手术。助手、护士全部到位，有条不紊地工作着。

输血输液同时进行着。

手术室外走廊上，田金香、村支书罗中凡和其他几个村民焦急地等待着。

62.

【丁海涛办公室。夜。灯火通明。】

丁海涛看着信义县人民武装部的电报，思绪茫茫。喃喃地说："这个刘铁军呀，不愧是英雄部队培养出来的好兵。"说着回忆起三十年前中越边境自卫反击战攻打600高地的那一幕……

63.

【回忆镜头。中越边境自卫还击战的战场上，日。】

我边防部队正向越南谅山以北20公里处的600高地发起攻击。

敌军凭借600高地的优越地势，从地堡里用两支机枪不停地扫射，将我边防部队某团的一个营压制在一片开阔的山坡上，一时难以前进。在红一团指挥所内，当时担任团长的丁海涛用望远镜观察到部队进攻受阻的情况，抬手看看手表，拿起电话，命令："一营长吗？现在部队攻击受阻。你营必须派出突击小组，在20分钟内将敌地堡炸毁，为部队开辟通道，按预定计划攻下600高地。"

64.

【敌人600高地与我军阵地之间，硝烟滚滚，枪炮声此起彼伏。日。】

一营长派出的一班长带领的第一突击小组两个人，在我火力的掩护下交叉前进。第一突击小组前进到离敌地堡十米处，不幸遭遇敌人射击，一人中弹牺牲，另一人身负重伤。

65.

【我军阵地。各种火力向600高地猛烈扫射。敌人的机枪等各种火力从地堡喷出。】

一营长看到第一突击小组战士牺牲，眼睛直冒火，果断命令："二班长刘铁军，你上！一定要把地堡干掉！"

66.

【我军阵地。战斗正在紧张地进行。各种火力向600高地猛烈扫射。】

刘铁军响亮回答："是！"端起炸药包，一个箭步跃出去。只见他时而匍匐前进，时而跃起猛冲，时而左突，时而右进，动作灵活，技术娴熟，很快就靠近敌地堡，迅速将炸药包放到敌地堡要地前，然后拉燃导火索，迅速翻滚离去。

67.

【敌人所在的600高地。】

一声巨响，敌地堡被炸飞。浓烟翻滚。敌人的机枪哑了。

我们的指战员发起了冲锋，以排山倒海之势占领了600高地。

68.

【红一团召开庆功祝捷大会。】

主席台上，坐着团首长。

台下，坐满全团指战员。

欢快的乐曲声中，荣立一等功的刘铁军精神抖擞地走上主席台，丁海涛为刘铁军颁发一等功证书，并亲自为他戴上一等功勋章。

（回忆结束）

69.

【医生办公室内。夜。】

现在，墙上的挂钟指针已指向 11 时 30 分的位置。手术已进行了三个多小时。

县武装部叶部长、吴政委，民政局杨局长等领导一直坐在这里耐心地等候消息。

县武装部叶部长的手机响了，叶部长打开手机。

电话里的声音："是信义县武装部叶部长吗？"

叶部长："是的，我是叶伟忠。"

电话里的声音："我是军区作战值班室军区丁副司令，要了解刘铁军的手术进展情况，现在怎么样了？"

叶部长对着手机说："手术已进行三个多小时，快要结束了，有新的情况我马上报告。感谢军区首长的关怀和支持，有军区总医院专家前来主刀做手术，我们对做好这台手术充满信心！"

70.

【手术室。夜。】

手术室内无形灯亮如白昼。

手术在紧张地进行。郭宝杰和全体医务人员聚精会神地操作各种手术器械。

71.

【县人民医院。夜。】

王进民和另一个男村民急匆匆地走进医院，找到罗中凡、田金香。王进民从带来的布包中取出一沓钱，递给田金香："这是我们村上的乡亲捐给刘铁军同志治病的。共 6300 元，请收下。"

【手术室走廊外。夜。】

刘铁军的家属及有关领导坐在长板凳上等候消息。

手术室的门开了，一名医生走出来，他打开口罩，这时才看出他是院长梁天义。众人围上来。

院长："大家请放心，手术进行得比较顺利，就要结束了。由于郭教授技术高超，来得也非常及时，为抢救病人赢得了宝贵时间。"

这时，手术室的门打开了，护士推着刘铁军缓缓出来。病人头上缠着纱布，打着吊针，输着血。

人们争着向刘铁军围拢过来。

73

【信义县人民医院。白天。】

几辆军用小车向医院开来，并在住院部大楼门前停下。

丁海涛在信义县委书记，县武装部叶部长、吴政委，民政局杨局长等人的陪同下，来到刘铁军病房进行慰问。

刘铁军穿着病号服迎出病房门口，向丁海涛致军礼，大喊："老团长！"

丁海涛："铁军，我的好兵，我们解放军的英雄！我看你来了！"

两人情不自禁地拥抱在一起。

推出字幕：在社会各界的大力支持协作下，抗洪抢险英雄刘铁军的脑外科手术取得圆满成功！

附：主题歌《我不是功臣》

在硝烟弥漫的战场上，

你冲在最前面。

面对枪林弹雨，

你用鲜血和汗水铸成战士的忠诚。

军旅生涯，火红的青春献祖国，

红帽徽红领章闪烁着勇敢和坚强，

绿军装与钢枪凝聚了责任和担当。

保卫边疆，你挺身而出意志如钢。

因为你心有信仰丰碑无上荣光！

在激流汹涌的惊涛前，

你主动站出来。

面对危难群众，

你用赤心和真情展示战士的风采。

沧桑岁月，满腔的热血为人民，

军功章早已逝去了昔日的辉煌，

退伍证依然告诉你职责在肩。

救援群众，你义无反顾初心不改，

那是你永葆铁军本色永放光芒！

（原载《中国金融文学》）

电影文学剧本

李想的奇妙之旅

■编剧 林丛

作者简介

　　林丛，女，中国金融作家协会会员，山东作家协会会员，中国银行山东分行作家协会副主席，日照市作家协会副主席。主要作品：散文集《浮生纪》，长篇小说《等你开始》，记录片《云中孤客》，微电影《龙江援藏人》《蓝色的爱》，院线电影《李想的奇妙之旅》，三十集电视连续剧《佛汉拳出世》，电影剧本《我的行长老婆》等，并多次获奖。现供职于中国银行山东日照石臼支行。

1.

【卧室。内。清晨】

清晨的阳光从窗帘缝隙中照进。

环顾房间四周，墙上有篮球明星海报，拼好的拼图，桌子上乱糟糟堆满东西，地上扔着衣服，椅背上挂着一只袜子。

李礼光着脚丫拧开门，爬上床，一边使劲蹦跳一边大声唱歌：

大王叫我来巡山

我把人间转一转

我是一个努力干活儿

还不黏人的小妖精……

床上，蒙着被子的人被吵醒，伸出头，眯着眼睛大叫：李礼！你这不叫黏人，叫烦人！你不是小妖精，你是讨厌鬼！

赵莜莜站在门口，探过头来：李想，快起床了！

李想：知——道——了！

赵莜莜向李礼招招手，李礼爬下床。

赵莜莜拉着李礼的手离开。

李想闭着眼睛努力坐起来，睁开眼睛，使劲揉了揉，又"扑通"一下重新躺了回去。

2.

【卧室。内。清晨】

赵莜莜再次开门进来，大吼：李想，起床了！听见没有？

李礼从赵莜莜身后探出头，大吼：李想！起床了！听见没有啊？！

李想翻身迷迷糊糊：好好好！马上，马上！

李礼捂嘴笑，拽拽赵莜莜的衣角。

赵莜莜会意，蹲下。

李礼在赵莜莜耳边耳语，母女俩相视一笑，走到李想床边，两人一人拽一边被子，猛地用力掀起。

李想激灵一下，猛地睁开眼睛，坐了起来。

赵莜莜、李礼大笑：懒虫起床啦！

李想痛苦地双手抱头，大叫：啊！——

声音实体化，镜头随着声音来到窗外，声音直冲云霄，来到云层上，缓缓出现片名《李想的奇妙之旅》。

3.

【卫生间。内。清晨】

【画外音】李想：我叫李想，光看名字就能知道父母对我的期望，李想，理想！可是，我们班主任唐老师对我的评价是——李想很丰满，现实很骨感。我并没有什么过人之处（刷牙，漱口），就只是一个普通的初中生。这个是李笑（打开置物柜，镜子正好对着李笑），我继父，看起来还挺帅吧？其实以前我们玩得挺好的，可是不知道从什么时候开始，他站在我老妈一边了，老是跟我对着干，好像我干什么都是错的。尤其可笑的是，他还装成一副关心我的样子，把我当成了三岁孩子。（镜子角度转换，李礼看着电视跳来跳去）这个，李礼！我妹妹，特烦人，每天和发条上多了一样，在我身边叽叽喳喳，最爱向老妈打我的小报告。老妈让我和她每天早晨轮流互叫起床，我每次都是晚五分钟才叫她，可她每次都提前十分钟来吵我。真后悔当初，不该同意老妈把她生出来，唉！……

手机提示音。

李想含着一口漱口水蹲在马桶上，低头看手机。

赵莜莜：李想！你怎么一蹲马桶就玩手机？！动作快点！每天早晨起来第一件事儿就是玩手机，再让我看见你在马桶上玩手机，我就没收！……

【画外音】李想从镜子里看赵莜莜：这个就是我老妈，真是亲妈啊……每次我只要看手机都会被她碰到，啊！真倒霉，麻烦死了！

李想起身冲马桶，将漱口水用力喷到镜子上。

镜子里，赵莜莜变得模糊。

4.

【餐桌。内。清晨】

一家人坐在餐桌前各自低头玩手机。

赵莜莜用手机发微信，李礼玩着平板电脑，李想埋头手游。

李笑端着早餐走过来，将早餐摆来摆去摆好，用手机拍照；看看手机，又调整碗碟位置，再拍照；挑选照片，发朋友圈。

李笑招呼：开饭喽！

李想继续双手手指翻飞。

赵莜莜拿着手机继续看，一抬头看见李想，生气地：李想！你没带耳朵吗？怎么说你就是不听？！

李想两手手指翻飞，头也不抬：马上，马上！

李笑：李想，赶紧吃饭，上学要迟到了！

李想拿起筷子叼在嘴里，眼睛仍盯着手机。

赵莜莜忍无可忍：李想，把手机给我放下！抓紧吃饭！

李想不服地：你怎么老盯着我不放，刚才李笑在玩的时候，你怎么不说他？

赵莜莜：你爸那是在和朋友们交流早餐！

李想：我这也是和同学们交流"吃鸡"！

赵莜莜：你那就是玩游戏！少找借口！

李笑：好了好了，李想，就听你妈的，别吃鸡了，快吃早餐吧！

李想不服地：游戏怎么了？游戏可以开拓思路、扩大视野，提高团队配合意识、增进小伙伴之间的友谊！再说了，李礼，她也在玩游戏，你们怎么不说她？！

李礼表情不屑，举起平板给李想看：Sorry，Sir！我这是在用平板学习English！我跟你可不一样。

李想：那……那……

赵莜莜向李想伸出手来，表情和口气都非常严厉：我给你说过多少遍了？再让我看见你玩手机，我就没收！……不给你来真的，看样子还真不行！快点！手机拿出来！

李想表情紧张，把手机藏在背后。

赵莜莜：不给是不是？那你这个月的零花钱别想要了，下个月的，也别想了！

李想表情激烈变化，权衡、不服、无奈，最后愤愤不平、恋恋不舍地将手机放在桌子上，嘴里小声嘟囔：你们就是整天偏心眼儿……

赵莜莜把筷子拍在桌子上：哎！李想，我怎么就偏心眼了？！我们家可就你一个戴眼镜的，全因为你整天趴在手机上，把眼睛都弄坏了，我说的没错吧？！我给你买了视力矫正仪你也不用！等你先把视力恢复了，再说我偏不偏心眼的事儿吧！

李想一言不发，端起桌上的牛奶一口气喝光，回自己房间拿起书包，摔门而出。

赵莜莜有些伤心地看着门口：这么大点儿的小屁孩，就开始不让大人管了！

李笑匆匆打开抽屉，抓了包面包追出去。

5.

【李想家。外。清晨】

李笑拿着面包追出来：李想，你还没吃饭呢！

李想摔开李笑。

李笑将面包塞进李想的书包，拍拍李想的肩膀：别生你妈的气了，你妈这可都是为了你好！

李想梗着脖子"哼"了一声，头也不回地离开：我才不稀罕！

6.

【餐桌。内。清晨】

李笑回来，对赵莜莜：算了，别生气了，老婆！青春期的孩子脾气都这样。

李礼看了看门口，又看看赵莜莜：妈妈，哥哥的手机，你还会还给他吗？

赵莜莜：这个事儿不用你操心，赶快吃你的饭吧！

李礼低头吃了一口煎鸡蛋，怯生生对赵莜莜：妈妈，哥哥的手机能不能让我替他暂时保管，我藏起来，他绝对找不到。要不，你放在什么地方，被他找到后，他还会玩。

赵莜莜瞪了李礼一眼，离座，将手机放进抽屉，上锁：你就别动这个小心思了。你以为妈妈不知道你？你以前就老玩你哥哥手机里的游戏。要是交给你保管，你就可以随心所欲地玩了，是吧？

李笑：李礼，你妈妈说的对。你以后也不能玩你哥哥的手机，平板电脑也要少玩。你不是想长大后做空姐吗，万一像你哥哥那样把眼睛弄得近视了，空姐可就做不成了。没见过有哪个空姐戴眼镜吧？

李礼愣了一下，然后乖巧地：Yes，Sir。我以后吃饭时再也不玩平板了。

赵莜莜回来，心不在焉地抚抚李礼的头：好的，这才乖！快吃饭吧！

李礼安静地吃饭。

赵莜莜叹口气，忧心忡忡地拿起筷子。

7.

【林荫道。内。清晨】

路上静谧没有行人，偶尔传来一阵鸟鸣。

李想背着书包怒气冲冲走着。

李想：整天就会教训我，我玩手机就是不对，你们大人玩手机就是正事儿，哼！别以为我不知道，你们也都背着我用手机玩游戏！你们也就有本事管我，不让我玩游戏。真有本事，你去堵游戏公司的大门，别让他们开发游戏啊！还动不动就说"为了我好"。哼，为了我好？还不是我考了好成绩，你们更有面子！就知道让我学习！学习！学习！唉，这种日子什么时候才是个头！

李想脚下踩到一个东西，差点滑倒。

李想生气：我今天这是怎么了？连走个路都不顺！

李想把东西捡起来，摆出一副想要狠摔在地的架势，却发现是一部手机，意外地：手机？！

李想转头看四周：有人吗？谁的手机丢了呀？

突然，一道蓝光闪过。

手机（无表情，电脑合成声）：你好！欢迎激活未来手机。

李想吓了一跳，差点把手机摔到地上。

手机（无表情，电脑合成声）：请拿稳手机，现在开始刷脸验证！请按图示，把脸挪动到手机屏幕的取景框中。

李想半信半疑地拿着手机，按照提示音进行操作。

手机屏幕上的面部框里出现李想的脸。

手机（无表情，电脑合成声）：很好，请眨眼。

李想眨眼。

手机（无表情，电脑合成声）：很好，请张嘴。

李想张嘴。

手机（无表情，电脑合成声）：很好，请向左缓慢转头。

李想转头。

手机（无表情，电脑合成声）：很好，请向右缓慢转头。

李想转头。

手机（无表情，电脑合成声）：很好。身份确认通过，您就是未来手机的主人李想……

李想把手机放回原处，头也不回地走开：少来这套！老妈对我说过，最近有很多假装丢手机的诈骗，我才不会上当呢！……

远处学校铃声响起，李想拔腿就跑。

手机跟在李想身后紧追（和李想年龄相仿的真实人声）：等一等，李想！您今年11岁，在碧海中学初一2班，您爸爸叫李笑，妈妈叫赵莜莜，妹妹叫李礼……您的班主任唐老师今天会公布测试成绩，您排名21，比上次考试名次低5名，出现了严重退步！如果您要想今天过关就得带上我！

李想惊呆，停下脚步眼睛四处寻找，但空无一人：你谁啊？我要迟到了，没时间捉迷藏，快点出来！

手机在李想脚底下：别找了，说话的是我啊！

李想低头看去：啊！还是你？一部手机不仅会说话，还会走路？

手机：是啊是啊！我可不是普通的手机，我刚才说了，我是一部完全智能的未来手机！我还有名字呢，我的名字叫奇奇！

李想用两个手指再次捏住手机，高高抬起，上下左右仔细看，迟疑：未来手机？

手机：是啊。您今天想要过关的话，就把我带在身边！我仰知天文，俯察地理、中晓人和、明阴阳、识八卦、懂奇门、通遁甲，前知五百年，后知五百载，可以运筹帷幄之中、决胜千里之外……简单说来，就是我能帮您实现所有的愿望！

李想惊得瞪大眼睛，诧异片刻，往前后左右四处张望，确信没人看见，飞快地把手机揣进口袋，快步向学校跑去。

口袋里，手机兀自喋喋不休：……我的名字叫奇奇！奇是奇妙的奇，惊奇的奇，无奇不有的奇……

8.

【学校走廊。内。日】

一片寂静，阳光灿烂，朗朗读书声，老师上课的声音在回荡。

挂着"初一2班"牌子的教室。

李想猫腰，在走廊里从后门玻璃探头看教室。

唐宛如一手叉腰，看墙上的表，数着秒数，用河南口音：昨天我都说过了，再有迟到的就要打扫一个星期的卫生，昨天我都那么强调了，李想还顶风作案，我看他是想迫不及待为大家服务了！

李想擦汗：惨了……这下真的惨了！

李想口袋里的手机震了一下，他掏出手机，表情紧张。

李想：奇奇，你说能帮我，是真的吗？

手机：您的愿望，奇奇将会帮您实现。不过，提醒您注意以下三点：1. 不能告诉任何人奇奇的存在；2. 请记住时间不可逆转，所以，您要好好珍惜当下……

李想不耐烦地：废话真多！快点吧，急死人了！

手机：3. 如果违反以上两条规则，将可能导致不可预知的后果！

手机上出现菜单：手机操作模式有两种，一种是菜单式，有些麻烦，好处是直观；另一种是语音式，有什么要求可以随时说，简单方便，不过风险很大，您说的每一句话我都会当真、都会去执行，并且您说出去的话如同泼出去的水，一旦说出，无法撤回！

李想：你怎么比唐老师还要啰里啰嗦！就语音吧，快啊，快点帮我过关！

手机菜单出现：时间慢进，时间快进，时间静止。

李想瞪大眼：我去！好像真的不是开玩笑，真是高科技呢！

手机得意地：那是当然！要不怎么是未来手机……请选择！

李想：慢进！

一道蓝光闪过，嗡嗡的声音中，奇奇弹出：指令收到，立即生效。有效时间一分钟。

走廊的窗外，在操场踢球的同学进球了，球在空中停住，慢慢移动。

鸟儿在树上展翅欲飞，身后的猫扑到一半，肥硕的身体停在半空，风慢慢地吹过，李想的头发在空中动着。

李想看着窗外，不知不觉走到窗前，脸贴在玻璃上努力地想再看清楚点。

手机：主人，如果我是您的话，就会好好把握机会。

李想回过神来：哦！对！有正事！！

9.

【教室。内。日】

李想溜进教室。

唐宛如正在生气，一挥手把茶杯打翻了，茶水倒了一半。李想退回来，把茶杯摆正，在落座的一瞬间，时间恢复正常。

唐宛如看见李想出现在座位上，使劲眨眼睛，不解地：李想？你刚才不是……你动作挺快的呀！是从后门溜进来的吧？！

李想委屈地：没有啊，唐老师，我从前门进来的！后门一直关着呢，不信你问班长！

班长王思聪：唐老师……李想确实是从前门进来的！

唐宛如：奇了怪了，你……

李想狡黠一笑：唐老师，您刚才差点打碎茶杯，还是我扶正的呢！您可能没有注意到，我可一直都在呢！

唐宛如：那好吧！现在，全班同学都到齐了，开始上课！

王思聪：起立！

全体同学起立：老师好！

唐宛如：同学们好，同学们请坐！

全体同学坐下。

唐宛如：前天的摸底测试成绩出来了。现在，我来和大家总结一下。总体来说，大家这次的成绩还是比较理想的，只有个别同学的成绩不太理想。其中，特别是李想同学，这次的测试成绩非常非常不理想……

手机：请您对我的服务进行评价，非常满意请按 1，满意请按 2，一般请按 3，不满意请按 4，非常不满意请按 5……

李想着急地脱口而出：快住嘴吧你！

全班同学的目光一下集中到李想身上。

手机：非法选项，请重新评价。

老师：李想同学，请你站起来，解释一下为什么要让我住嘴。

李想尴尬：不好意思，唐老师，我不是说你的。

老师：那你给全班同学说清楚，你刚才是在和谁说话？

后面座位上的周天站了起来：老师，他在对我说。他的鞋带开了，我拍了拍他，想提醒他一下，结果他误会了！

李想转身把感激的目光投向周天，冲他眨了眨眼，轻声地：谢谢你！有空带你吃鸡！

李想低头一看，鞋带果然开了。

老师：好吧，你们两个先坐下吧。刚才的点评被打断了，我就额外多说两句。有时候，我就想，作为一个老师，其实就是在教给你们如何在知识的海洋里游泳，并且还带着你们在知识的海洋里畅游一段旅程。可是，现实情况往往是，老师经常游着游着就会发现，有的同学已经上岸了，还有的同学已经快淹死了，对没学会的同学，老师还得游回去捞。所以，今天点评的测试中的这些问题，可能已经有同学会了，会了的同学就相当于已经上岸了，不会的同学要认真地听，因为这其实就是老师辛辛苦苦地回头来捞你们了。希望不要这次把你们捞上来，下次你们再掉进去！

周天看看正讲得投入的唐宛如，把身体往前凑凑，小声对李想：又开始了，天天都是这套，真没劲！对了，昨天你吃了几次鸡？

李想用试卷挡住嘴巴，身体后仰：昨天十分不爽，一次也没有吃上！……唉，我怎么觉得她好像说上瘾了啊？隔三差五地就说这么一遍，像唐僧念经似的，也不嫌啰嗦。

手机插话：你的意思是，想让我把唐老师的脾气修理修理，是吧？

手机说话的声音挺大，李想吓了一跳，往前后左右打量，并没有人注意到，问手机：是不是你和我说的话，其他人都听不见啊？

手机：是的啊，当然了，咱们两个的对话，为什么让其他人听见呢？

周天：我的声音这么小，其他人应该听不见吧？

李想对周天：你先别说话。

周天：怎么了？

手机：为什么呀？

李想对手机：你的意思是你能把唐老师的啰嗦脾气给改了？

周天一愣：我可没那么大本事！

手机：当然了，我说过的，我可以帮您实现所有的愿望！

李想对手机：那你就开始吧！

周天不解：什么开始吧？你让我开始什么呀？

唐宛如注意到李想的异常：李想，你是不是有什么问题？站起来说！

李想忽地一下站起来，耸耸肩，摊摊手：老师，对于您刚才讲话中的逻辑，我感到无法理解！

李想被自己说话的内容和语气震住，他发现自己的嘴巴突然变得不受自己控制，赶快拿手去捂。

唐宛如奇怪地：我还没开始讲题呢，你怎么就不理解了？

李想再次耸耸肩，摊摊手：我觉得您刚才的话就存在严重的逻辑问题！

【画外音】李想表情惊异：我可能被未来手机给控制了……

李想拼命地扭动身体，想摆脱手机的控制。

唐宛如吃惊地：李想同学，你的样子看起来有些奇怪，你不会是病了吧？如果没病，那你说说看，我哪一句说错了？

李想的意志在和手机争抢着身体，一时顾不上说话。

李想渐渐体力不支，他抽空抓住一次说话的机会，向同学们求助：有没有啥吃的啊，我血条有点不够了。

同学们开始交头接耳、窃窃私语。

看到没有人理解、帮助自己，李想的意志绝望了，他望着周天：有没有能量饮料，快给我丢两罐！

周天尴尬，不知所措。

李想：我去！我要倒了，我要倒了，快拉我一把，快拉我起来啊！……

同学们哄堂大笑。

手机完全控制了李想的身体。

教导主任推门进来了，教室里马上鸦雀无声。

唐宛如对教导主任：主任？

教导主任翘翘大拇指：在走廊上听到你班上气氛挺热闹啊！继续保持！唐宛如送走教导主任，关上门：李想同学，你到底想要干什么呀？你有什么想法，就直接说出来吧！

王思聪：唐老师，李想刚才的几句是在玩游戏时常说的话。他可能还沉醉在战场中呢！

唐宛如：李想，那你就当着全班同学解释一下刚才是怎么回事儿吧。你是不是还在游戏战场上？到底是你的状态不对，还是我的逻辑有问题？

李想又耸耸肩，摊摊手：唐老师，我本来不打算说的。您既然都这么说了，我也就谈谈自己的看法了。您刚才对我们说，您要在知识的海洋里把我们捞上岸。可是，我们六年级的语文就学过，吾生也有涯，而知也无涯，这意思是知识的海洋是没有彼岸的。所以，您刚才的那些话是逻辑不通的。理不通则言不顺，言不顺则名不正……

唐宛如略显尴尬，打断李想：你的意思就是说我做你的老师，名不正言不顺，是吧？

李想犹豫一下，点点头：是的，我说的就是这个意思！您整天啰里啰嗦的，也不事先考虑考虑说的话到底有没有逻辑。

唐宛如怒不可遏：那好，我现在就名不正言不顺地告诉你，你已经严重扰乱了课堂秩序，现在就请你给我出去！

李想还想辩驳，但看了看震怒的唐宛如，悻悻离座。

周天大声提醒：李想，怎么不背你的三级包了啊，不怕让别人给你舔了啊！

同学们又是一阵大笑。

李想返回，背上自己的书包，走出教室。

10.

【走廊。内。日】

站在走廊里，李想的意志重新接管了身体。

李想：你刚才什么情况啊？可给我闯大祸了！……

手机：我是在执行您的命令！您的意志还反抗您，我提前告诉过您了，语音模式要谨慎使用啊！

李想：那我怎么能想到你会侵入我的身体，还能控制我说话和行动？！

手机：哦哦哦……但是，您也应该想到的啊，如果不借助您的身体，我怎么能帮您修理唐老师呢？

李想：哦！那好吧！那你告诉我，下一步唐老师会怎么修理我呢？

手机：下一步啊，我看看……等一会儿，她家里会发生一个急事儿，她会急着赶回家，就会忘了这茬儿，顾不得修理您了！

李想：那，我今天心情不好。不想上学，想逃课玩一天，是不是也没有关系？

11.

【公园。内。日】

公园，风景如画。

李想背着书包找到一把椅子，把书包往椅子上一甩，枕着书包舒服地躺下：奇奇，给我切换成一部大屏的智能手机！

一道蓝光闪过，嗡嗡的声音中，奇奇出现：指令收到，立即生效。

李想手里，出现了一部普通智能手机。

李想兴奋地打开手游界面，动作娴熟地开始手指翻飞，玩起"吃鸡"。

12.

【公园。内。日】

太阳移动。

光线逐渐暗下来，公园的一个保安走了过来：小伙子，你在这里不吃不喝地玩手机，都玩了一整天了。再不回家，家里人就该担心了！

李想放下手机，抬头看天：谢谢你啊，爷爷！我这就回家！

李想从椅子上站了起来，背起书包，往公园外走去：糟糕，天都黑了！我一天没在学校，要是被老师告诉我妈，那回到家不得被老妈唠叨死？！奇奇，删除模式，把我今天未在学校这段统统删去！

嗡嗡的声音中，奇奇弹出：指令收到，立即生效。

13.

【李想家。内。日】

李想背着书包进门：我回来了！

李笑正在做饭，从厨房探出头：李想回来了，洗洗手，茶几上有洗好的水果！

李想有些心虚：我妈呢？

赵莜莜用毛巾擦着头发从浴室里出来，用手指了指茶几上的一摞书：李想，我今天出去办事儿，正好路过新华书店，就顺带着给你买了几本。以后，你就别想着玩手机了，有时间多读读书。

李想观察到赵莜莜的表情无异常，抱起茶几上的书，对赵莜莜做了个鬼脸，走进了自己房间。

李想用脚把门踢上，将怀里的书和背着的书包摔在桌子上，然后，猛地趴倒在床上，两手用力拍着床，脚扑腾着，情不自禁地大笑起来。但又发现不妥，于是就努力地憋着不出声。

李想：这可真是太好了！以后，我玩游戏妈妈就不知道了，我就可以想怎么玩就怎么玩了！

手机：尽管您妈不知道您在玩游戏，不会再因为这个事情说您，可是，您的时间是一去不复返的，您没有把时间用在学习上，您的学业就会荒废掉，老是盯着手机看，视力就会继续变差，所以，您还是要好好考虑……

李想：我去！你怎么和我妈一样啊，我本来还想让你再帮我修理一下我妈呢，你倒变得和她一样啰嗦了！我告诉你，我学习和视力的问题，不用你来操心，今后不要再给我提这个茬！

手机：好的，主人！对不起，主人！奇奇以后不会再提这个茬！

14.

【李想家。内。夜】

李想一家四口在一起吃晚餐，一边说着话。

李礼看了李想一眼：妈妈，我今天吃饭没有玩平板电脑。

赵莜莜：李礼真乖，妈妈给你买的那些动漫书，你喜欢吗？

李礼点头：喜欢。

李笑：你妈给你和你哥哥都买了那么一大摞书，这下你们暑假就有的看了。不过，那些书就算再好看，也不能上瘾啊。看上半个多小时，就得注意休息一下眼睛。对了，李礼，我今天给你买的小粘贴，你喜欢吗？

李礼使劲地冲着李笑点头：嗯嗯嗯。

李想飞快地扒完了碗里的米饭，放下碗筷：我饱了！

李笑：这么快？再喝点小米粥吧，这可是我新买的沁州黄！

李想拍拍自己的肚子：不喝了，吃饱了！

赵莜莜：那就去写作业吧，写完以后记得戴一会儿视力矫正仪！

15.

【李想家。内。夜】

李想走进自己的房间，看见墙上的海报有些异常。

李想走近仔细一看，惊得眼睛都瞪大了：我去！

被自己当作宝贝的篮球海报，奥尼尔的脸上竟然被贴上了小猪佩奇的贴纸。

李想后退一步，再看其他的：每张海报都贴满各种小粘贴。

更过分的是，书架里的篮球上，也被贴满了钻石贴，闪闪发亮。

李想急了，大步冲出门外，怒不可遏地对着李礼大声嚷嚷：李礼，你也太过分了吧？！

李礼瞪大眼睛，不知所措，一副无辜的样子。

赵莜莜看了一眼李礼，吃惊地：怎么了？李想，怎么了？

李想指着自己房间里的海报：你看看，她把她的小粘贴都贴到我的海报上了！她这也太过分了吧？！

李想跑回屋拿出篮球：还有我的篮球！被她搞成这个样子，我还怎么拿出去打啊！

李礼委屈地：哥哥……我看爸爸给我买了那么多小粘贴，你没有，所以就想分给你一些。我觉得那个海报和篮球上都光秃秃的……我就想给你一个惊喜……我觉得那样很好看。

李想：屁，好看你个头！你喜欢并不代表我喜欢！你经过我的同意了么？就乱碰，你贴那个东西，就是为了让你自己觉得好看，根本不是为了我！你要是真的想对我好，就得先问问我是不是喜欢！

赵莜莜不以为然地：我还以为多大的事呢！你要是不喜欢，撕下来就行了，看你一惊一乍的！

李想着急：什么叫撕下来就行了？那我上次给我同学后背上贴个字条，你怎么不告诉她撕下来就行了？你为什么非让我向她道歉，差点儿还要动手搡我？我可是你亲生的儿子，有你这样对待亲生儿子的吗？连句话都不肯帮着我说！

赵莜莜：嗨，你还有理了呢？你妹妹贴的小粘贴，和你贴你女同学背上的纸条，能一样吗？你在纸条上写的那是什么？龅牙妹！人家女孩子就是牙大了点，你也不能这么笑话人家！我让你给人家道歉，就是对你好。你知道吗？为这事，你爸还专门买了水果去她家里赔礼道歉！

李想：对我好，又说对我好！你们每个人都对我好，行了吧？要怪全怪我自己不好！我不好，我走，行了吧？！我走了，就不会再有人让你们看着心烦了！你们以后也都不需要对我好了！

李想摔门出去。

李笑放下筷子，追出门去。

16.

【李想家。外。夜】

李想怒气冲冲地走在大街上的人行道上，街上行人稀少。

李想嘴里嘟囔：这家是没法再待下去了！都口口声声地说对我好，可一个理解我的人也没有！

手机：你们家里，一直都是这样吗？

李想：不是。以前不是这样，都是有了李礼以后，才变成这样的。他们处处护着李礼，都和我过不去。

手机：您的意思是，您不想要这个妹妹了？

李想：是啊，这种妹妹我早就不想要了！谁愿意要就给人家得了！

一道蓝光闪过，嗡嗡的声音中，奇奇弹出：指令收到，立即生效。

李想吓了一跳：啊？我是说说玩的！你当真了？！

手机：我提醒过您啊！您说的每句话我都会当真，都会去执行。您说出去的话如同泼出去的水，一旦说出，无法撤回！

李想绝望：那可怎么办呢？李礼真的会没有了吗？

手机：是的，没有了，从你们全家的生活中消失得无影无踪！

后面，李笑追了上来：李想，等等我！

李想装作没听见，继续气鼓鼓地往前走。

李笑追上来，搂住李想的肩膀，气喘吁吁地：刚才，我就上个厕所的工夫，你怎么又和你妈闹别扭了，还要离家出走！李想，你妈这两天由于工作上的事情，心情有些不好，说话爱着急，你要多理解她一下。

李想：你和我说这些干吗？我又不是你亲儿子，你回去跟你们的礼礼说去！反正在你们眼里，只有那个礼礼才乖！……她能理解人，她讨人喜欢，她什么都好，我不会理解人，什么都不行，什么都不如她！

李笑拍了拍李想的肩膀：哈哈！这可不是我和你妈说的，是你自己瞎寻思出来的啊。你这小屁孩，连只小猫都嫉妒啊！……我告诉你吧，你妈这两天确实有些郁闷。她做支行副行长都快十年了，这一次又没有晋升转正。当初和她一起提为副行长的，都已经转正好多年了。你说，她能不郁闷吗？

【画外音】李想心里产生好奇：李笑说我连只小猫都嫉妒，是什么意思？……对啊，从我上托儿所起，老妈就是副行长，我这都初中了，她还是副行长……这什么情况啊？在此之前，他们从来没有和我说起过大人们的事呢。

路边，一个冰淇淋店。

李笑：走，进去吃个冰淇淋，边吃咱爷俩边聊。

李想：我现在不想吃！

李笑：嘿，连冰淇淋都不想吃了。那好吧，我想吃了，你陪着我，可以吧？

17.

【冰淇淋店。内。夜】

李笑硬拉着李想走进冰淇淋店。

李想耷着肩膀绷着脸。

李笑对服务生：来两个冰淇淋！

李笑像对自己人似的悄声对李想：平时你妈不让我吃，今天是跟着你沾光！

李想仍然绷着脸，冷冷地：干吗不让你吃？

李笑：你妈说吃凉东西有湿气，对身体不好！

服务生递出两盒冰淇淋，李笑接过，递给李想一盒。两个人找张桌子坐下，李笑将一把勺子递给李想，自己打开面前的冰淇淋舀了一勺放进嘴里，陶醉地闭上眼睛感叹道：啊，久违的味道！

李笑突然想起什么：等等，拍个照片！

李笑凑近李想，用手机自拍，对李想：笑一个！

李想夸张地龇牙咧嘴，提醒：小心老妈看到！

李笑看拍好的照片，发朋友圈：看到就看到，看到她就放心了！

李想：接着说啊，老妈为什么没有转正啊？

李笑：就因为她的第一学历是大专，不是本科啊。

李想的表情缓和下来：老妈很能干的，专科未必就比本科差！

李笑：道理是这样，但是单位晋级有晋级的规则，而规则不可能做到100%公正合理，于是才会有怀才不遇的。你妈对你的学习要求严格，就是不想你将来像她那样再因为学历而错过很多机会！

李想安静地听着，若有所思。

李笑：所以，我说要让你多理解你妈一下。你妈和我不一样。我甘心做一个普通职员，不求上进但自得其乐，觉得能有你妈这能干的老婆和你这么省心的儿子，就已经很满足。

李想意外，不相信地看着李笑：就我，还算省心？

李笑：是啊！你从来都没有旷课逃学，在学校里也不惹是生非，也没有和同学闹过矛盾，学习成绩不算太好吧，但也不差，身体也很健康，感冒发烧都很少见，这还不够让我们省心的？！只有一点，如果玩游戏时能控制好，那就再好不过了！

李想低下头，沉默不语。

李笑：李想，我最近发现一个问题。以前，我们两个无话不说，可现在我觉得你很多话都不想对我说了，不知道为什么了？

李想抬起头看了李笑一眼，然后又低下头：我不知道。

李笑盯着李想：你觉得我的感觉对吗？你是不是有很多话现在都不对我说了？

李想一边挠头，一边小声地：我就感觉你们好像越来越喜欢教训我了，好像……我在你们面前，干什么都不对……

李笑盯着李想：没了？

李想一边点头，一边嘴里嘟囔出来一句：嗯，就是觉得你们越来越不理解我。

李笑舀了一勺冰淇淋放入嘴里：哦？能不能具体说说？

李想考虑了一下：就说上次我给那个女生贴字条的事情吧。老妈只知道我给她贴了字条，可她不知道，这个女生从升入初中开始就专门爱和我作对，捉弄过我好多次了。

李笑恍然大悟：噢，原来是这样的啊。那你把事情给你妈说清楚啊！

李想委屈：她得给我机会说啊。每次我要解释时，她就一句话，你不要再说了，我都已经知道了！

李笑点点头，沉吟了一会儿，指着不远处一个抱着小孩的男人：李想，第一次见你，就像那个小孩那么大……那时，你很轻，我抱着你，却仿佛整个世界的重量都在我身上；那时，我和你妈觉得为了你好，可以为你决定一切。现在你长大了，有了自己的想法，我和你妈妈的思维却没有跟着一起长大，我们确实该反思一下了……

18.

【李想家。内。夜】

李笑和李想一前一后走进了家门，换鞋。

李笑：老婆，我们回来了！

赵莜莜正在沙发上拿着手机发微信，抬头看了一下他们爷儿俩，漫不经心地：你们爷儿俩干什么坏事去了？我可是看到你的朋友圈了！

李笑给赵莜莜递眼色：我是故意让你看到的！怎么样，是不是觉得我拍照的水平越来越高啊？

李想心虚地：老妈，李礼呢？睡了吗？

赵莜莜眼睛往沙发上瞟了瞟：那不，在那里，睡了！咱家就数它的日子最滋润了！吃饱了就睡，睡醒了就吃！

李想顺着赵莜莜的目光向沙发上看去：一只雪白的猫蜷缩在沙发上睡得正香，还打着小呼噜。

李想惊讶地瞪大眼睛：那是只猫啊？我说的是我妹……李礼……李礼去哪儿了？

李想【画外音】：这只猫好面熟。

赵莜莜：你这孩子今天怎么了？李礼不是在这里好好的嘛！

李想惊住，跑进李礼的房间，发现里面放满了杂物，成了一个储物间。

李想又跑到客厅里悬挂的全家福前仔细察看。

照片：李想和李笑、赵莜莜，原本坐在赵莜莜怀里的妹妹消失了，取而代之的是一只雪白的猫。

李想指着墙上的照片，紧张地：老妈，你和李笑给我生的那个妹妹呢？就是老喜欢向你打我小报告的那个？！

赵莜莜和李笑都瞪大眼睛，用奇怪的眼神看着李想。

赵莜莜和李笑对望一眼。

赵莜莜走过去伸手摸摸李想的额头：没发烧啊……你这孩子，今天这是怎么了？你哪里来的妹妹啊？

李想拿开赵莜莜的手：这两天太热，我没睡好，我的意思是想让你和李笑再给我生个妹妹。我没事儿，好好睡一觉就好了。我去睡了啊！

李想走进自己房间，海报上仍然贴满小粘贴，篮球依然闪耀夺目。

19.

【镜头闪回。李想家。内。清晨】

李想被一阵吵闹声吵醒。

李想猛地睁开眼睛，李礼正在李想的床上跳来跳去，一边大声唱着歌：

大王叫我来巡山

我把人间转一转

我是一个努力干活儿

还不黏人的小妖精……

李想大吼一声：李礼！你这不叫黏人，叫烦人！你不是小妖精，你是讨厌鬼！

李礼一边尖叫着逃跑，一边大叫：嗷嗷，懒猪醒来啦！懒猪醒来啦！

20.

【镜头闪回。李想家。内。夜】

李想叹口气：我是在做梦吧？李礼怎么会消失不见呢！

手机：您不是在做梦。您对我说，这个妹妹您早就不想要了！谁愿意要就给谁得了！我是按照您的意愿，将她变走的呀！

李想无奈地叹口气，上床躺下，闭上眼睛。

手机：叹什么气？我告诉过您的啊，您说的每句话我都会当真，都会去执行，您说出去的话如同泼出去的水，一旦说出，无法撤回！

21.

【梦境。李想家。内。夜】

李想起床，半闭着眼睛走进卫生间，看着镜子里睡眼惺忪的自己，挠挠头发。

李礼跑了过来：哥哥，我帮你挤好牙膏了！

李礼递过来一个牙刷，李想接过来放进嘴里，整个人停滞，紧接着发出一声惨叫。

李笑、赵莜莜聚拢过来，李礼四脚朝天倒在沙发上笑得喘不过气来。

李想：李礼，你这个讨厌鬼！居然拿芥末当牙膏骗我，真是太过分了！

李想跑出来追李礼，李礼躲进自己的房间，"砰"的一下关上门。

李想用力打开门，发现里面空无一人，呆住。

李想用力去拉衣柜门，看李礼是否藏里面，衣柜一下倒掉，整栋楼突然间开始震动。

李想不知所措，听见妈妈大声呼喊：李想！李想！

李想睁开眼睛。

22.

【李想家。内。清晨】

赵莜莜在使劲地摇李想：李想！李想！闹钟都响了半天了，你怎么还不起来？快点，别磨蹭了！

李想突然想起什么，赶紧起来四处看。

海报上仍然贴满小粘贴，篮球依然闪耀夺目。

李想走进卫生间，拿起牙膏拧开盖闻了闻，确定不是芥末，才放心大胆地挤在牙刷上放进嘴里。

李想突然停住，嘴里含着牙刷，掏出手机：奇奇！

手机懒洋洋地：干吗呀，大清早的，人家还没睡醒呢！

李想：我问你……李礼真的消失了吗？

手机警惕地：我昨天不是已经告诉过您了吗？您不是后悔了吧？

李想拔出牙刷：我后悔？别开玩笑了！现在终于清静了……我就是确认一下，她不会再回来吧？

手机：哈哈，绝对不会再回来了！

李想：好的！终于可以摆脱这个讨厌鬼了！

赵莜莜在餐厅喊：李想，好了没，快点过来吃饭！

李想：来了！

李想走到餐桌前坐下。

赵莜莜给李想倒牛奶：公交卡放你桌子上了，别忘了带！还有你的书包也太沉了，一些当天用不到的书和本子以后就不要天天装在书包里了！……你怎么不梳一下头啊，看你的头发，乱成什么样了？你的袜子是不是没有换，怎么这么大的味儿？！……

李想小声抗议：老妈，我都知道了，你以后能不能别这么啰嗦呀！一件事情，你翻来覆去地说，不累呀？

赵莜莜从卫生间拿出一把梳子，使劲地给李想整理头发，但是头发就是不听话：嗨，我要是给你说个事儿，说一遍你就做了，我干什么还说第二第三次！就是因为给你说什么事儿，不说上三遍两遍的，你根本不会去做，我才变得啰嗦起来的！

李笑端着一盘煎鸡蛋，从厨房里出来：煎鸡蛋好了！

23.

【李想家。内。清晨】

李想背着书包将要出门，赵莜莜在后面喊：李想，带上雨伞！天气预报说今天下午放学时会下雨，别被雨淋着！

李想捂着耳朵，胡乱应付着：知道了！知道了！

正在吃饭的李笑放下碗筷，从门口的鞋柜里拿出一把雨伞，给李想插进双肩背包的侧袋里。

赵莜莜看着李想的背影，无奈地摇头：你有没有发现，自从李想的手机被没收了以后，他整个人都变得不正常了？丢三落四、恍恍惚惚的。你说，他这是不是手机依赖症？

李笑：哦？好像确实有这个倾向啊！我有个同学在医院，我上午找他问问吧！

24. >>>>>>>

【林荫道。内。清晨】

路上静谧行人稀少，偶尔传来一阵鸟鸣。

李想：奇奇，你还真是神奇！竟然把那个讨厌的李礼变成了一只猫！呵呵，现在，爸爸妈妈就只有我一个孩子了，再也不会偏心了……呵呵，幸福来得太突然，真有点不适应呢……

手机：小 case！你就慢慢地适应吧！

李想：就是，就是老妈太啰嗦了……

手机：您的意思，是想让我帮您修理修理你妈妈？

李想：停、停，我这是在跟你讨论！讨论懂不懂？反正你先别当真，千万别执行。

手机：讨论？

25. >>>>>>>

【李想家。内。夜】

李想走进自己卧室，锁好门，又拧了拧门把手确认好门锁。

李想：奇奇，有没有办法让李礼回来？

手机：没办法。我已经做过风险提示，说出去的话如同泼出去的水，一旦说出，无法撤回！……

李想捂住耳朵：好了好了，别啰嗦了！我自己想办法吧！

手机嘟囔：要是我这都算啰嗦，那也完全是因为您！我都说过多少次了，说出去的话……

李想：奇奇，手机切换为菜单模式。

一道蓝光闪过，嗡嗡的声音中，弹出一个操作菜单。

李想仔细查看各种功能。

手机无奈地：您还在找撤回功能是吧？别费劲了，不可能撤回的！我说过多少次了，说出去的话如同泼出去的水，一旦说出，无法撤回！

26.

【李想家。内。夜】

夜深了，李想半躺在床上继续探索手机的神奇功能。

李想：奇奇！

一道蓝光闪过，一阵嗡嗡声后，奇奇弹出，揉着眼睛：这么晚了，人家都睡着了！

李想：咱们再试试，把李礼找回来吧。

奇奇：您真的后悔了啊？可是，要找回来是不可能的！您说出去的话如同泼出去的水，一旦说出，无法撤回！

李想：不行，你一定有办法找到她。

奇奇挺胸，无奈地：我真的没办法！您是主人，要不您研究研究，看看我身上哪一块功能可以帮您找到她！

李想逐一按下奇奇胸前的菜单，翻看着。

27.

【李想家。内。夜】

赵莜莜去卫生间，听到李想房间里有说话声，她好奇地拧开李想房间的门：李想，怎么还不睡啊？你在干什么呢？

奇奇赶紧弹回手机。

赵莜莜看见手机：手机！哪里来的？

李想情急之下，将手机塞进自己的短裤里，夹在大腿中间。

李想穿着短裤下床，拉开枕头，掀起被子，装作无辜的样子：妈妈，哪里有什么手机啊？

赵莜莜不信，床上、床下翻找：我还说呢，没收了你的手机，你怎么这么老实，也不追着问我要，原来是你还有一部手机！

李想辩解：真的没有，妈妈。学校明天的活动，有我们班的一个节目，我要和同学表演一个用手机的小话剧。我刚才在练习操作手机的动作，你可能看成我手里真的有手机了。

赵莜莜找了半天没有找到，但是并不甘心。

赵莜莜狐疑地上下打量着李想，发现了李想的短裤里似乎藏着秘密：李想，把你的短裤脱下来！

李想紧张起来，看着赵莜莜。

赵莜莜严厉的目光。

李想硬着头皮，一边往下拉自己的短裤，一边命令：奇奇，语音模式，删除妈妈的这段记忆！

一道蓝光闪过，嗡嗡的声音中，奇奇弹出：指令收到，立即生效。

赵莜莜的身体一震，记忆在逐渐模糊。

奇奇：其实没关系的。就像除您以外的其他人都听不到我说话一样，包括您妈妈在内的其他人其实也看不到我的身影。

李想：我不管这个！我都这么大了，还在妈妈面前光着身子，多不好意思！

奇奇：我明白了！

李想趁机回到床上，捧起一本书。

28.

【李想家。内。夜】

赵莜莜站在李想房间门口：李想，别再看了，赶快睡觉吧！

李想：好的，妈妈。我这就关灯睡觉。

李想伸手关灯，躺倒。

赵莜莜回到自己卧室。

李笑还在朋友圈互动。

赵莜莜在李笑身边躺下，从床头拿起自己的手机，从里面翻出一个页面：珍爱青春，放下手机。

赵莜莜把手机拿给李笑看：我们单位同事发给我的，她孩子对手机的依赖也非常严重，她想趁暑假把孩子送到这个专门戒手机瘾的特训营。我想，我们是不是也把李想送去？等他把手机瘾戒了，我们再把手机给他。毕竟身上没有手机不方便。

李笑一边翻看着页面，一边说：我上次问三院的同学，他说现在很多孩子都有沉迷于手机的现象，也是建议找个专门的机构戒掉手机瘾。不过，我觉得李想的情况似乎还没有那么严重。

赵莜莜：什么是严重？什么是不严重？影响学习了就算严重！

李笑：那我们，没事儿时，不也在玩手机嘛！

赵莜莜：你玩不玩的我不知道，但是别拉上我。你又不是不知道，我们现在所有的工作安排和落实都是在微信里进行。

李笑：李想的学习成绩也不是特别差，每次考试都是在七八十分，在班里也是中上等水平，我觉得这就行了！咱们对孩子也别要求太高了，让他快快乐乐地成长才最重要！

赵莜莜：不行，他将来必须考"985""211"！必须得把手机瘾戒掉！

李笑：要不，等李想放假以后，咱们征求一下他的意见？

赵莜莜：我的儿子我做主！后天一放假，我就把他送去特训营！

赵莜莜一把把灯拉黑。

29.

【特训营。内。日】

特训营里，前面一只大筐。

孩子们穿着写有名字的迷彩服，排成两列站着。

教练身边站着两个年轻的助手，一男一女，俊男靓女，昂首挺胸，站得笔直。

教练：同学们，欢迎大家参加本次特训营！我宣布，"珍爱青春，放下手机"特训营现在正式开营！

教练的两个助手带领同学们鼓掌。

教练冲大家摆摆手，掌声停下：大家到这个特训营的目的，我就不多说了。为了达到我们的训练目的，希望各位同学都能积极参与本特训营的各项活动！下面，我们进行特训营开营的第一项活动，"放下手机"。

教练指指大筐：具体活动内容，就是请同学们自觉把手机放进筐里！

教练的两个助手，抬起大筐，走到排在队伍前头的同学乙前面。

同学乙瘦瘦高高，戴眼镜。他拿出自己的手机，珍惜地握在手里，磨磨蹭蹭地不愿意丢进去。

教练助手：请把你的手机放到这个筐里！

同学乙：我得先给我妈打个电话说一下，她万一打电话找我，找不到怎么办呢？

教练：从今天开始，我们每天集体活动时，都要把手机交给教练集中保管，到了自由活动时间，我们会给大家一定的时间用手机和家里联系。

同学乙无奈地将手机轻轻放进大筐。

教练：后面的同学提前准备好，大家抓紧时间！

助手一一走到同学们面前，大家都恋恋不舍地将手机放进筐里。

助手走到李想面前，李想摊开手：我压根儿就没带手机！

教练：好！这才是真正下定决心、想要戒掉手机瘾的同学，大家要向李想学习！

助手很快将所有的同学的手机都回收了。

教练：为了方便咱们特训营的管理，下面咱们将要进行的第二项活动内容是：分组，选出组长；然后，由每个小组的组长带着各组成员给本小组起队名、做队旗、编口号、选队歌。在分组之前，我们要先确定本次特训营的营长。我提议，由李想同学担任本次特训营的营长，大家同意的鼓掌！

助手带着同学们纷纷鼓掌。

李想事先完全没想到，扭扭捏捏、不知所措地：教练，我不行吧？我以前连班长都没有当过……

教练：自信一些，李想！冲着你来参加特训营时不带手机，你就可以连升四级当营长。只要有决心，你就行！我觉得你行！你能行！你一定行！

教练面对大家：同学们，大家觉得李想行吗？

助手带着同学们大喊：行！

教练：那么，等一下，我喊"李想"！然后，大家一起面对李想，对他高喊"你行！你能行！你一定行！"好不好？

助手带着同学们喊：好！

教练面朝李想：李想！

助手带着同学们高声：你行！你能行！！你一定行！！！

教练对李想：李想，看到了吧？大家一致认为你能胜任营长。那就不要再推辞了啊！

李想表情激动地用力点头：嗯，那好吧！

教练：下面我宣布，李想同学担任本次特训营营长！在训练活动中，大家如果有什么问题，可以直接给教练说，也可以跟李营长说，由李营长再向教练汇报！

同学们哄笑起来，李想羞红了脸。

教练指着李想：刚才收上来的大家的手机，也由李营长负责保管。大家如果临时有紧急情况需要使用手机的，可以找李营长！好的，下面我们开始分组……

30. >>>>>>>

【特训营。内。日】

同学甲是个小胖墩，蹲在马桶上憋红了脸。

同学甲大叫：李营长，李营长！

李想匆忙进来：啥事？

同学甲：能不能把手机先给我用一会儿？我以前蹲马桶时，都是要看着手机的……没有手机，我很不习惯……就拉不出来……

李想一脸无语，把手机找出来递过去。

31. .... »»»»»

【特训营。内。日】

同学乙：李营长，李营长！

李想：啥事？

同学乙：我要用一下手机，我忽然想起来一件事情，要给我妈打电话说一下！

李想找出同学乙的手机：快点啊，少说几句。

32. .... »»»»»

【特训营。内。日】

同学乙：我要用用手机，我有一件当紧的事情，要和我妈说一下了！

李想：我去，你不到一个小时，给你妈打了六次电话了，平均十分钟一次啊！

李想找出手机，递给同学乙。

李想好奇地站在一边听。

同学乙：是我啊，老妈！你在干吗呢？哦，洗碗呢！我呀，我在给你打电话啊！……没别的事儿，还是刚才打电话给你说的那个事儿！我刚才放下电话又想了一下，你头上的那根白头发还是等我回家给你揪吧！老爸粗枝大叶的，万一在揪白头发时，给你带下来两根黑头发那不就损失惨重了？……

33. .... »»»»»

【特训营。内。日】

同学丙：李营长，李营长！

李想：啥事？

同学丙：你能把我的手机拿给我用一下吗？

李想：你不是刚用过手机吗？

同学丙：我刚才给我妈打电话时，她说，今天有好几个同学因为在微信上看不到我了，就都给她打电话，问怎么回事儿，有的还以为我出什么事儿了呢！我得给我的那几个老铁都留个言不是，尤其是那几个原来一起"吃鸡"的。不然，他们还以为我失联了呢！

34.

【特训营。内。日】

同学丁：营长，营长！

李想：也是想找我要手机的，是吧？

同学丁：我可是正当理由的啊！你看看我脸上的痘痘，现在好像又严重了。我得拍一张照片发给我妈妈，让她帮我问问医生……

35.

【特训营。内。日】

同学戊、同学己、同学庚三个女同学：营长，营长！

李想无奈地：你们也是来找我要手机的是吧？

三个女生纷纷点头：嗯嗯。

同学戊：我网购的一个快递这两天要到，我不在家，得告诉我妈一下。

同学己：我这两天都晒黑了，我得拍张照片给我妈，让她帮我送些防晒霜。

同学庚：我得问问我妈，有没有忘了给我的仓鼠添水……

36.

【特训营。内。日】

教练交给李想一张纸：李营长，我发现这两天因为特殊情况申请使用手机的人次太多，从现在开始，除非我写的这些情况，其他的一律不许再使用手机。

李想敬礼：是，教练。

教练还礼后离去。

李想找到一个僻静无人的地方，轻声地：奇奇！

奇奇：主人，在。

李想：真忍受不了这帮手机控，奇奇，消除功能，把特训营里的所有手机控们的手机瘾统统消掉。

一道蓝光闪过，嗡嗡的声音中，奇奇弹出：指令收到，立即生效。

37.

【特训营。内。日】

孩子们排成两列站着。

队列前，教练满脸惊讶和兴奋：同学们，根据李营长的报告，昨天整整一天，在咱们特训营里，一个因为特殊情况而申请使用手机的也没有。我非常高兴，这说明大家已经可以做到放下手机，不依赖手机了！在咱们"珍爱青春，放下手机"特训营历届学员中间，你们是戒除手机瘾最快的一期营员，让我们一起为大家的进步鼓掌！……

李想悄悄地：奇奇！我越来越觉得这里实在太无聊了，你让我回家吧！移位模式。

一道蓝光闪过，嗡嗡的声音中，奇奇弹出：指令收到，立即生效。

李想忽然：停停停，别！先别回家，回家就暴露了我从特训营跑出来的事儿！

38.

【街上。内。日】

李想在街上慢慢走着，踢着路上一个石子，一边踢着一边往前走：奇奇，你说我要到哪里去好呢？

手机：要不，我给您切换成大屏手机，您找个地方去玩"吃鸡"游戏？

李想：不，我现在不想玩手机了。

手机：哦哦，我明白了，您让我消掉大家的手机瘾，您的也一起消掉了！

李想：反正我现在觉得一天到晚地老是惦记着"吃鸡"，真是没什么意思。

手机：您这么想，就说明您的手机瘾真的没了。

李想：我看特训营里有手机瘾的，找我要手机用时，说的理由都很牵强，有的还非常可笑。

手机：您以前迷恋手机时也是这样的，别人也觉得您用手机的理由可笑。

李想：我去，奇奇，你笑话我……对了，我找周天玩去！

39.

【周天家。内。日】

周天在写作业，周末在电视机前跟着节目蹦蹦跳跳。

敲门声。

周天去打开门。

李想走进来。

李想看一眼周末，好奇地：天天，这是谁呀！

周末边跳边回头：Hello，李想哥哥！

李想愣住：李礼？你怎么……

周天：我妹妹周末！怎么，不认识了？

李想：什么？周末？

40.

【周天家。内。日】

李想：你妹妹上过电视，是吧？

周天在李想眼前晃晃手：嗨，你受什么刺激了？我妹妹上电视参加才艺表演，我以前都给你说过啊！前段时间，我带她和你一起去公园玩时，她不是还给我们现场表演了吗？

李想：呵呵……你妹妹和我妹妹长得太像了！

周天惊讶：你妹妹？你不是独生子吗？什么时候有妹妹的？

李想醒悟：啊？哦对……我是说，我要是有个这样的妹妹就好了……

李想趴在周天耳边，小声地：你妹妹……是捡来的吧？

周天：说什么呢！你妈是不是告诉过你，说你是捡来的啊？你不会到现在还相信吧？

李想辩解：我不是那个意思。

周天：我妹妹可是我妈亲生的！她刚出生时候你来找我玩儿，说我妹妹的脸皱得和猴子屁股一样，我还和你吵了一架，好几天都没搭理你呢！你怎么现在都忘了？

周末：李想哥哥，你是不是"吃鸡"时不小心，吃了只中毒的鸡，把脑袋搞坏了呀？

周天和周末两个人大笑。

李想满脸通红。

周末：咦？李想哥哥，你的脸怎么一下子变得像动物园里的猴屁股一样红？

周天：哈哈哈！李想别生气，我妹妹平时就经常对我各种恶作剧，可搞笑了！来，咱们一起跳舞吧……

李想推辞：不不不，你们跳！我到阳台上给老妈打个电话。

41.

【周天家阳台。内。日】

李想溜达到阳台：奇奇！

一道蓝光，奇奇弹出：又叫人家干什么？

李想：这是怎么回事？李礼怎么变成天天的妹妹了？

奇奇：您当时说这个妹妹您不想要了，谁愿意要就给人家得了。周天想要个妹妹，所以您妹妹就成了周天的妹妹了。

李想：你的意思是，我们家里的那只猫，就是以前周天家的那只？

奇奇：没错啊！

李想：怪不得我看那只猫也很面熟！怎么会这样呢？

奇奇：这个事情就说来话长了。虚无是宇宙之本原，万物之归宿，其实是为它本身存在而存在的载体……

李想：少说玄的，直截了当地说吧。

奇奇：嘿嘿。你们将来会学到"能量守恒定律"。生命也是能量存在的形式，每个家庭里的能量都不会消失，只会转换存在的形式……

李想：说些我学过的，别老整这些我听不懂的。

奇奇：那就说种萝卜吧。每家的萝卜坑都是固定的，比如你本来家有四个人就相当于有四个萝卜，李礼这萝卜拔掉以后留了一个坑，这坑怎么办？

李想：拿周天家的猫来填？

奇奇：正确！天天家也是四个坑啊，他爸爸妈妈、天天和猫，这猫给你了，猫的坑就……

李想：李礼填？

奇奇：回答正确，加十分！

李想：我去！周天这家伙拿只猫就把我的妹妹换走了，这下我可亏大发了！

奇奇：您可不要再说您后悔了啊！我对您说过多少遍了，说出去的话如同泼出去的水，一旦说出，无法撤回！……

42.

【周天家。内。日】

李想回来，周天和周末仍在蹦蹦跳跳。

李想无聊地在客厅里转悠，突然，他眼睛瞪大。

沙发旁的一只篮球，上面用钻石贴粘贴得亮闪闪。

李想一脸震惊：天天，想不到你还有这个癖好！

周天停下蹦跳，顺着李想的眼睛看向篮球，得意地笑起来：这是周末给我贴的，怎么样，好看吧？

周天捧起篮球，指点着让李想看：看看，这贴的水平，完全成为一体，一点儿缝隙都没有！这球儿要是打起来，在整个球场肯定是最炫中国风啊！

李想：可是你一大老爷们贴这个，是不是……有点儿……恶心啊？

周天不满：嗨！你知不知道什么叫艺术？

李想无语。周天露出不屑的眼神：艺术不分男女，男的艺术家也有化妆穿裙子的呢！我妹妹才5岁啊！你看看她贴的这些小粘贴的配色，看着就让人心情愉快！

李想一时语塞。低头，看见周天的脚指甲居然有指甲油，指着大笑：哈哈哈，你脚丫子弄上颜色，不会也是想心情愉快吧？

周天正色：你笑什么！这是我的幸运色，我妹妹给我涂的！知道什么叫幸运吗？就是可以大吉大利，天天吃鸡！

李想：我去，你不是吧，骗小孩子的话也信？

周天趴在李想耳边，小声：哈哈哈，我才不信这个呢！不过，只要她高兴就好，昨天她给我涂了好久……

周天把脚抬起来凑到李想脸前：你看看，涂得多好，都没有涂过界！

李想：去去！臭死了！

周天：哈哈哈……

周末闻声停下跳舞，走了过来。

周天：妹妹，我们和李想一起玩扑克吧？

周天看看周末。

周末一脸不感兴趣的表情。

周天：你要是觉得扑克没意思，我们就来玩大富翁吧！

李想：太无聊了！

周末：好啊！我们玩大富翁！

周天硬拉李想：来吧来吧，咱们杀一盘！

三个人坐下来。

周天对周末：我看看这次你又抽中什么，啊啊！厉害呀，周末 5 栋大房子！

李想眼睛直了，一把抢过来卡片：哪有这么奇葩的牌！

卡牌：停止行动 2 回。

周天使劲冲李想眨眼睛。

周末奇怪地：哥哥，你眼睛怎么了？

周天：我……我眼睛痒痒……

周天把卡牌抢过来塞进一堆牌里。

周末跳起来，开心地：哈哈哈！我是大富翁啦！

周天拍着手，和周末一起跳来跳去：哈哈哈，周末是大富翁啦！

李想无奈地看着周天和周末。

周末：我要去厕所！

周末一溜烟跑了。

周天和李想一起收拾玩具。

李想：真看不出来呀，你这么宠你妹妹！

周天：这有什么奇怪的，她比我小，我照顾她是应该的！

李想：嗯，你不觉得她会分走爸爸妈妈的爱吗？

周天：怎么会呢，爱不会因为多一个人而减少的，多了妹妹就是多一个人关心我！

李想：可是她给你捣乱，乱贴乱画，你不觉得很讨厌吗？

周天：贴画是她最喜欢的东西，她能给我贴，就是和我分享，我特别高兴啊！兄妹相处之道是互相谦让，这就像照镜子一样，如果我一直对她很凶的话，她一定对我也很凶，如果我对她好，她也会对我好。

李想出神。

43. ....

【镜头回闪。李想家。内。日】

李想生病躺在床上。

一条没有拧干的毛巾突然"啪"的一下扔到李想的脸上（学习大人的样子换毛巾降温）。

李礼站在床边：哥哥，我给你讲个小鞋子的故事……

44. ....

【镜头闪回。周天家。内。日】

周天的爸爸：周天，我们该吃晚饭了，你也让你同学回家吃饭吧，不然他爸妈该着急了！

李想恋恋不舍：周天，天快黑了，我该回家了。

周天正在教周末玩魔方，注意力都在魔方上面，心不在焉地：那好吧，再来玩呀！

李想走到门口，看了一眼周天和周末，表情复杂。

45. ....

【街上。内。黄昏】

李想手插进裤袋，无精打采地低着头走着。

李想：奇奇！

奇奇弹出：什么事？

李想：我……我……

奇奇：嗯？您怎么吞吞吐吐的？

李想：李礼……李礼可不可以还回来？

奇奇生气地：那可不行，我告诉过您，说出去的话如同泼出去的水，一旦说出，无法撤回……我可没办法！

李想：我……

奇奇：别说了！我没办法！

46.

【李想家。内。黄昏】

赵莜莜接电话：什么？李想不见了？他没回家呀！你们怎么搞的啊？我把孩子交给了你们，你们竟然给我弄丢了！……

赵莜莜接完电话，对李笑：特训营的电话，李想不见了！

李笑紧张：不见了？……会不会是逃跑了啊？我开始就不让你送他去那个什么特训营，你看出事儿了吧？！

赵莜莜：我想应该没事的，李想这孩子我了解，不会有什么事的！

李笑：赵莜莜，李想可是你亲生的骨肉啊？什么叫不会有事儿？！你难道一点儿都不着急吗？我可是告诉你，等到出事儿，那就晚了！……

赵莜莜：你和我着什么急呀？我自己的亲生儿子，我能不关心吗？你看你，给我要的这是什么脾气……

桌子上，李笑的手机微信提示音。

李笑慌忙去拿手机，赵莜莜一把抢在手里打开微信。

妖冶美女头像，微信名清婉：在吗？

赵莜莜：这是什么人？

李笑解释：这个人是个微商。

47.

【手机另端。内。夜】

手机那端，一个猥琐男子，用清婉的微信名继续发嗲：哥哥，小妹遇到了一些困难，爸爸刚刚被车给撞了，肇事者跑掉了。我现在手上没钱，医院不让住院！你能不能看在咱们朋友的分上，借给我一些钱用，帮我渡过这关。事过以后，我一定会好好感谢你，愿意以身相许……

48.

【李想家。内。夜】

赵莜莜愤怒地指着微信：你给我解释，这是怎么回事儿？

李笑尴尬：我跟她在微信上聊了没几天，没想到她竟然……

赵莜莜：别说了！你竟然瞒着我跟这种乱七八糟的女人交往！这日子没法过了！咱们离婚！

赵莜莜捂住脸大哭，李笑竭力哄劝。

49.

【街上。内。黄昏】

李想手插在裤袋，漫无目的地走着。

李想：奇奇！

奇奇：在。

李想：我忽然想起来一件事情。上次乱扔垃圾那一回，又不是只有我一个人在扔，唐老师却只罚我抄校规，没有处罚其他人。尤其是班长王思聪，平时最爱乱丢垃圾，但是唐老师一次都没有处罚过他。是不是因为他家特别有钱，然后老师就偏向他啊？！

奇奇：您想知道唐老师是怎么想的，是吧？这个简单，您选择倒放模式就行。

李想：奇奇，倒放模式！

一道蓝光闪过，嗡嗡的声音中，奇奇弹出：指令收到，立即生效。

50.

【镜头回闪。办公室。内。夜】

老师们在一起办公。

语文老师：那个叫李想的孩子实在太调皮了，就是应该多罚他抄几遍校训，不然真是记不住！

唐宛如：李想啊，调皮是调皮了点，不过还是挺聪明的，也机灵，我上课，他一点就通，就是聪明有时候不用在正道上。

语文老师：嗯，他在男孩子里算是机灵的，反应快！

唐宛如：他上次接我话，我就觉得他思维敏捷，等下次学校辩论比赛就推荐他，这小子来话儿贼快！

语文老师：你对自己学生可真好呀！对了，唐老师，我怎么忽然觉得这个叫李想的同学和你以前的孩子很像啊？如果他还在的话，是不是也和李想一样大了？

唐宛如：唉，从李想一进我们班，我就发现了。他的眉眼之间，说话、走路的样子，都和我以前的孩子像一个模子倒出来的似的。如果我孩子还活着的话，应该也和他一样上初一了。老天弄人啊，让他早早就走了。不过，有时候我也想，我不是还有班里的这些孩子吗？我就把李想他们都当作自己的孩子吧！

语文老师：你这是一番良苦用心，可孩子们小，他们不一定能理解啊！

唐宛如：他们背地里叫我唐僧我可都知道，唐僧也行啊，那我就当他们是一帮小猴崽子。《西游记》里的孙悟空叫他们的那帮猴子猴孙"孩儿们"，班级里，我这个唐僧把这些同学都当作自己的"孩儿们"！

51.

【镜头闪回。山下。内。黄昏】

李想不知不觉走到了山下：没想到这样，唐老师原来不是真的偏心眼，我是错怪她了！

奇奇：知己知彼，才能百战不殆。如果只从自己的感受出发，不知道对方是怎么想的，人就容易走极端，容易发生误会。凡事都有多面性，我们不能只看一面，而忽视另一面……

赵莜莜急匆匆大步走着，顺着声音看见李想和李想手里的手机，走过来，情绪失控地：李想？我们到处找你，差点就报警，你怎么跑到这里来玩手机？你这个手机从哪里弄来的！

李想见赵莜莜步步紧逼，不由得连连后退。

李想悄悄地：奇奇，你不是说，除了我，其他人都看不到你吗？

奇奇：那是以前你有手机瘾的时候，不想让别人看见你用手机，所以我就保持隐身；可是现在你已经没有手机瘾了，不怕别人看到你用手机了，所以，我就切换到了正常模式。

李想抱怨：你怎么不和我说一声呢，你要害死我了！

奇奇：你千万不能把我交给你妈，否则我就会变成砖，死定了！

赵莜莜步步紧逼，伸过手来：李想，把手机给我……

李想连连后退：不，我不能给你！你听我解释，老妈！

赵莜莜：我没空听你解释！我只想让你知道，妈妈做的一切，都是为了你好！

李想：老妈，我知道你是为我好。可是，你也得理解我一下，我已经长大了，不能所有的事情都让你管着了！

赵莜莜：李想，你再大也是妈妈的孩子！就算妈妈七老八十了，都要管着你！不管你愿意不愿意……

奇奇：我现在就可以把你妈的时间拿走，让她变老。你愿意吗？

李想：我愿意是愿意，只是你也要理解一下……

一道蓝光闪过，嗡嗡的声音中，奇奇弹出：指令收到，立即生效。

李想吓了一跳，愣了一下：奇奇，我不是跟你说的。我是跟我妈说的！

奇奇：不好意思，我误会了。刚才我性命攸关，太紧张了！不过，事已至此，无法挽回了。

周围开始有光出现。

光消失，赵莜莜不见。

52.

【李想家。内。夜】

赵莜莜满头白发，对着茶几上的相框自言自语。

相框里，李笑和李想吃冰淇淋的照片，李笑很开心地笑，李想故意龇牙咧嘴。

李想：这不是上次跟李笑在冰淇淋店的照片吗？奇奇，这是怎么回事？

奇奇：您的要求实现了，赵莜莜的时间我全拿走了，现在赵莜莜正在慢慢变老。您能看见她，但是她看不到您，也听不见您的声音。

赵莜莜：李想，你爸已经睡着了，我睡不着啊。

赵莜莜拿起相框仔细看照片：你又有好久没有回家了。爸妈知道你现在是单位的骨干，每天都很忙，爸妈也不舍得打扰你，怕影响你的工作。有时候实在想你了，就找出你的照片来看看。

这张照片是我从你爸的手机上找出来的。你小时候最喜欢吃冰淇淋，我怕伤着你的胃，一直不让你吃……你爸说偶尔吃一次没有关系，就偷偷陪着你吃，还专门拍了这张照片让我看……

那个阶段，你特别叛逆，因为他不是你亲爸，你就叫他李笑。他看起来好像并不介意你直呼其名，我以前也一直认为他真的不介意。直到后来，我才知道，他一直都在期盼着你能叫他一声"爸爸"。

但是，他从来不让我对你说，因为他怕让你为难……

可现在我必须对你说了。下午我陪他去了趟医院，医生说，你爸的病已经到了晚期，这个坎怕是迈不过去了！

可是，他回来后还是不让我给你说，怕你做事时分心。可是，我如果不说的话，我就会憋得喘不过来气！

虽然他不是你亲爸，可是他一直就关心你，陪伴你，从来就不会对你着急。他说他不求上进，其实是因为他的工作一直都不顺利。你妈这样的人，怎么可能找个不求上进的人？可是，即使他在外面受了天大的委屈，回到家里，也是连一句大声的话都舍不得对你说。就算是亲爸，又能有几个能做到像他那样有耐心呢？都这些年了，你还是不肯叫他一声"爸爸"……

明天，我要你无论如何都要回家一趟，请假也得回来，我要你当面叫他一声"爸爸"。这么好的一个人，我们要是让他抱着遗憾离去，天理难容啊……我现在就给你发信息吧……

赵莜莜拿起手机发信息。

李想一直在眼眶里打转的泪水夺眶而出。

李想哭泣：奇奇，我不要这样……快给我恢复到原来的样子吧！

奇奇：主人，您真奇怪，拥有的时候从来不珍惜，失去了又叫苦连天……我告诉过您很多次，要好好珍惜当下！

李想哭喊：奇奇！我命令你把老妈的时间还给她，我是你主人！必须听我的！

奇奇：不可能！我做过风险提示，说出去的话如同泼出去的水，一旦说出，无法撤回！

李想恸哭：我以为那是吓唬我的！那不是真的，对吗？奇奇，你告诉我呀！

奇奇：每次执行您的指令，我都提示过，可是您都干了什么？每一次您都是任意地浪费，随意地挥霍，如果这一点你不改变的话，无论再重演多少次，也还都是这个样子……

李想抱着头，浑身颤抖：是啊，看我都干了什么啊！把妈妈变老了，把妹妹变没了，把爸爸变得要死了！这都是因为我的愚蠢啊，现在我知道错了……奇奇，我求求你，你把一切都恢复成原样吧！我希望有个妹妹每天都来吵醒我，我希望还有个老妈每天都对我啰里啰嗦，我希望从我小时候就叫李笑"爸爸"……只要是你能让他们都回来，我愿意拿自己所有的一切去换！

奇奇：您说愿意拿一切去交换？

李想一边抹泪，一边使劲点头：是的,我愿意！你有办法让他们回来吗？

奇奇：嗯，也不是绝对没有办法。根据"能量守恒定律"，您可以把您的时间给妈妈，把存在的机会给妹妹，但是，您就会消失，谁也不会记得您曾经存在过。关于您的一切，大家都会彻底忘记，就像李礼曾经从你家里消失一样。您愿意吗？

李想稍作犹豫，然后坚决地：我愿意！

奇奇：有意思，哈哈哈……有意思啊！那您可别后悔！

李想发誓：我绝不后悔。我从他们生命中消失，是我咎由自取。我情愿用我的消失，来换取妈妈、爸爸和妹妹都恢复到从前。妈妈、爸爸、妹妹，因为我，让你们发生了这么多的变故，我觉得我不配存在于你们的生命里。对不起……你们就当我从来就没有出现过吧……

一道蓝光闪过，嗡嗡的声音中，奇奇弹出：指令收到，立即生效。

李想闭上眼睛，眼泪流下来。

奇奇：神奇功能风险提示，您说的每一句话我都会当真，都会去执行，并且您说出去的话如同泼出去的水，一旦说出，无法撤回！

李想：不用撤回，我绝不后悔！

奇奇表情复杂。

李想渐渐消失。

53.

【李想家。内。清晨】

早上，鸟鸣声，李礼醒过来，用手背揉揉眼睛，光着小脚丫走出来。

赵莜莜看到李礼，指指她的小脚丫。

李礼笑着跑到李笑的脚背上站着，两人玩起来。

赵莜莜将早饭端上餐桌。

李笑：好了好了，穿鞋子去！

李礼：知道啦！

李礼走到李想的门前，想了又想，开了一条小缝隙，逆着阳光看不清有什么。

李礼爬上床，一边使劲蹦跳一边大声唱歌：

大王叫我来巡山

我把人间转一转

我是一个努力干活儿

还不黏人的小妖精……

床上，蒙着被子的人被吵醒，伸出头，眯着眼睛大叫：李礼！你这不叫黏人，叫烦人！你不是小妖精，你是讨厌鬼！

赵莜莜走过来，站在门口：李想，快起床了！

李想：知道了！

赵莜莜向李礼招招手，李礼爬下床。

赵莜莜拉着李礼的手离开。

李想猛地睁开眼睛，看周围一眼，使劲掐自己的脸，吃疼地皱眉，还不放心，又用力拍自己的脸。

李想下床，站起来跳了两下。

赵莜莜经过又退回来：李想，你在蹦跶什么呢？快点洗脸刷牙去！

李想看看四周，一切都和原来一样，什么都没变，他找到手机，颤抖着手打开。

李想：奇奇？

手机闪过一道蓝光，奇奇弹出，影像模糊。

李想：我……怎么没有消失？

奇奇：本来我是真的想让您消失，可是您的悔恨和爱让我又起了好奇心，也许给您一次机会，您会有不一样的选择。

李想：谢谢你，奇奇！

奇奇在渐渐变淡。

李想伸出手欲抓住奇奇：奇奇，你怎么了？到底出什么事了？！

奇奇：对不起，根据能量守恒定律，如果要让你恢复现状，必须用完我全部的血条。你不用给我丢能量饮料，丢也没有用了。我要倒了，我要倒了，你不用拉我，不用拉我起来……

李想大哭：我答应你，奇奇，你不要走……我不让你走！

奇奇：我只能陪您走到这里了。希望您好好珍惜家人，珍惜时间……

奇奇消失在晨光中。

李想的手里，手机变成一个普通的手机模型，静静地躺在李想的手里。

李想将手机模型贴在自己脸上，哽咽：奇……奇！我不想让你走！

54.

【镜头回闪。林荫道。内。清晨】

手机：我仰知天文、俯察地理、中晓人和，明阴阳、识八卦，懂奇门、通遁甲，前知五百年，后知五百载，可以运筹帷幄之中、决胜千里之外……简单说来，就是我能帮您完成所有的愿望！

……

口袋里，手机兀自喋喋不休：……我的名字奇奇！奇是奇妙的奇，惊奇的奇，无奇不有的奇……

55.

【镜头闪回。李想家。内。清晨】

李想哽咽：奇奇……

赵莜莜再次走到李想门口。

赵莜莜：李想，发什么呆，还不赶紧洗脸刷牙！

李想赶紧用手背狠狠擦了一下眼睛。

李想走出房间。

赵莜莜在收拾桌子，李想从后面一下子抱住赵莜莜哭泣。

赵莜莜吃紧地：李想，你怎么了？哪里不舒服？

李笑也手忙脚乱过来。

李想：老妈，对不起……我好想你……

赵莜莜：什么对不起？考试没考好吗？

李想：不是！我……我……我梦见你老了，然后，就不见了！

赵莜莜：傻小子，你妈我还年轻着呢！离老还远着呢！

李礼用手指刮着自己的脸：丢，丢，爱哭包！爱哭包！

李想：礼礼，以后你想怎么贴我书都行，嗯，篮球和海报可以画，不过能不能别贴那些亮晶晶的东西呀？……有点……有点……娘……

李礼：妈妈，哥哥脑袋坏掉了！

李笑：李想，发生了什么事？

李想：爸爸，我没事！

李笑惊喜地：你叫我什么？

李想：爸爸！

李笑抹了把眼睛，对赵莜莜：莜莜，我没听错吧？李想叫我爸爸了！

赵莜莜：那你答应啊！

李笑对李想：再叫一声！

李想：爸爸！

李笑：哎！

李想：爸爸！

李笑：哎！

李想：爸爸，爸爸！

李笑：哎，哎！

李想：我以前太自私了，从来没有想过除我以外的事，李礼是个小艺术家，我却嫌她捣乱；爸爸努力做个好爸爸，我却故意跟他作对；老妈的存在，我习以为常，却忘记……妈妈会变老……

赵莜莜：我还很年轻！我不会……

李笑：你让他把话说完。

李想：我没有办法保证以后会一直做个好孩子，但是我会努力，不乱发脾气，不浪费时间。我会配合李礼的艺术，不过……指甲油能不能只涂在脚上？我也会努力学着做个好儿子……

李笑含着笑，揉了揉李想的头。

赵莜莜擦了擦眼睛：等等！说实话，你是不是没考好？

李想：妈——妈！

赵莜莜笑了。

李礼把一张星星贴画"啪"一下用力糊在李想手背上。

李想大叫：我去，李礼！

李想意识到自己的态度，声音和表情调整到柔和：……礼礼！

李礼：哥哥，既然你这么配合我，那我就奖励星星给你。

赵莜莜突然想起什么，从抽屉拿出手机，递给李想：没有手机确实不方便，不过要少玩啊！

李想：谢谢老妈，我会控制的。

赵莜莜：对了，你爷爷一大早就在群里说，赶早集买了海捕虾和海捕龙鳞，让咱们晚上去吃，记得在群里给你爷爷回个信啊！

李想意外又惊喜：……爷爷，他不是？……回信？哦，好，马上……

56.

【李想家。内。清晨】

李想走进房间，书架上，篮球被移到一边，手机模型放在显著位置。

李想背起书包，对手机模型摆摆手：奇奇，我去上学了！回头见。

李想的声音哽咽：……奇奇，没有你，我真的有点不适应……

李想恋恋不舍地走出去，门关上。

书架上，手机模型默立在晨光中。

57.

【公交车站。内。清晨】

李想在公交车站等车。

李想拿出手机看时间。

李想抬头看车。周围，人们都在低着头看手机。

李想看看自己手机，想了想，把手机收进口袋。

对面，一辆公交车经过，车上的人们都在低头看手机。

远处，青山如黛草如烟。

（2018 年 8 月儿童院线电影）

后记

　　剧作家，是中国金融作家队伍里一支重要力量。这部《当代金融文学精选·影视戏剧文学卷》里收录的，是时下活跃在金融文学领域的部分剧作家的作品，书中共收集了 10 位编剧的剧本，有电影剧本、微电影剧本和话剧剧本等，都是已经播出、演出或者发表的作品。

　　近年来，金融文学异军突起，创作成果在中国文坛备受关注，特别是中国金融作协的成立，为金融文学的发展营造了良好的创作生态，涌现出一大批有实力的金融作家和有影响力的金融文学作品。阎雪君的《天是爹来地是娘》、龚文萱的《新银行行长》、付顾的《影子行长》、徐建华的《极少数》、朱晔的《银圈子》、杨军的《大汉钱潮》等长篇小说，都是非常好的影视戏剧质料，天生具备了搬上银幕和舞台的良好品相。当然，在产生这些优秀作品的同时，还有一部分金融作家直接进行剧本创作，编剧缩短了走向市场的"流程"，使他们的作品快速进入市场。

　　纵观收录的这几部剧本，我们很容易发现，无论是历史题材还是当代题材、无论是电影还是舞台剧，这些作品都有一个共同特点，就是现实主义风格。现实主义创作是作家按照现实生活的具体样貌，描写形象，揭示现实内在特质。好故事一定是来源于现实生活，现实主义题材透视的是一个时代，回响的是人们对美好生活的诉求，任何创造性的发挥不过是现实在寻找一种有力的艺术表达形式。

何奇的话剧《百合花开》，讲述了一位从北京金融单位来某县挂任副县长的亮为民的故事，他从发展百合特色产业和绿色蔬菜畜牧产品入手，帮扶贫困村民脱贫致富，被村民们称为"百合县长"，谱写了一曲新时代金融扶贫的赞歌。杨军的话剧《送你去延安》，讲述的是张仁哲等一批红军小战士在西安红军联络处时的成长经历，同时表现了他们机智勇敢地与国民党特务巧妙周旋，成功将爱国人士、进步青年送去延安的感人故事。张太旗的话剧《少年中国》展现了中国近现代史上著名的思想家和学者梁启超的思想、追求、奋斗、操守和功绩。该剧选取了戊戌变法、护国讨袁和五四运动等几段梁启超人生中的重大历史瞬间，讲述了主人公波澜壮阔的人生。王全毅的舞台剧《诚毅青年》是一部探索性作品，作者采用典型的"弗兰泰格金字塔"结构，表演时间限定为16分钟，演出内容为有关陈嘉庚先生精神的故事。整场戏扣人心弦，意象丰富，表达流畅，让观众感受到诚毅青年的冲击与震撼。这几部舞台剧推出后，都在社会上引起较大反响，几位金融作家的创作成果得到市场广泛认可。

现实主义作品反映出个人生活境况的喜怒哀乐，向往美好，展现真实生活，再现独特人生，现实主义作品旨在激励人们从内心中升腾起一股蓬勃的力量，为伟大时代而骄傲自豪。杨文辉的电影剧本《闪光的羽毛》，是中国较早以羽毛球运动员为主角的影视作品，也是一部阳光、纯真、纯情、励志的影片，该剧以世界羽毛球冠军的摇篮湖南省安化县为背景，刻画几名世界羽毛球冠军少儿时代在教练文振天慈父般的关爱和苦心培养下，自强不息，艰苦训练，为国争光的动人故事。蒋明飞金融题材微电影剧本《爸爸错了》，是一部反映为政要清廉，父爱如山，当代年轻人谱写精彩人生的微电影。闫星华微电影剧本《面对刀锋》，以中国农业银行浦东分行北蔡支行发生的一起挟人质抢劫案件为原型改编，危急时刻，农行保安、大堂、保洁工与工作人员和路过的市民挺身而出，面对歹徒雪亮的刀锋，他们用浩然正气谱写了一曲斗志昂扬、凝魂聚气的新时代赞歌。胡爱林电影文学剧本《神山沟》以太行山区农村为背景，通过对信用社信贷员叶子帮助该村村官改变带领村民搞大樱桃大棚种植脱贫致富的故事，反映了当代青年实现自我人生价值的可贵品德。

当然，从这些作品中我们可以看出，现实主义创作的无限生机在于它连接着个人与国家，今天和未来，现实主义创作要表达的不单单是写实性的呈现，更重要的是收获无限可能的希望和信念。由于现实主义的时代魅力，在于其体现的理想光芒。现实主义创作任重而道远，唯现实主义作品才具有恒久生命力，才经得起时光的沉淀而成为经典。金融作家肩负时代的使命，市场呼唤更多的现实主义作品，我们有理由相信，金融作家一定会在影视戏剧文学领域创造一个更加灿烂的春天。

杨军　何奇　高寒

2019 年 8 月 15 日